尧山壁文存

卷五 散文

国内游记

河北出版传媒集团
河北教育出版社

目录

燕赵热土

太行山上（下）

长城内外

漫话河北

华夏风光

西北记游

天南海北

燕赵热土

引　言

河北省地处华北，北依燕山，南望黄河，西靠太行，东坦沃野，内守京津，外环渤海，周边与山东、河南、山西、内蒙古、辽宁等省、自治区为邻，拱抱京、津二市，总面积约18.88万平方千米。可爱的土地，古老而又年轻，多彩而位置显要，是中国的一个旅游大省。

说它古老，阳原县泥河湾古人类遗址，距今200万年，是人类活动最北端的见证和中华大地古人类早期发祥地之一。早在5000年前，黄帝大战蚩尤于涿鹿之野，中华三祖在这里由征战到融合，开创了中华文明史。舜、禹治水，天下分九州，《禹贡》上列冀州为九州之首。说它年轻，直到明朝，黄河还流经河北注入渤海，黄河和海河水系的冲积平原，是我国最新形成的陆地之一。说它丰富多彩，地理学上的地形，河北拥有多种：既有水草丰美的坝上高原，又有巍峨高耸的燕山、太行山；既有绵延起伏的丘陵坡地，又有一望无际的平原沃野；既有烟波浩渺的长河大淀，又有波浪滔天的汪洋大海。不仅地形完备多样在全国各省份中绝无仅有，而且地下煤、铁、石油、有色金属等矿物储量丰富，为工业发展奠定了基础。说它位置显要，元朝以来，即为畿辅之地、国都大门。如果说北京是中国的心脏，河北就是中国的胸膛。

从中华人民共和国地图上看，河北省的轮廓好像一只冠军奖杯，尖顶平底，上粗下细，左右对称，而且形式与内容正好吻合。河北省的确拥有许多世界与中国之最，如：万里长城是世界古代史上最伟大的军事防御工程，赵州桥是世界上第一座敞肩石拱桥，沧州铁狮子是我国最古、最大的铸铁艺术品，定州开元寺塔是我国现存最高的砖质古塔，承德普宁寺千手千眼菩萨是国内最高的木雕像之一，避暑山庄是现存规模最大的古代园林，涞水人祖冲之最早算出精密圆周率，邢台人郭守敬的《授时历》是我国历史上施行最久的历法，涿县（今涿州市）人郦道元的《水经注》是公元6世纪前我国最全面而系统的综合性地理学著作，赵郡（今赵县）人李吉甫的《元和郡县图志》是我国现存最早又比较完整的地理总志……凡此种种，不一而足。河北省有许多与旅游相关的资源，现有全国重点文物保护单位88处，世界文化遗产3项，国家级历史文化名城5座，国家级风景名胜8处，国家级森林公园9处，国家级地质公园3处，国家级自然保护区5处。民俗风景独特，特殊资源荟萃，永年太极拳、沧州武术、吴桥杂技、唐山皮影、武强年画、蔚县剪纸、衡水内画鼻烟壶等名扬世界。

到了近现代，生生不息的燕赵儿女与全国人民一道，在救国图强的时代主旋律下，以慷慨悲歌的传统性格、大义凛然的民族气节和高尚的爱国主义情操，谱写了一曲曲激越高亢的革命悲歌。河北大地上到处都留下了他们惊天动地、可歌可泣的英雄事迹。据统计，全省共有主要革命纪念地、纪念性建筑物118处，其中省级爱国主义教育基地38处、全国爱国主义教育示范基地11处。全国100个红色旅游经典景区，河北省占8个，与湖南省并居全国各省份之首。可以毫不夸张地说，河北是一个红色旅游大省。

河北红色旅游可以走太行山和大平原两条路线。

八百里太行山是一条绝妙的风景线，一条分水岭隔开冀、晋两省。西边是黄土高原，东边是冀西山地。黄土高原地面干旱，丰富的地下水一股脑儿倾泻过来，把东麓山体冲刷出许多深沟大涧，塑造出许多奇山丽水。平日交通闭塞，人迹罕至。在抗日战争时期，这里成为游击战争的福地、根据地的后方。共产党和八路军在这里开天辟地，创造了无数的人间奇迹。革命胜利后，昔日的战场和指挥部就成为人们永久怀念的地方。如果你自北而南进行红色旅游，可以参观到以下这些地方：抗日英雄王二小牺牲纪念地、黄土岭战斗遗址、阜平城南庄晋察冀军区司令部旧址、狼牙山五勇士纪念塔、白求恩柯棣华纪念馆、陈庄歼灭战纪念馆、西柏坡中共中央旧址、沕沕水发电站、井陉煤矿“万人坑”、百团大战纪念馆、邢台县前南峪中国人民抗日军政大学陈列馆、涉县莲花山左权将军墓旧址、涉县赤岸村一二九师司令部旧址、武安晋冀鲁豫军区司令部旧址等。其中西柏坡在滹沱河畔，有中共中央旧址和中共七届二中全会会址，是“解放全中国的最后一个农村指挥所”，依山面水，湖光山色，风景宜人。阜平城南庄晋察冀军区司令部旧址在胭脂河畔，松柏掩映的几排平房朴实大方，聂荣臻元帅在这里指挥创建了“模范抗日根据地”。村外枣树成林，时而飘过“大红枣儿甜又香”的歌声。涉县赤岸村一二九师司令部旧址，在美丽的清漳河畔，被称为“中国的红河谷”，从这里走出了闻名中外的刘邓大军。村边的将军岭瀑布垂崖，松柏翳蔽。在前南峪抗大旧址，当年的石桌石凳依然整齐地排列在栗树林中，林涛哗哗，仿佛是当年抗大战士的读书声。前南峪人民发扬抗大精神，把昔日的荒山野岭建成了生态果木园，被誉为太行山最绿的地方。

河北大地土地肥沃，经济发达，环抱京津，传播马克思主义较早，一向是革命的温床，人民斗争波澜壮阔。乐亭县人李大钊，为传播马克思主义、创建中国共产党、领导与实现第一次国共合作，立下了不朽功勋。乐亭县大黑坨的李大钊故居、县城的李大钊纪念馆和昌黎县五峰山李大钊革命活动旧址，是当年革命先驱高尚节操和丰功伟绩的历史见证。保定市是中国留法勤工俭学运动的发源地，在育德中学旧址上建立的留法勤工俭学纪念馆，真实地再现了这场远渡重洋、寻求真理的运动热潮。安平县台城村是中国共产党第一个农村支部诞生地，它是在李大钊同志直接领导下，于1923年8月由弓仲韬同志一手创建的，纪念馆用大量的陈列展现了当年建立农村基层组织的艰难困苦。1935年，河北平原上的农民运动风起云涌，先后发生了冀南暴动、高蠡暴动、完县（今顺平）五里岗暴动，震撼了整个中国。七七事变后，河北成为敌后抗日主战场，针对日本帝国主义的“囚笼政策”“三光政策”，燕赵儿女展开了广泛的群众性反“扫荡”斗争，利用地道战、地雷战和麻雀战等，有力地打击了日本侵略者。清苑冉庄地道战，是中国农民的伟大创举，就是在这个普通的村庄，共产党领导下的农民创造出神出鬼没、举世震惊的地道战，打得日本侵略者胆战心惊，狼狈不堪。安新县的白洋淀，曾是冀中军民抗日杀敌的重要根据地，沟壕纵横，芦苇成阵，雁翎队威震敌胆，有无数的传奇故事，是一部生动的爱国主义教材。献县马本斋烈士纪念馆，记录了回民支队坚持平原游击战、屡建奇功的英雄业绩。马母面对日本侵略者的威逼利诱，大义凛然，绝食殉国，可歌可泣。董存瑞烈士陵园在隆化。战斗英雄董存瑞，在关键时刻巍然挺立，舍身炸碉堡，用自己年轻的身躯为革命架起胜利之桥……

请看我们脚下这片广袤的热土，哪一座山峰没有留下老一辈奋斗的足迹？哪一寸土地没有留下革命烈士的鲜血？有幸生活在这片慷慨悲歌热土上的人们，怎能不兢兢业业，矢志图强，锐意进取，奋斗不息？“装点此关山，今朝更好看！”

2005年9月

（本文原为《燕赵之旅：慷慨悲歌的热土》一书引言，本次结集出版时，“燕赵热土”部分在前书基础上丰富了选文篇目。）

太行山上 ㊤

太行山，父亲的山

刚刚降生14天，父亲就牺牲了，再也没有回家。所以一睁开懵懂的眼睛，我就找哇找，寻找那本应该守在身边呵护我的那个身影，寻找一般孩子应该拥有应该享受的那个身影。当我记事时，听到邻居的孩子一声声亲切地叫爹，我顾盼左右，回头望望母亲，幼小的心灵便意识到自己缺少了什么，缺少一个重要的什么，便撒着娇问娘："我也有爹吗？"娘眼圈立即红了，指指西边，说："你爹到西边山上去了。"稍大一点儿，当我受到别的孩子欺侮，当我背不动柴筐，当我推不动石磙，当我为街上叫卖的一颗黄杏眼馋，当我希望有人给加把劲、有人帮我擦一把眼泪、有人往嘴里塞一块糖时，我低头小声问娘："我的爹呢？"母亲又会眼圈一红，指指西边，说爹在西边山上打仗呢。

从此渐渐减少了自卑自惭的心理。原来我也有爹，我爹在西边山上打仗呢！西边的山，晴天可以看到，距我家七八十里。早晨登上我家房顶可以看见，隐隐约约，青青一线，像一大片青堂瓦舍，北不见头，南不见尾。傍晚爬上村西的歪脖树可以看见，太阳落下的地方，红光四射，彩霞满天，像万杆红旗在飘动。我禁不住满心欢喜，对别的孩子说："看！俺爹打仗的地方。"

长大以后，我知道了，西边那连绵不断的青堂瓦舍，那红光四射、彩霞满天的地方叫太行山。父亲在那儿打过仗，后来光荣牺牲了，再也回不了家了。和父亲一起浴血奋战、血染疆场的，还有成千上万的八路军战士。我从音乐课上学会了那首歌，那首好像专门为我写的歌，叫作《在太行山上》：

红日照遍了东方，
自由之神在纵情歌唱！
看吧！
千山万壑，铜壁铁墙，
抗日的烽火燃烧在太行山上，
气焰千万丈。
听吧！母亲叫儿打东洋，
妻子送郎上战场。
我们在太行山上，我们在太行山上，
山高林又密，兵强马又壮。
敌人从哪里进攻，
我们就要它在哪里灭亡！

我一天到晚地唱，早晨唱“红日照遍了东方……”晚上唱“抗日的烽火燃烧在太行山上……”唱给西边的那座大山听，也唱给自己听，一直唱了几十年。说也奇怪，有时还会隐隐约约听到大山的回应，那连绵不断的大山仿佛是一块巨大的回音壁，回荡着强烈的民族之声，也回荡着我自己微弱的绵绵心语。

今年是抗日战争胜利 60 周年，是我父亲牺牲 66 周年，也是我自己 66 岁生日。离开了繁忙多半生的工作岗位，相依为命的母亲又忽然去世，我好像又一次沦为孤儿，回到对父亲强烈的想念，回到对太行山强烈想念的时刻。决定进行一次向往已久的红色之旅，一步步走进太行山，一次次去触摸太行山，去寻找那激情燃烧的岁月的印痕，去寻找那带血的足迹，去触摸前辈那昂扬的激情，去触摸烈士们那渴望的眼神。

于是，2005 年 4 月，清明节的前一天，踩着迟到的春风，我来到河北蔚县，开始由北而南遍访太行山的红色之旅。

一两亿年前的中生代时期，亚洲大陆板块由北向南移动，受到太平洋地壳的阻挡，在力偶作用力下产生了强烈的碰撞，地壳发生不均衡扭动，一些地方隆起，一些地方凹陷，地质学上称为“燕山运动”。燕山和太行山就是在这一时期形成的。燕山山脉东西向，太行山山脉南北向，北头偏东，地理学上称为北北东向，基本上是个 T 字形。但是这一横一竖并没有连接起来，中间一点缝隙，叫山间盆地，后来洋河、桑干河从中流过。所以八百里太行山的起点在桑洋盆地的南缘，在蔚县的大南山。

2005 年 5 月

走进飞狐峪

出蔚县县城南行，一眼就看到大南山横亘面前。与盆地北缘低缓的熊耳山相比，它高大雄伟。奇怪的是没有缓坡过渡，而是从盆地上拔地而起，巍峨高耸，像迎面壁立一堵巍峨的城墙。我有点儿奇怪，进山的路呢？果然是车到山前必有路，那大山忽然闪开一道裂缝，如刀削斧砍，耸立万仞，俨然一座石门。正想往里张望，不知是后面的风推，还是前面什么吸力使人站不住脚，不由自主地往前跑去。只感到耳边风声大作，有如进入多年人迹罕至的寺院庙堂一样让人毛骨悚然。抬头望去，两面山壁怪石嶙峋，如牛头马面，不知什么时候会扑杀下来，或者两壁合缝，再也见不到天日。

幸好身边有伴儿，人多势众，乘兴前进，倒是山景越来越好看。山峪如九曲回廊，两厢绝壁上挂满山松野草，一抹苍青，点点残雪，勾勒出一幅幅水墨画。岩壁上部，奇峰怪石千姿百态，幻化出种种物象人形，令人浮想联翩。山的尽头，一线蓝天，犹如银河，曲曲弯弯。山的上部有许多窟窿，透过亮来，大者如日月，小者如星辰。行至7里处，路旁突现一锥形小山，状如桂林独秀峰，比独秀峰更尖更细，当地人称为“一炷香”。

这条峡谷叫飞狐峪，又名神通沟，亦称四十里黑风峪。看到七八里处，已经大饱眼福了。有人说堪与三峡比美，或者干脆叫作旱三峡，我觉得不妥。三峡山清水秀，景色秀丽，加上天书宝剑、巫山神女诸多传说，是优美型的。而这里山奇路险，气势雄伟，加上许多英雄人物、历史掌故，应该是壮丽型的。游三峡，东西走向，领略山河的美丽；看飞狐峪，贯穿南北，探求历史的深邃。

飞狐峪是著名的“太行八陉”之一。太行山脉源出有许多河流，永定河、拒马河、滹沱河、滏阳河、漳河等，是海河水系的上游。它们横切山地，形成峡谷，成为华北平原与西部高原的天然通道，其中著名者有八处，俗称“太行八陉”。自北而南有军都陉、飞狐陉、蒲阴陉、井陉、滏口陉、白陉、太行陉、轵关陉。飞狐陉是八陉之一，是太行咽喉、历史上兵家必争之地、闻名遐迩的古战场。

公元前204年刘邦与项羽逐鹿中原失势，打算退守关中。郦食其分析天下形势，反对西逃，提出“东塞太行之险，北拒飞狐之口，西守白马之津”，便可以在战略上形成有利形势，从而压倒项羽。刘邦采纳了这一战略建议，果然打败了项羽。

刘秀东征冀州群雄，直到拿下代州和上谷，控制了飞狐口，没了后顾之忧，才在鄗（今高邑）宣布登基。并任命大将杜茂、王霸治理飞狐口，筑亭障，设燧台，沿山脊直抵大同。这一段东汉长城，至今还能看到残存遗迹。

之后，曹操之子曹彰北征乌桓，元太祖铁木真南伐中原，皆首取飞狐口。明朝三次北京保卫战有两次与飞狐口有关：一次是飞狐口失守，导致北京城被围；一次是英宗不走飞狐口绕道居庸关，出塞后无险可据，造成土木之败。这些战争出兵动辄十几万、几十万，先头部队出了飞狐北口，后续部队还未进入南口，声势相当惊人。

飞狐峪地势险要，佳景颇多，风物传说最多的是杨家将的故事。传说飞狐峪就是杨六郎被困的葫芦峪，路旁有他的拴马桩、上马石，山上有他射山穿石的箭眼。还有人说“一炷香”就是杨六郎的银枪。根据山势形状，当地人说那细长的山尖是杨排风的烧火棍，短粗的山石是焦赞的单鞭，圆圆的山头是孟良的火葫芦，平平的山坳是穆桂英的点将台。《宋史》中有《杨业传》，杨业原为后汉将军，979年归宋，镇守代州，屡败敌军，号为“无敌”。980年，辽10万大军南犯，杨业率精兵数千，出小路绕到辽军背后突袭，斩驸马萧咄李，俘都指挥史李重海，辽军大败。“自是契丹望见业旌旗，即引去。”986年，宋军分三路北伐，杨业任西路副帅，率前锋连克云、应、寰、朔四州，旗开得胜。但由于东路主力溃败于岐沟关，主帅潘美怯战，背约先退，杨业不得不退，于陈家谷口兵败被俘，忠贞不屈，绝食三日而亡。人民怀念他们，用夸张的手段予以宣扬，希望他们高大的形象和高尚的精神与山岳同存，与日月同辉。后人根据传说和想象，编写了《金沙滩》《李陵碑》《潘杨讼》《穆柯寨》《天门阵》等一系列戏文，流传至今。“杨家将”已经成为英勇善战、忠贞报国的象征。

行至飞狐峪40里的地方，有个山村叫作明铺，不过十几户人家。1938年12月，晋察冀军区邓华支队进驻这一带，收编了“黑马队”，建立了第五支队，王道邦任政委。1938年改编为晋察冀军区第一军分区三团，曾在明铺村打了一个漂亮的伏击战，歼灭日本兵百余人，炸毁敌人军车20多辆。因为杨成武是晋察冀军区第一军分区司令员，当地群众称他们为“杨家将”。

1986年8月

野三坡的觉醒

从飞狐峪南口上207国道，到上庄向东，再从南款上108国道，翻过一道梁，山越爬越高，进入野三坡腹地百里峡。抗日战争时期，这里是晋察冀边区平西抗日根据地的中心，萧克将军领导的挺进军司令部就是在这里浴血奋战，创下了不朽的业绩。

野三坡这个“野”字，很合现代城市人的口味。它不仅山高峡深，林木参天，从前还有没人管。因为荒无人烟，以往没有隶属，民谣说：“野三坡，野三坡，燕王扫北没扫着。头上束个野雀窝，脚下鞋子往上撅。朝廷不让进考场，祖祖辈辈血泪多。”当地的“老人官”跑到涞水、房山、良乡几个县衙自请纳粮，各县均以山高路远未予接纳。最后越境投奔涿州，成为涿州的一块飞地。“涿州八景”中就有“盘坡积雪”一景。抗日战争期间建立了房涞涿联合县，诗人陈辉、张志民都曾在这里打过游击，陈辉就牺牲在涿州地面。

苟各庄对面就是百里峡峡口。沿一条溪水南行，走着走着就碰了壁，右面一峰状如牛角，左边一瀑细如银线。峰回路转，走进海棠峪，两边奇石耸立，绝壁千仞，直指云天，令人望而生畏，当地人称“阎王鼻子”。爬上一道石坎，走到一片开阔地，四面绝壁包围，形似一口大瓮，阴森森寒凛凛。中心一个塑像名叫“海棠女”，是传说中虎口救人的女英雄。沿右边的栈道走一段路，瓮壁上裂开一个缺口，是“海棠女”被猛虎咬伤的地方，叫“老虎嘴”。只见那山隙血盆大口，锯齿獠牙，风声呼呼，涎水滴答。真是一处绘声绘色的组合，让人不寒而栗。

走过“老虎嘴”，进入羊肠一样的深峡，号称“一线天”。脚下曲径如绳，头上蓝天如蛇，两厢千丈绝壁仅一臂宽，感觉随时就要合拢，把人挤压得喘不上气来，禁不住加快脚步，逃出这个险境，不敢留恋两边景色。走出去一段，又被眼前的一处景物惊呆了。面前千仞石壁，自上而下有一条笔直的裂缝，阳光直射时，如一枚银针高悬。走出“一线天”，摆脱朦胧阴影，眼前豁然开朗，阳光灿烂，好像是对刚才处境的嘲弄。回头望去，山壁上一块岩石，如一尊观音安然侧坐。原来我们通过“阎王鼻子”“老虎嘴”，一路有菩萨保佑哩。

“观音回首”之后，我们脚步放慢。溪水上一个个圆形踏石，如一叶叶浮萍，跳跃其上，如蜻蜓点水。两旁绿树成荫，多是青黄檀树，弥漫着香气。流连其间，心情放松下来，才有暇观赏两边的山色。正逢初春，宿草泛绿，大山披上一身青袍，山桃野杏，蓓蕾吐芽，美如锦绣。青松绿柳，随风摇曳，如美髯龙须。那山花如火，燎眼烧心，绿荫如水，沐浴精神，使人感到自己也融进大自然中去了。再仔细观察，两厢的岩石也千变万化，仿佛一个天然的画廊，白色的钙华形同云朵，青色的节理状如竹叶。还有板状岩片其薄如纸，摞在一起就是一卷卷图书，内行的人还可读出许多天文地理，怪不得国家把这里命名为地质公园呢。

再走200米，就到达海棠峪的终点。观音洞里香火旺盛，洞旁一座单孔石桥，架于两山之间，高三丈，长两丈，是亿万年水滴石穿自然形成的。看那天生桥，在香烟缭绕中像一道彩虹，似有牛郎织女漫步其上，是天上人间的分界。游人把它视为美满婚姻的象征，桥边山岩上横七竖八扯起许多条红线，红线上挂满了形形色色的连心锁，数以万计。数以万计的炽热的心锁在这大山深处，海誓山盟。

当日下午休息在苟各庄。这个昔日贫穷落后的穷山沟一下子跳进现代化，92户人家盖起了300多座小楼，旅馆、酒吧、饭店鳞次栉比，街上熙熙攘攘，游人如织。村边开设了跑马场、竹筏渡、钓鱼台，人们尽情地欢乐着。尤其是到了晚上，拒马河畔到处是篝火烟花，歌舞升平。

村里人说，野三坡能有今天，我们忘不了八路军。

1938年，萧克将军率冀热察挺进军来到野三坡，这里还过着部落式生活。“老人官”坐山称王，有丁有枪，一次还竟然把国民党的溃兵赶跑了。萧克将军派来一个班，争取联合抗日，班长姓赵。赵班长还用红军时期刘伯承说服小叶丹的群众工作方法，动口不动手。粗野的“老人官”视文明为软弱可欺，说翻脸就翻脸，家丁一拥而上，战士们有枪不能用，还被缴了械，赵班长仗义执言，又被当场打死。萧克将军强压怒火，不去报复，而是又派去一名班长，不挎枪，不穿军服，背包里装的是布头、食盐、火柴、烟卷，还有女人喜欢的手镯、耳环。这个“卖货郎”一趟又一趟上山，走家串户，以物易物，在言谈笑语中，把人民当家作主、抗日救国的道理送到山民的家里，把革命的火种播在山民的心里。从此野三坡觉醒了，变成了一座坚强的抗日堡垒，红旗插上了海棠峪的山头。山民们说，是挺进军把他们救出了虎口，回头一看，他们才是救苦救难的菩萨。

后来，诗人田间把这段发生在野三坡的真实故事，写成了一首叙事长诗《一杆红旗》。诗人张志民当时是平西抗日根据地的一名战士，经常在野三坡一带活动，写了一首《边区的山》：

边区的山啊
——英雄的山！
千峰万岭插云端！
座座山头
——顶天柱；
处处岩洞
——火力点。
敌人的坟墓，
人民的家园，

边区的大山钢铁铸啊！

千难万苦

——腰不弯！

1986 年 8 月

涞源，边区的“铁大门”

从野三坡上 108 国道，或者沿京原（平）铁路溯拒马河而上，就来到涞源县城。县城处于盆地中心，四面环山，向来是交通要道。古书上说：“南连倒马，东接紫荆，内拱神京，外拒云朔，当两关之肩背，通二省之血脉，扼秦晋之咽喉，树燕赵之屏翰。虽弹丸之邑，而实为畿辅要区也。”这里春秋时为代国，战国时属赵，汉置广昌县，隋时因境内有飞狐天险，改为飞狐县。宋代诗人陆游在《长歌行》中曾写道：“何当凯旋宴将士，三更雪压飞狐城。”明洪武十三年（1380 年）属山西大同万全都司，清雍正十一年（1733 年）划直隶易州。1914 年改名涞源县，因为涞水（今拒马河）发源于此。县城之内，地下水丰富，到处是泉眼，清水涌流。不仅是涞水之源，易水也源出于此。

涞水源在县城东侧的兴文塔下。水面 17 亩，一泓碧水，水平如镜。绕潭有垂柳百株，粗者需二人合抱。天光云影，倒映水中，依依柳丝，拂于其上。潭之中心有小岛一座，八角小亭，碧瓦红柱。有花栏石桥与岸相连，诗情画意，如临仙境，古人誉为“北海第一泉”。

易水源位于城南，200 亩大一片湿地，遍地泉眼被草丛覆盖，从高处望去，如群星闪烁，珍珠撒落。不时有家禽野鸟出没其间，冷不丁就叼出一条鱼来，引得岸上儿童欢呼雀跃。他们兴致上来，随便挖个小坑，就是一个泉眼，咕嘟嘟冒出水花来。

拒马源在城西旗山脚下，又名马刨泉。传说山为杨六郎插旗之山，泉为他的战马刨出。早年泉眼粗似水桶，水喷如注，响声能传出一里之外。1958年“大跃进”，为扩大水源放炮崩泉，泉眼堵塞，变为潜流，在二里外冒出，散为若干小泉，汇流成溪，其声呜咽，如同怨言。

涞水、易水各有一支在城东五里汇合，古称“涞易合流”。有诗曰：“涞易同斯水，潆洄拱上游。州域怀远脉，古塔荡清流。气绕雄关险，波塞壮士愁。朝宗拟江汉，相与溯源头。”

涞易汇流后入拒马河，滔滔东去。北宋时杨家将抗辽，以此河设防，阻胡人马蹄，故称为拒马河。

900年后的抗日战争时期，又有一位姓杨的将军，英勇战斗，纵横驰骋在拒马河畔，把涞源县变成杀敌立功的战场，保卫晋察冀边区的“铁大门”。这位让无数敌人闻风丧胆的人，就是杨成武将军。

平型关战斗前，一一五师独立团团长杨成武奉命急行军到涞源驿马岭，阻击涞源、易县西援之敌。行至灵丘与涞源交界之腰站村，突遇敌军迎面而来。独立团抢占路旁两个山头，向下猛烈开火。敌人伸展不开，火力发挥不了，丢下300多具尸体逃回涞源。这是平型关战斗的第一枪。

平型关大捷，首战歼灭日本精锐板垣师团第二十一旅团主力1000多人，击毁汽车百余辆，沉重地打击了日本侵略军的疯狂气焰，增强了全国人民抗战的决心和信心。战后杨成武率部来到涞源城西40里的牌坊村。《涞源县志》记载：永乐十一年，居户谢定柱十二岁时，家失一牛，随母寻之。至村西，虎忽跃出，母方抱幼子，定柱以鞭击虎，遂去。母子三人皆获全。侍郎霍方上其事，帝召见亲问，嘉其孝勇，赐米，并旌其门。后立“谢孝子坊”，因而改名牌坊村。

在牌坊村，中共地下党员梁正中汇报了涞源敌情。日军1937年9月侵占县城，头子是辻村宪吉大佐，有日伪军400多人，大部分在城内。城外有南寺坡、烟东坡、西虎梁和东大庙四个据点。腰站村伏击战后，辻村大怒，外出“扫荡”，捉来老百姓修工事，并在城外四个据点筑起碉堡，挖了壕沟，城内敌人龟缩不出。县城东西城墙高10米，增加了哨兵，南北城墙三道，城门三道岗，东西城墙各有一道流动哨，现在都增加了一倍。

杨成武分析说，辻村骄横又害怕，正是痛击敌人的良机。但是“知彼知己，百战不殆”，遂派一营长曾保堂乔装改扮，与梁正中一起深入敌营，实地侦察，并俘虏了一个伪军中队长，摸清了情况。兵贵神速，独立团围歼南寺坡碉堡之后，乘胜消灭出城增援之敌。尖刀排攻破北门，掩护主力攻进敌司令部，打死百余名日军，俘虏大部分伪军，辻村宪吉混在残兵败军之中，从南门向易县方向逃跑了。

平型关大捷后不到20天，独立团连续收复7座县城，建立了以涞源、蔚县为中心的敌后根据地，为创建晋察冀抗日根据地奠定了基础。随后建立了晋察冀军区第一军分区，除涞源、蔚县之外，还包括平山、阜平、满城、易县、完县（今顺平）、灵寿、曲阳等地，成为晋察冀军区的腹心地带，涞源成为保卫边区的“铁大门”。此后，杨成武任八路军独立第一师师长、晋察冀军区第一军分区司令员，并一度兼任政治委员和中共晋察冀边区一分区地委书记。之后，独立师支援涞源一批干部，成立了以梁正中为首的中共涞源县委和涞源县支队，半年中发展到700多人，成为杨成武在涞源多次战斗中的得力助手。

随着抗日战争形势的发展，独立师的地盘进一步扩大，显得兵力不足。杨成武的扩军计划得到军区聂荣臻司令员的批准，也得到中共涞源县委的大力支持。梁正中胸怀大志，目光远大，认为扩大八路军主力是争取抗日战争胜利的根本，是晋察冀地区生存与发展的可靠保证。他在各级干部会议上号召：“涞源好男儿，参加八路军，参加独立团！”县支队走到哪里，讲到哪里。他是涞源人，保定第二师范学生，在群众中威信高。有的村庄听了他的动员报告后，二三十个民兵全体报名参军。在短短两个月内，全县青年参加独立团的多达 8000 人。当时涞源全县总共 13 万人，几乎每个家庭都有人当了八路军。独立团原有 3000 多人，扩军以后，达到 1.1 万人。涞源县高寒贫瘠，战士有一种大山的性格，特别吃苦耐劳，忠诚老实，特别豪迈刚毅，特别勇敢，不怕牺牲。这一点在以后的多次战斗中，得到了证明。

算到 1944 年 9 月调任冀中军区司令员，杨成武在涞源度过了 7 年时光。他说：“是涞源人民哺育了我，帮助了我，让我学会了坚持抗战，取得了一个又一个胜利。开始还是个小团长，不久就当了师长，后来又成为将军了。如果没有涞源人民无私无畏的帮助，哪有我杨成武这个将军呢？建国后工作再忙我也要回涞源去，看望那里的父老乡亲，看望许多战友的牺牲地。我参与了黄土岭战役烈士纪念碑的建设，请聂帅为纪念碑题了字，可是我做得太少了。”

2005 年 5 月

走访黄土岭

到涞源，最想一见的首先是黄土岭，那是一座抗日名山，是日本“名将之花”凋谢的地方。

从县城去黄土岭，如果走 207 国道，到走马驿改行省道，东南过倒马关、川里，再折向东北，经银坊到司各庄，路好走，但是得绕个大圈子。我想走直线，翻山而过，还可以亲历60多年前的战争路线，但是要吃苦走路。出城从下北头村直上白石山，山路崎岖，山腰的白石口是内长城上的一个要塞，敌楼上有“云谷重关”四个大字。继续沿山体东沿儿走，过风凉沟，就到达白石山顶。主峰海拔2096米，四周奇峰林立，绝壁横陈，多是白色大理石。这里战国时一岭隔燕赵，北宋时一山分两国，向来是兵家用武之地。西边的插箭岭，传说是杨六郎插箭为营的地方。66年前，杨成武就是站在这个地方，指点群山，张网布阵，打了一个大胜仗。

当时杨成武接到一个情报，打开一看，正是日本蒙疆驻屯军司令阿部规秀的作战命令:“奉天皇御旨，对破坏大东亚共荣圈十分猖獗的共产党，予以围剿歼灭。令华北、蒙疆皇军联合行动，分兵数路，进攻扫荡晋察冀。我旅团辻村宪吉为左翼梯队，堤赳部为右翼部队，绿川部队于中路挺进，兵分三路包抄杨成武部队，合击聂荣臻军区，荡平白石山。具体行动和作战方案发给你们，祈我全体将士武运亨通，大大地胜利。”

杨成武大喜过望，连夜赶到阜平青山口，向聂司令员做了汇报。聂司令稍加思考，问道:“情报可靠吗？”杨成武说经过核实，比较可靠。“聂司令员，让我们打个伏击战吧！”他激动的脸被马灯照得通红。正在这里召开中共中央北方分局组织工作会议的彭真、贺龙、关向应一致同意，诱敌深入，装进口袋，打个歼灭战，用胜利庆贺军区成立两周年。聂司令当即命令:“成武，会议你不要参加了，立刻赶回去组织指挥这个战斗。”贺龙陈庄大捷后，杨成武憋足劲儿也要打个痛快仗。归途中，他未回师部，而是先到白石山一带细致地勘察了地形，构思了作战方案。

我们从山上下来，好像是执行当年的战斗计划，仔细观看着地形。白石山到雁宿崖的一段路，是三四十里的河滩，两边山石嶙峋，草木葱茏，像是66年前杨成武埋伏下的6000奇兵，亮晶晶的枪眼朝下。而我们也俨然是独立师的战士，跟着号称“狼诱子”的曾雍雅支队和穿上老百姓衣服的梁正中游击队，正牵着敌人的鼻子，一步步把辻村大佐的600名日军引进伏击圈。

1939年11月3日，太阳刚出来，走了半夜的日军疲惫不堪，在河滩上横躺竖卧，鼾声四起，做着美梦。突然，冲锋号响了，我军的火力从两面山崖上狂风暴雨般倾泻下来，一下子把河滩上的敌人打蒙了。辻村宪吉从梦中醒来，歇斯底里呜哇怪叫，指挥部下作困兽之斗。战斗激烈时，双方短兵相接，白刃格斗，直杀得天昏地暗。从早上7时战至下午5时，杨部把敌人全部歼灭，并缴获大量武器、骡马。耀武扬威的日军惨遭覆没，更加激怒了他们的上司阿部规秀，从而使聂荣臻和杨成武钓到了一条特大的“鱼”。

独立混成第二旅团是日军的精锐部队，52岁的旅团长阿部规秀，被日本军界捧为“中国通”、精通山地战的“名将之花”，上个月刚刚被晋升为中将。大龙华、雁宿崖连遭失败，使骄野成性的他脸上无光。一个个狼崽子命丧黄泉，残忍成性的老狼便急红了眼。阿部规秀急于寻机报复，便亲自出马，1000多名日军倾巢出动，瞪大眼寻找我军主力决战。几天前南下时，他在一封家信中写道：“爸爸从今天起去南方战斗！回来的日子是十一月十三四日，虽然不是什么大战斗，但也将是一场相当的战斗。八时三十分乘汽车向涞源城出发了！我们打仗的时候是最悠闲而且最有趣的，支那已经逐渐衰弱下去了，再使一把劲就会投降……圣战还要继续，我们必须战斗。那么再见。”他绝对没有想到，这封家信竟成了他的遗书，后来发表在《朝日新闻》上。

11月5日，“狼诱子”曾雍雅支队引敌上钩，第一天在白石山用日语喊话，使阿部规秀火冒三丈，命令炮兵向山头猛轰。当天追至银坊，仍不见八路军主力，而且十室九空。次日凌晨接到报告，山上枪响，许多人影儿顺山梁向东行动。阿部规秀面露笑容，说终于发现八路主力，命令部队向司各庄、黄土岭前进，咬住不放。当天晚上，杨成武趁着夜色，完成了对敌人的包围。黄土岭在白石山东侧，山比白石山低，谷比雁宿崖开阔。1939 年 11 月 7 日，一场惊天动地的战斗展开了，太行山中这块普普通通的山坡，一夜间名扬天下。

战斗打响，我军首先击中敌人电台，使之失去了与外界的联系。阿部规秀成为一头受伤的老狼，拼死挣扎。他不顾死活地抢占了几个山头，企图杀出一条血路，冲出包围。而我军雁宿崖大捷之后，越战越勇，决不会让网中的大鱼溜掉。杨成武像一位老到的猎手，不断地缩小着包围圈儿，不给敌人一点儿可乘之机。战斗进行得十分惨烈，日军陈尸遍野，哀号不绝。杨成武适时地把分区炮兵营的迫击炮连调上去，恰好一团长陈正湘发现黄土岭东一座独立的民宅门外，站着一伙儿身穿黄呢子大衣的军官，便指示连长杨九秤向目标开炮。一团一营教育干事、作家魏巍亲眼见到了炮击场面，在《黄土岭战斗日记》中，他这样写道："说话之间，有几发炮弹就连二连三地在那里爆炸了。浓烟过后，倒下了好几具尸体，其余都跑到房子里去了。"后来，房主人梁金花说，当时日军正把他们关在东边小屋里，只听得"哐——哐——"飞来了炮弹，第四炮就把那阿部规秀打倒了。

阿部规秀被击毙于黄土岭的消息，是聂荣臻从敌人的电台广播中听到的。很快，毛泽东从延安发来电报查证，并要"总部向各方公布，广为宣传"。日军华北方面军司令官多田骏写了《名将之花凋谢在太行山上》的悼词。《朝日新闻》悲哀地称："自从皇军成立以来，中将级将官的牺牲，是没有这样例子的。"

雁宿崖、黄土岭两次歼灭战共消灭日军 1400 多人。来自全国各地的贺电，包括蒋介石的嘉奖电，像 1939 年冬天漫天飞舞的雪花一样飘来。66 年之后，我们站在黄土岭战役胜利纪念碑前，仍然抑制不住心头的激动。烈士们的鲜血没有白流，他们的英雄形象就像这汉白玉石碑，顶天立地，永留人间。杨成武将军生前直接参与了纪念碑的建设，并亲自请聂荣臻元帅为纪念碑题了字。这洁白伟岸的纪念碑，也正像被晋察冀人民称为“白袍小将”的杨成武将军的身影。

2005 年 5 月

日本人的《长恨歌》

在涞源县旅游局，我见到了当年侵华日军留下的《长恨歌》，用中日两种文字刻在石碑上：

行军西征涞源县，路越一岭叫摩天。
围绕长城数万里，西方遥连五台山。
南到白石山更大，东与易州道开连。
千山万水别天地，有座雄岩紫荆关。
察南边境一沃野，小柴部队此处观。
窥谋八路军贼寇，中秋明月照山川。
丰穰高粮秋风战，敌军踏破长城南。
精锐倾尽杨成武，势如破竹敌军完。
盘袭怒汹如恶鬼，我含笑中反攻然。
颠覆天地炮声震，团堡一战太凄惨。
此处谁守井出队，彼处谁攻老三团。
敌赖众攻新手替，我仅百余敌三千。
突击不分昼和夜，决战五日星斗寒。
穷交实弹以空弹，遥望援军云霓端。

万事休唯一自绝，烧尽武器化灰烟。

烧书烧粮烧自己，遥向东天拜宫城。

高齐唱君代国歌，决然投死盘火里。

英魂远飞靖国庭，壁书句句今犹明。

一死遗憾不能歼灭八路军！

呜呼团堡士壮烈肃然千古传。

昭和十五年秋，部队长陆军中佐从五位勋三等小柴俊男作。

小柴俊男是日军涞源警备司令。文字拙劣，甚至狗屁不通，但是未尝不是失败者痛心疾首的哀号，这也从侧面反映了东团堡战斗之激烈。这引起我极大的兴趣，立刻驱车前往。沿 207 国道北行，在上庄下道，车行十几千米就到了东团堡。这个村子很大，东靠茂密的横岭子原始森林，南对蜿蜒的明长城，村外一座丘陵叫馒头山，从地形上看确实是一个战场。

1940 年 7 月 22 日，为了打破日军的“囚笼政策”，八路军总部下达了《关于大举破击正太路战役的预备命令》，发动了百团大战。第一阶段是破击正太路；第二阶段是涞（源）灵（丘）战役，破击涞源、灵丘境内的公路，夺取两座县城。在破击正太路中主攻井陉煤矿的杨成武独立师，胜利完成任务后，又挥师北上，担当涞灵战役的主力部队。

盘踞涞源的小柴部队，面对独立师的强大威慑，惶惶不可终日，忙于调兵遣将，加强工事。县城增兵百人，白石口、东团堡各增三四十人，不等天黑就关闭城门，收起吊桥。9 月 23 日晚 10 时，杨成武命令，在夜色掩护下，各团和游击队向日军各个据点发起猛攻。激战三日，一团重创驻县城的日军，其余部队连击白石口、三甲村、北头、中庄、王喜洞、刘家嘴、东团堡 7 个据点，其中以东团堡之战打得最为壮烈。

东团堡是日军由高碑店、易县通往张家口供应线上的重要中继线，与涞源、蔚县许多日军据点相呼应。守敌是日军独立混成第二旅团一个士官教导大队，共170多人，都是旅团长阿部规秀从各个单位挑选的亡命之徒。他们个个经过严格训练，人人武器精良。为了万无一失，在村内外筑起上下三层的大碉堡，两层鹿寨、铁丝网，一道寨墙、壕沟，到处是地堡、枪眼，真像个铁桶一般。

奉命攻打东团堡的是军区独立师三团。团长邱蔚严密部署，只派地下工作者进去摸情况，认识了一个姓金的朝鲜籍翻译官，经过争取，唤起了他对日本人的亡国之恨，并对抗日战争产生了同情。这一天据点里放映无声电影，宣扬“王道乐土”“大东亚共荣圈”，强迫村里老百姓去看。邱团长又趁机派进四名侦察员装扮成老百姓，混在人群里。碰上金翻译，他也装作没有看见。侦察兵在地下工作者的帮助下，实地观察，对村里的防御工事、火力点摸了个一清二楚。

东团堡的日军自恃实力雄厚，经常出来“扫荡”，烧杀抢掠，血债累累。周围的群众听说子弟兵来拔据点，为民除害，自动慰劳、带路、抬担架，还有不少年轻人报名参战。冯子岭村一位叫张老全的老人，拍着胸脯对战士们说：“拿下东团堡鬼子据点，我家宰大牛一头，肥猪一口，慰劳你们。”

9月22日晚8时，杨成武同意了三团的作战方案，战斗打响。东团堡村委会主任亲自带路，三个营同时猛攻。尖刀连攻占西南的炮楼，打开突破口，一个营突进村内。敌人见来者不善，便施放毒气。武士道精神十足的日本军官、士兵，凭借坚固的工事，轻重机枪打得像泼水一般。

激战两天之后，外围工事全被我军拿下，残敌龟缩在一个地主大院里负隅顽抗。甲田大队长输红了眼，赤膊上阵，领着十几个日本兵举着战刀猛扑过来。三团的于勇排长迎上前去，与敌人面对面拼起刺刀，一连刺死4个日本兵后，自己头部受伤，最后拉响4颗手榴弹，与敌人同归于尽。三团党总支书记、参加过红军的老战士杨志德，也在激战中牺牲。

我军用炸药轰开院门，两个连一拥而上，强占南北两个碉堡。剩下的一个碉堡3丈多高，40名战士抬着云梯，在火力掩护下猛冲过来，把梯子架上去。三班长王国庆背着20多颗手榴弹快速向上爬，爬到顶部正塞手榴弹时中弹，连人带手榴弹挂在梯子上。连党支部书记黄禄，又背上20多颗手榴弹接续而上，并把王国庆的手榴弹摘下来，一并塞进了碉堡，四五十颗手榴弹如同一颗重磅炸弹，把敌人的炮楼掀上了天，里边20多个顽敌血肉横飞，不留一人。翌日上午，一架敌机从张家口飞来，欲向东团堡残敌投几箱子弹，但大多数落入我军手里。当晚金翻译逃出来，中途被敌哨兵子弹打伤，见到邱团长，"啪"地行了个日本式的军礼，说："太君只剩下27个了，他们把机枪、掷弹筒浇上汽油，准备跳到火里，统统死啦死啦的。"杨成武接到报告，命令部队立刻冲进去，缴获了大量枪支弹药，日军已全部被烧死。

站在战争的遗址上，我沉默半晌，火光和血迹在眼前久久不灭，以一个同样在抗日战争中牺牲战士的儿子的身份，悼念这些抗日烈士，思索着他们生命的意义。同时也想起了涞源县旅游局的那块石碑，那是罪恶滔天的日本军国主义的耻辱柱，那上面刻的本应是他们的认罪书。

2005年5月

抗日英雄王二小

牛儿还在山坡吃草，

放牛的却不知哪儿去了，

不是他贪玩耍丢了牛，

那放牛的孩子王二小。

许多人是唱着这首歌长大的，抗日英雄王二小曾是他们少年时期的楷模。这首《歌唱二小放牛郎》的作者方冰同志，是我国著名诗人，1939 年参加八路军西北战地服务团，任文艺队长，住在平山与灵寿交界处一个叫两界峰的小山村。1941 年 10 月,《晋察冀时报》上登了一篇报道，作者是彭真的秘书徐光，讲述在涞源县反“扫荡”战斗中，13 岁的放牛娃王二小英勇牺牲的故事。方冰同志深受感动，含着眼泪半天时间就写出了叙事诗式的歌词。同住的作曲家劫夫拿着稿子沉吟了几遍，几乎不假思索就谱出了曲子，很快传唱起来。提起此事，方冰同志很动感情，眼泪汪汪。他说原计划去英雄的故乡看看，可惜不久他奉命开赴东北，解放后长期担任辽宁省文化局局长，工作繁忙，始终没有成行。后来几次来信，念念不忘重回太行山。再后来方冰同志因病去世，留下一个终生的遗憾。

王二小的故乡上庄村在 207 国道上，北边接近蔚县，东距东团堡不远。村里有几百户人家，提起王二小莫不引以为豪。年近八旬的齐存礼老人回忆说:“二小他爹叫王贵，是个外来户，房无一间，地无一垄，住在奶奶庙里，靠租种地主的几亩薄地为生。王二小属蛇，面黄肌瘦，可是人小胆大，行事仗义，孩子们都喜欢跟他玩儿。”

1939 年 9 月的一天，日军包围了上庄，一颗炮弹将二小的爹娘炸死。齐存礼冒死把王二小送出村外，指出一条明路:“往南百余里，就是晋察冀边区。你投奔八路军去吧。”

王二小怀着一腔仇恨，拄着一根树棍儿，翻山越岭往南走，最后晕倒在二区南马庄狼牙口街上。农会主任高林山看他怪可怜的，安排他给 7 户人家放牛，从此才过上了人的日子。狼牙口驻扎着独立师老一团和骑兵连，军民亲如一家。男同志教他遛马，女同志教他识字。王二小参加了儿童团，主动为部队割草、送信、送军鞋，为村里站岗、放哨，有一次查路条，还查出了一个特务。

1941 年 9 月 16 日，驻保定日军得知涞源二区南马庄一带驻扎着晋察冀边区指挥机关，还有一个伤兵医院，数千名日伪军扑过来“扫荡”。我军闻讯转移，王二小送骑兵连的伤病员向西撤退，主动站在村东崖头“消息树”下向东瞭望。不一会儿，东边传来一阵枪响，一群群鸟儿惊慌地掠过岭上向西飞去，他赶忙放倒“消息树”。太阳偏西时，沟口尘土飞扬，一群日军大约四五十人匆匆赶来，还踩响了民兵埋下的一个地雷。日军走到三岔路口，不知哪条路通狼牙口，让王二小带路。王二小低头一想，骑兵连早在村西石岭子、香炉山埋伏好了，带你们去尝尝八路军的厉害吧。

王二小带着日本兵，绕过河滩，慢慢走进石岭子和香炉山之间的峡谷，神秘地向山上看了一眼，撒腿向西边山崖跑去。骑兵连一声令下，子弹、手榴弹瀑布般倾泻下来，一个个日本兵应声倒下，鬼哭狼嚎。日军中队长连呼上当，抬头看见正跑出去的王二小，举起手枪连连射击。王二小一个趔趄，倒在乱石滩上。日军中队长中板走过去抽出军刀，一刀砍断王二小左手四根手指。一个大胡子军曹用刺刀插进王二小胸部，将他高高举起，重重地摔在一块石头上。鲜血染红了灰白的石头，映红了天空，西天的晚霞一片血红，久久不散。13 岁的王二小壮烈牺牲了。1941 年 9 月 16 日，人们永远记住了这个血红的日子。令人惊异的是，今天人们来到这饱经风吹日晒的石头跟前，可以看到当年英雄王二小的血迹依然鲜红，并深深地浸入了白色的石头里。60 多年，风不曾刮走，雨不曾冲掉，当地人称为“血色石”。也许是英雄王二小悲壮的事迹感天动地，这块白石也要把他英雄的形象和伟大的精神永远保存下来，为中国人民留下一面人生的镜子。这样一来，这块普普通通的石头便成为中华大地上的一块奇石。

王二小牺牲后，当地军民把他的遗体安葬在奇石附近的刘家庄山坡上。说也奇怪，当年坟上便长出茂盛的青草，好像放牛郎王二小依然活着，正在呼唤着他的牛羊。每逢小英雄的忌日，总有从四面八方赶来的大、中、小学生来到狼牙口和刘家庄扫墓，缅怀他们心目中的小英雄。萧克将军题写的“抗日小英雄王二小纪念碑”耸立在英雄的故乡。《歌唱二小放牛郎》的歌声，时常在太行山的千沟万壑里飘荡着，此起彼伏地飘荡着。

2005 年 5 月

火红的阜平

从涞源通向阜平的 207 国道，在冀西山地穿行。公路两边山势嵯峨，谷深岭高，海拔多在千米以上，地质学上叫“阜平隆起”。山体形态多与岩性有关，火成岩山峰呈平台状，石灰岩、片麻岩多呈尖塔状和猪脊样。山上植被不大好，只有阴坡才见到成片的油松林，峭壁上的侧柏星星点点。山沟河谷有些枣林，还不到发芽季节，光秃秃的枝丫如铜似铁。等到秋天，成熟的枣儿火焰般烧红了山坡、村寨，让人想起那首歌:“大红枣儿甜又香，送给亲人尝一尝，一颗枣儿一颗心，哎嗨哟，红心献给共产党……”阜平大枣曾经养育了革命队伍，养育了晋察冀边区。

车行 70 千米进入小盆地，阜平县城就坐落在盆地中央。横亘在县城北面的山叫派山：西北方的山又高又大，叫大派山；东北面的山较矮较小，叫小派山。大小派山上都有些树木，山腰多洋槐，山顶多松柏，郁郁葱葱，给小城增加了一道绿色的屏障。城南一条大沙河，春天枯水季节，河水断流，似有似无，满河滩褐色、白色的石头，不见首尾，好像一条沉寂的河流。河水混浊，浪花滚滚。倒是横穿县城的公路一天到晚车水马龙，喇叭声声，变成了一条喧闹的河流。公路东距保定市 110 千米，西距五台山 70 千米，自古就是一条车马大道，翻十八盘越长城岭，就到了山西。这条大道是商路，也是明清两代帝王朝山进香的必由之路，路边留下了不少驿站，也留下了许多离奇的传说，比如顺治出家、康熙寻父等等。

阜平秦汉归属上曲阳、南行唐。金明昌四年（1193 年）置县，先后属真定（今正定）、保定二府管辖。自古民风古朴淳厚，耿直仗义，有燕赵慷慨悲歌遗风，容易接受民主思想。1921 年，中国共产党成立不久，就有本县知识分子王斐然、王家宴、王亲良等人传播共产主义。1925 年，在城厢小学成立了全县第一个共产党支部。1927 年，成立了中共阜平县委，领导贫苦农民抗捐税、砸盐店，农民运动搞得轰轰烈烈。赵云霄烈士就是在这种民主革命氛围中成长起来的优秀共产党员。赵云霄原名赵凤培，1906 年生于阜平南关街。南关街不长，东、西和中间各有一棵大槐树，都有三四围粗，5 月槐花开的时候，清香醉人。赵云霄 11 岁进县女子学校读书，后入保定第二师范学习，参加进步活动。1925 年在上海参加了五卅运动，游行示威，登台讲演。后经王若飞的夫人李培之介绍加入共产党，是河北省早期女共产党员之一。同年暑假被派往苏联，是莫斯科中山大学第一期学员，与邓小平、左权是同学。学习期间，认识了湖南籍学员陈觉，不久结婚。1927 年 9 月学习期满，夫妻二人一同回国到湖南工作，领导了醴陵县土地革命，又参加了秋收起义，组建了中共湖南特委。1928 年 9 月，夫妻二人同时被捕，从常德押解到长沙，关在陆军监狱。在敌人的严刑拷打面前，他们宁死不屈，陈觉同志壮烈牺牲，赵云霄怀有身孕，分娩后于 1929 年 3 月 26 日英勇就义，年仅 23 岁。牺牲前给女儿起名“启明”，并写了有名的《狱中遗书》，大义凛然，母爱绵绵，感天动地，成为千古绝唱。

1931年7月4日，山西省军委书记谷雄一和中共地下党员赫光，在国民党军高桂滋部发动了“平定兵变”，震惊全国。谷雄一，安国人，保定育德中学毕业，1926年加入中国共产党，组织安排他做兵运工作。高桂滋部是个杂牌军队，号称一个军，实际上不足3000人。起义官兵千余人，改名为中国工农红军第二十四军，谷雄一任政委，赫光为军长。7月18日开赴阜平县城，国民党县长弃城而逃，我地下党员率众欢迎，成立了“支应局”。阜平成为红二十四军的根据地，26日在县衙里开军民大会，宣布成立中华苏维埃阜平县政府，组建了农民赤卫队。红二十四军发动群众打土豪，分田地，开仓放粮，开牢释囚，在全县宣传中央苏区的主张，创办穷人自己的学校，编写自己的课本。天津《益世报》惊呼:“其势较之江西有过之而无不及也。”后来在奉军的支持下，国民党军石友三的部下沈克自称“绿军”，使用诈降计将军长赫光骗至法华村，当场开枪打死。将政委谷雄一骗至王快村扣留，押解到北京杀害。红二十四军余部在参谋长刘明德的带领下，西上榆林与刘志丹会合，成立了红二十六军。虽然民主政府仅仅存在了一个多月，但是在阜平播下了革命的种子。小派山下的烈士陵园里有谷雄一和赫光的墓，逢年过节都有许多人前往祭祀。

1937年9月中旬，罗荣桓率领一一五师部分指战员进入阜平，成立了战地动员委员会，王平任主任，积极开展抗日活动。平型关大捷后，娘子关告急，八路军总部命令一一五师主力南下，聂荣臻奉命创建晋察冀抗日根据地。可是给他留下的部队，只有一个独立团、一个骑兵营和总部特务团的一部分，加上地方工作团也不过3000人。有人开玩笑说，要问司令部有多少人，一盆菜就够吃了，一条炕就够睡了。面对四周强大的敌人，在三省交界处选择一个开阔地区建立根据地，这点儿力量显然是单薄的。开创抗日新局面需要很大的勇气和智慧，聂荣臻分析，晋察冀人口密集处是平汉路两侧，特别是冀中平原，领导机关必须往前靠，他看中了阜平这块风水宝地。平型关战斗时他视察过城西下庄、龙泉关、上寨等地，地形险峻，敌人机械化部队施展不开，他说："这是一条游击之路。"

1937 年 11 月 7 日，晋察冀军区在五台县石嘴村普救寺成立。聂荣臻亲临五台山寺院宣传党的亲民政策和抗日救国纲领，挥笔题词："为保卫祖国而奋斗到底，誓与华北人民共存亡！"半个月之后，一支 3000 人的队伍，踏着皑皑白雪，翻过长城岭，默默地向东挺进。从这一天起，一把锋利的尖刀刺进了侵华日军的心脏。

2005 年 5 月

城 南 庄

晋察冀边区成立处，即边区军政民代表大会旧址，在如今的阜平中学院内，周围几座楼房，门外是宽阔的马路。1937 年 11 月 18 日，聂荣臻初抵阜平时，这里是阜平县城第一完全小学，只有瓦房 9 间。当时的阜平也只有 3 条东西小街，除了县衙之外，都是杂货铺、车马店一类矮小门脸儿，完小算是县城数得着的建筑了。

红旗插上了阜平城，人们以既怀疑又希望的目光，打量着聂荣臻这位个子高高、文质彬彬、威风凛凛又和蔼可亲的八路军高级将领。聂荣臻 1899 年 12 月 29 日生于长江环抱的四川省江津县（今属重庆市），想不到在大山环抱中的阜平城，过了自己 38 岁的生日。

聂司令来到阜平的首要任务是建立全边区的统一政权。他通过中共地下党员宋劭文，向阎锡山连发8封电报，要求成立晋察冀边区政府。宋的公开身份是山西第一行政公署主任兼五台县县长，牺盟会会员。宋大讲晋察冀边区政府的成立，可以把阎的势力范围扩大到察哈尔和河北省。老狐狸阎锡山终于答复同意，使得边区的成立取得了合法地位。1937年12月5日正式挂起了“晋察冀边区临时政府筹备处”的牌子，并派人到周围各地联络。听说共产党领导的八路军在敌后成立了抗日政府，正处于群龙无首的抗日力量都很拥护，不到一个月，就有39个县表示愿意参加军政民代表大会。1938年1月10日，山城阜平披红挂彩，边区军政民代表大会隆重开幕，149名代表中还有五台山的和尚和喇嘛。聂荣臻说：“和尚和喇嘛也是中国人，他们虽然出了家，但并没有出国。”这一消息在全国宗教界引起了强烈反响。代表大会开了6天，宋劭文、胡仁奎当选为政府正、副主任委员，聂荣臻、吕正操、张苏等7人为委员。边区人民奔走相告：“咱们老百姓自己的政府在阜平成立了。”

边区政府成立后不久，便和晋察冀军区司令部迁移到40里外的城南庄。我来到东山脚下、胭脂河畔的司令部旧址。一座大院，5栋22间土坯平房，建筑面积401平方米，大院占地13167平方米，还有一个200米长的防空洞，两个出口。前院正中矗立着聂荣臻元帅的铜像，只见他一身戎装，左手握拳，右手叉腰，军帽下双目如炬，一脸慈祥。塑像背后塔松成林，郁郁葱葱，好像是聂司令统领的几十万大军。城南庄上年纪的人说，聂司令在这里生活过12年，变成了本地的一个村民，在村边地头常常见到他，那时的聂司令就是这般模样。

边区政府站稳脚跟后，主要任务是扩大武装力量和开辟抗日根据地。首先想把杨成武的独立第一团扩编为独立第一师。上报中共中央后，为避免目标太大，改为第一支队。其他各分区也改为支队，每个支队三四个大队。接着是收编杂色武装。当时是“司令遍天下，主任赛牛毛”，分布在晋察冀军区范围内的散兵有万人之多。聂荣臻说：“对于抗日志士和人民群众组织的土生土长的游击队伍，吸收他们参加八路军，这是没有问题的……对那些打着抗日招牌，祸害百姓，勾结敌人，乘着混乱局势要捞一把的杂七杂八的武装，我们就要保持警惕，采取适当的方式，逐步加以解决。”聂荣臻在与杂色武装打交道过程中得出一条经验，只要不反对抗日，不叛变投敌，就不动他们，实在顽固不化、抗拒改造的就坚决处置。不少土匪队伍经过教育和改造，转变得很好。比如王溥的部队改编为游击军，他任游击军司令员，听从指挥，积极抗日，在 1941 年秋季反“扫荡”中光荣牺牲，成为革命烈士。也有的本性难移，号称“十路军”司令的赵玉昆，改编后任五支队司令，不久叛变投敌，并将我党派去的干部活埋，政委王道邦险遭不测。而大多数五支队的指战员表现很好，平西抗日，屡建奇功。

遵照中共中央北方局的指示，中共地下党员、原东北军第五十三军六九一团团长吕正操，率部于 1937 年 10 月 11 日在梅花镇宣布抗日，在晋县小樵镇举行誓师大会，改称人民自卫军，要求晋察冀军区帮助整训，学习红军传统，彻底改造部队。得到同意后，吕部开赴城南庄。聂司令安排参谋长唐延杰与吕正操同吃同住，自己处理完军务后也常过来聊天儿，还把自己长征时保留下来的一双袜子送给他，并亲自向中共中央打报告，介绍吕正操的情况。有一天，聂司令发现吕正操白底蓝边的臂章上“人民自卫军”五个字之间还有一颗红五星，问他是什么意思，吕正操说，为了有别于国民党旧军队，倾向红军。聂司令点点头说：“出发点很好，道理是这样，但是这样做不利于和国民党搞统一战线。”又说：“为了抗日大局，连我都忍痛把戴了多年的红五星摘下来了。”

聂司令还亲自给人民自卫军的干部上课，讲统一战线和游击战争，讨论一些冀中的工作。他用手在地图上画了个大圈，说："经八路军总部和党中央批准，你们就在平津路、平汉路、津浦路之间，南边以滏阳河为界，搞冀中根据地吧。"整训一个多月后，聂司令亲自送人民自卫军上路。吕正操回到冀中以后，与孟庆山领导的河北游击军并肩战斗，并合编为八路军第三纵队，总兵力达到6万多人。

晋察冀军区作为主力部队，参加了百团大战，在榆（社）辽（县）、涞（源）灵（丘）战役中重创日军。日军华北方面军司令官冈村宁次吃了大亏，决心报复，调集5个师团、6个旅共计7万人，于1941年8月29日从四面八方铁桶般包围阜平，聂荣臻和晋察冀党政军首脑机关全部陷入重围。上万人的队伍大部分为非武装人员，目标太大，如何突出重围？聂司令想起了平型关战役中视察过的那条"游击队之路"。他带领大家在阜平西部的大山中，利用险要地形与敌巧妙周旋。在雷堡村，一份向总部告急的电报刚刚发出，四架敌机便顺着大沙河低空飞来，俯冲投弹。聂司令警惕起来，从司令部电台的电键声中，悟出了问题就出在电台上。于是他将计就计，把电台移至东边20里的台峪迷惑敌人，吸引敌机轮番轰炸。而在仅有一山之隔的山沟里，聂司令在夜幕的掩护下，带领队伍一夜走出80里，来到一个只有二三十户人家的常家渠。乡亲们把能吃的都拿了出来，可是上万张嘴，每人只有一丁点儿。聂司令和大家一起啃生玉米棒子，吃生核桃。聂司令特别交代，要给老乡留下足够的粮票，以后归还粮食。干电池收音机传出日伪电台广播："'聂总部'的电台，已被'英武皇空军'勇士炸毁，今天已是第三天听不到聂台出现，聂荣臻已阵亡。"听到此处，聂荣臻轻蔑地一笑。不久得到报告，通往龙泉关有一个小口子，敌人白天来，晚上就撤了。聂司令当机立断，部队乘着月色向口子运动，上万人从那难忘的口子一一闪过，在敌人合围圈短时间出现的缝隙中冒险脱身。

晋察冀抗日根据地创建一周年时，聂荣臻曾向中共中央写了一份详尽系统的10万字的报告，毛泽东看后认为很有意义，要聂荣臻补充修改后出版。毛泽东亲笔题名为《抗日模范根据地——晋察冀边区》，并且写了序言，1939年5月在延安、重庆两地公开发行，成为第一本系统介绍八路军坚持敌后抗战的专著，引起了国内外的广泛关注，并借此扩大了共产党、八路军的影响。著名爱国人士李公朴先生，在晋察冀抗日根据地作了6个月调查访问，写了一本影响颇大的书《华北敌后——晋察冀》，热情洋溢地歌颂“抗日之花开遍了华北”“晋察冀边区是新中国的雏形”。

2005年5月

一支文化军队

孙犁在《回忆沙可夫同志》一文中说：“晋察冀边区是一个战斗非常紧张、生活非常艰苦的地区。但就在这里，聚集了不少从各路而来、各自抱负不凡的文艺青年。”强烈吸引这些文艺青年的磁力，首先是如火如荼的抗战生活，同时还有聂荣臻的个人魅力。

聂荣臻在红军时期就十分重视文艺工作。1933年在瑞金，他演过话剧《庐山之雪》《杀上庐山》，亲自动手写过四幕话剧《南昌起义》。1937年12月11日，抗敌报社和抗敌剧社同时成立。邓拓带领大家，一手拿枪、一手拿笔与敌周旋。聂司令亲自送给这位会识别和采集多种野菜的“野菜书生”一匹好马。凡有重要社论，哪怕深更半夜邓拓也要骑马赶到司令部，送给聂司令审阅。抗敌剧社的文艺兵，被称为“军区之骄子”，司令员几乎是每戏必看。中共晋察冀分局开高干会议时，中共冀中区委书记黄敬希望能看话剧《日出》，他给了三天时间准备。剧社为聂司令争光，真的三天就把大型话剧《日出》搬上了舞台。虽然服装是麻袋片和纱布做的，沙发是驴驮子翻过来塞上背包改装的，布景也是土法上马搞出来的，但是台上台下都很认真。那一天雪花飘飘，天寒地冻，搭在雪地里的帐篷舞台，四周挖出一条燃着火的土沟，以便穿着西服、旗袍的演员们取暖。聂司令兴致勃勃地坐在台下，边烤火边对准备上台的演员喊道："加炭火呀！喝酒哇！"三个小时的演出，使身处敌后的人们眼界大开，热烈的掌声在冬夜的山野经久不息。

许多作家带笔从戎，以记者乃至战士的身份，一边战斗一边写作，为敌后抗战作出忠实的记录。丁玲写了《一颗未出膛的枪弹》《彭德怀速写》《一二九师与晋冀鲁豫边区》，吴伯箫写了《潞安风物》《黑红点》，沙汀写了《贺龙将军印象记》《随军散记》，周而复写了《诺尔曼·白求恩片段》，黄钢写了《我看见了八路军》，碧野写了《北方的原野》《太行山边》……

"国家不幸诗人幸"，"愤怒出诗人"。在晋察冀边区活跃着一批诗人，在战争中形成了一个诗歌群体，他们充满战斗活力的诗歌，把抗战文学、边区文学，把慷慨悲歌的燕赵诗风推到了一个时代的高峰，他们当中包括田间、艾青、柯仲平、邵子南、史轮、曼晴、陈辉、钱丹辉、魏巍、方冰等。他们的名字如星光灿烂，照耀在太行山上，照耀在文学史上。他们一路行军、一路写诗，用笤帚疙瘩蘸着白灰浆把诗写在岩石、墙壁上，使诗歌破天荒地走向群众，走向大地，宣传、鼓励、召唤着广大战斗者。这个"街头诗运动"的代表人物是田间。

假使我们不去打仗，
敌人用刺刀，
杀死了我们，
还要用手指着我们的骨头说：

“看，

这是奴隶！”

1938年作

“看！这是写咱们的义勇军。”战士、民兵们惊喜着，一边朗读，一边记在本本上。

狗强盗，

你要问我么：

“枪、弹药，

埋在哪儿？”

来，我告诉你：

“枪、弹药，

统埋在我的心里。”

1943年6月作

“这是写咱们边区老百姓的。”村民们惊喜着，一边背诵一边在乡亲们中间传唱。

孙犁曾说过：田间的足迹，留在晋察冀艰难的山路上。他行军时一往无前的姿态，一直留在我的心中。他总是走在我们的前面。他的诗，也留在晋察冀各个村落的山头上。抗战时期，田间在诗人中，是一个勇敢的、真诚的、夜以继日、战斗不息的战士。

还必须提到的另一位诗人是曼晴。他是河北广宗人，20世纪30年代在天津参加了“左联”领导的“中国诗歌会”，抗日战争爆发后到晋察冀，是“街头诗运动”的主将之一。请看：

你的诗，

像匕首，

闪闪发光。

写吧！

让所有的墙壁，

都披上武装。

《匕首》1939 年 3 月作

敌人的汽车路，
像毒蛇似的，
缠绕着我们的村庄。
同志们，
半夜里把它破除！
像斩蛇似的，一截一截地把它斩断。

《破路》1939 年 9 月作

孙犁讲：曼晴是在中国新诗运动中出过大汗大力的人。他为之奋斗的是诗，我们经历的时代不会忘记他，中国诗歌的历史不会忘记他。

2005 年 5 月

紫荆关——大龙华

杨成武将军抗击日军的一着妙棋是大龙华之战。大龙华属易县，出涞源城沿拒马河东行，80 多里到紫荆关。

从拒马河谷仰望，紫荆关三面环山，一面临水，非常雄伟、险要。它坐落在易县紫荆岭上，又称蒲阴陉，是太行八陉之第七陉。东汉名五阮关，《水经注》称庄关。关于紫荆关名称的传说有二：一是山上多紫荆树；再是一次战争中守关将士全部牺牲，城内仅剩下一棵紫荆树。紫荆关一向为战略要塞，史书上说元兵“攻居庸不能入，乃取紫荆拔涿易二州，遣别将自南口反攻居庸破之”。明洪武六年（1373 年）大将徐达守备山西、北平边际时，于紫荆设千户所，筑关城。“土木之变”中明英宗被俘，瓦剌部落首领也先拥英宗由紫荆关攻入，直捣北京。被守将于谦击败，复由紫荆关退出。此后重兵设防，增筑城堡，重兵屯戍，成为明长城九大名关之一、内长城三关之一。

紫荆岭上有东西二城相连的关城，关城有四门，北、东、南三门在东城。东西二门不通关外，只通外城，南北二门为交通要道。北门设瓮城，墙外即是拒马河，故而外门东开，门上题“河山带砺”，又题“紫荆关”，另一门题“表里山河”。南门在盘山道进关最高处，门有三重，第三重门上原有“紫塞荆城”四字，今已倾圮。东城“九门九关，内包一山”，山上有庙宇树木。站在山顶看，背山面河，左右翼墙如凤凰展翅。

紫荆关自古为兵家必争之地。汉武帝元朔二年（前 127 年），匈奴来犯，名将卫青出关退敌。东汉建武二十一年（45 年），乌桓为患，大将马援初战告捷。李世民在这里打败了刘黑闼，李自成也选择了这条路线进京。1941 年正月十五，晋察冀军区第一军分区马辉率领一个营在拒马河畔激战一天，消灭了日军一个中队和伪军一个大队，这就是著名的元宵节战斗。

从紫荆关奔大龙华是东南方向，山路盘旋而下，两边是悬崖峭壁，惊险异常，有坐滑梯的感觉。走过十八盘，山势渐渐平缓，慢慢地过渡到了平原。大龙华在清西陵和安各庄水库之间、112 国道路边，是个较大的村庄。4 月中旬，清明已过，谷雨将至，麦苗像绿毯一样铺天盖地，间或有一片片地膜在阳光下像一汪汪春水，公路和田间小道旁的一行行白杨泛着新绿，偶尔有几株桃杏花儿红得耀眼。成年人大都下地劳动或者外出打工了，大街小巷只有三五成群戏耍的儿童，或者斜靠在墙根晒太阳的老人们，村子显得十分安静。要采访 66 年前这个季节那场闻名全国的大龙华战斗，可惜知道的人已寥寥无几了。

日军第二次侵占涞源城之后，残酷地实行“三光政策”。王安镇、浮图峪、紫荆关、大龙华等据点的敌人又疯狂起来，“清乡”、“蚕食”、层层封锁，敌占区群众的生活更加困难起来。1939 年 5 月，杨成武的独立师决定攻打大龙华，给敌人点儿颜色看看。参加战斗的人，除了主力部队外，主要是涞源县梁正中支队。这些穿上军装的农民子弟，苦大仇深，觉悟高，不到一年时间就学会了打仗。

开始，独立师隐蔽起来，先派出许多小股游击队，天天袭扰敌人，拖得他们惊慌不安、精疲力竭。同时派出一些侦察员，化装成走亲访友的老百姓，说一口当地话，收集准确情报。驻防大龙华的日军一一师团一四联队第三大队，有四五百人。伪军多为地痞流氓，战斗力不强。战斗打响以后，主力部队像一群群鸟儿从树丛、山沟里飞出来，神速地落到村边，合力围歼。梁正中支队从侧后包抄攻击，神出鬼没。日军第三大队被打得措手不及，晕头转向。一场策划已久的战斗，轻而易举地解决了，共歼灭日军 400 余人，一面面红旗在春风中哗啦啦地欢笑起来。

杨成武师长亲自指挥了这场战斗，而战争的变化又常常神秘莫测。梁正中支队的战士们在打扫战场时，搜出了日军西陵警备队长兼易县指挥官穴田的许多机密文件，共 50 多册，既有日本军政府对华侵略政治目标，各师团战区的任务，日本侵略者华北方面军司令部颁发的《关于剿匪与警备的指针》《使用特种器材（毒气）之参考》和对我晋察冀根据地的《1939 年一、二、三期肃正作战概要》，包括在经济、文化等方面侵略我国的指导条款，还有情报工作、伪政权的建设与利用以及日军一一师团司令部颁发的《对山区方面匪团封锁计划》，等等。杨成武立即将这些机密文件送到晋察冀军区司令部。聂司令收到这批文件后，高兴极了，打电话对杨成武说：“你们缴获的这批文件，比缴获敌人几百支枪、几十门炮的胜利还大。”聂司令将译文托宋时轮带到延安。毛泽东后来对聂司令说，这些敌军文件很重要，对于研究敌人，很有参考价值，中央制定的对敌作战的一些方针、原则，有的就是据此而定的。

日军指挥官穴田被俘后哀叹“我们原以为你们打不下大龙华，才把这些文件放在这里了。这样的仗，你们一年只要打三四次，日本就会垮台。”

2005 年 5 月

狼牙山，心中的瀑布

下一个目标是狼牙山。从大龙华沿 112 国道东行，绕过清西陵，到梁各庄就看到了易水河。春天干旱，水流断断续续。再往前走就看到了易县城边的荆轲塔巍然耸立，让人想起那句千古绝唱:“风萧萧兮易水寒，壮士一去兮不复还。”燕赵自古多慷慨悲歌之士。

从易县上易满（城）公路，两边多光山秃岭。据我了解，清朝以前，这里到处是郁郁苍苍的松林。《墨史》记载，唐、宋历代墨官都出自易州，中国古代制墨技术被称为“易水法”，而制墨的主要原料是松木烧炭。直到唐末，墨工奚廷硅父子避乱南逃至歙州，见那里和故乡易州一样有很多松林，适宜制墨，便留居下来，被南唐皇帝赐姓李，世为墨官，才形成了徽墨。

从一个叫岭东的村子下路，抬头北望，狼牙山横亘眼前，群峰挺拔，山岭嵯峨，林木茂盛，郁郁葱葱。大山的植被不仅与周围大不相同，而且有了很大变化。以前大部分山体裸露，草木稀疏，狼牙山衣衫褴褛，在北风里抖瑟着，看了让人心疼。而今大山披上了一件新的军大衣，威风凛凛，倍显精神。这个明显的变化，应该是当地人民保护抗日名山、植树造林的成果。

建在山腰的五勇士陈列馆，是河北省政府1998年投资兴建的。占地1200平方米，高18米，米黄色大理石墙体，白色屋顶，显得庄严雄伟。沿“之”字形汉白玉栏杆登上台基，迎面一座窑洞式拱形玻璃大门。馆名是抗日名将杨成武将军题写的。进门是750平方米的展室，以大量图片、资料和实物，通过传统艺术与现代科技表现手法，生动地再现了当年根据地军民抗击日本侵略军、保家卫国的光辉业绩。

狼牙山主峰海拔1105米，是晋察冀边区东部制高点。它东距保定50千米，是钉在驻保日军眼里的一颗钉子。晋察冀军区第一军分区老三团七连驻在山下的林泉、界安一线，负责掩护在山中隐蔽的一个后方医院及涞源、易县、徐水、满城四个县的政府机关和群众，共计三四万人。1941年8月，侵华日军华北方面军司令官冈村宁次指挥10万兵力对我太岳、平西根据地疯狂“扫荡”。9月25日，数千日军聚集在狼牙山下，在飞机大炮的掩护下，向七连驻地猛攻。七连在掩护群众转移到深山之后，便和敌人周旋。经过多次苦战后，为保存有生力量，留下二排六班牵制敌人，其余指战员撤离阵地。六班原有9个人，除了4名伤病员外，只剩下班长马宝玉、副班长葛振林和战士胡德林、宋学义、胡福才。五勇士边打边往山上撤，太阳偏西时，攀上了狼牙山的主峰棋盘陀。

沿着当年五勇士的足迹，有一条小路通向主峰。记得20多年前上山时还没有路，羊肠小道不时被沟岔切断。而当年五勇士往山上撤退时，连条羊肠小道也没有，悬崖峭壁，全凭手攀脚登，衣服被荆棘挂破，双手和膝盖鲜血直流，爬上棋盘陀时已经筋疲力尽。如果说狼牙山山如狼牙，那棋盘陀就是最高最险的一颗大牙，像一根石柱矗立在云间。山顶倒是一块小平台，能摆开棋盘，供云中仙人对弈。

当时，敌人疯狗似的尾追过来，山炮、机枪一齐向山头扫射。五勇士居高临下，打退了敌人几次冲锋。掩护主力和群众转移的任务完成了，自己却孤零零地被困在山顶。子弹、手榴弹打光了，面前是一条绝路。这时敌人从三面向山头扑来，五勇士面前是野兽般的敌人，身后是万丈悬崖。紧急关头，班长马宝玉激动地大喊："我们牺牲了，有价值，光荣！我们无论如何不能当俘虏，摆在面前的只有一条路——跳崖！"话没说完，一群敌人已经端着枪冲上来了。马宝玉挥手一抡，三八大盖枪噌的一声甩到山沟里去了。其余四勇士也摔坏了枪支，五个人大喊："打倒日本帝国主义！""共产党万岁！"相继纵身跳下了悬崖。在这次战斗中，敌人在棋盘陀下丢下了100多具尸体。而我们的战士马宝玉、胡福才、胡德林壮烈牺牲，葛振林、宋学义被树枝挂住，遇救后又回到部队。五勇士的壮烈举动，为我们的主力部队和群众转移赢得了时间，取得了反“扫荡”的胜利。如果说棋盘陀战斗是一盘棋，那就是几个伟大的卒子换取了大局的胜利。

棋盘陀上修葺一新的五勇士纪念塔，方形白色大理石柱，顶部五角小亭，金瓦红柱，特别耀眼，像一座灯塔耸立在林涛云海之上，召唤着和平与正义，召唤着伟大的民族精神。我站在塔下默默祈祷，祝愿五勇士英灵常在。耳边那两声惊天动地的口号，眼前那五条壮烈的身影久久不散，在夕阳晚霞中，成为一道红色的瀑布。20多年前，我把这种奇异的感受写成了一首诗——《狼牙山，心中的瀑布》：

李白唱绝的庐山，
世人叹服的黄果树，
哪能比得上啊，
狼牙山高悬着
我心中最壮观的瀑布！

前临深涧，后有围堵，
正义被邪恶逼上了绝路，
五壮士没有踌躇，
信念的洪流冲破一切拦阻，
用生命在绝壁铺出坦途。

民族响当当拍着胸脯，
棋盘陀像一个拇指高竖，
惊天地呀泣鬼神，
那呼喊如惊雷回响在山谷，
啊，这才是真正的人字瀑！

你有多大能量，
冲击着亿万人心灵的机组，
产生着强大的电流，
除非他心房已经锈住，
变成革命精神的绝缘物。

你有多大的落差，
令亿万双眼睛仰慕，
标志着人生的刻度，
除非他患了白内障，
眼前总是一片迷雾。

啊，狼牙山的瀑布，
五壮士留下的一份遗书，
谁要认识它无形的字母，
就会获得无穷的精神财富。

2005年5月

白求恩、柯棣华纪念馆

从狼牙山下来，上公路往南，经顺平县城西南行，不远就到了唐县。白求恩、柯棣华纪念馆就坐落在城北的钟鸣山下。一座云脊碧瓦的牌坊上，有胡耀邦同志题字“唐县白求恩柯棣华纪念馆”。进入大院内，仰望五层多级花岗岩台阶上，耸立着两层八角形纪念堂，飞檐起脊的红瓦顶，高22米。拾级而上，看到聂荣臻元帅的题字。中轴线左右，分别是白求恩和柯棣华的纪念馆，金碧辉煌，和谐对称，在常青松柏的衬托下，更显得庄严肃穆，让人肃然起敬。

两个纪念馆内，藏品丰富，内容翔实，采用声、光、电等现代化展示手段，再现了两位伟大的国际友人在如火如荼的晋察冀抗日斗争中可歌可泣的壮丽人生。

诺尔曼·白求恩，加拿大共产党党员，世界著名的胸腔外科专家。作为加拿大和美国援华医疗队队长，不远万里来到中国。1938年3月到延安，迫切要求到晋察冀抗日前线。6月17日到达晋察冀军区司令部，聂司令员把他待为上宾，安排在自己身边的房子住，自己吃小米、咸菜，省下一块钱菜金为他改善生活。白求恩发现后，坚决不干。战地考察时，白求恩提出建立一所正规医院，聂司令明知为时过早，但还是答应了。不久辛辛苦苦两个月建成的松岩口医院毁于战火，这使白求恩懂得了游击战争。为此，他设计出一种名叫“卢沟桥”的药驮子，用几匹牲口驮上药品和手术器械，及时救治了大批伤病员。

白求恩听说冀中八路军正在浴血奋战，一再要求带医疗队去前线，聂司令将新缴获的一匹大洋马和一件空军夹克送给出征的白求恩。1939 年 4 月，冀中的齐会歼灭战打了三天三夜，白求恩在河间县屯庄村一座仅 10 平方米的真武庙内，连续工作 69 个小时，为 115 名伤员做了手术，创造了治愈率达 85%的世界纪录。

4 个月后，白求恩回到太行山，立刻赶赴涞源摩天岭前线。1939 年 11 月，雁宿崖战斗前夕，他在为一名头部患蜂窝质炎的伤员动手术时，左手指被碎骨头刺破感染。随后，他在发着高烧的情况下，忍着疼痛，冒着炮火，参加了雁宿崖和黄土岭战斗，奋不顾身抢救伤员，战斗结束时病情加重，不幸于 1939 年 11 月 12 日凌晨在河北唐县黄石口村逝世。噩耗传来，边区军民特别是经过白求恩救助的同志无不失声痛哭。聂司令在紧张的战事中闻讯赶来，为白求恩举行殡殓典礼。不久再临唐县，出席了万人追悼大会和陵墓落成典礼。12 月 1 日，延安各界召开了隆重的追悼大会，毛泽东亲自写了挽联，数日后写了著名的《纪念白求恩》一文，号召每一个中国共产党党员都要学习白求恩同志的国际主义精神，毫不利己专门利人的精神，毫无自私自利之心的精神，做“一个高尚的人，一个纯粹的人，一个有道德的人，一个脱离了低级趣味的人，一个有益于人民的人”。

印度援华医疗队的柯棣华大夫，1938 年来华，1940 年 4 月来到了晋察冀边区。他处处以白求恩为榜样，曾任白求恩国际和平医院首任院长。1942 年 7 月，在边区军民最艰苦的时期加入中国共产党。同年 8 月，他的中国妻子郭庆兰生下一个儿子，聂司令亲自起名“印华”。1942 年 12 月 9 日凌晨，柯棣华大夫因癫痫病再次发作，不幸逝世。12 月 17 日，晋察冀军民在葛公村召开了追悼大会，聂荣臻写了署名文章，称他为“白求恩第二”。12 月 30 日，延安各界也召开了追悼大会，毛泽东写了挽词:“印度友人柯棣华大夫远道来华，援助抗日，在延安、华北工作五年之久，医治伤员，积劳病逝，全军失一臂助，民族失一友人。柯棣华大夫的国际主义精神是我们永远不应该忘记的。”

纪念馆里展览着许多革命文物，有白求恩当年用过的手术器械、消毒锅、煤油灯，柯棣华当年用过的药箱、医疗器械、生活用品等。它们让我依依不舍，流连忘返。虽然在我落生 3 个月和 3 年时，白求恩和柯棣华已经先后牺牲了，但是他们用这些文物抢救过我父辈的八路军战士，它们是那个时代的纪念和象征，所以倍感亲切和珍贵。不管自然和世道多么恶劣，人性是不会毁灭的，爱国主义和国际主义也是不会消失的，相反会越来越发扬光大。因而这里的药箱、消毒锅、医疗器械，对于人类的治疗功能也将会是永远的。

2005 年 5 月

北岳新辨

一则消息说，在中央电视台的《开心辞典》节目中，主持人问：北岳恒山在哪里？嘉宾答：山西浑源。主持人说“错”，正确答案是河北曲阳。谈笑间纠正了一桩 300 多年的错案。

查阅历史，唐虞之时已有四岳之称，周朝时增加了一个中岳，形成五岳。岳者，山之尊者也。先民崇拜大山，五岳成为统治地位和领土征服的象征。从《尚书》《礼记》《史记》《水经注》到《元和郡县图志》，北岳都在曲阳。宋代著名科学家沈括《梦溪笔谈》卷二十四记载：“北岳常山，今谓之大茂山是也。半属契丹，以大茂山分脊为界。”汉时因避文帝刘恒之讳，改称常山，南北朝北周复名恒山。3000 年没有争议，直到明朝末年才出现“改议祀北岳于浑源”一说。兵部尚书马文升说，曲阳在京师之南，方位不符，随即遭到礼部尚书倪岳引经据典的有力驳斥，此议被否决。著名学者顾炎武亲临曲阳、浑源实地考证，写出了《北岳辨》，指出“五岳有定，历代之制，改都而不改岳”。就连当时山西名士乔宇、元好问也站在直隶一边，乔宇《登恒岳》说：“岳势巉巉俯北陲，曲阳飞石事应奇。”元好问《登北岳》诗：“大茂维岳古帝孙，太朴未散真巧存。”而浑源称岳，史无可考。只有一个民间传说，说北岳庙有一块飞石（陨石）是从浑源飞过去的，留下了一个飞石窟。直隶监察御史黄应坤前往察看，窟亦未见。明清改朝，顺治入关，少不更事，听了他老师的话，加上他本人对五台山情有独钟，便轻率地准了“移祀北岳于浑源”奏章，改变了3000年北岳祭祀的历史。其实浑源本无恒山，新称恒山者原名高氏山，亦称崞山，浑源还叫过崞县。

有个连顺治皇帝也无法改变的铁证，天下唯一的北岳庙在曲阳。自古庙岳不离，东岳庙在泰安，西岳庙在华阴，南岳庙在衡阳，中岳庙在登封，岳与庙是一眼望见的距离，帝王祭岳才叫“望祭”。传说，西汉天汉三年（前98年）“始立祀上曲阳县”，北岳庙修建于南北朝北魏宣武帝景明、正始年间，唐开元、宋淳化年间两次大修，可不是从哪儿一阵风刮来的。

前不久，我参观了衡山和南岳庙，与之相比，北岳庙早出118年，规模也大了一倍。北岳庙是一个宫殿式古建筑群，坐北朝南，走过莲花池上的登岳桥，中轴线上依次是朝岳门、御香亭、凌霄门、三山门，两旁古柏森森，眼前重檐叠影，脚步与敬畏一路抬升，真如唐开元年间修庙时，定州刺史段愔预见的那样：“晬容凝湛，未施敬而自敬，不有威而自威。”

最后来到大庙的主体建筑德宁之殿。它建于2米高的砖制台基上，面宽9间，重檐庑顶，黄琉璃瓦，高25.6米，比南岳庙高出一丈，面积2009平方米。其规模与东岳庙的天贶殿相同，显示了它在岳祀中的崇高等级。北岳庙历经千年而不衰，不像一般庙宇，随着一个朝代的结束而土崩瓦解，而是坚强而体面地延续下来，而且逐步完善起来，与它的岳祀等级和在人民心中的位置有关。

德宁之殿是一座稀世罕见的艺术宫殿，富丽堂皇，浑身是宝，让我惊叹不已。其一，槛墙砖雕，有着连环画的内容。东边武士出征，战马飞驰，奔走相告，欢庆胜利。西边神仙欢聚，歌舞升平，龙飞凤舞，安居乐业。造型古拙，雕工精细，如书法中的篆隶。其二，木架结构，乳栿相对，双昂重拱，装饰性很强。乳栿与斗拱连接处下施绰幕枋，呈月梁状。工整严谨，一丝不苟，如书法中的唐楷。其三，东西北三面墙上壁画，精美绝伦。东壁《云行雨施》，西壁《万国咸宁》，都是道教题材，描绘天地和五岳四渎之神会聚北岳恒山的故事。采用隋唐流行的铁线描笔法，线条流利洒脱，人物仪态万千，山水气势磅礴。76个人物，个个栩栩如生，衣带飘飘，眉目传情。天然矿石颜料，加上沥粉、贴金技法，历经千年沧桑，依然色彩艳丽，光彩照人。吴带当风，行云流水，如书法中的行草。左上方的飞天神，相貌狰狞，横枪倒戈，气势逼人。这就是著名的"曲阳鬼"，舞台和绘画上钟馗的原型。它和赵州柏林寺大殿上的江河奔流图，并称"曲阳鬼，赵州水"，相传是唐代著名画家吴道子的代表作。关于吴道子亲临北岳庙作画，《直隶州志》《寰宇访碑录》《京畿金石录》和《中国壁画艺术》都有记载。

另一个与北岳关系密切的中国历史文化名人是苏轼。他做定州刺史时，十分关注北岳庙，曾乞降度牒十五道，欲修葺北岳庙，并用北岳松脂制成松醪酒，创作了传世之作《中山松醪赋》。后来南贬惠州，还做《偃松屏赞》怀念北岳："燕南赵北，大茂之麓。天僵雪峰，地裂冰谷。凛然孤清，不能无生。生此伟奇，北方之精。"患难之中，不忘以北岳之松自勉。北岳庙中有一块清人方塘临摹苏东坡知定州时，手书《行香子》《临江仙》《满庭芳》三首词墨迹的石牌，其中《行香子》就作于定州任上。“清夜无尘，月色如银，酒斟时、须满十分。浮名浮利，虚苦劳神。叹隙中驹，石中火，梦中身。虽抱文章，开口谁亲。且陶陶、乐尽天真。几时归去，作个闲人。对一张琴，一壶酒，一溪云。”苦闷中见开朗，表达了一个诗人的境界。

所以就文物和艺术价值而言，北岳庙的建筑和壁画，完全可以与周恩来总理亲自关注的山西运城永乐宫媲美，是国之瑰宝。

天下北岳在曲阳，北岳庙是铁证，本来无可争辩。可是顺治爷偏听偏信，拍错了板，为他的年轻付出了代价。尽管清初大兴文字狱，士人噤若寒蝉，但是还是有人站出来鸣不平。清末学者魏源在《衡岳吟》中说“岱山如坐，华山如立，嵩山如卧”，而北岳是“恒山如行”。弦外之音是，泰华诸岳坐不更名，立不改姓，而北岳恒山被人抢走了。

类似闹剧，历史上也有上演。南岳衡山自古有之，《尚书》《礼记》等均有记载。可是，汉武帝南巡时，一时高兴，南祭祀于霍山，改霍山为南岳。为此引起司马迁、班固等史学家均有微词曲笔，所谓春秋之笔。《史记·封禅》说：“其明年冬，上巡南郡，至江陵而东，登礼灊之天柱山，号曰南岳。”而同篇写舜五月南巡至南岳，结语还是“南岳，衡山也。”班固《前汉书·郊祀志》，记汉武登天柱山，连“南岳”二字都不提。汉至魏晋许多名著，如《尔雅·释山》《水经注》《山海经》，皆以衡山为南岳，置汉武之言于不顾。威严无比的汉武大帝，说错话还不算数，何况一个少年天子乎！所以真的假不了，假的真不了，势必拨乱而反正。所以 1980 年版《辞海》，做出平反结论：“恒山，古北岳，在今河北曲阳，西北与山西接壤，一名大茂山。”

但是，自古燕赵多慷慨悲歌之士，做事大度，既讲原则又历史问题向前看，在中国五岳“申遗”时，还是联合山西浑源一起办，不因前人的失误而伤了今人的和气。

2007 年 9 月

陈庄歼灭战

从城南庄上 207 国道，过阜平、灵寿接壤的两界峰，再行 10 千米就到了陈庄。此地属灵寿管辖，东南距县城 70 千米。1939 年 9 月末，贺龙将军在这里成功地指挥了一次大规模战斗，开创了我军山地歼灭战的光辉范例。

在陈庄歼灭战纪念馆听过讲解，登上村外的山头，来到陈庄歼灭战纪念碑下，俯瞰当年名震遐迩的战场。一块云彩从天上飘来，遮住了当头的太阳，大片阴影投在地上，使眼前的山川、村庄更加清晰。陈庄是一个拥有上千户人家的大村庄，是晋察冀北岳区南部重镇。是边区政府、公安总局、抗大二分校、一二〇师供给处以及灵寿县人民政府的所在地。慈河上游流经村北，进入横山岭水库，远看如一面玻璃镜子，银光闪闪。四周群山环绕，有鲁柏山，白头山，大、小文山等，好像当年贺龙将军布下的战阵；南起慈峪，北到口头，东至山碑，西到陈庄，形成一条擒拿猎物的大口袋。

贺龙率一二〇师孤军深入冀中，奋战 8 个月，赢得齐会战斗的胜利。1939 年 9 月奉命向路西转移，25 日师部进驻刘家沟。随行的新编津南自卫军 2300 人，司令员张仲翰是献县崔尔庄人，一介书生，七七事变后高举抗日义旗，经过贺龙的栽培成为一名战将。刘伯承曾说：“我们军内，对中国社会搞得透彻一点的，懂得多一点的，要算贺龙，他对三教九流那一套都懂。”

此时，驻石家庄及正太（今石太）线日军独立混成第八旅团第三大队以及灵寿、行唐伪军共1500余人，在旅团长水原义重少将的指挥下，突然在灵寿集中，企图袭击陈庄。从灵寿到陈庄，唯一的大道必经慈峪镇。9月25日，军区独立五团吸引敌人到慈峪，津南自卫队阻击后又佯装退却，引诱敌人钻“口袋”，不想敌人又撤回慈峪。原来日军也在学习游击战，以假撤退迷惑我军，准备暗地偷袭陈庄。贺龙笑道：“在八路军面前搞游击，简直是班门弄斧。”27日，日军沿小道向陈庄急进。敌变我变，主力部队立即顺大路追击。日伪军进入陈庄，不见一个人影儿，只见满村“打倒日本帝国主义”的标语，夜间又听到四周零星的枪声，担惊害怕，乱作一团；28日晨他们放了一把火，撤出陈庄，一头钻进鲁柏山的高地山沟中，左突右冲，无路可走，全部暴露在我军的火力之下。此战共歼日伪军1200余人。陈庄大捷，喜讯传遍全国，连蒋介石也致电贺龙：“陈庄战斗，尽歼敌人，予敌重大打击，树华北抗战之楷模，振军威于冀晋，特传令嘉奖。”

诗人田间曾去战地采访贺龙将军。在通往灵寿的峡谷中，他大步流星走了一天光景，突然被岗哨拦截，出示证件后，几经转送，最后被带到一个小土屋。还没进门就听到屋内贺龙将军粗喉咙大嗓门儿地说：“好哇，老熟人嘛，晋西北见过面的。”田间大步跨进屋内，立正致敬，正要说明来意，早被将军的哈哈大笑声打断，贺龙举着大烟斗说：“早知你要来，我会去接你的。先了解一下咱们的阵势吧，诗人、记者同志。”将军比较详细地介绍了战斗部署，眉飞色舞，感动得田间也摩拳擦掌起来。

第三天，贺龙将军命警卫员牵来一匹马，对田间说：“走，我们马上到山上去。”贺龙飞马在前，田间驱马紧跟，跑到山顶，放眼看去，慈河滩上敌人的尸体横躺竖卧，一片狼藉。

战斗结束，田间告辞。贺龙将军看他衣衫单薄难御秋寒，让人从战利品中挑来一件军大衣送给他。接过大衣，田间热泪盈眶，这已是贺龙将军第二次送他礼物了。第一次是从延安渡过黄河，在蔡家崖一二〇师师部，送给他一支小手枪。珍贵的纪念，热切的关怀，让他终生难忘。那支手枪田间一直带在身边，后来大衣转送给正要去延安的孙犁。一次延安发大水，冲坏了窑洞，那件大衣也被洪水卷走了。

此情此景，田间写了一首诗《山中——题贺龙将军》：

师长飞马上山，
谁也不曾听见，
那马蹄一响，
他已到半山间。
枪林弹雨中，
他走上山，
勒马一看，
人像立在马上，
要扑下山，
全山陡的一惊。
将军轻轻地
冷笑一声：
"一块石头，
也不许他侵犯！"
那匹马，又高
又红的骏马，
不用人拴。
崖前姗姗踏踏，
如一轮红日，
搭着一副铜鞍。
将军背倚岩石，
冷笑转成欢笑；

抽烟闲谈中，

打完大歼灭战。

2005年5月

英雄平山

从陈庄上207国道，很快就进入平山县界。汽车在崇山峻岭中行进，忽然看到一片水色，是岗南水库北沿儿沟岔。从苏家庄东去，沿水库东岸经岗南镇再向东南就到了平山县城。冶河擦城边北去，河岸陡峭，卵石遍布，春日天旱水浅，细流汩汩。进城后，公路两侧楼房鳞次栉比，市面繁荣。老城在城区南部，有座古朴壮观的唐代文庙。进三道门，看见大成殿，面阔5间，飞檐起脊，斗檐翘绕。院内石碑林立，古柏参天，粗数围十数围不等，都是千年唐柏。有株古柏，一树六枝，合抱一桑树，树冠庞大，如盘龙交臂。眼下古树刚刚换上新绿，据说初秋时节，绿叶红葚，灿若繁星。

平山是河北省的一个大县，东西长300千米，南北宽100千米。从地图上看，三面环山，朝内敞开，形似簸箕。滹沱河发源于山西省繁峙县，由恶石口入境，贯穿全县，河床宽四五百米，曾是一条波涛滚滚的大河。南宋爱国诗人文天祥在《滹沱河》中写道:“过了长江与大河，横流数仞绝滹沱。”沿途有12条支流，都是南北走向，俗称肋肢河。诸山丛错，众水肆流其间，交织出奇特多样的风景，开放出大自然瑰丽多姿的奇葩，如林山、天桂山、驼梁、光禄山、王母观山、沕沕水等，有奇峰、异洞、瀑布、温泉上百处，使平山成为河北省的旅游大县。

县志上说，平山“北岳控其东，太行揖其西，北依林峰，南对光禄，右襟冶水，左举滹沱，万山峨峨，百川浩浩”，历来是兵家必争之地。战国时为中山国，夹于燕赵之间，疆域虽小，而武力强盛，地位仅次于“七雄”，为“千乘之国”，都城灵寿，就在今平山县城北 10 千米的三汲乡境内。1974 年发掘王陵三处，出土文物 1.9 万余件。其中铁足铜鼎采用了当时难度极高的冶炼技术，刻有战国时期最长的铭文 469 个字。铜版兆域图，是世界上最早的城市建筑平面图。

到了近代，平山再度出现在壮丽辉煌的革命斗争史中。1927 年，栗再温成为第一位平山籍中国共产党党员。1931 年，霍宾台建立平山第一个党支部，同年年底建立了全县党的统一领导机构——中共平山县中心支部，1932 年 8 月改名为中共平山县委员会。1935 年 9 月成立了平山红军游击队，栗再温任政委，组织领导了木导分粮、土岸借钱、下口砸盐店等许多反封建反压迫的群众斗争，为红军东渡黄河、发展壮大党组织、创建人民武装做出了巨大贡献。

1937 年 11 月 7 日，聂荣臻领导的晋察冀军区成立，平山县属第四军分区。同时贺龙领导的八路军第一二〇师进军平山，王震同志登高一呼，1500 名平山子弟组成了八路军第一二〇师三五九旅七一八团，人们亲切地称之为“平山团”。平山团作为三五九旅的主力部队，骁勇善战，所向披靡，收复雁北，开辟察南，驰援五台，屡建奇功。1939 年 5 月，在兄弟部队的配合下，苦战 7 天，全歼日军第三混成旅团宫崎大队 3000 余人，缴获大批武器。聂司令嘉奖称其为“太行山上铁的子弟兵”。之后屯垦南泥湾，保卫延安，解放大西北，进军新疆，英名远播。在人民解放军的方阵中，许多是平山团的老战士。聂司令的通讯员、当年亲自护送日本小姑娘美穗子的封奇书激动地说：“郭兰英一唱南泥湾，我就想起了平山团。”

抗战时期，平山县以整团、整营、整连的建制参加到人民解放军中去，全县20万人口中就有5万人参战，其中有1万人牺牲。日本帝国主义想摧毁这个铁打的根据地，先后制造了33起惨案，1.4万多名同胞惨死在敌人的屠刀之下。在极度残酷的环境下，平山人民同仇敌忾，节衣缩食，以人力、财力无私地支援抗战。在相当长的时间里，中共中央北方局，晋察冀军区司令部，第二、第四军分区，北岳区党委，华北联大，野战医院等党政军机关都常驻平山，共计1万多人，有时多达5万人。平山人民供应军粮2260万千克，军鞋57万双，军袜1948万双，棉衣13万件，棉被143床，人均负担抗勤工427个。在百团大战中，仅平山一县就组织民工6万人，供应粮食187万千克，涌现出了模范个人子弟兵的母亲戎冠秀、模范集体回舍大枪班等。在解放战争中，中央工委、中共中央先后进驻西柏坡，平山人民一方面保卫党中央、毛主席的安全，一方面保证中央机关的供给，全力支援前线，为革命做出了巨大贡献。

以上这些，都是党中央选择西柏坡的重要条件。中央工委留驻晋察冀边区之后，究竟如何为中共中央选址呢？朱德的意见是要选一个跟全国各地联系较为方便的地方，交通比较畅通却又不在大平原上。刘少奇的设想是要考虑到最后指挥大决战的适当位置。当时张家口已被傅作义占领，阜平交通、经济条件较差，而石家庄已经解放。于是平山县这块占有天时、地利、人和三大优势的土地，就成为最佳目标。朱总司令派人骑马对滹沱河沿岸的村庄一一考察，发现了这个河水湾湾里的西柏坡，依山靠水，目标小，好保密，大路可以走汽车，又是革命老根据地，具有可靠的群众基础。研究以后，就确定下来。于是在肋肢河中间，就真的出现了一颗中国的心脏。

2005年5月

柏坡曙色

从平山到西柏坡的公路上，平日就车水马龙，赶上节假日更是繁忙有加。大小车辆，形形色色，连成了一条彩色的河流，前不见头，后不见尾。车上的人们唱着二十世纪四五十年代的革命歌曲，眼睛盯着前方，心情像路旁的山峦一样连绵起伏，这情景大概只有西亚朝圣的场面可以与之相比。从四面八方拥来的游人，大概都有着朝圣一样的心情。

5月，是柏坡岭石榴花开的季节。58年前的5月，听说毛主席要来西柏坡，杏花开过了，桃花开过了，梨花开过了，用什么欢迎人民领袖呢？忽然，一夜之间石榴花一齐开放。稀疏处，似点点火苗燃烧；稠密处，像条条红绸飘舞。特别是一早一晚，天上的朝晖晚霞，地上的团团榴花，相互辉映，真是个红彤彤的世界。千年难逢的大喜日子，石榴花是柏坡人民如火的心绪。

1948年5月，柏坡岭的主峰“探头脑”，好像踮起脚尖抬头北望。啊，毛主席、周副主席、任弼时同志，整个中央前委，从陕西佳县川口村东渡黄河，经岢岚、五寨、神池、繁峙，翻五台山，越长城岭，一路上马不停蹄，先到达晋察冀军区所在地阜平县城南庄，不久又从城南庄来到以刘少奇、朱德为首的中央工委所在地——平山县西柏坡。柏坡岭上，毛主席和朱总司令两双大手紧紧相握，这又是一次伟大的会师。在井冈山，这两双大手高高举起武装斗争的大旗，到了1948年，历史发生了重大转折，这两双大手又紧握在一起，去争取更大的胜利。所以，石榴花成为西柏坡的象征：年年石榴花开，倾诉柏坡人火热的情感；年年石榴结果，珍藏柏坡人甜蜜的回忆。

随着参观的人流，翻过两座山坡，来到西柏坡纪念馆前。它坐落在一个花岗岩铺成的广场北部，三层楼房，黄色大理石做墙，红瓦合顶，背靠郁郁葱葱的柏坡岭，群山环抱，绿树掩映，好像黄土地上盛开着大片大片的石榴花，又像初升的太阳洒下来的一缕一缕曙光。

纪念馆坐北朝南，面前是滹沱河汇集起来的岗南水库，碧波万顷，烟波浩渺，浮光跃金。对面的驴山在云雾中如走如跪，背上的山峦时而如莲花朵朵，时而如仙桃排列，呈现着祥瑞。凡到过西柏坡的人都说，这儿的“风水”好极了，人杰地灵。我想这个说法没错儿。风者，河北人民淳朴宽厚的民风，燕赵儿女慷慨悲歌的风骨；水者，太行山川丰腴的水土，共产党和人民群众的鱼水关系。

花岗岩铺就的广场宽阔通畅，气势浩大。中轴线上有毛泽东、刘少奇、周恩来、朱德、任弼时五位书记的青铜雕像，形象逼真，栩栩如生。伟岸坚毅的身躯如同五座山峰，巍然屹立。人民心中的五指山，五指攥成了铁拳，把蒋家王朝打了个稀巴烂。五位书记身后是国旗台，一面五星红旗哗啦啦飘扬在蓝天，象征着新中国从这里走来。金属旗杆与柏坡岭上的纪念塔遥相呼应，那是革命新航程的灯塔，那是“两个务必”精神的发射塔，它无形的电波在亿万中国人民心中激荡着。

由广场到纪念馆大门，有层层台阶，两旁是汉白玉栏杆。拾级而上，进入馆内，陈列以“新中国从这里走来”为主题，集中展示了中共中央在西柏坡时期组织的土地改革、三大战役、七届二中全会等重大历史事件。8 个展室内展示了大量图片、雕塑、文物，其中国家一级文物 26 件，二级文物 21 件，三级文物 97 件，还有许多艺术珍品。序厅是中共七大中央领导集体人物铜雕，面积 70 平方米，是全国最大、表现人物最多的群雕，气势恢宏，形象生动。三大战役“半景画”，长 50 米，高 10 米，纵深 12 米。画面以淮海战役为主，同时表现平津战役、辽沈战役的宏大场面，衔接自然，浑然一体。“两个务必”浮雕墙，以奔流不息的壶口瀑布为背景，寓意“两个务必”源远流长。庭院设计与室内设计相呼应的手法，是陈列形式的创新。整个陈列主题鲜明，内容丰富，展线流畅，手段新颖。特别是运用了生动形象、具有高科技含量的声、光、电和景观、雕塑、油画等艺术表现手法，让人有身临其境、如见其人、如闻其声的感觉，增强了教育效果。

从纪念馆出来，好像加了油、充了电，神清气爽。环顾四周，青山绿水，蓝天白云，更加美丽动人，连呼吸都畅快了许多。难怪许多人说西柏坡有个特殊的“场”，吸引着许多人来这儿修身养性，练内功，保持生命的活力和事业的青春。

2005 年 5 月

庄稼院，心灵的家园

从纪念馆沿水库北沿儿，来到领袖旧居。

这条小路记不清走过多少次了。20 世纪 70 年代我在《河北文学》当编辑，每年“七一”前都要组织作者来这儿写诗，我自己也写了几十首。后来，社会上不时兴“节日诗”了，可是在我自己心里还时时兴奋着，每年都要来上几次。至于怀着什么样的心情，一句话也说不清楚，更像是回家的心情。每次到来，毛、刘、周、朱、任还有董老，各家都要走到，都还是初来乍到的新鲜感，从头到尾瞻仰或者说是拜访一遍，像过年回家走亲戚一样，一半是礼节，一半是感情。

这一个个庄稼院，这一座座平顶房，青石做基，土坯垒墙，白灰粉刷，木头檩梁，方格窗户，窗前石榴树，院内梨花香。这太行山区普普通通的民居，与千家万户一模一样的庄稼院，却接纳过那样极不平凡的带有神话色彩的人物。他们创造了人间的奇迹，天翻地覆，万象更新。从此以后，这些庄稼院、这些平顶房便有了震撼人心的力量，便装满了心灵的信息。领袖是人不是神，但是神就神在他们有一股强烈的为人民服务的精神。

中国新民主主义革命的核心是农民革命。在西柏坡，革命的内容与革命的形式无比和谐统一，我们的领袖像农民一样勤劳朴实。毛主席旧居分前后两个小院，前院有磨盘、猪圈，警卫员为了保持清洁，打算把它们拆除。毛主席得知后阻止说："革命形势发展很快，我们不会在这里住多久的，这些东西不要拆掉，将来群众还要用的。"夏日里，毛主席和他的战友们经常围拢在磨盘旁边、梨树荫下开圆桌会议，商量国家大事。后院西屋是家属、孩子的住室，北房是办公的地方，一张旧书桌，一盏煤油灯，毛主席就在这里夜以继日地工作。"屋内一盏明灯亮，窗外万树石榴红。"100多封电报、20多篇光辉著作，行云流水般倾泻出来。点点灯光迎来了曙光，夜夜灯花预示着捷报。

西柏坡时的毛主席正值盛年，一天只睡三个小时觉，一天只吃一两顿饭。饭是二米（大米、小米）饭，菜是红薯、辣椒，饭菜不经意撒到桌子上，主席就随手一点一粒地捡起来送到嘴里。毛主席的穿着更为朴素，因为衣服穿得年头儿太长，件件都有补丁，从内衣到外衣，从帽子到鞋子，都是一补再补，单衣补成了夹衣。警卫员李银桥记得，毛主席从来不让领新衣，领了也要逼着退回去，再三说："你还是费心补一补，我的衣服破了没有关系，要节约一点儿，给前方战士穿，好打击敌人。艰苦朴素是我们党的优良传统。"在我看来，毛主席灰军装上那大大小小的补丁，像天上的星星一样灿烂，像地上的花朵一样美丽。

刘少奇旧居，是4间北房，除了书桌和转椅外，显得空空荡荡，因为它还兼做中央工委的办公室。全国土地会议前夕，少奇同志经常带病下乡调查研究，几次病倒在路上，其中一次是由一位老乡用自己的毛驴送回来的。让人特别注意的是墙根下那只白茬儿木箱，是延安时期的用品，曾经保存过《论共产党员的修养》等重要文献手稿。在转战陕北途中，它既是少奇同志的文件箱，又是办公桌，行军打仗累了，还可以放下坐一坐。少奇同志不远千里把它带到西柏坡，用以存放土地会议的大量材料。也可以说这个普通的木箱关系着几亿中国农民的命运，在它的怀抱里诞生了《在全国土地会议上的报告》和《中国土地法大纲》。1949年3月，少奇同志又把它像一个家庭成员一样带到北平（今北京），带进中南海。随着岁月的增长，交它保存的重要文稿越来越多了。"文化大革命"中，身为国家主席的少奇同志被无情打倒，家被查封，洗劫一空。这只幸运的木箱，因为它外表太简陋，简陋到没有引起造反派们的注意而幸免于难。跟随少奇同志工作多年的赵淑君用花纸把它裱糊一番，里边装上自己的用品，冒着生命危险把它偷偷带出中南海，珍藏在自己家中。直到十一届五中全会为少奇同志平反，王光美同志怀着无限的依恋，把它交给西柏坡纪念馆，交给了历史。纪念馆的同志用清水洗了一遍又一遍，揭开那层厚厚的花纸时，箱盖上露出一个大大的"奇"字和编号。这便是这只普通木箱的奇遇记。

任弼时旧居的小院，并排两间北房，西边是寝室，床上一条破旧的毛毯，是延安大生产时织成的，也有许多补丁。东边是办公室，桌上一盏油灯，一枚长方形图章，凡读过的书都盖上印记。任弼时1920年16岁时参加革命，是我党最早的组织者之一。他曾两次被捕，受尽酷刑，坚贞不屈，身体受到严重摧残。五位书记中数他年轻，又数他身体差。从陕北来西柏坡途中，翻越五台时大雪封山，他走不动，是拽着马尾巴一步步挪过来的。在这间办公室工作时，他不仅患有高血压、心脏病，后来又添了糖尿病。医生规定每天工作不得超过 4 个小时，可他天天都忙碌十八九个小时。一次，他白天忙了一天，晚上放下碗又伏案工作起来。警卫员一次次劝他休息，到第五次时，忍不住眼泪汪汪地又恳求他。任弼时同志抬起头来，望望窗外的夜色，深情地说：“我们都是共产党员，肩负着革命重任，能坚持 100 步，就不该走 99 步哇。”桌上那盏默默不语的油灯告诉我们，任弼时同志就是这样耗尽自己的血和汗，贡献出自己最后的光和热的。新中国诞生仅仅一年，任弼时同志开完了最后一次夜车后，再也没有站起来，为党的事业鞠躬尽瘁，实现了生命的诺言，走到了生命的第一百步，年仅 46 岁。叶剑英在悼词中说：“他是我们党的骆驼，中国人民的骆驼，担负着沉重的担子，走着漫长的艰苦的道路，没有休息，没有享受，没有个人的任何计较。他是杰出的共产主义者，是我们党最好的党员，是我们的模范。”

董必武旧居农家气氛最浓，北房东屋是办公室，书架上排列着马列和毛主席著作，书桌上摆放着笔墨纸砚。在中央领导中，董老年纪最大，他常说要“活到老，学到老”。作为解放区经济工作的主要负责人，就在这张桌子上，他为第一套人民币题写了“中国人民银行”等券面文字。西屋是寝室，睡的是土炕，用的是延安毛毯。炕上还有一架旧纺车。董老的夫人何连芝在延安时是纺织能手、陕甘宁边区劳动英雄。到西柏坡后，她还是天天纺线、织毛衣，给机关的建筑工地筛沙子，和董老一起纳鞋底儿。董老学纺线，开始时两手不协调，纺出的线粗细不匀，吟诗云：“捻手巴掌握手拳，看时容易做时难。”经过努力，终于纺出一手好线。1978 年，何连芝到晋县看望在农村插队的儿子，特意重返西柏坡，情不自禁地上炕盘腿，摇起了自己的纺车，仿佛又回到那难忘的岁月。

董老的院子像个花园，海棠、杏梅、翠竹都是夫妇俩亲手栽种的。在那炮火连天的岁月里，他们心里装着春天，坚信蜜蜂的歌声终究要压过隆隆的炮声，桃李的花香终究要代替漫漫硝烟。董老对果树和花卉种植很内行，一个深秋的日子，他到贫农团副主任杨根英家串门，发现屋角一盆花有点发蔫，走过去一看，是一棵名贵的香橼，北方少见，便说：“你借给我养几天，看看它给不给我露脸。”没多久，在董老精心护理下，这棵香橼起死回生，又开出美丽的花朵，结下珍贵的果实，芳香四溢。1949年中央搬迁北平时，董老想起把它还给原主。不想开会回来，那花不见了。警卫员说，三天前收拾东西，装在木箱里拉到北平了。董老临走找杨根英道了歉，半月后又派人专程送回西柏坡，物归原主，并捎口信请他有空儿到北京来玩。

中央领导在西柏坡时，紧张工作之余，经常挨门挨户问寒问暖，到田间地头参加劳动，留下了许多故事，传为佳话。比如毛主席在田埂上给老农让路，教农民种水稻；朱总司令扶耧耕地，打错水鸟赔鸭子；刘少奇同志扶玉米，买树苗；董老救人一命，帮助小姑娘送粪等。

毛主席有一句名言：“人民群众是真正的英雄。”1938年5月，毛主席在《论持久战》中指出：“战争的伟力之最深厚的根源，存在于民众之中。”1945年4月，毛主席在《论联合政府》中再一次强调指出：“人民，只有人民，才是创造世界历史的动力。”毛泽东和他的战友们，将自己的灵魂深深地植根于人民群众之中，有着对人民群众最强烈、最质朴、最真实的情感，将自己的身影融于土地之中、大山之中，所以才具备了大地般的力量、大山般的坚毅。

2005年5月

沕沕水电站

从西柏坡南行，经古月进入滹沱河谷，两岸山势渐高，悬崖峭壁，像走进一条曲里拐弯的胡同。过了狮子坪，峰回路转，进入一个小盆地，四面山峦高耸，一早一晚把太阳挡在外面，搞得昼短夜长。村里的老百姓说，立夏、小满之间，老天爷给面子，白天能见七八个小时的太阳，到了冬三月，一天只能见四五个小时。太阳中午刚刚爬上南墙，累得满脸通红，红得像一个磨盘柿子，人们还没看够，风一吹便骨碌下山去了。

这个地方山势奇特，地名也怪异，山脚下一个百十户人家的小村叫沕沕水。进村先听到一阵轰隆隆的响声，声音来自紧靠山村的南垴，百余米高处一条瀑布飞流直下，如一条飘飘银练，像一道弯弯白虹，寒光似雪，飞沫如花。瀑布旁边有四根水管，像四根擎天柱伸入云端，这就是当年发电站的进水管。沕沕水发电站是我党在华北地区的第一个水力发电站，是我们敬爱的朱总司令在西柏坡时亲自勘察、组织施工建成的。1993 年，国家重点建设工程西柏坡电厂发电以后，平山县电力充足，沕沕水瀑布跳出水管，恢复了本来的面目，成为一处著名的风景点了。

发电站的院子坐落在村子的西南角，机房是青石砌成的平顶房。进门看到墙上有朱总司令的题词“边区创举”，还有一张晋察冀边区工业局的奖状。

1947 年 5 月，中央工委进驻西柏坡，朱总司令负责军工生产。为了满足解放战争的需要，在北冶、罗汉坪一带建起了 8 座军工厂。因为地处深山，交通不便，附近又不产煤，军工生产的动力成为一大难题。冀晋生产管理处提出，利用当地河流修建一座发电站，受到朱总司令的重视。工交学院的部分师生在刘鹏夫的带领下，考察了卸甲河、小觉一带的大小河流，没有满意的结果。后来翻看平山县志，平山八景中有“沕沕水瀑自天降”一景，便马不停蹄地赶到这里。经勘测得知，水的落差为 90 米，水流量为 0.3 立方米 / 秒，每秒可发出 150 瓦的电力，这个数字正好与解放井陉煤矿时缴获的一台德国造的发电机吻合。听完汇报以后，朱总司令亲自上山，查看水源。

踩着当年朱总司令上山的小路往上爬，悬崖高 90 多米，盘旋西上的羊肠小道却有一里多地，累得人汗流浃背，气喘吁吁。想起当年总司令已经年过花甲，攀登险峰，感叹不已。爬上山头，回首来路，弯弯如线，发电站的机房小如孩子玩的积木。再往前看，却是一条平展展的河谷，坡也缓了，山也矮了。前行不远，有个圆形水池，碧波粼粼如一面明镜，山峦云朵倒映水上，青草游鱼纷纭水下，美不可言。这是当年发电站动工时，在青石上一凿一錾挖出的蓄水池。蓄水池的引水渠原来是一条明渠，后来农田水利建设改为暗渠。上行二里，山坡下有一个石洞，洞口有三棵黄檀掩映，洞高 4 丈，宽 2 丈，像一个城门洞子。低头细瞅，下面涌泉滚滚，翻着水花，汩汩有声。由此以上的滹沱河，是几十里干河滩，河水全部潜流地下，至此冲开一个缺口。到了盛夏雨季，水如滚锅，巨浪腾空，年深日久把洞顶打磨出个帽形石拱，几里之外就能听见轰轰隆隆的水声，沕沕水可能因此而得名。总司令坐在洞口，抚摩着一个叫杨杰的孩子说：“你见过电灯吗？有了电，人的本事就大了，日子就好过了。”

1947 年 6 月，沕沕水发电站破土动工。以边区工业局和工交学院的师生为技术骨干，周围的农民自动帮工，一天的工钱是 6 斤小米。不用号召，没人指挥，四面八方的农民沿着蜿蜒的山路汇集过来，身强力壮的小伙子，朴素俊俏的大姑娘，还有不少老人、孩子，各自带着馒头、土筐，顶着炎炎烈日，把一块块石头运上山去。搬不动就扛，扛不动就推，一个人不行就几个人一齐上，大家憋着一股劲儿，早日建成水电站，打败蒋介石，过上好光景。在不知不觉中，夏尽秋来，秋去冬又至，直干到雪花飘飘、天寒地冻。手上脚下，水泡变成老茧，老茧又冻裂，血染镬把。奋战7个月，共动用石方800立方米，浆砌引水渠1000米，架设高压线46千米，通讯电话线118千米。1948年1月，沕沕水发电站举行落成典礼。朱总司令剪开水闸门上的红绸，用他那扳过几十年扳机、指挥过千百次战斗的大手，缓缓开启水电站的闸门。顿时，水轮机转了，电灯亮了，彩灯组成的“支援前线”四个大字当空闪耀，山沟里节日般地沸腾了。沕沕水发电站的电流照亮了西柏坡中央工委的大院，催动了罗汉坪、北冶等8家兵工厂的齿轮、皮带。5个月后，它又照亮了毛主席的办公桌，照亮了中央军委作战室的地图，映出了新中国的晨曦。

2005年5月

天桂山记

山下仰望天桂山主峰，阳光下灿烂的丹崖状似一顶玫瑰色的皇冠，浮载于云层之上，真像《离骚》里的诗句，“冠切云之崔嵬”。那气度正符合它国家4A级景区的地位，在八百里太行中绝对是名山之王。

山势呈东西走向，两端突兀，中部平凹，明显的三层陡岩，一层丹崖，一层绿荫，如诗如画。进山门之后，登几十级台阶，过三道石坊，来到空中索道起点。十几年前开曼晴诗歌研讨会，我徒步登天桂山，手脚并用，出力流汗，亲近大山，才摸到它的个性，伟岸险峻。这一次乘缆车，走马观花，一目十行，游离于大山之外，是看不到庐山之真面目了。所以我主张年轻人看山还是不要图省事坐缆车，那样会丧失许多机缘。

走出缆车，正是第二层陡岩，眼前是一条平缓的栈道。一条绿色的“隧道”把我们引进无边林海。开始是大片的槐林，时至中秋依然浓荫如盖，筛下来的细碎阳光，形似轻烟，落在脸上如小虫蠕动。继而是橡林，橡叶宽大而不能耐久，已经变化颜色，淡黄、棕褐、暗红，随风飘落，枝头开始稀疏，地上铺了一层败叶，踩上去如软软的毛毯。

走出千米开外，眼前豁然开朗，一处规模颇大的建筑群突现眼前，果然是深山藏古寺，这就是著名的青龙观道院了。它依山布局，背倚绝壁，面临深渊，朱红宫墙与丹崖峭壁连在一起。中心的真武殿坐落在一丈多高的云集台上，红墙金瓦，飞檐起脊。灵宫殿、祖师殿分居左右，钟鼓二楼东西对应。

其实这青龙观真的与皇家有关。根据平山县志记载，明朝末年，义军四起，崇祯皇帝看到大势已去，委派心腹太监林重华遍访天下，为自己的归隐行宫选址。这林太监是河间府任丘县人，一路寻来，走到这里，古称三门寨。只见“其山高而秀，其地僻而幽，时有灵气旋绕、鸾飞凤舞之状，前山对峙若屏，后涧田绕如带”，风景秀丽，易守难攻。于是画下图样，崇祯甚喜，大兴土木。不想初具规模时，李自成闯进北京，明朝覆亡。林重华哭拜之后，出家为道，改名清德，把行宫改建为青龙观。康熙年间称“北武当山”，为北京白云观的香火下院。所以这青龙观既有皇家宫殿的隆重气势，又有道家仙山福地的宗教色彩，独具政教合一的气象。

真武殿前的一棵银杏树，是这一段历史的见证。当年崇祯皇帝走投无路，吊死在煤山一棵槐树上，结束了276年的大明王朝。

林清德看破红尘，手植下一棵银杏，表白清静之心。如今它已届三四百岁高龄，长成粗两三围、高七八丈的参天大树，不仅把煤山的老槐比得矮小丑陋，而且把身后的殿堂比得粗俗少神。这棵被郭沫若尊为“东方的圣者”的银杏，斜阳下一根金灿灿的光柱，头顶一片美丽的云霭，凝结一缕不散的幽思，被风吹落的半圆形叶子，像一只只蝴蝶在空中翻飞，枝头剩下的将熟的果实亮如金豆，讲述天（子）变了道不变的哲理。

出青龙观玉宫门，绕道后山，有号称“天梯”的石阶通向山顶。阴坡有密密匝匝的岩头柏，还有一棵柏树在路旁石壁上破土而出，树根被岩石挤压得七扭八歪，岩石被树根撑得四分五裂，一场年长日久又不分胜负的矛盾斗争袒露在世人面前，演示着大自然的沧桑变化。在东回音壁，还有 5 棵柏树从崖畔倒生横长，树干遒劲，枝叶茂盛，如游龙腾空，树枝如鳞，色泽如铜，充满了斗争精神和生命的力量，其气势令人倾倒。据说这些柏树的年龄，都还比那棵银杏树大几倍。在它们斗争的姿态面前，我们人类谁还能讲难道苦，谁还敢说老言退。

天梯向上伸展，进入石林区。这里的石林不似西南的“喀斯特”，是古老的火成岩风化而成。气势虽不如云南石林雄伟，形象却要比那里生动。“象阵”里长鼻子列成队，“虎群”里个个张牙舞爪，“猴山”不乏抓耳挠腮者，“雄鸡”正在引吭高歌。更不可思议的是，这石林正隐蔽在橡树林中，“动物”的皮毛与老橡树的树皮差不多是一个颜色，灰白而有斑点，游人有走进残雪下的长白山的感觉。

走尽 108 级天梯，抵达山顶。山顶是一片开阔地，东西走向，名曰天街。天街上矗立一座巍峨的三清殿，重檐飞甍，金碧辉煌，它就是本文开头提起的那顶皇冠上的明珠了。站在殿顶阁楼，大有“上倚星汉，下临江流”“呼吸直通霄汉，婆娑可摘星辰”的感觉。俯瞰南坡，秋山红叶如孔雀开屏，眼前的天桂山，真是天上的桂林，华丽中透出一片庄严气象。它像时间一样古老，又如春天一样年轻，是悠悠岁月和茁壮力量的结合。在它面前，人显得那么渺小，像一片轻轻的叶子。

2005 年 5 月

白毛女的故乡

白毛女不仅在中国家喻户晓，而且登上了世界各国的艺术舞台和银幕。大凡这样杰出的典型形象，都不是作家凭空编造出来的，都会有其原型，是有出处的。白毛女的故乡在河北省平山县天桂山。

《白毛女》故事的第一个作者是河北作家李满天。李满天原名李春芳，笔名林漫，1914 年生于甘肃临洮一个普通农民家庭。1935 年在北大中文系读书期间，参加了“一二·九”示威游行的组织工作。1938 年奔赴延安，就读于鲁迅艺术学院，是二期文学班的班长。1940 年深入敌后，任晋察冀边区教育科长兼《晋察冀日报》记者，1942 年在平山西部山区采访时，听到了有关白毛女的故事：地主看上一户佃农聪明美丽的女儿，便借讨债为名抢走，强奸后预谋将她害死。女孩在老妈子的帮助下，连夜逃进深山，躲在山腰一个洞里，后来生下一个女婴。由于长期见不到阳光，吃不上盐，头发和全身都变白了。直到八路军来了，才被救出山洞。重新过上人的生活。

李满天深受感动，多方搜索资料，采访了几十人，反复修改，写成一篇 1 万多字的小说《白毛女人》。1944 年中秋节任应县县委宣传部部长时，托到延安的交通员亲手交给周扬。周扬看后爱不释手，认为这个故事既富有宣传作用，又有新旧社会对比的深刻教育意义，很适合改编为歌剧，为党的“七大”献礼。便把它交给鲁艺音乐系主任张庚，加紧投入改编。一稿由诗人邵子南执笔，彩排几场，大家认为诗的风格较重，不适宜舞台演出。二稿由贺敬之、丁毅执笔，年仅20岁的贺敬之，自身有过财主逼债、父亲去世、弟弟夭折的痛苦经历，奋笔疾书，苦战8天完成了剧本。张鲁用河北民歌《小白菜》为基调，写出了《北风吹》。女主角由唐县人王昆扮演，都是河北人。

1945年4月28日晚上，歌剧《白毛女》在延安中央党校礼堂首演。毛泽东、朱德、刘少奇、周恩来和七大代表、社会名流共1000多人观看演出，台下反响热烈，掌声如潮，中共中央机关报连连发表赞扬文章。同时大家对剧情也提出意见，第二天中共中央办公厅派人传达了刘少奇的意见，黄世仁罪大恶极应该枪毙，不枪毙不足以平民愤。七大代表晋察冀公安局局长李波说：“我给出布告。”

此后，《白毛女》歌剧迅速在解放区流传开来，《北风吹》掀起一个农民翻身解放的风暴，鼓舞了亿万群众和革命战士，对中国革命胜利起了不可估量的作用。

1947年中共中央工委从陕西向华北转移时，刘少奇请示毛泽东到哪里去。毛主席微笑着说：“你们到白毛女的故乡去吧。”刘少奇一行来到晋察冀边区所在地阜平县城南庄，问聂荣臻司令员白毛女的故乡在哪里。聂司令员说，白毛女的传说出在平山，那里是个好地方，别看喜儿一家穷得过不去，那一带倒是个富饶的地方，是我们晋察冀的乌克兰。中央工委到西柏坡后，刘少奇又问朱德的秘书潘开文：“白毛女的故事，没说出在哪个村子吧？”潘开文说：“没有，听说在西柏坡西南不远的山里。”1948年3月23日，毛泽东率中央机关和解放军总部东渡黄河。毛泽东再次向身边的工作人员说：“我们就要到白毛女的故乡去了！”

1949年北平解放后，中共中央责成电影局东北电影制片厂将歌剧《白毛女》改编成电影，编导水华、王滨特意邀请平山籍作家杨润身加盟。杨润身出身农民，对当地阶级关系、风俗民情十分熟悉，使作品增加了地方特色和生活气息。1951年中秋节，电影《白毛女》在全国25个大城市、150家电影院同时上映，一天观众竟达47.8万人之多。1952年在西方国家上演，几天内票价涨了24倍。

天桂山是白毛女的故乡，李满天是白毛女故事的第一个作者，对此，周扬念念不忘。1952年他在一次会议上说，歌剧《白毛女》是根据林漫（李满天）提供的故事情节改写的。1962年在大连召开农村题材小说座谈会，周扬当众把李满天介绍给大家，说："他是《白毛女》故事的写作者，现在很多人不知道这个事情，你们要记住，不能忘了。"1974年我随李满天到北京，住在《人民日报》招待所，当时在《人民日报》工作的贺敬之特来看望，对李满天十分尊重。两个不同题材的《白毛女》作者交谈起来，像亲戚一样。

天桂山也是电影《白毛女》的外景拍摄地，山脚下的燕尾庄就是电影中的杨各庄。穿过骑街牌楼，路北高高的青石台阶上就是黄家大院。悬山式布瓦顶，飞檐翘角，望兽檐下有"德贯千顷"匾额。建筑布局有浓厚的封建迷信色彩，砖雕影壁四角蝙蝠，期望四方来福。三进院落，平面呈T形，意为天桂山第一家。占地二亩九分，取二九一直发的意思。南屋为账房，是穆仁智逼杨白劳往卖身契上按手印的地方。正房高悬"积善堂"，是黄母的经堂。从左侧角门进入后花园，是黄世仁施暴的去处，风吹树叶作响，隐隐传来当年喜儿的呼救和黄世仁的狞笑。

电影中白毛女藏身的山洞，在天桂山主峰半山腰。洞口的石桌因群众陈年积月烧香进贡，早就成为烟熏火燎的颜色。洞内岩石犬牙交错，渗水滴滴答答，寒气逼人。也许受了惊扰，扑棱棱飞出一只鸽子，一身雪白，没一根杂毛，像玉石雕刻出来的，在洞口盘旋了几圈，振翅生风，然后冲上蓝天，越来越高，越来越小，直到融进阳光之中。

也许它就是白毛女的灵魂。

2005 年 5 月

驼梁印象

8 月初，从酷热难耐的省会，来到太行深处的驼梁，像是换了一个季节，从盛夏一下子跳到深秋，加了两次衣服，也抵挡不住阵阵寒意。怪不得听当地人口音，驼梁说成“特凉”。村边的小河叫作清凉河，街心的水池叫作凉池。

出村不远就到了景区，但是没有登山的感觉，倒像是在穿林海。海拔 2000 多米的驼梁山，从上到下几乎看不到岩石，山体被一件“军大衣”裹得严严实实，一片绿色的海洋。正巧右边斜刺拉突出一座山峰，形体扁平，像海上鼓起的一挂风帆。

山脚，由黄栌、小檗、榛桑、刺梨、山葡萄、紫丁香组成的灌木丛，枝叶交织，藤蔓缠绕，密不透风。强力的阳光尚且射不进去，何况微弱的视力了，说不清里边隐藏着多少秘密。只有到了晚秋，这一堆化不开的浓绿，才会变为满山红叶，变为美丽的五花山。那时它们才会由景区的群众角色，变为主要人物。

灌木丛以上是针阔混交林。从上面垂下来长长的石阶，好像是这绿色王国发出的请帖，铺开来的迎宾地毯，走在上面有一种庄重、神圣、受宠若惊的感觉。两旁是森严的仪仗队和欢迎群众，柱子般的树干层层叠叠，像两堵人墙，只是队列不算整齐。身材挺拔的云松、侧柏，五大三粗的紫椴、蒙栎，清秀苗条的白桦、黄柳，弯腰弓背的山榆、山杏，瞪大眼睛的白杨，挂满绿色小灯笼的乌叶，彼此和睦相处，互争互补，共存共荣。不像在别处看到的一些人工林，大多是单一品种，容易受到病虫害传染，一片枯黄。这种原始次生林参差不齐，遮天蔽日。林中空气潮湿，夹杂着松脂、青草、野花的气味，吸进肺腑彻身清爽。茫茫林海、悠悠岁月和无限生机纵横交错，形成一种沉郁、深邃的气氛，使我等匆匆过客，走进来就融化在其中，变成一片树叶。

寂静的山林，最亲近的伙伴是溪水，水是山的灵魂、山的血脉。从石家庄到驼梁，曾经一路惋惜，大面积的山区丘陵，因为缺水，变成了“和尚头”“光屁股”。大地母亲坦身露体，衣衫褴褛，让子民们蒙羞、汗颜。而被称作太行屋脊的驼梁，位于冀晋交界，西面黄土高原的地下水，从东麓断层源源渗出，形成“山有多高，水有多长”“一山苍翠，万瀑齐飞”的景观。

沉寂的山林，因了流动的溪水，动静对比，阴阳相生，活泼起来，长了精神，出了神韵。驼梁美，美在水。那条条溪水，在灌木丛中不见其形，只闻其声，如鸡雏觅食，蟋蟀唱曲。在缓坡谷底，涓涓细流，蜿蜒曲折，如瓜蔓青藤，生叶开花。路过小丘，漫坡而下，散作珠玑，珠落玉盘，叮咚有声。长板漩流，溪水在石板上推磨似的打转，浪花追逐，中心的漩涡吞珠吐玉，像一盘盛开的雪莲。人字瀑，水从崖头跌下，雪珠银屑，烟雾氤氲，像一把高大的竖琴，奏出洪钟大吕。瀑布下面积水为潭，结绿凝翠，亮如明镜，云影山色，朝晖夕岚，尽收其内。当阵风吹过山谷时，水声林涛，彼此应和，真乃天籁。林茂水丰，便成为鸟儿的天堂。在驼梁能看到最众多的鸟儿，听到最动听的歌声。久违的鸟群因为农药的普及和滥用，在平原和城市已经很难看到。想不到今天百鸟朝凤，都会聚在这里，给我们惊喜，给我们愉快。那鸟儿们看见人，也分外高兴，以各自独特的形式表示欢迎。

黄苇鳽在溪边跳来跳去，红尾水鸲站在石头上，尾巴上下摆动。咖啡色的河乌，一会儿首尾上翘成U形，一会儿潜入水底。白眉鸫鹅贴着地皮儿飞，一身黑绒衣的卷尾鸟，飞行时能在空中稍停，像一只旋转的陀螺。同是山雀家族，黄山雀在枝间穿梭，煤山雀在树顶跳跃，褐山雀在枝头倒悬，表演杂技。草鹀胆小，躲在灌木丛中往外偷看。白眉姬胆大，站在树杈上大声嚷叫。

爱美的鸟儿们，争先恐后展示着自己的时装。山鹡鸰，上身橄榄绿，下身雪花白。寿带鸟蓝黑羽冠，白羽毛，中央尾羽长长，好像拖着一条彩带。田鹨上身棕黄，下身乳白，轻轻地走着台步。斑鸠上身葡萄褐，下身葡萄红，颈部珍珠斑点，好像戴上一只项圈儿。绣眼鸟绿衣白裤，眼周黄毛圈，好像架上一副金丝眼镜。白尾鹞蓝色燕尾服，黑马夹，白领带，活像一名绅士。雄雉鸡顶着花冠，头部紫绿，面颊绯红，棕色披风上绣着斑纹，十足的锦衣秀士，让人想起“楚人不识凤，重价求山鸡”的笑谈。

能歌的鸟儿们，大大方方献出自己的才艺。画眉的嗓子，因为水的滋润，清越甜美，歌声好像在水面轻轻飘过。蓝鹊的歌喉，经山风调教，飘逸清新，在林间慢慢跳跃。金翅雀发音单调，细声细气，还带一点儿颤音。三宝鸟音域宽厚，瓮声瓮气，似有胸腔共鸣。云雀带着银铃似的响箭，拔高钻入云端。百灵鸟巧舌如簧，一阵花腔，打滚儿似的在地上撒欢儿。伯劳稚嫩，枝头牙牙学语，童声中还带着几分羞涩。夜莺长大，情窦初开，向同类倾吐火热的心声。花喜鹊正在谈情说爱，叽叽喳喳，说出来的都是甜言蜜语。

森林的上空和边缘，时常会掠过一个个黑影，引起一阵慌乱，那些不速之客是猛禽。黑鹳，黑羽白腹，迈开长腿，伸出红喙，在浅水觅食。金雕，颈羽披针形，尾长而圆，在高空盘旋。两者均为国家一级保护动物。白尾鹞，背灰蓝色，两肋和尾白色，翅尖黑色，疾如闪电。红隼，上身淡红，下体棕黄，能在空中滑翔。

燕隼，上身白色，腹至尾下露羽棕色，双翅折合时翅尖能过尾端。它们都是国家二级保护动物。这些鸟类中的王者，拥有制空权，虎视眈眈。但是因为有森林的庇护，鸟儿也不大惧怕它们，依然安居乐业。因而弱肉强食的对象，常常仅限于鼠兔之辈。

我是一名爱鸟者，爱屋及乌，自然对森林情有独钟。驼梁，明年爱鸟日我会再来。

2006 年 8 月

抱犊寨记

舍近求远是人常犯的毛病，远来的和尚会念经，远方的风景诱惑人。抱犊寨西距省会石家庄仅十几千米，我曾路经山下几十次，竟然还不识此山面目。直到有朋自远方慕名而来，才决心陪同一游。不看不知道，一看真奇妙，真是相见恨晚。

山不算高，海拔 580 米，可是自平原拔地而起，突兀壁立，显得高不可攀。从山脚乘客运索道，我国第一条无塔式双线往复吊厢式索道，置身其中，背负青天，鸟瞰大地，有坐上直升机的感觉。看下面一条几乎平行的山道，曲折蜿蜒，路越来越细，树越来越小，人群像一串蚂蚁蠕动，想来更有意思，悔不该贪图轻快，失去一次爬山的乐趣。

走出吊厢四下一看，大大出人意料。原来抱犊寨有山无峰，仿佛谁把山尖砍去，留下 600 亩一马平川，土层 60 米厚，山水林田，好一块世外桃源。因为山上有地可耕，但山高路险，大牛爬不上去，农民只好抱小牛上山，等它长大以后役使。1951 年毛泽东主席在山下听农民这样讲抱犊寨的来历，很感兴趣，念念不忘。

先登南天门，高 19.9 米，宽 23 米，是我国最大的山顶门坊式建筑。雕梁画栋，金碧辉煌，飞檐倒卷如鼓起羽翼，有凌空欲飞之势。门楣上“天下奇寨”四字是著名海外华人周颖南先生所题，龙飞凤舞，有画龙点睛之妙。

过南天门上一高台，是点将台和韩信祠。《史记·淮阴侯列传》记载：“韩信伐赵，使轻骑二千人，人持一赤帜，从间道萆山而望赵。”这里就是当年登山望赵处。萆是“隐蔽”的意思，抱犊寨古称萆山就由此得名。登高四望，不能不佩服韩信的眼光。太行西来，群峰如浪涛奔涌，至此骤然中断。东望绿野平畴，阡陌交通尽收眼底。山前井陉一线，冀晋咽喉，兵家必争之地，谁先控制了萆山，谁就掌握了战争的主动权。

祠内三面墙上，有我国最大的木漆壁画，其中一幅是韩信射鹿的故事。传说背水一战，汉军发生水荒，韩信派大将胡申去找水源，胡申找了一天一夜找不到，在一棵槐树上自尽了。韩信在帐中苦苦等待，忽见胡申来报：“水找到了，请随我来。”追出帐外不见人影，只有一头白鹿在山间奔跑。韩信策马追赶，搭弓射去，白鹿不见了，箭头钻进山石，拔出箭来，白花花泉水喷射出来，这就是抱犊山下的白鹿泉。金末元初，元好问曾久寓此山，留下许多诗词。当代河北剧作家白良家住白鹿泉边，曾邀我以泉当酒，甘甜凛冽，落肚有久久不化之感。他写的《瘸腿书记上山》，也与此山有关。

出韩信祠，顺长城过烽火台，到达天门洞，平地陷下一个洞穴，透出光亮，其形状仿佛《水浒传》中描写的“天眼开”。从上往下看，好像万花筒，山径牛羊，田园整齐，麦苗书写着绿色诗行。沿石阶下去，洞底是一个 60 平方米的平地，高 20 米，两壁凿有北魏、宋、金时期的佛像以及文人墨客的摩崖题词，是省级文物保护单位。此洞冬暖夏凉，常常招来青年男女歌舞联欢，有时还有篝火。由下往上看，像个望远镜，洞口草木石块星云一样渺茫。

抱犊寨还是我国道教名山，唐代李吉甫《元和郡县图志》上说：“抱犊者，古有其名也，即道家之‘北岳佐命’是也。”《名山记》把它列为道家七十二福地之一，旧有明代著名道士张三丰“抱犊福地”四字刻石。山上的金阙宫由明末道人王月真修建于顺治十七年（1660年），王的师父郭白云，系全真三丰派十六代道士，就住在抱犊寨南崖的白云洞里。

金阙宫内除了许多珍贵碑碣文物之外，还有不少奇花异草。民间常说“人无十全，树无九枝”，这里偏偏有一棵核桃树生了九枝，九枝齐向玉皇殿倾斜，应了“九九归真”的说法。还有一棵碧桃，相传为张三丰亲手所栽，当地人说八国联军侵华时，它曾一度枯死，至民国建立始发生机。七七事变那年再度枯死，新中国成立死而复生。此刻又繁花竞放，呈现数百年不遇的奇迹。有人赋诗：“草木无心却有灵，常随世运见枯荣。百年今又繁花放，报道人间春意浓。”还有一棵柿树，两根主干紧紧抱在一起，人称夫妻树，可能因为道德标准不同，被隔开在宫墙之外。

出金阙宫，过千龙壁，进入一座佛教建筑，地上为弥勒殿，地下为罗汉堂。五百罗汉神态各异，栩栩如生，是当今世界最大的石雕罗汉堂。可谓山巅的地下，地下的山巅。

回来路上，弃索道而步行，有暇思之再三。谁说抱犊寨有山无峰？韩信祠、金阙宫、罗汉堂三座山头，三座精神文化的高峰。儒、道、佛同居一个层面，互不排斥，和平共处，相得益彰，这不正是张三丰大师三教一致主张的体现吗？游人逢门便进，也无门户之见，岂不皆大欢喜。这也许正是千古奇寨之奇。

2006年8月

井陉之战

从平山县城南行经鹿泉307国道，向西不远进入井陉县，汽车一头钻进崇山峻岭之中。

井陉是“太行八陉”之第五陉。《太平寰宇记》上说：“四方高，中央下，如井之深，如灶之陉，故谓之井陉。”井陉自古是冀晋交通要道，最初是周穆王巡游时发现的。《穆天子传》中说：“天子猎于钘山之西阿，于是得绝钘山之队，北循虖沱之阳。”春秋时晋国出兵攻鲜虞、肥国，战国时秦将王翦伐赵，均由井陉东进。秦始皇统一中国，实行车同轨制，广修驰道，井陉古道经过加宽修整，成为成阳通往辽东大道中的重要一段。

从东天门下道往南，有一处驰道遗迹，二里长的石板路，一溜儿上坡，这是秦始皇驰道北方干线中又险又窄的一段，石头路面留下的车辙印痕深近一尺。《史记》上所称“井陉之道，车不得方轨，骑不得成列”，指的就是这一段。低头弓背而上，路旁有一座“白马告状”小庙，里边一匹泥塑的白马，精疲力竭的样子。传说从前有一帮泼皮，专靠推车拉帮套索钱。一天有匹白马拉车路过，车轻马壮，并不需要帮推，泼皮们死皮赖脸地上手。车主不让干，他们就倒使劲往下拽。车主一时情急，用刀子往马屁股上猛扎几下，白马受疼猛冲上坡，倒地吐血而亡。白马的阴魂到阎王爷那里去告了一状，泼皮们一个个暴病毙命，死时哀鸣如马嘶，都投生做了牛马。故事从侧面反映了这条关隘古道的艰险和繁忙。再往上走，北侧有一座石券窑洞，门额上刻“立鄙守路”四个字。语出《国语·周语》：“列树以表道，立鄙食以守路。”古称五十里为近郊。一百里为远郊，“鄙，距国都五百里”，就是偏远驿站的意思。

驰道遗迹的尽头是白皮关，有关城一座，东西二门，东门箭楼上有“东天门”三个大字。汉初韩信出井陉破赵，曾在西边几千米处的绵河一带背水而战，赵将陈馀战死在这里，号称白面将军，故名“白皮关”。后人在岭上曾建白面将军祠，祠北有墓。后来墓、祠皆毁，仅存明隆庆二年（1568 年）《重修白面将军祠碑记》和清初重臣魏裔介吊白面将军诗刻石碑两通。魏裔介，直隶柏乡（今属河北）人，顺治年间进士，康熙时曾任吏部尚书。

清光绪三十年（1904 年），在秦始皇驰道的线路上修建正太（今石太）铁路，历时 3 年竣工，过境井陉有百里之长。从汽车上看，火车迂回在群山之间，或沿河岸，或绕山腰，忽高忽低，曲折如蛇行，不仅交通便利，而且风景颇多。其中还有两条专线，通向井陉和正丰两大煤矿。正太铁路从开始就是一条运煤铁路。

井陉煤矿已经有 1000 多年的历史了。1032 年，宋真定府在井陉设立了专门管理煤炭生产的机构。明代采煤业兴盛起来。光绪二十四年（1898 年），军机大臣、户部尚书王文韶，户部左侍郎张荫桓向德国贷款，开办直隶井陉煤矿。1903 年德资侵入。1908 年德国人汉纳根和井陉乡绅张凤起合办井陉矿务局。1914 年，北洋军阀段祺瑞的三弟段祺勋借用英美资本和德国工程技术，成立正丰公司。并在雪花山下修建了豪华的段家花园，占地 30 亩。

井陉、正丰两矿素有“北方最佳煤田”之誉，煤田南北长 20 千米，东西宽 6 千米，总储量 2.5 亿吨，煤质优良，煤层中以焦煤为主，是炼焦的主要配煤，也是发展钢铁工业的重要能源。1914 年，这里生产的焦炭已经畅销日本和东南亚各国，被日本人称为“井陉大砟”。由于资源丰富和交通便利，井陉已经成为列强眼中的一块肥肉。1937 年 10 月 11 日，日军侵占了垂涎已久的井陉煤矿，改称兴中公司井陉采炭所。1940 年日伪合组井陉煤矿公司，被列为当时外资开办的十大企业之一。

一群豺狼手持利器闯进了井陉，而豺狼的本性就是狠毒、贪婪。日军把井陉变成了一座兵营，开始了掠夺性开采。当时井陉矿有5口井，其中新井日产1400吨，年产80万吨；正丰矿有3口井，年产30万吨，是供应伪满洲国鞍山制铁所炼钢的主要原料。然而这些还不能满足侵略者的胃口，他们提出“吃肥丢瘦、取易丢难、杀鸡取卵”的方针，采用“高落式采煤法”采煤。掘进以后，连珠放炮，然后强迫工人到老巷里挖煤。这样做安全性极差，又特别浪费资源，60%的煤都抛撒了。由于安全没有保障，冒顶塌方、瓦斯爆炸、漏水等恶性事故经常发生，丧尽天良的日军在肆意掠夺中国资源的同时，也肆无忌惮地掠夺着中国矿工的生命。1940年3月22日，新井五段采煤西北巷瓦斯大爆炸，一次就炸死、闷死矿工800多人。在日军盘踞的8年间，矿山变成了坑害中国人民的“人间地狱”。那些累死、病死、被杀的矿工尸体，又被集中丢弃荒野，形成了南大沟、新井、岗头、红土梁、老虎沟等6座“万人坑”。

位于井陉矿南侧的南大沟“万人坑”遗址，原来是由暴雨和山洪长期冲刷而形成的一条大沟，宽25米，深3米。建矿初期，遇难矿工就埋在南岸。日军占领时期，死了人也不埋了，甚至将尚未断气的活人都乱扔进沟里，任凭狗啃狼叼。夏天腐臭难闻，蝇蛆遍地。建于原址的遗骨陈列室里，白骨堆积，有颅骨被打穿的，腿骨被砸断的，锁骨被打断的，有被活埋的，有三具尸骨捆在一起的，还有的细如麻秆，显然是童工。天哪！这些都是无辜的中国人，都是我们的同胞哇！

这种人类巨大悲剧的展示，让人触目惊心。法西斯德国屠杀无辜平民和战俘的奥斯威辛集中营，其灭绝人性的罪行也不过如此。而德国总理从勃兰特到施罗德，都能低头下跪，谢罪天下。时至今日，日本首相小泉纯一郎仍冒天下之大不韪，一次次参拜供奉有东条英机等 14 名甲级战犯牌位的靖国神社，日本的一些政界要人公然否定远东国际军事法庭的铁案，右派势力肆无忌惮地修改教科书，篡改历史，美化侵略战争，虎视眈眈地与四邻为敌。请问井陉煤矿“万人坑”里这一个个屈死的冤魂会答应吗？

2005 年 6 月

小里岩

从矿区西行至南峪火车站，顺一条山间公路北行 10 千米到达一个叫小里岩的山村，三面环山，一面临沟，这就是百团大战时聂荣臻的前线指挥部所在地。村边有一个依山而建的百团大战碑林，从山脚到山顶，长 500 米，排列着 103 块大理石石碑。抬头望去，好像一道雉堞整齐的长城往云端里伸去，又像一条浪花飞溅的瀑布向人间泻来。两侧林荫密布，曾做过马队的防空掩护。拾级而上，一步一停，看一块块碑文，有的是纪念战争中牺牲的英烈，有的是当年参战将士的题词，也有诗人和书法家的手迹。龙飞凤舞，百人百面，好一条琳琅满目的艺术长廊。山顶矗立一座防空瞭望台，环顾四周，群山莽莽，大小山头像高高举起的刀枪向这儿看齐。

放眼北望，好像看到 1940 年 8 月 15 日那一天，晚霞中飞来一支马队，有一百多匹呢。带头的一匹大白马叫“蛇脑壳”，是聂司令新换的坐骑，后边的“对子马”五颜六色，一对白的、一对黑的、一对枣红的、一对花白的……战马踯躅，仰天长嘶，声震群山。因为时至初秋，这支部队有个很好听的番号，叫作“秋天的部队”。

当时的小里岩十几户人家，只有一盘碾子，却不见老百姓碾米轧面。聂司令问是怎么回事，村里人说:“一盘碾子光部队还不够用呢，我们自己有办法。”聂司令说:“不行，不能把群众挤掉，不能让群众吃囫囵粮食啊。”他想了个办法，军民兼顾，白天群众用，夜里军队用，来个连轴转，军民互相帮助，问题就解决了。

聂司令住在全村最高处的一家，现在还保持着原来的样子，一座石头院，整齐的条石砌墙。走上三级石阶进入院子，上房北屋是司令员的住处兼办公室。就是在这里，司令员一个晚上三请村党支部书记徐三，核对周围村庄的地形和距离。几天后，指挥部转移到西边八里远的洪河漕村，位于小作河边，山高沟深，路径崎岖，如同蜀道，是井陉西通盂县的僻路险隘。聂司令的住处也是一座石头院子，如今是百团大战展览馆。

1940 年 7 月 22 日，为了打破日军的“囚笼政策”，八路军总部发布了《战役预备命令》。晋察冀军区、一二九师、一二〇师共 105 个团参加战斗，其中晋察冀军区主力 10 个团的任务是破袭正太路平定至石家庄段。聂荣臻司令员的部署是，熊伯涛的左纵队攻击微水到石家庄段的据点；郭天民、刘道生的右纵队破袭娘子关到乱柳段；把微水至娘子关段的硬骨头交给了杨成武的中央纵队，任务是拿下井陉煤矿、县城和微水镇。由杨成武指挥的是晋察冀军区第一军分区的三团、第三军分区的二团和冀中军区的十六团，三团主攻井陉矿。三团是一支以善打恶仗、硬仗闻名的部队，团长邱蔚、政委王建中以及营级以上干部都参加过长征。

大战开始前几天，杨成武和随行人员来到井陉，在距井陉煤矿南 30 里的梅家庄建立了前方指挥所。8 月 20 日下午 4 点，杨成武亲临青峰口。这是一个隐蔽的山口，山下的天户峪村，距矿区只有几里路，用望远镜就可以把对面敌人的活动看得一清二楚。敌人还没有发觉危险在即，活动一如往常。杨成武当即决定，二营七、八两个连和重机枪排攻打南北正面，切断矿区与微水日军的联系；五、六两个连攻打石桥，炸毁铁桥；一营攻打新矿；三营攻打贾庄炮楼。部署完毕，前方指挥所又推进到距新矿仅有2里的东王舍村，可以看到矿区一片灯火。战士们沿着玉米地和小土沟前进，潜伏在距敌人的堡垒不过100米的谷子地里，没有发出一点儿声音。这时，井陉县政府组织的民兵突击队、担架队、慰问站也做好了准备。井陉矿区地下党组织负责拉下矿区的电闸，并提前配好大门的钥匙，随时准备打开大门接应。

夜10时，三颗红色信号弹划破夜空，爆炸声骤然响起，总攻开始了。矿区内的灯光一下子熄灭了。战士们一跃而起，向黑暗中的矿区冲去，但是在通过电网时遇到了第一重困难。原来连接铁丝网的搭铁导电，一位班长拉它时，被一团火光烧死了。战士们找来木板，把铁丝网压倒，跳板而过，冲到围墙下面。民兵们抬来了云梯，靠上去却不容易。敌人拿刺刀往下挑，一架架梯子连人翻倒下去。可是挡不住我军的猛烈攻势，前仆后继，梯子终于靠上了围墙，一个个战士冲了上去。这时地下党员把大门打开，大部队潮水般涌了进去，不到15分钟就有两个堡垒被二连拿了下来。扫清外围之后，战士们冲向敌人最后的据点——工房大院。冷不防唯一的通道边的房顶上，一挺重机枪疯狂地向外扫射，一、二排连续4次冲锋，牺牲了三四十个人都冲不过去。这时侦察班长李清主动请缨，用烈士们的遗体作掩护，慢慢爬向岗楼。当敌人发现时，他已经死死地攥住了敌人发红的机枪筒，狠命一拉，连枪带人一起拽了出来，接着，右手的手榴弹也砸到了日军头上。这个日军小队长的钢盔被砸进一个大坑，脑骨塌陷，而李班长的右手却被烧焦了。

黎明时分，三连最后剩下的几名战士攻克了敌人的中心堡垒。很快天色已亮，东方升起一片殷红的早霞，那是战士们血染的红旗。新矿战斗取得胜利，同时贾庄炮楼也被拿下。二团攻占了蔡庄据点，破坏了乏驴岭铁路桥。十六团攻下了地都、北峪两个据点，守卫的日军大部被歼。同时还毁坏敌人的炼钢炉15座、炼铁炉10座、发电机4部，价值3000多万元，日军的钢铁生产全部瘫痪。这些设备都是从德国进口的，修复要半年，重新进口需一年多，给日本侵略者的经济体系一个致命的打击。

“秋天的部队”大获丰收。胜利的捷报像雪片一样飞到洪河漕：“井陉煤矿被占领！”“娘子关被攻克！”“铁道桥全部被炸毁！”“铁道隧道全部被炸毁！”……曾经不可一世的日军独立第八混成旅团，一夜之间被我神勇的八路军打得一败涂地。备受日军蹂躏的井陉人民，终于扬眉吐气，感到了从未有过的痛快。

2005年6月

军粮洞与挂云山

一更里来月儿上了山，
背起了炸药，扛起了铁镐，
村道村庄外，去把铁道坏，
免得那鬼子兵，用兵来烧杀。

这是百团大战时井陉县流传的一首民歌。牛角号吹起来，唤醒了八百里太行，山山岭岭也好像经过整编一样，排起了整齐的队列，筑起了坚强的屏障，形成了陷敌于灭顶之灾的汪洋大海。井陉县铁路南北6196名民兵参加了战斗，县自卫队和煤矿工人游击队也冲锋陷阵，把铁道路基挖空，塞进炸药，一拉雷管，两条钢轨便拧成麻花。他们起下道钉，几十人排起队来，动手抬起钢轨，一二三！铁路就大翻身。转眼间路基被毁，电线被割光，百里正太线变成了一条死长虫。“兵民是胜利之本”，“战争的伟力之最深厚的根源，存在于民众之中”。井陉县的每条河、每座山，都给毛泽东主席这条语录做了注释。军粮洞与挂云山，是其中最精彩的两条。

军粮洞是仙台山上的一个石洞，仙台山位于洪河漕北十余里，有山间公路可达，居于小寺村地面。这里山峦奇秀，林木繁多，主峰海拔 1195 米，突兀其上，俨然一尊大佛端坐在云海之上。每逢雨季，百泉汇流，飞泻直下，大小水潭，山光水影，宛如银河倒悬，仙朗凌空，故名仙台山。秋末冬初，满山红叶，如火如荼，撩人心旌。山腰以上，丹崖壁立，有刘秀洞和唐代护国寺遗址。距刘秀洞不远有个炉隐洞，洞府宽敞，深 50 米，分上中下三层，洞上有洞，洞旁有洞，洞口相连，洞内凉爽干燥。百团大战前，边区政府曾把数十万斤军粮藏于洞中。这些粮食都是井陉人民省吃俭用节约下来，无偿捐献的。连续几夜，一人一个麻袋，背上五六十斤，踏着夏天泥泞的羊肠小道，翻山越岭送到这里来的。军粮存放之后，八路军一个班在这里日夜守护。

时间一长，日伪军有了耳闻。飞机低空侦察，没见疑点，特务刺探也一无所获。一天清早，日伪军 200 余人，分五路包抄而来。村民走出家门，都向军粮洞相反方向的山上跑去。跑不了的病弱老人被集中在打谷场上，一一审问军粮藏在哪里。大家闭口不言，怒目而视，先后有三人倒在血泊之中。敌人放火烧房后，又开始搜山，栾吉祥家孙媳妇田子被发现后，朝山梁上跑，敌人开枪紧追，老人见事不好，朝田子大声喊道:“宁死不当亡国奴!”危机之中，刚过门的孙媳妇纵身跳下崖去。敌人折腾一天，小寺村数人被害，草房大部分被焚，财物被洗劫一空，但是几十万斤军粮一粒也没丢。在古老的护国寺边，真的发生了一次现代的护国壮举。

挂云山在井陉县东北部，从县城北行经威州，折向东北到三峪村，远远看见东面一座高山，是九龙山支脉，盘结的团尖山，峰圆而锐，山势峭拔，常有白云缭绕，故名挂云山，海拔1100米，是井陉县东北第一高峰，与军粮洞所在的仙台山呈掎角之势。1940年9月5日傍晚，指挥部设在三峪村的熊伯涛左纵队奉命转移，日军得知消息，集中兵力进行堵截，牵制敌人的任务交给了平井获游击队三中队。游击队在敌人必经之路挂云山设伏阻击。一区妇救会主任吕秀兰率领区基干队和青年抗日先锋队赶来支援，加上儿童团和群众，山上不足200人，而他们面对的却是3000多名日伪军。

中队长李鸿山把战士和群众集中在挂云山主峰，这里南北两面都是悬崖陡壁，西边顺山势有一条“之”字形小路通山顶，两峰间一道山峡。他们的任务是守住峡口，不让敌人上山。9月6日天一亮，激战开始了。游击队的武器只有一挺轻机枪、几十箱手榴弹和一些杂牌枪，还不够每人一支。但是他们毫不胆怯，凭着有利地形，打退了敌人27次进攻。战至中午，敌军毫无进展，丢下半沟尸体。日军指挥官摸不清山上到底有多少人，从石家庄调来一架飞机进行侦察。

下午，战斗形势对我方越来越不利，敌人的火力越来越猛，游击队的子弹快打完了，战士们开始用石块对付敌人，小石块举起来往下砸，大石头推出去往下滚，也能当子弹、手榴弹顶一阵儿。下午3时，中队长李鸿山中弹牺牲，战斗由23岁的妇救会主任吕秀兰继续指挥。下午5时，牵制任务完成了。游击队撤退时，负责掩护的6位战士身边连一块石头也没有了，被摸上山来的敌人包围。这6位战士谁也没有皱一下眉头，毅然走到悬崖边，一个接一个地纵身跳了下去。这6位烈士是妇救会主任吕秀兰、三中队战士康英英、炊事员刘贵子、区公所助理员康二旦、“青抗先”队员康三堂和李书祥。最小的李书祥只有16岁。

六壮士跳崖了，山上的树木也被敌人的炮弹炸平了，偌大的挂云山上只留下一棵老柏树，树干上挂着一口大钟，刻有“乾隆七年铸造”的标记。老柏树已经枯死多年了，但是令人惊奇的是，枯树身旁少有泥土的石板上，又长出了一棵小柏树，老人们说，那是老柏树不死的精灵。

现在的挂云山，常年白云缭绕，雨后初晴时，云彩里常常出现一道道彩虹，老人们说，那是六壮士美丽的灵魂。

2005 年 6 月

元帅和日本孤女

1940 年 8 月 20 日夜，百团大战总攻开始。直到次日下午捷报频传，坐镇洪河漕的聂荣臻司令员不露声色，依然坐在院子里专心致志地与人下棋。忽然通信员报告:“两个日本小姑娘和一名俘虏已经送到。”司令员把棋子一推，高兴地说:“好，客人来了，看看去！”心里想，杨成武这个同志真是胆大心细，早 8 时刚刚接到他从梅家庄打来的电话，半天就翻山越岭把人送来了，像他领兵打仗一样，一丝不苟。

聂司令来到一家普通的农舍，看到了三团一营四连通信员杨仲山和他冒着生命危险抢救出来的两位小姑娘安全到达，心里一块石头落了地。聂司令表扬了小杨，并让他说说事情经过。21 日凌晨 4 时，在攻打井陉矿区制高点小土山时，发现半山腰有个暗堡，杨仲山跟着连长冲进去，里边乌烟瘴气看不清。连长用手电筒一照，有日军的尸体，还有一个小女孩儿，一头乱发，站在那里发愣。小杨按连长的命令把小女孩儿送到营部救护所。当时正是黎明前的黑暗时刻，小杨一手拉着她，一手扒拉着荒草、灌木，踩着泥泞山路，穿过铁丝网和断墙一步步向前挪着。小孩儿呆呆地跟着，跌跌撞撞，也没哭闹。后来小杨看她走不动了，便把她背在身上，又把自己的军装给她披上，3 个小时后才走到南王舍团指挥所。在那里还有一个刚 7 个月大的小女孩儿，是战士们从小土山下的火车站旁的小院里救出来的，脚跟受了伤，大女孩儿说那是她的妹妹柳美子。她们的父亲叫加藤清利，是井陉火车站的日本副站长，母亲叫加藤津子，都死在战火之中。东王舍的大娘们看她怪可怜的，给她喂了吃的。

按照杨成武的指示，战士杨仲山和东王舍的高二英、屈亭亭，抱着两个孩子，盖上雨衣，逐村传送。在梅家庄，一位名叫左小兰的母亲，给柳美子喂了自己的乳汁。最后，两个孩子是被放在箩筐里挑到洪河漕的。聂司令先是抱起柳美子，看伤口包扎的情况，嘱咐医生好好护理，又问能否在村里给孩子找个奶妈。那时的美穗子剪着短发，一双又黑又大的眼睛里充满着不安和恐惧。或许是想起了自己失落在上海沦陷区、久无音信的女儿聂力，聂司令很喜欢这个小女孩儿，挑了一个雪花梨，用小刀削去了皮，递给了小姑娘。美穗子却不伸手来拿，只是皱皱眉头。聂司令明白了，用水冲洗了一番，小姑娘才接过来，高兴地吃起来。村里人看了不高兴，说日本人对咱们杀光、烧光、抢光，害得咱们这么苦，捉住他们的人，还能这样对待？聂司令员耐心劝解说，小孩子是战争的受害者，八路军绝不搞日本侵略军那一套。日本法西斯不知杀害了我们多少无辜的群众，孩子甚至婴儿也不能幸免。我们共产党领导的八路军实行革命的人道主义，对日本人民不仅不伤害，还要尽最大力量给予爱护和照顾。

姐妹俩在指挥所停留期间，美穗子一直跟在聂荣臻身边，用小手拽着司令员的马裤腿到处走。乡亲们听了聂司令的话，友好地接纳了这两个日本小姑娘。村民许秀妮放下自己正在哺乳的孩子，把柳美子抱到家里喂自己的奶，给她洗脸、梳头，还给她梳了两个小辫儿。

由于战事激烈，敌人“扫荡”频繁，而且边区生活艰苦，很难照顾好两个孩子。况且4岁的美穗子已经开始懂事了，失去父母，给她的心灵带来巨大创伤，回去能帮助她找回失去的亲情。所以，聂荣臻决定送她们回去。他让洪河漕的民兵李化堂准备了一副挑子，送小姐俩去石家庄的日本兵营。乡亲们送来梨子、红枣、鸡蛋，聂司令不知从哪儿找来的糖块，放了满满一筐，人们一直目送到那副挑子影儿消失。聂司令还亲自给日本官兵写了一封信。

美穗子姐妹俩坐着八股绳花眼儿荆筐，翻山越岭，从洪河漕到梅家庄，从桃树坪到东王舍，从一个民兵的肩膀传到另一个民兵的肩膀，从一位母亲的怀抱传到另一位母亲的怀抱。这些民兵和母亲们的家早被日军的炮火毁成废墟和瓦砾，但是他们却细心地照料着这对日本小姑娘，送她们走向回家之路。最后是18岁的封奇书把他们送到井陉南关车站日本军营，并交上聂荣臻司令员的亲笔信：“中日两国人民本无仇怨，不图日阀专政，逞其凶毒……此实中日两大民族空前之浩劫……我八路军本国际主义之精神，至仁至义，有始有终，必当为中华民族之生存与人类之永久和平而奋斗到底，必当与野蛮横暴之日阀血战到底。深望君等翻然觉醒。”

石家庄日军收到这两个小孩儿以后，回信表示感谢。在以后战火硝烟早已远去的日子里，中国人民还惦记着当年的两个日本小姑娘。她们是否活了下来？后来的生活怎样？40年后的1980年5月，报纸上发表了姚远方的文章《日本小姑娘，你在哪里？》。5月29日，日本《读卖新闻》全文转载，6月10日，奇迹出现了。记者几经寻找，找到了美穗子。这时的美穗子已经44岁，住在日本宫崎县。妹妹在当年送到日本军营后，死在医院里。美穗子与丈夫经营着一家小商店，他们有3个女儿，全家过着幸福的生活。1980年7月10日，美穗子再次踏上了中国的土地，在人民大会堂见到了聂荣臻元帅。40 年后又握住聂帅的手，感慨万分。她的小女儿柳美子忽然跪到聂帅面前，把一只绒布做的小白兔送给他，逗得聂帅哈哈大笑。7 月 16 日，美穗子一家来到井陉矿区——这个她童年曾经生活过的地方。乡亲们听说后，纷纷赶来看望这个当年坐挑筐的日本小姑娘。

日军在南京进行大屠杀，倒在市中心的尸体不计其数，这中间也有许多儿童。就在美穗子遇救的前一年，我当八路军的父亲惨死在日伪屠刀之下，落生才 14 天的我就成了孤儿，而惨无人道的日伪军为了斩草除根，还四处派人追杀我们母子，迫使襁褓中的我经历了千里的逃难之苦。而为了救一个日本孤儿，从中国的元帅到普通百姓，却费尽了心思。

2005 年 6 月

段家楼

井陉煤矿创建于 1898 年，是旧中国十大现代厂矿之一，到它百岁寿辰时已经生产优质主焦煤 1.25 亿吨。至今虽说资源枯竭，但是河北省和冀中能源集团公司非但不嫌弃，反而特意把它的标志性建筑当作重点文物保护下来，当作取之不尽、用之不竭的精神文化资源开发利用，向社会开放，起到了意想不到的效果。

井陉民间挖煤由来已久，宋明道年间（1032 年）《续资治通鉴专编》卷 211 就有“废真定府石炭条”记载。1903 年，普鲁士贵族后裔、北洋水师顾问汉纳根，假八国联军进北京的余威，通过慈禧攫取了井陉煤矿的开采权，清廷下旨“钦准直隶井陉矿务局管有全县矿权，不准再有人开采”。士绅杜英魁等不服，联合王士珍、吴雪门合伙开矿。1912 年，已是内阁总理兼陆军总长的段祺瑞，邀请阎锡山、王士珍、曹汝霖、吴雪霖等军阀绅商，筹资 17.82 万两银圆，开办“正丰公司”，委派其弟段祺勋任总经理，与德国人对垒，打破了汉纳根独霸井陉煤田的野心。次年 8 月，孙中山亲临井陉视察，大长中国人的志气。

正丰矿办公区位于凤山村西一块台地，背靠云风山，面对绵河水，是一处西洋建筑风格的楼群，包括总经理办公楼、总工程师办公楼、小姐楼、公子楼、矿警楼、娱乐楼等七处豪宅，亭台楼阁，绿地长廊，占地 16 万平方米，总称段家楼。段祺瑞行伍出身，淮军将领，受李鸿章委派赴德国学炮兵，欣赏西方生活方式，所以由他一手策划的整套建筑中西合璧，呈现多种文化混合的风格。段家楼坐西朝东，期盼“紫气东来”。半圆形围墙，中开莲花大门，作挽弓射箭状。迎面凉亭，八根八面石柱，歇山式屋顶，起脊飞檐，屋脊上不是飞禽走兽，而是大檐帽北洋士兵队列。亭后郁郁葱葱的柏树林，60 多棵柏树像听到口令一样一律向东南倾斜，柏与拜谐音，朝拜他的故土安徽合肥。有人说是山区风向使然，也不排除当年植树时有意为之。

出人意料的是，占据偌大庭院最主要位置的，不是总经理办公楼，而是小姐楼。段祺瑞当初选址，第一感觉这里曾是明朝开国功臣徐达的校场，是英雄用武之地。站定脚跟又发现，东名凤凰岭，西称云凤山，风水在一个“凤”字，“凤凰不落无宝之地”，于是迷信起来以女为上了，把此楼的位置建在了两个山尖连起的直线上。小姐楼是三层罗马式，拱券回廊，红瓦尖顶大阳台。德国顶尖工程师设计施工，德国一流装饰材料，室内光线柔和，地板木条镶嵌，天花板起鼓走线，墙角弧形瓷砖贴成，既美观又便于擦拭。一切水电线路隐于墙内，不见电扇，墙内有风道与地道相通，自然调节室温，冬暖夏凉。历经百年而门窗严丝合缝，百叶窗能折叠 90 度，暖气片不锈不漏，至今开关灵便。小楼的主人是段祺瑞的爱女，7 岁进山，一住就是 14 年。后来移居美国，临终还念念不忘太行山区的这座小楼。

从小姐楼出来，走进一条百年葡萄架走廊，看见高大恢宏的总经理大楼，俗称“老爷楼”。楼前有个圆台，是正丰矿徽，一个巨大的古钱币造型，外圆内方，标榜矿上的经营理念。老爷楼古罗马风格更为突出，高柱大门，楼顶层为德国钢盔形状，百团大战时被炮弹削去，改为尖顶。室内庄严大方，老板桌后坐过段祺瑞胞弟段祺勋和儿子段宏业两任总经理，西墙一幅正丰矿全貌图，东墙有股东们的大照片：有董事长曹汝霖，股东阎锡山、王士珍。了解内情的知道，前台老板是段氏兄弟，幕后决策则是王士珍。这个王士珍是正定人，与段祺瑞、冯国璋并称“北洋三杰”：段祺瑞称虎，冯国璋是豹，王士珍为人中龙。王士珍文韬武略，深受慈禧赏识，不止一次地说：“我的儿子能有王士珍的才该多好啊！”

在王士珍经营下，正丰煤矿如日中天，成为旧中国最早的上市公司之一。1925 年产量又达到 36 万吨，股值扩大 37 倍，达 660 万银圆，远远超过了汉纳根。股值牛气冲天，被人争相抢购。正丰矿董事会设在天津许帽街，在天津兴建了劝业场、渤海大楼、交通饭店、起士林等著名企业。在石家庄大同街设办事处，石家庄第一张商埠规划图就是他们绘制的，在京、沪、穗、汉口设分支机构，产品远销日本。井陉煤业带动了冀中一带现代文明的进程，无怪人们说先有井陉矿，后有石家庄。

楼内资料室，完整地保存着全矿地质资料和文书档案，随便抽出一本，都是工笔小楷，一字不苟，如铅印一般，当年制度森严、管理精细可见一斑。

地下室西南角有一扇隐蔽推拉门，是暗道入口。地下 10 米进入地道，纵横交错，机关密布，如同迷宫。不仅连接各楼，还直通矿区、电厂、火车站，总长 5556 米。地道宽敞，可以直立行走，都是砖石作券，年代已久，壁上绿苔丛生。地道上中下三层，有大街小巷之分。西巷左侧有座老君堂，通体汉白玉，四根龙柱支撑庙宇，供奉着窑神太上老君，是老板和窑工们的精神寄托和精神依赖。

修建10里地道，需用大量青砖作券。矿主不毁良田，挖地道的土烧砖，建起4座砖窑。明盖楼房，暗修地道，不显山不露水。和一般资本家一样，正丰矿的资本积累靠残酷剥削工人，段家楼也建筑在工人阶级累累白骨之上。到1926年，矿山建立党组织，领导工人斗争。1929年积欠工资七八个月，两千工人奋起斗争，包围了老爷楼，三天不见答复，愤怒的工人忍无可忍，冲进楼内，竟然空无一人。原来老板和高管人员都从地道跑到火车站，逃到石家庄去了。此事1929年8月17日《河北民国报》有详细记载。

1937年10月，日军侵占井陉，段宏业将矿山抵押给日本人。工人成立了抗日游击队，奋起斗争。1941年百团大战，正丰矿是主战场。1947年4月井陉解放，矿山成立军管会，主任杨成武，副主任姚依林。之后成立机械厂，生产迫击炮和手榴弹，太原战役时我军80%的军火是这里生产的。1948年朱总司令视察，下榻在段家楼。从这里抽调技术员和设备，在平山沕沕水建立了我党第一座水电站，点亮了西柏坡的明灯，迎来了新中国的曙光。解放后，正丰矿改名为井陉三矿，被命名为全国“安全整顿样板矿”“特级质量标准化矿井”。

从地道出来，阳光下目光迷离，楼群的轮廓有些重影，感情有些起伏，回忆是多味的，但是不能避开段祺瑞其人。幼读鲁迅《纪念刘和珍君》，是他疯狂镇压学生，制造了“三一八惨案”。同时，1926年，他的正丰矿兴旺发达，也许是“钱壮熊人胆”。可是此人也干过一些好事，逼宣统退位，拒当汉奸，还有些民族气节。《文武北洋》中记载，一次章士钊向毛泽东主席问及段祺瑞，毛主席沉思了一下说:“段祺瑞有功，有罪，已经化敌为友了嘛。”

2005年6月

苍山不老

儿时看老奶奶们朝拜苍岩山，三寸金莲一步步挪一二百里，以为是迷信。想不到这些年自己也与此山结缘，每年都要来三两次。倒不是相信南阳公主，而是迷上了自然女神。每当摆脱冗繁事务，全身心投入苍山怀抱，便有一种说不出的亲切感，一种生命复苏感。

越是旧地重游，越是感受到大自然生机无限，而人的感官逐渐老化。20 年前我曾写诗，把苍岩山喻为精致的盆景，是大错特错了。自然的美不是化妆出来的，它也不是一种道理，无须说明。自然的美不是静止的，而是变化无穷，常看常新，任何笔墨和摄像机都描绘不出来。

比如这碧涧灵檀吧，清人诗曰："选胜重来手自扪，桠槎拔地抱云根。何年剥落凡皮相，修得梅山石上魂。"仔细观察，那白檀原来也有皮，薄如蝉翼，且颜色四时变化。春浅黄，夏淡青，秋银灰，冬雪白。清明虬根蜿蜒，穿缝抱石，与磊磊山岩浑然一体。立夏枝繁叶茂，绿荫如盖。秋风过后，树叶脱落，露出纤秀枝条，随风旋舞，呈现一种裸体美。

再如山腰绮柏，《直隶通志》上说："万物皆向阳，独柏向西，受（西方庚辛）金之正气，均坚韧不凋。"古希腊人认为每一棵树上都住着一尊神，这行行古柏，如仙人列队，向大山的中心桥楼殿做揖恭状。来得多了，看那满山柏树，在不同天气有不同姿态。微风细雨中，如蒙纱巾，格外青翠。恋人们躲避其下，树与人彼此听到喁喁细语。急风暴雨里，"雷声千嶂落，雨色万峰来"，泉眼竞张，山水横流，让人感到山在蠕动，树在奔走。大雾天气，那柏从茫茫雾海中浮出，似琼岛玉树，随着雾霭起落流动，时隐时现，如梦如幻。大雪过后，那柏像威武将士，白盔银甲，仰天长啸，像杜甫诗中景象，枝如铁，干如铜，挥舞刀枪，向风暴刺杀，发出金属般的声响。

还有这“横空金壁如虹飞”的桥楼殿，一天之中也有多种变化。晨曦初照，因为朝东，整个建筑镀上一层玫瑰色，琼楼玉宇镶着金边儿，桥下千级石磴，变成了一条红飘带。傍晚背着阳光，阴阳分明，线条突出，恰似一幅水墨丹青。在粗犷山岩和苍劲柏树衬托下，那桥楼更显得构思精巧，工笔细密，更加突出来，成为景区的中心。到了夜间，住在绝巘回栏，万籁俱静，月光如水，桥楼沐浴其间，大小星星在屋檐上眨巴着眼睛。石栏杆外，空谷鸟声，如雷鸣在山间回荡。让人感到时光静止，空气凝结，神经安定，心理平衡，耳边无一点杂音，心中无一丝杂念。

苍岩山来得多了，好似一位熟悉的长者，但也有深沉到领悟不及的地方。看那表面凌乱，或者有规则的形状变化中，有永远不变的东西，大山有不变的生命，发展运动，永远走在人类前面。比之大山，人生是短暂的，如同它的一片叶子，一朵小花。正因为人生短暂，才需要只争朝夕，让生活变得更有意义，使这一片叶子长得水灵，使这一朵小花开得鲜艳，开拓内心世界的旅行，适应外部世界的运行。所以，我拜苍山为师，不像老奶奶们那样乞求生命不老，而是要从不老苍山寻觅自己生命的力量。

2005 年 6 月

锦山榆

出南寺掌村东北行，进入空翠谷，两面奇峰对峙，视野狭小，望去头晕目眩。山谷静谧，一两声鸟叫从高空滑落，声音大得让人心跳。一条小溪蹦蹦跳跳在前面引路，水流断断续续，倒是满沟大大小小的石头如浪花跳跃。不远处一块圆形巨石拦路，像要把谷口封住似的。石头玫瑰色，似乎有云朵样图案，当地人称之为“避水神珠”。细看石上有褐白两色纹理，好像是这条山沟的水文纪录。

再往前，一条瀑布从断崖垂下，这就是溪水的源头了。雨季已过，瀑布声势不大，远看如淡淡云脚，薄薄纱巾。水花也较细小，高处如李花梨花，低处像雪片霰粒，轻飘飘软绵绵地落在游人脸上。水声也较微弱，像啾啾鸟鸣、吱吱蝉声、唧唧蟋蟀，组成一曲动人的天籁。瀑布下方，一汪清潭，波澜不惊，层层涟漪晃动着清晰的山影。

瀑布之后，山势愈陡，沿石阶而上，如走进绿色隧道之中，所见只有两旁的树木了。树木属混交林带，色彩斑驳，苍松翠柏，柿叶红，栎叶褐，杨叶黄。山桃、山杏枝叶稀疏，山榆更是枝头光光，线条毕露了。

锦山管理处善解人意，一路石阶不高不低，隔不远还有一组石桌石凳，供游人小憩。小坐间，对面石坎上一株奇怪的树闯进眼帘。两米多高，非乔非灌，出地皮即分杈，细数树有十三股之多，树干盘绕，遒劲枝条挺直向上。树干黑色皱皮，枝条紫色光溜，真个是干如铁、枝如铜，默然肃立成一种悲壮。树冠呈球状，好似一丛珊瑚，让人惊叹不已。当地人称作扭劲树，也叫山榆。此树生长缓慢，木质坚硬，不长榆钱，叶子椭圆，叶脉对生，学名鹅耳枥。山榆不嫌土壤贫瘠，树根鹰爪般嵌进岩缝石隙，生命力顽强，涵养水土，是大山忠诚的战士。

珊瑚树以上，山势更陡，有两株铁杆栎树，团根抱石，夹路而立，活像一对门卫。身后是大片山榆林，团团簇簇，层层叠叠，挺立峭壁，倒挂岩上，成为锦山植被典型的特征。它们的顽强风骨让人倾倒，形成一种无法抗拒的诱惑，引我向上登攀，向丛林深处走去。看面前的山榆像山里的汉子，上山就上到最高处，爬上每座山头；立地就站稳脚跟，把守每一个风口；要活就活个痛快，有风一样的呼吸，涛声一样的话语。它们又像山里的闺女，情窦未开，怀抱美的梦想，秘密藏在心底；脉脉含情，楚楚动人，挥舞紫色头巾，扭动苗条身材，伸出纤纤玉臂。

走出山榆林，仰望挺立云端的牛头峰，通体红色砂岩闪闪发光，好像紫色林海。上扬起的一挂红帆，沿石阶爬上崖根，面前的牛头被什么伟力一劈两半：断面光滑如砥，人称刀劈峡。风从峡口吹过来，嘶叫着。迎风走到峡口，有响马洞，三尺方圆，深不可测，直通后山，相传是当年抗元义军首领赵贵的藏兵洞。刀劈峡口，有石阶伸向山顶。石阶宽不过两尺，需侧身而上，真有“一夫当关”之险。爬到尽头，豁然开朗，给人天外有天的感觉。

有小路通向赵家寨，一座孤立的平顶山。三面深渊万丈，中间平地百亩，是一处空中园林。这便是赵贵的后山老营，窑洞式的聚义厅，遗迹依稀可辨。山顶更是一个山榆的王国，面前的山榆更粗更高更古老，树形也更为奇丽，千姿百态，除了珊瑚状之外，有的像北方的鹿角、龙爪，有的像南方的凤尾竹、旅人蕉。还有一株山榆王，有八十八股杈，枝丫丛生，大有独木成林之势。穿行在山榆林中，如同置身美展、画廊，看不够一个个天然的根雕、一个个天然的盆景，不由你不赞叹造化的神奇。

西过渡云桥、刀背岭，来到芙蓉寨，当年赵贵小妹赵芙蓉操练女兵的地方。阳坡有一片更为壮观的榆木，数百亩之大，密匝匝不透风，茂腾腾飘紫云，俨然女兵的战阵。单兵数练，个个英姿飒爽，整体队形，气吞万里。风吹过时，枝丫如枪，林涛似鼓，压过了赵家寨那边男儿气概。让我禁不住发问，你们可是当年的好汉，在这儿重新聚会，再现昔日的风采？你们可是当年的巾帼，在这儿重新操练，要追回壮丽的青春？只不过现在战斗的目标变了，不再是蒙古的马队，而是干旱风沙。

芙蓉寨一角，一块突出的巉岩，凌空悬置，三面绝壁，一径相通，这就是芙蓉寨的云来客栈。站在上面腿脚发软，有摇摇欲坠之感。俯瞰下面，深谷似海。正值秋山盛装，万紫千红，起伏的山野好像一件硕大无比的印花布，是谁人天大本领，给我们顶天立地的女英雄剪裁出一身合体的霓裳羽衣。

走出芙蓉寨，林海出浴，吸足氧气，奔波一天而不觉累。下山路上，还与几处奇树不期而遇，云烟栈道上的古槐，像一条蛟龙嵌在山壁，半个身子凌空越顶，枝丫张牙舞爪，真是活灵活现。观音洞旁一棵枫树，下半截弯腰弓背，上半截伸展双臂，招呼客来。山脚又有两株老栎，夹道成门，把满山风光关在身后。但是关不住的是阵阵山榆的涛声，久久响在耳边。

2005 年 6 月

锦 山 岩

山下望锦山，不仅耸而成峰，卧而为岭，而且隐约看到一组错落有致、造型奇巧的建筑群，静立于云彩之上。还有不少形态各异的鸟兽，各呈娇矫之姿，仿佛自然形成的一幅图画，令人向往之。游览次数多了，你还会发现，那托起诸多建筑和鸟兽的云彩，浮而不动，飘而不移，而且四季变幻着色彩，春为嫩黄，夏为浓绿，秋为五彩，冬为雪白。那云彩原来是从山脚到山腰连天涌动的云海，一片站起来的波翻浪滚的汪洋。

一条整齐的石径，勇敢地向高山之巅爬去，为了上边无法抗拒的美的诱惑。它垂天悬挂，像一缕云脚把游人的好奇心牵引，在阳光和林荫里明明灭灭，躲躲闪闪，像山妮苗条多姿的身影，迈着轻巧的脚步，攀崖跳涧，逶迤蜿蜒，一忽儿站起来为登天云梯，一忽儿俯下去为云烟栈道。据说这石径有 8888 个台阶，是那山妮 8888 个脚印，它像一根银线，把锦山各个景点串联起来。

最东边的牛头峰，昂首西望，傲视云天，似有哞哞之声传来。红色砂岩的皮肤，在阳光下亮着油光。这位令人羡慕的长寿者，生命是如此雄浑、鲜活。牛头背后的刀劈峡，是什么伟力把几十丈高的山体一劈两半，刀口平直光滑，血红的颜色，让人感觉残忍的凶杀仿佛就发生在昨天。

牛头峰四顾，各种鸟兽形状的岩石为牛哥愤愤不平，如虎者张牙舞爪，如狮者仰天长啸，如猴者抓耳挠腮，如山羊者跃跃欲试，如雄鹰者展翅空中侦察，如公鸡者引颈高声报警，连一向沉默的石龟也伸长脖子，等候司法者的到来。

牛头峰侧一处危岩，3 平方米大小，像一方天然的棋盘，漂浮在云朵之上，名叫仙人对弈。棋盘上只有若干圆形的棋子，不见弈者人影晃动，倒有几只鸟儿跳跃其上，叽叽喳喳，仿佛在对游人讲述张良拾履，或者“山中方几日，世上已千年”的烂柯故事。

渡云桥飞架两山之间，宽 3 米，长 6 米，桥下单拱像一座闸门，流水般的云涛蜂拥而过。接下来的揽云梁是一条山脊，可以看作石桥的延伸。有桥而无孔，更像是一座大坝，锁住云涛，聚而为海。站在梁上有亦真亦幻、腾云驾雾、飘飘欲仙的感觉。山脊最窄处，宽不过3米，两面山体如刀削斧砍一般，因而叫刀背岭。站在刀背上，更是战战兢兢两眼不敢旁视，像走在平衡木上。下面没有地毯，而是万丈深渊，稍不留神就“一失足成千古恨”。

一块峥嵘山岩上突兀伸出的云来客栈，三面绝壁千仞，一条险路幽通。此处巉岩长5尺，宽3尺，中间凹陷，像一座小小的空中楼阁。探头下望，才知脚踩深涧，空谷如海，条条山脊如同排排细浪，云朵如气泡似的冉冉升起。有恐高症的人会心惊肉跳，两腿发抖。然而气沉神定后，会看到它摇而不倒、晃而不坠，有不可名状的感受。这处奇怪的天然建筑，像一条哲理一样奥妙莫测，以它的存在见证着大自然不可思议的创造力。

再向西去，一座索桥飞架两山，跨度百米，桥西烟雾升腾，扑朔迷离，桥东阳光灿烂，景物清晰，仿佛神话中的阴阳界。据说因为周围重峦叠嶂，复杂地形造成一个风口，东边暖气流与西边的冷空气相遇，形成雾状烟云。更为神奇的是，百米索桥正架在三座百米高的山峰上，三座山峰呈圆柱形，自然的三座桥墩。这桥墩又是一色的红色砂岩，层状纹理，好像一层层红砖垒就。红砂岩层间还有一些白色砂岩，更像是白灰填缝。这三座柱形石峰，线条如切如割，弧度如雕如刻，鬼斧神工，云雾缭绕中如天上宫阙。

受红桥墩提醒，原来这锦山岩石不似一般竖立构造，而都是横向纹理，水平生长。走在半山腰中的云烟栈道，如平步回廊。2000米路程曲折蜿蜒，柔若缎带，在崖边绕来绕去。这是一条美丽的风景线，随时会与奇妙的景点不期而遇。在一处观景台的巨石旁，侧生出一根方形柱峰，红砂岩层其薄如纸，好像一本本书罗列而成。柱顶是个平面，宽不过3尺，其上有三块突出的石板，像3本天书放在那里，封面整齐光洁。它的读者是日月星辰，可惜风儿还不曾翻开它的一页，书的内容还无人知晓。

回首来路，纵观锦山之岩，其山有形，其形有神，形神兼备，韵味无穷。亿万斯年，它们身负青云之志，怀抱博爱之心，不怕风云变化，不为声色所动，有棱有角、大模大样地站在那里，站成了一种悲壮，站成了一种和谐。我想，进山的人们，大山的崇拜者，总会从中发现自我，找回自己。

2005 年 6 月

云梦山瀑布

山，这才叫山，横空出世，拔地参天。刀削斧砍般的绝壁耸立千仞，云在山腰缠，鹰在山腰旋。高得让你眼晕，让你敬畏、倾倒。

山，这就是云梦山，灰色的太古片麻岩山体，比南面黄巢崖的丹霞地貌显得更加沧桑、威严。进入山套，四面峻岭如墙，头顶一片圆天，如在壶中，人行如蚁。上午 9 时，太阳才爬上东山崖，累得气喘吁吁，满脸通红，像个熟透的柿子。它把目光投向前方，从容地欣赏大自然创作的画卷。云朵像羊肚毛巾一样轻轻飘过，那绝壁——地质学上有个很形象的名字：立屏板山——留下几处暗影，像淡淡的水墨画。

脚下的白龙溪唱着动听的歌，循声望去，前面的板山闪出一条裂缝，爆出一道白光。一线天下，一条瀑布如天河决口自天而降。裂缝和瀑布都很窄，两三米的样子，不知是大山把瀑布挤扁，还是瀑布把大山撑开，或许兼而有之，互为因果。瀑布从 200 米高的山顶跳下，像一条白龙，白得耀眼。可是神龙见头不见尾，怎么才能看到大山的全身呢！

有人用手一指，左面山崖甩下一条天梯，与山等高，紧贴在笔直的岩壁上，像直升机抛下的软梯。不少人望而生畏，知难而退。我却别无选择，只有踏上这一条上山的路，勇敢者的路。从山脚走三个“之”字，来到梯下。钢梯嵌在山体里，二尺宽，仅容一人。我不由胆战心惊，手脚和梯子一起在风中颤抖，下面的人喊话：抬头向上，不许低头！既来之，则安之，目标变得纯粹，自然心定气闲，如履平地。爬完186磴钢梯，再绕三个半圆，来到两块巨大的鸳鸯石边，脚踏实地，眼前是另一番天地，大有摆脱红尘的感觉，成片的青杠、乌叶、山榆、山柳，还有丛生的连翘、芦苇，点缀着不知名的野花。

绕个大圈，顺一条青幽谷缓缓下行，看到一个三角形的水潭，半亩大小，潭水绿如嫩柳，泛着玻璃般的光泽，水下的藻类形似花纹。有人告知，这就是白龙潭的后身，坡陡路滑不敢向下探望，一失足就会成为白龙的一片鳞甲。水潭上方的天生桥，搭成一座石门，方方正正。白花花瀑布从中涌出，浪花飞溅，好像一幅带框的油画。

石门以上，山势重新陡起来，呈四五十度斜坡。溪水流量很大，顺势而下，驾云吐雾，追风逐电，正是白龙瀑布的后继。我伸开双臂，与它拥抱。边走边看，看久了，这条白龙并不暴戾，被山谷驯服了，像一群白羊。望不到头的溪水，或者叫瀑布，像一匹长绢，刚刚脱离织女的布机，伸展开来，被一道道山坎百叠千折，碰上尖利的石块，割成一缕一条，乃至碎而为花。玉碎的瀑布也不失其本色，每颗水珠都含着大山的影子。

再看下去，这溪水三步一湾，五步一潭，漩涡相套，浪花相逐，千姿百态，一段有一个名字。扭身瀑转动细腰，滚蛟瀑摇头摆尾，银帘瀑缀满珍珠，仙梳瀑像维吾尔姑娘的辫子。或者说它更像是顽皮的孩子，拿着百花，唱着歌谣，欢蹦乱跳，跳过一崖做一个鬼脸，一眨眼就隐入树林，钻进草丛，跟人捉迷藏玩。

下山的瀑布和上山的人流，相向而行，擦肩而过，相互问候，越来越看出，这瀑布不光有形，还有神，有生命，有感情，有说不完的话。亿万斯年，深锁山野，抱守孤独，与世隔绝，喊哑了嗓子，等白了头发，没人理会。直盼到改革开放，开发旅游，打开山门，它才敞开胸怀，古老的语言才被人听懂，“高山流水遇知音”。这长长的瀑布不正是一架巨大的竖琴，欢快的旋律是它的脉搏，洪亮的涛声是它的心音。这歌声随山势变换着调门：有时是洪钟大吕，铜板铁钹；有时是竹管丝弦，莺歌燕语。山谷是音箱，水潭是乐池，瀑布是云梦山的广告词：都来看呀，亦梦亦幻，如诗如画，一壶美酒。

一路与瀑布交谈，亲亲热热，终于来到它的出生地，看到它的老家：栖鹰峡。高高的悬崖上，一块巨石状如鹰首，圆圆的眼，尖尖的喙。两边立屏板山是伸开的双翅，雄踞苍穹，俯瞰山野，拥有绝对的制空权。群山都匍匐在它的脚下，两条瀑布从两个肩头飞下，挟雷带电，裹雨带风，像站立起来的钱塘江潮，给大山带来一片欢腾。仰望瀑布，上白如雾，下而为水，再而如烟如雾。素车白马，前仆后继，跌个粉碎，水花四溅，亲吻游人，把豪情发挥得淋漓尽致。这时云缝里的太阳也来凑趣，空中出现了几道彩虹，好像给那栖鹰披上了美丽的绶带，整个云梦山蒙上了神秘的色彩，如同仙境。

美丽的彩虹转瞬即逝，让人赞叹不已，遗憾当年李白无缘于此，否则那庐山瀑布便成不了典型形象。可叹徐霞客没来过河北，否则这里便是黄果树。我想，庐山瀑布不足百米，黄果树瀑布 66 米，尼亚加拉大瀑布 50 米，而我们的云梦山高 1300 米，以几何学计算，瀑布长当在 2000 米以上。有人说不止呢！这玉壶仙境分三重天，映绿池以下称下壶天，栖鹰瀑下为中壶天，栖鹰瀑以上为上壶天。上壶天瀑布还有几百米。源头有二,一为水帘洞，二为东台龙泉，称作天外天，那才是真正的龙尾。如此说来，这云梦山瀑布真的是世界上最长的瀑布了。

2002 年 8 月

云梦红叶

10 月，云梦山的黄金季节。

一场秋雨一场凉。清幽谷的阳坡，草皮渐黄，树叶凋零。转过去阴坡，满山红叶如火如荼，有一条林间小路，引我步步深入，走进红叶之中。走近看，那红叶不是一种，有红枫、黄栌、卫茅、野桑、紫叶李等，形状大小、颜色深浅各有不同。从浅黄、藤黄、曙红、胭脂，到绛紫、赭石，清淡浓重，色彩斑斓。最让人心动眼亮的是野葡萄叶，鲜红得教人无法形容，一派“万类霜天竟自由”的气象。

对面牛群垴上，一层红叶，一层青山，那天然的色彩和构图，是多么高明的画家也无法描摹的。王禅洞下的群山，更是无边无际红色的海洋，立起来，燃烧着。云梦红叶，比北京西山的红叶更加多姿多彩，让人耳目一新。三场白露一场霜，这秋雨秋霜，不光颠倒了阴阳，还翻转了季节，眼前景象仿佛是春意盎然的艳阳天，那满山红叶，好像是春花怒放，花团锦簇，大火燎原，烧得人心暖洋洋的。

导游一再提醒，走路莫观景，观景莫走路。这满山红叶是一面幕墙，遮住了悬崖峭壁、万丈深渊，稍不留神，一脚踩空，就会坠入这红的海洋，做了风流鬼魂。我走走停停，恋恋不舍，完全把自己融入红叶之中，好像也变成了一片红叶，随风飘舞，沐浴阳光，为能装点祖国锦绣河山而洋洋得意。

融入红叶之中，才获得一种说不出的美感享受，觉得只凭眼睛审美远远不够了，还得劳驾鼻、舌、耳、手，调动通感，甚至还必须用心灵来体会。

秋山是一座芳香库，空气里弥漫着不知多少香味。薄荷的淡香、野菊的浓香、黄栌的清香、松柏的幽香，还有闻所未闻的气息，使人不由得深深地呼吸起来，沁透心脾。秋山是一个免费的天然氧吧。

秋山是一间美味斋，有各种品种的水果干果。伸手可得的酸枣酸中带甜，留挂枝头的烘柿甜中带涩，黑珍珠般的野葡萄甜中带香，就是滴滴答答的淋山水，坑坑洼洼里的山泉水，也都清冽甘甜，胜过城市茶馆酒肆的香茗美酒，让人陶醉，余味无穷。

秋山更是一片偌大的鸟语林，充满着动人的音乐。喜鹊喳喳，玉鸟啾啾，黄鹂婉转，蝈蝈吱吱，蟋蟀啾啾，青蛙呱呱，还有听着悦耳，又叫不出名字的种种鸟叫虫鸣。还有蝴蝶飞舞，蜻蜓展翅，也都好像发出欢声笑语，参加一曲名为秋之声的合唱，形成一种野趣天籁，引得我这木讷之人也情不自禁地大声呼叫：你——好——云——梦——红——叶！动情的大山也在谛听着我，一片叶子一只耳朵。

抓过一片红叶，像紧握大山一只手掌，紧贴大山一颗红心。我也曾想摘取一片红叶夹在笔记本里，做一个永久纪念，但很快打消了这个念头，缩回了双手，不忍对如此美好的大山有一点伤害。何必呢，反正云梦红叶已经深深地印在我的心上了。

2005 年 10 月

抗大纪念馆

从井（陉）涉（县）公路乘车南下，经内丘进入邢台县，路过宋家庄。1937 年 11 月 6 日，张贤约将军率领八路军先遣队首先来到这里。我父亲所在的滏西抗日游击队派霍子瑞通过封锁线，来到这里汇报了隆平县（旧县名，后与尧山县合并为隆尧县）人民抗日情况，请求派人领导。霍子瑞是隆平县魏家庄人，与我舅父同住一条小街上。隆平县 1924 年建立共青团，1926 年成立中共隆平县执行委员会。七七事变后，县委书记张子政组建了“滏西抗日游击队”，山口一战首战告捷，攻占了日军粮站，缴获步枪 20 余支，汽油 10 桶。不久又获得国民党五十三军长短枪四五百支，迫击炮 4 门，机关枪 4 挺，部队扩展到千人。农历十月中旬先遣队开进隆平，被命名为“冀南抗日模范支队”，冀南剿匪屡建奇功。张子政任支队长，我父亲是他手下的一个连长。1938 年改编为三八六旅新一团，转战太行山区。所以我对这里情有独钟，1962 年大学毕业时，坚辞天津市一份优越的工作，三次申请来到邢台山区工作，三年间走遍了邢台县的山山水水。

邢台县由四道川组成，由北向南分别是宋家庄川、稻畦川、浆水川、路罗川。四道川宛若一个巨掌反扣在地上，指缝间宽阔的空地称为川，隆起的手指便是山。从宋家庄南行，第一个镇子是稻畦川的将军墓，第二个镇子便是浆水川的浆水镇。这个浆水镇十分古老，春秋时是襄国的都城，楚汉之际的赵王赵歇、常山王张耳以及十六国时期的后赵，均在此建都。1939 年 6 月 20 日，抗日军政大学迁至浆水。

抗日军政大学陈列馆位于浆水川南岸、前南峪村的南山坡上，有大量图片和实物展示当年的教学活动。抗大总部设在前南峪，政治部在浆水，供给处驻河东村，学员分散在附近坡子峪、宋家峪等几十个村庄驻防。当时由于战争环境艰苦，为了严密组织，对外称“青纵”。校长滕代远，副校长罗瑞卿，教务长是何长工。领导和学员都借住民房，因为何长工最忙，单住在半山腰的一间房子里。房子周围是橡树林，红石垒墙，石板做顶，至今完好无损。这个井冈山放羊娃出身的教务长，常常以橡子面果腹。抗大的教室就在山坡上，前南峪有 2000 棵老栗树，千姿百态，都有几百岁高龄了，其中的长者千岁有余，号称“唐栗”。它们的族长——“栗树王”高 20 米，树围 3 米，树荫能遮多半亩地。至今树荫之下还有一排排整齐的石板、石块，是当年抗大学员的桌凳。微风吹过，树叶沙沙，好像当年的琅琅读书声。

当时的学员除了课本和钢笔之外，每人还备有铁镐和钢枪两种武器。为了减轻地方上的经济负担，他们翻山越岭到山西境内的一座土山上开荒种地。在陈列馆的展牌上，至今还保留着女学员开荒种地和背运粮食的照片。邢台、太原的日军“嗅出了味道”，赶来“扫荡”。一次，敌人四面合围而来，抗大得知消息后，先把乡亲们转移到西边的坐化山上，然后避其锋芒，分散周旋。日军扑空撤退时，何长工扮作日军长官骑在高头大马上，从敌人眼皮底下大摇大摆地走过去。

1941 年 10 月 1 日，抗日军政大学举行成立 5 周年校庆，会场就设在前南峪西南的河川里，主席台搭在北山脚的高台上，红旗招展，锣鼓喧天，两面山上的群众人山人海。男女学员荷枪实弹、步伐矫健地走过阅兵台，身材伟岸的罗瑞卿将军，在台上一身豪气，挥手致意，口号声和掌声此起彼伏，响彻山川。这在抗日战争最艰苦的岁月，预示着中国人民必将胜利。

从 1940 年 10 月至 1943 年 1 月，抗大在前南峪过了三个元旦，办了第六、七、八共三期，为抗日战争培训了13450名军政干部。1943年1月24日，为了迎接战略反攻，抗大重返陕北绥德。行前，朱德、彭德怀、刘伯承、邓小平翻山越岭赶来看望大家，彭德怀、刘伯承分别做了《休整和重返延安》《重返延安》等重要报告，为抗大将士们又一次战略大转移壮其声色。

抗大走了，但是抗大精神在前南峪扎了根。

今天的前南峪，给人们一个惊喜，这里已经变成著名的生态旅游观光区，几年不见，它已经是如此美丽而陌生。

从抗日军政大学陈列馆上山，山林幽径曲曲弯弯，像走进一条长长的绿色胡同，抬头不见天，阳光从林荫筛下，好像细细的雨丝。两厢漫山遍野的栗树，是1993年春天前南峪民兵栽种的，共计2万棵，它们也像民兵的队列，纵横成行，威武雄壮。如今枝头已经挂果，毛茸茸的栗球睁开眼皮，露出亮晶晶的眼珠。

穿过苹果园、红果梁、药材坡，来到万邦珍果园。这里我以前来过，曾经“山是和尚头，坡是光屁股，满沟大石头”。1996年以后，前南峪人富而思进，二次创业，奋战几年把它建成精品示范园区，国际农协主席达姆斯率13个国家40名专家考察后，给予高度评价。

站在坡下往上看，这是梯田垒起的山。所有的地都是一个规格，红石砌墙，白灰勾缝，重重叠叠18层，整整齐齐绕山转，好像一个巨大的足球场的看台，隐隐约约的树冠万头攒动。站到山顶回头看，是大山铺开的果园。全山分成7个果园，全部是引进的世界优秀品种，成为一个规模不小的世界博览会。

置身园区，流连忘返，兴奋不已，让自己饱受这色彩、芳香和灵气的感染、浸透。前南峪人把山种活了，把树种神了，把农业推向一个新的境界。这深山里的小村成了太行山最美的地方。

2005年6月

英谈石寨

人们说，八百里太行美在邢台县，邢台县四大山川最美的地方是路罗，路罗又集红色旅游与好山好水于一身，而英谈石寨则是路罗景区的一张名片。

英谈在浆水至路罗的公路旁边，四面环山，群山是它自然形成的第一道围墙。在当地，最大的山峰叫崖，矮小的山头称垴。英谈村背靠北崖，面向雾垴。围村还有一道人工石头寨墙，高丈余，清一色用红砂岩石块砌成，像一条红腰带，把一百户人家抱成一团。

走东门，有一座石拱寨门，高约两丈，柞木大门三寸来厚，门楣上一行大字依稀可辨："大清咸丰七年九月吉日立"。这是增修寨墙的日子，村落形成还要早，至少在明朝初年。村无杂姓，居民都姓路。路家鼎盛时三支四堂，曾是顺德府首富，土地遍及冀晋交界处五县。据说收租时，粮食口袋可以从村口一直排到山西和顺县城。路家兼营商贸，店铺无数，从英谈走京上卫，一路不住别人的旅店。咸丰年间冀南大灾，八九百饥民蜂拥而至，老掌柜大发慈悲，一概收容，吃饱喝足后派他们修寨墙，替国家以工代赈。到了清朝末年，三支四堂的主人上学堂都迷上了书画，无心经商，败落后才放弃外面的商务，回来专门务农。

入寨进村，居民都是两三层红石楼房，层层叠叠，参差错落。房前屋后，绿荫如盖，树影婆娑。整个村落像挂在山坡上的一幅国画。

所有的楼房都依山而建，随坡就势，因为地形差异而千姿百态。比如村东头的德和堂，远看是一座三层楼房，从侧面走却是三座楼院，门都向西。三院之间的“之”字形斜坡，边沿有精致的红石栏板，石榫相接，无丁点儿铁木。我选看中间一院，大门出檐，前有明柱，后有屏风。正房五间和东西厢房都是二层楼，南屋是平房，不挡阳光。东楼内有石阶楼梯，连通上下两院。

石头寨的木料和装饰也都十分讲究。德和堂北楼一门九窗，都是圆形的，窗棂图案各异，有波浪形的，有菱形的，有梅花瓣形的，有铜钱眼形的。中和堂西楼二层上，四扇大窗都是长方形的，各种木条的排列组合变化多端，看上去玲珑剔透，令人眼花缭乱。贵和堂的一面墙都是木头的，木门木窗，立柱板墙，上面雕刻着精美的鸟兽虫鱼，外面还有一条走廊，供人赏花观景。街南一家小院，外面看不起眼儿，内部装饰让人吃惊。前后院之间的屏风，是一整块化石板，高五尺，宽三尺，上面有自然形成的各种海洋生物的化石，放在奇石馆里会价值连城。这家主人大概没什么文物知识，一个细木雕刻的铺柜和一个同样精致的碗柜，随便放在院中任凭风吹日晒。不经意间拉开一个抽屉，里边还有不少记账的木牌，都是晚清的东西。石寨的南门上，也有许多精致的木雕和垂花流苏。

由于建房随坡就势，院落之间的胡同也便成为一大奇观。夹在楼房之间，铺上石阶，步步升高，脚下是十八盘，头上是一线天。沿着胡同查看，所有的墙都磨石对缝，所有的墙角都垂直如线。唯独一个墙角是圆形的，村民叫官司楼，是解决民间纠纷的地方。

山民是智慧的，尽管地势高低不平，院落参差不齐，但是英谈村六七百年前就拥有了一套科学的供、排水系统。山泉自高而低引到各家各户，直达檐下灶前，伸手可舀。主街上还有一眼官井，泉眼水缸般粗，水质清澈甘洌，几百年来从未干过。

有一条小河穿村而过，当地人叫后沟。十年前还是长流水，河里有鱼有虾，这几年干涸了。河上有十八座桥，或宽或窄，如月如虹。还有人把一段小河用石板盖上，石板上建起了一座民宅，起名桥院。街门朝北，进门有屏风，前院有精致的石槽、石灶，后院楼房有柱廊，东墙根一棵老梨树，树干上粗下细，是杜梨嫁接的，接口处营养过剩，便粗壮起来。七七事变后，蒋介石躲到中国的大西南，鹿钟麟也躲到河北省的西南角，钻进路罗川，看中它的幽雅别致，这小小的桥院也便做了几天省府衙门。

走在英谈街上，如同走进了历史，走进了童话世界，时间老人正在这儿打盹儿，使它与周围拉开了几百年的距离。这儿像南方客家人的围屋，又比围屋立体多了。这儿像中世纪欧洲的城堡，又比城堡丰富多了。它别具一格，自成一家，像是一首古体诗，又像一曲古典音乐。走在英谈街上，也好像感觉这儿与黄世仁、南霸天连不起来，或者相距甚远。村西北角上保留着一处全村最老的石屋，是路姓的发祥地。它既不磨石对缝，也不雕梁画栋，山墙是用乱石片堆起来的，像农民田里的地堰。它和山寨之间的差距，应该说就是路姓农民的发家史。路姓农民开始也和其他贫苦农民一样，只不过聪明一点儿，善于经营，便先富起来。富起来也没失去农民本性，最好的证明是抗战期间，当时只有 60 户的英谈村就拉出去了一个排的八路军，其中有 6 人成了革命烈士，所以这红楼组成的山寨是革命的、有血色的。

2005 年 6 月

道沟和冀南银行

井（陉）涉（县）公路在七孔桥分岔，向南是武安，直行向西 10 千米是路罗镇，从路罗往南 5 千米到小道沟。一个大山皱褶里的蕞尔小村，却被中国历史上两个伟大的人物看中。

1938 年 4 月，刘伯承、邓小平执行毛主席在河北“普遍发动游击战”的指示，决定将一二九师分为三个梯队，参谋长倪志亮带着后梯队留守辽县，副师长徐向前组织东进梯队开辟冀南根据地，“刘邓”率领前梯队进驻路罗全面指挥。从 5 月 5 日来到小道沟一直住到 6 月 23 日，长达 50 天。师部机要科长杨国宇天天写日记，记录了这一段珍贵的历史。

邓小平旧居在西山坡下，依山面水，门前是一条小河。一座石头小院，西屋是上房，二层小楼，邓小平住楼上两间，房东住在楼下。刘伯承旧居是西边的一座院子，正房三明两暗带耳房，前出抱厦，花格窗棂。房基高出地面 3 尺，门前有石阶 6 层。左右两厢是配房，南屋两根出檐明柱，门窗用料讲究，北屋是厨房，规格稍低一些。这座院子比较宽大，兼做指挥部。

至今回忆起来，上年纪的村民还赞不绝口。战士们天天清扫街道，挑水扫院，帮助老百姓砍柴、挑粪。晚饭后，刘、邓两位首长喜欢串门儿访问，有时被当街玩耍的孩子挡住去路，警卫员上前呵斥，首长赶忙制止，说:“可不准这样对待孩子，抗战为了谁，还不是为了老百姓和革命后代过上好日子。”一次，一个 13 岁的孩子不小心从树上摔下来，邓小平命令战士火速送到卫生所，还亲自前去看望，嘱咐医务人员精心护理。这个孩子长大后，当了 27 年村党支部书记。一天，师部在牛家坟召开军民联欢会，演出前先由刘师长做形势报告，忽然下起雨来，警卫员送来雨衣，刘伯承只顾滔滔不绝地讲演，不接雨衣。邓小平也不接，说:“这么多群众都不怕雨淋，我们怕什么。”

在这里，邓小平同志召见了邢台县抗日县长胡震。胡震是本县东先于村人，1927 年加入共产党，在国民党军队当过连长。上西安中山军事学校时，他多次听校政治部主任邓小平的课，彼此相当熟悉。后来参加渭华暴动，失败后回邢台当了国民党的区长。七七事变后国民党军队溃逃，他把各区的区丁搜罗起来，拉起一支抗日队伍。张贤约的先遣队过来，他主动接头，被编为一个大队，又当选为邢台县抗日民主政府县长。胡震找到一些工人，想印一批满洲票，到敌占区购买布匹、煤油、皮革等紧缺物资。张贤约报告了邓政委。

邓小平同志饶有风趣地对胡震说："渭华暴动后，一直打听不到你的下落，还以为胡震报销了呢，哪里晓得你竟然当了家乡的父母官。"关于印钞票的事，邓小平说："你们先尽可能地招集工人，筹集机器、纸张、油墨和版，我们正想发行自己的票子，就是缺乏这些条件，不过现在还要保密。"其实邓小平同志心里早有数了，他看中了路罗的山。这是冀晋两省的分水岭，西边是黄土高原，东麓断崖壁立，山西的地下水一股脑儿地倾泻到河北来，形成许多瀑布激流，把这边的山体冲刷出若干深沟大涧，所以山势险峻，无路可走，人迹罕至，然而这恰恰为银行的保密工作提供了天然的条件。

1939 年 6 月，冀南银行筹备处在山西黎城成立，印钞厂选在路罗山中，胡震召集的技术人员也被接过来。其中一个人叫张裕民，从小在京津学美术设计，熟悉精美印刷，被邢台一家老板高薪聘来，偷印国民党钱币，被人揭发后抓进监狱，不日即将处决。邓小平同志听说以后，指示设法营救，花了不少法币，还动用了十多条黄金。后来成立钱币研究所，任命他为所长，并配备了一匹马、一个警卫员和一支手枪，相当于一个旅长的待遇。张裕民设计出一张贰角钱的图案，刘邓两位首长大喜，修改后定稿了。接着又设计出 10 枚面额不同的铜元券以及从"壹角"到"壹仟"面额的共 56 种图案。1939 年 10 月 15 日，冀南银行正式成立，从此冀钞正式登上历史舞台。冀南币的基金是根据晋冀鲁豫边区的田赋税收总值核算的。

现在由路罗去参观冀南银行旧址，道路依然十分难走。但是，随着时代的变迁，昔日的穷山恶水，今天变成了奇山丽水；昔日的一条条秘密小路，今天变成了一道道亮丽的风景线。

进山参观有两条路。第一条路走黄巢峡。从路罗镇向西再向北，从贺坪峡进入峡谷群，再从黄巢殿向西南方向的峡谷走。右面的大北崖，如刀削斧劈一般平整光滑，红石英砂岩在阳光下如同一面赤旗，在云雾里飘动。它是农民起义的大纛，只是上面少了一个斗大的“黄”字，不过“斗”还是太小了，这个字恐怕要有一亩方圆，笔画也要像国道那样宽，因为此山有千米之高。左面一座山，三峰相连，如同笔架，有瀑布自山顶飞泻下来，好像挂起迎宾的缎带。两山之间的峡口，被一片树丛遮掩，河柳、白杨、山榆，茂茂密密，严严实实，只闻水声，不见水来。

拨开树丛，好像拉开大幕，一台好戏出现在眼前。只见一道强光，一道闪电，把黑黝黝的岩壁炸开，险峰对峙，巉岩并立，何等壮观！一道涧水如白龙带雨，雪涛翻滚，从远方呼啸而来。万雷齐鸣，充塞峡谷，还向上拔着高音。涧水把人行小道挤到山里去了，把山根掏空，形成一道长廊，突出的岩石如同屋檐、抱厦，挂着水帘。岩壁灌木丛生，多是白檀、黄栌，几乎交织在一起。光线阴暗，空气湿漉漉的，草木枝叶嫩绿嫩绿的，连涧水和空气也都是嫩绿嫩绿的，弥漫着初春的气息。

峡谷很窄，涧水随坡就势跳跃而来，婀娜多姿。

幽暗的峡谷人烟稀少，成了动物的天堂。

走着走着，涧急路断，只能移步壁上云梯，人在空中腾云驾雾。望天一条线，云崖倾扑，几欲合拢，把人挤扁；看地一道沟，下临深渊，涧急浪大，尖石倒立，锯齿獠牙，一失足就会粉身碎骨。一路看山、听泉，一路观画、听歌。到了仰天吼，一根 20 米高的天柱峰，才到达长峡的终点——燕尾峡，仅剩下一条几十厘米的石缝了，挤过去就到了冀南银行旧址。

第二条路走天河山。从路罗镇西行不远有一个清泉村，村后有一座美丽的天河山，山里有一股清溪水。远远地就听到了水声，心里激动起来。山不在高，有水则灵。水是山的语言，水是山的灵性。有了水山就绿了，有了水山就活了，北方的山难得有水。

有溪水在前面引路，我们紧跟其后，走着走着就碰了壁，山穷水尽了。但是走到山岩前面，右方突然闪出一个豁口，状如山门，旁边山壁上刻有“石门”二字。

石门以上，山势渐陡，河谷渐窄，银子似的溪水如丝如带，缠绕其间。溪水就势层层跌落，形成大大小小的清潭，有的水花自山上迸落下去，也有的水珠从地底银线似的冒出来。转过山崖，一股瀑布飞流直下，砸向深潭，翻起朵朵浪花，大珠小珠落玉盘，这就是“珍珠潭”了。潭上的一段溪水叫通天河，仰望一线蓝天，一条瀑布如银河决口，素车白马般从崖口跌下，挟着雷声，裹着烟雾，带着飞雪，让人不寒而栗，毛骨悚然。这就是“群鹰探瀑”。

过了这段峡谷，山路九曲百回，溪水沿着台阶，拐弯抹角地跳跃而下，好像脚尖踩着键盘，发出悦耳的声音。踏着快乐的音符，溪水把我们带到“情人谷”。不过走完这段爱河实属不易，需要抓住岩壁上的铁链，手脚并用，相互搀扶，彼此把手都攥出汗水，把心紧贴在一起。闯过三关，爬上崖头，眼前豁然开朗，一马平川，迎接我们的是一往情深的“鸳鸯池”和标志胜利的“三生石”。

三生石后，一块高山草甸，四四方方，约三四亩大，是当年八路军冀南银行的篮球场。站在上面腿还颤颤悠悠，眼还飘飘忽忽，好像站在《天方夜谭》的魔毯上。回望来路，山势峥嵘，白云悠悠。一条银河穿云破雾，翻山越岭，向东南方向蜿蜒流去。这时才明白了，此处为什么叫作天河山。神话说共工怒触不周山，地倾东南，所以天河便顺势流向了人间，太行山便有了这一道迷人的风景。

从篮球场西行 300 米，到了当年冀南银行办公处旧址。一座石头四合院，北房 2 间，西房 3 间，东屋南屋各 4 间，还有石碾石磨。原来这里是清泉村村民陈九江的私宅，自愿腾出来交给银行使用，自己全家搬到对面的山崖下居住。坡下的印钞厂掩映在树荫之中，三排房子，两排东西向，一排南北向，都是青石垒墙，红石板盖顶，厂房旁边还有一处很大的马棚。1939 年秋，局势紧张，冀南银行印钞厂厂长李亚高、指导员周洪海奉刘邓两位首长的命令率队来到这里。当时共有干部职工 50 多人，工艺是手工石印，机床是通过地下关系从天津三条石搞到的，印版是从河南新乡弄来的。翻过岭去的辽县、涉县，漳河两岸有造纸的传统，但是用的是木屑、破布，造出的麻头纸只能糊窗户、做账本。于是就从山西长治购买上等线麻，用骡马成捆地驮来，造出来的纸没有硫化碱漂白，就用松香和石灰代替，然后精心洗涤，山沟里有的是水。造出来的纸果然漂亮，但是太薄，又将单层改为双层。每印一版，制版员都要将票样照下来，轧在石印版上，用硫酸、松香抹四五遍，一张钞票连印六次。没有裁纸机，印成后人工用刀裁齐。

百团大战期间，敌人加强了“扫荡”，邓小平把保卫冀南银行的任务交给了张贤约和他的一二九师干部轮训队，说：“你们要保证银行的安全，绝对不能让敌人搞掉了。你们掉脑壳不要紧，这可是关系到根据地部队穿衣吃饭的问题。”并给四五百人的轮训队配发了武器弹药，在晋冀两省交界处与敌人周旋，敌人从东来就进山西，从西来就下平原，两面一起来就分散钻山沟。1943 年年初，刘伯承和邓小平在冀南银行首任行长高捷成的陪同下，专门来到这里视察，并称赞道：“地方选得好，职工干得好，钞票印得好。”可惜到 5 月 14 日，刚逾而立之年的高捷成同志便在反“扫荡”战斗中壮烈牺牲了。

1943年秋，冀南银行印刷厂奉命返回山西黎城。冀南银行的创建使根据地的财经工作初具规模，为保证军需民用发挥了重要作用。冀南币一直沿用到新中国成立之初。

2005年6月

贺坪峡记

从浆水镇南行20多里，便进了路罗川。邢台县深山区四大山川，以路罗川水量最大，土地最少。旧时民谣：进了路罗川，七十二道弯，硬的是石头，软的是沙滩。如今，经过建国后30多年改滩造地，干河滩变成了米粮川，风推禾波，有一番江南景象。

行经传说刘邦斩蛇处，地面渐渐窄起来，不远处也有个龟蛇锁大江的地形，不过这里名称更文雅一些，南面的蛇形山叫长盘，北面的龟状岗叫圆盘。时值中秋，柿子快熟了，满山红叶，万盏红灯。柿林掩映中的房子也是红的，红石垒墙，红石板铺顶，房顶上晒着辣椒，摊着酸枣。火红的山川，火红的生活，撩得人心里火辣辣、暖洋洋的。

再过贺家坪，沿河滩上行3里，一座山壁横空拦路。我正怀疑这山川溪水的出处，忽见眼前闪出一座石门，宽两三丈，高二三十丈，直上直下，不知何时鬼斧神工劈开的一道山缝，黑压压，阴森森，深不可测，那山溪就从这山门涌来。

走进石门，冷风飕飕，是一条风道。仰望峭壁倒挂，隐隐露出一线青天。两面大山好像随时会合起来，把人挤在中间，怎么不令人毛骨悚然。幸亏游伴人多，互相壮胆，摸索前进，渐渐地看那两面山壁既没拍合，也没相撞，神经慢慢松弛下来，注意力很快被这奇异景色吸引过去。

随着峰回路转，一线天连绵不断，那山峡像画廊缓缓伸展。峭壁上缠绕着缕缕云丝，岩缝中钻出条条藤蔓，半山中那点点残雪，是野菊盛开；那篝火闪闪，是枫叶初红。特别耀眼醒目的簇簇金黄，是一种叫作黄栌的灌木叶子。草木稀少之处，怪石嶙峋，幻化出猴子、狮子、老虎种种形象，或者幻化出罗汉、金刚、头陀种种人物。那岩壁更像是什么千佛山，什么石窟的。细细观察，从那狮子、老虎、罗汉、金刚的嘴眼之中，浸出湿漉漉水道道来，小股的滴滴答答，大股的叮叮咚咚，一齐汇入脚下那哗哗啦啦的山溪声中。峭壁上，花丛中，鸟声啾啾，认得出的有喜鹊、灰鸡等等，飞得越高身影儿越小，辨认不出了。大大小小，形形色色的鸟儿们用它们的翅膀，在山峡有限的空间画着各种各样的弧线，给这静态的画廊又增添了几分生气。

头上的一线天，弯弯曲曲，那也像是一条河呀。河岸犬牙交错，还有丛丛细草，蓝蓝的河水，鸟儿的翅膀是跃动的浪花。脚下溪水呢，好像是天河的影子，河里的鱼儿静止不动，那是各种奇形怪状的石头。五色斑斓的鹅卵石，石英砂岩石板的花纹天然是波浪形状，即使溪水浅浅也似有大风大浪。还有一种龟背石，花纹是规则的六角形，踩在它上面似乎那吉祥之物正在慢慢游动呢。龟背石四周，往往露出一些有棱有角的石块，用手去拣，又都跑了，那是石头一样颜色的紫蟹，溪水中那紫蟹可多着哩。

天河拐了九道弯，溪水拐了九道弯，画廊收尾了，山峡到头了，豁然开朗，走出了一个神奇的梦境，又回到久违的阳光里。当地人说，这贺坪峡足足有 1 公里长。

峡后，四面高山，中间盆地，完全是一番原始洪荒的景象。沿小溪上行，只闻水声不见水流。沿溪水走向，排列着一川大小不等、形状各异的白色石头，小者如羊，大者如马。因为坡度大，那羊群，那马群，奔驰而来。那小石，那大石，又像浪排白花花，迎头压来，气势如同钱塘潮一般。

踏“浪”上行一里多，水声骤大，原来壁立一道小坝。那石头有蓝的、红的、白的、紫的、黄的，都布有明显花纹，像一朵五色祥云。攀上坝去，五色石抱一池碧水，有鱼群戏游。回头望去，真如站在云头，飘飘欲仙。在这里拍上一张彩照该有多美！

五色石以上，坡度更陡，有点像泰山十八盘。不久，便有雷声入耳，越来越响，震耳欲聋。抬头，南山腰上一条瀑布映入眼帘，非常壮观。

这是半山腰中一座巨大石窝，三面是悬崖峭壁，中间是半亩大一汪水池。接近池水，凉气袭人。在南面七八丈高的山崖上，有一圆形洞口，好像农户的瓦口。据说那石洞像横放着一口巨型石瓮，积满了水，两米宽的瀑布从那瓦口飞流直下。雨季石瓮水满，瀑布能以六七十度的弧度，扬出三四丈远。瀑布落处，飞珠溅玉。人可以在瀑布后面穿行，采撷岩壁上的长毛苔藓。

站在瀑布之下，感觉那水声风声从天门穴穿过头颅，一股清风吹向五脏六腑，透彻全身，把一切忧虑烦恼冲得无影无踪，生活的信心骤然增加百倍。

太行竟有这样奇观！天下竟有这样奇观！这长峡，这飞瀑，论奇妙，论特色，完全可以加入全国名胜之列，甚至推荐入选十大风景也不过分。

贺坪峡风景，是自然的美，天然存在的。如果地处大城市周围，早已身价百倍，歌颂、渲染得无以复加了。可是因为它地处偏僻，人迹罕至，并没有人赏识它。在兵荒马乱的年代，人们只认识到它的险峻，一夫当关，万夫莫开。黄巢起义曾在这里屯兵扎营，峡后山巅上有黄巢岩，山洞宽五六丈，可容千人，山腰有四五十里跑马道遗迹。这里一些村名诸如天明关、朱温坪、血流峪，都因此而来。抗日战争初期，河北省政府主席鹿钟麟也跑到这里，在峡口的贺家坪村安下了国民党省党部。八路军总部也利用其有利地势，在峡口设立了造枪厂、纺织厂、造纸厂、印刷厂。历史遗迹很多，唯独没有一首风景诗。只是到近几年，人民丰衣足食，有心思讲究文明，留意自然风光了。随着旅游者足迹所至，人们像发现新大陆一样，惊呼贺坪峡奇观。毕竟它东距京广线和邢台市只有 75 公里，这 75 公里，足足走了四五千年。

贺坪峡，千万人的脚步正向你涌来。千万目光、镁光，将把你的秘密、你的风采公之于世。

1976 年

黄巢峡记

出黄巢殿，过金水桥，向西南方向的峡谷走去。我慕名已久，急盼一见，脚步无形中加快起来。

右面的大北崖，如刀削斧劈一般平整光滑，红石英砂岩在阳光下如同一面赤旗，在云雾里飘动。它是农民起义的大旗，上面少了一个斗大的“黄”字，不过“斗”也太小了，这个字恐怕要有一亩方圆，笔画也要像国道那样宽，因为此山有千米之高。

左面一座山，三峰相连，如同笔架，有瀑布自山顶飞泻下来，好像挂起迎宾的缎带。两山之间的峡口，被一片树丛遮掩，河柳、白杨、山榆，茂茂密密，严严实实，只闻水声，不见水来。

拨开树丛，好像拉开大幕，一台好戏出现在眼前。只见一道强光，一道闪电，把黑黝黝的岩壁炸开，险峰对峙，峰岩并立，何等壮观！一条涧水如白龙带雨，雪涛翻滚，从远方呼啸而来。万雷齐鸣，充塞峡谷，还向上拔着高音。涧水把人行小道挤到山里去了，把山根掏空，形成一道长廊，突出的岩石如同屋檐、抱厦，挂着水帘。岩壁灌木丛生，多是白檀、黄栌，几乎交织在一起。光线阴暗，空气湿漉漉的，草木枝叶嫩绿嫩绿的，连涧水和空气也都嫩绿嫩绿的，弥漫着初春的气息。

峡谷很窄，涧水随坡就势，跳跃而来，婀娜多姿。有时细如银线，像水晶滚动，铮铮琮琮，婉转低吟，声如蟋蟀；有时粗如银龙，张牙舞爪，披雷带风，声如铜钹。不粗不细的溪水，哗哗流淌，声调柔和，抑扬顿挫，妙似管弦。隔不远就会有一块巨石，卡住咽喉，围成一汪清潭，溢出一道瀑布。重门锁翠，潭水清澈见底，波光闪闪，细沙如一层金屑，卵石像一窝鸭蛋。偶尔一两块彩色石头如锦鲤摆尾，伸手捞出，在手中把玩，便失去了原来的光彩和性灵。还是放生回去吧，自然之物不可强求。

向纵深走去，由于常年少见天日，岩壁越来越黑暗，上面流水闪亮。空间细雨蒙蒙，树下淅淅沥沥，总是阴雨天。细看两厢，爬满藤蔓植物，点缀着五颜六色的小花，美如羽衣霞裳。隔一段又没了植被，赤壁裸体，如仙女袒胸，玉肌生香，铅华凝露。有时壁光如纸，黑水肆流，任意勾抹，呈花草模样，一幅水墨丹青。有时岩面粗糙，风刀雨錾，刻出佛像人形，一幅生动的浮雕。不尽的峡谷，是一条不尽的画廊，展览着大自然的杰作。

幽暗峡谷，人烟稀少，成为动物和鸟儿的天堂。今天是周末，它们特别活跃，好像是在开娱乐晚会。大尾巴松鼠枝头跳来跳去，小胖子刺猬地上滚来滚去，尖嘴狐狸崖上东张西望，长耳朵野兔水边扑朔迷离。山雀扑摆着翅膀，叽叽喳喳，吵架似的做着游戏。画眉追逐着浪花，一会儿悬在空中像转着陀螺，一会儿尖叫着钻到天上，像一支响箭。鹞鹰苍色翅膀，横扫云絮，翻起跟头，如黑色闪电。啄木鸟红帽子，黑领圈，披一身华丽的外套。喜鹊像个花花公子，蓝外衣，白衬衫，一会儿向这个点头，一会儿向那个鞠躬。蝙蝠介于动物和鸟类之间，刚才还贴在岩壁上，像一片干树叶子，忽然间跃入空中，变成了一朵黑玫瑰。

走着走着，涧急路断，只能移步壁上云梯，人在空中驾云腾雾。望天一条线，云崖倾扑，几欲合拢，把人挤扁；看地一道沟，下临深渊，涧急浪大，尖石倒立，巨齿獠牙，一失足粉身碎骨。头上的天也像一条涧水呀，蓝蓝的河水，蜿蜒曲折，山顶草木如同波浪。脚下的涧也像一线天呀，白白的云彩，飘飘悠悠，大小石头，繁景万点。天上的涧，地上的天，默默相亲，心心相印，亿万斯年，一成不变。而空中的人，说说笑笑，指指点点，却是匆匆过客。

原来的贺坪峡称一线天，那峡谷才长800米，宽20米，高70米。而这条黄巢峡才是真正的一线天，长4000米，高200米，宽仅几米，而且越来越窄，伸手可扪。一路看山、听泉，一路观画、听歌，到了仰天吼，一根20米高的天柱峰，才达到长峡的终点——燕尾峡，仅剩下一条几十厘米宽的石缝了。据说峰回路转，那边有一块更加神秘的天地。

2002年8月

天河山记

民谣曰：走进路罗川，七十二道弯，硬的是石头，软的是沙滩。想不到这干旱山区，还真的有一个清泉村，村后有一座美丽的天河山，山里有一条清溪水。远远地听到了水声，心里激动起来。山不在高，有水则灵。水是山的语言，水是山的灵性。有了水山就绿了，有了水山就活了，北方的山难得有水。

溪水自西北欢天喜地、蹦蹦跳跳走来，脚步轻盈，身段优美。山石情不自禁地迎上去，拦腰拥抱起来，爱怜地形成两个小湖，一曰凌波，一曰凌雪。前者凝然不动，如同一池绿酒，令人心醉。后者波光闪闪，如同一面银镜，让人眼晕。湖水倒映着两岸的山影，山水相亲。

只顾低头看水，怠慢了两旁的山，及至抬头一看，才发现两岸的山美极了，美得让人目瞪口呆。山之美有两种，或秀丽，或崇高，天河山则兼而有之。它不像南方的山，纵向美，“玉笋瑶簪”“参天乱插碧芙蓉”，而是横向美，丹崖赤壁，层层叠叠，有棱有角，紫砂岩断壁层理分明，山峰错落有致，像一座座气势恢宏的殿宇、楼阁，平面如砖砌石垒，突出如屋檐斗拱，有风刀雨錾刻出万千佛像，有花草灌木点缀出孔雀开屏。

有溪水前面引路，我们紧跟其后，走着走着就碰了壁，山穷水尽了。但是走到山崖前面，右方突然闪出一豁口，状如山门，旁边山壁上刻有“石门”二字。门前一棵老柿树，粗壮笔直，它是天河山的迎客松，但是没有泰山、黄山迎客松的媚态，一身太行山人的憨厚。

石门以上山势渐陡，河谷渐窄，银子似的溪水如丝如带，缠绕其间。溪水就势层层跌落，形成大大小小的清潭，有的水花自上迸落下来，也有的水珠从地底银线似的冒出。转过山崖，一股瀑布飞流直下，砸向深潭，翻起朵朵浪花，大珠小珠落玉盘，这就是“珍珠潭”了。潭上一段溪水叫通天河，仰望一线蓝天，一条瀑布如银河决口，素车白马般从崖口跌下，挟着雷声，裹着烟雾，带着飞雪，让人不寒而栗，毛骨悚然。我们手抓铁链，弯腰弓背，身贴石壁，披风沐雨，如同逆水游泳，只感到心慌腿软。战战兢兢爬到崖口，回头一看，十丈深潭，绞着旋涡，血盆大口，龇牙咧嘴，不禁冒出一身冷汗。迎面几座山峰形似鹰隼，正盯着我们，好像在问：过通天河有何滋味？这就是“群鹰探瀑”。

“群鹰探瀑”以上，山坡平缓起来，好像有意让人放慢脚步，欣赏山野情趣。这里山峰并不高峻，形状也不雄奇，坡上山花野草，灌木乔林，自由自在地生长，自由自在地开花结果，真的一个世外桃源。令人叫绝的是谷中的溪水，像一群天真烂漫的村姑，在游人面前大胆地展示自己的婀娜身姿和多彩的衣裳，一会儿是天空映照的蔚蓝，一会儿是树荫反射的翠绿，流过红砂岩染一身朱红，流过紫砂岩蹭一身绛紫。在一块虎头虎脑的山岩下，好像看见了白马王子，脸颊羞得绯红，原来水下面是一大块胭脂石。

过了这段“红河谷”，山路九曲百回，溪水沿着台阶，拐弯抹角跳跃而下，好像脚尖踩着键盘，发出悦耳的声音。踏着快乐的音符，溪水把我们带到一个绝妙的境界。峡口不过 1 米宽，里边却很宽敞。一条瀑布垂天而落，两岸奇石怪崖，树木枝繁叶茂，交织起来，遮天蔽日，好像围成一处院落，瓜棚豆架，凉爽宜人，天生一处恋人幽会的地方，难怪有人起了一个动人的名字：情人谷。不过走完这段爱河实属不易，需要抓住岩壁上的铁链，手脚并用，相互搀扶，彼此把手攥出汗水，把心紧贴在一起。闯过三关，爬上崖头，眼前豁然开朗，一马平川，迎接他们的是一往情深的“鸳鸯池”和标志胜利的“三生石”。真是不虚此行，他们会感到旅游和爱情都“三生有幸”。

三生石后，一块高山草甸，四四方方，是当年八路军冀南银行的篮球场，站在上面腿还颤颤悠悠，眼还飘飘忽忽，好像站在《天方夜谭》的魔毯上。回望来路，山势峥嵘，白云悠悠。一条银河穿云破雾，翻山越岭，向东南方向蜿蜒流去，这时我才明白了此处为什么叫作天河山。神话说共工怒撞不周山，地倾东南，所以天河便顺势流向了人间，太行便有了这一道迷人的风景。

2002 年 8 月

愧对紫金山

紫金山在河北邢台市西南65千米处。从东南仰望，五峰连绵状如游龙，加上山色深紫，从早到晚灿若朝霞，颇有一种神秘色彩。山不算高，海拔1370米，但险峻无路，需绕道东北，翻越十八盘，爬上太行山脊。本有邢（台）左（权）公路相通，但晋煤外运车车超载，把个好端端的柏油路轧成了搓板，坑坑洼洼，只得换乘吉普车，好不容易才到达山顶。

上到山顶却完全是另一番景象，地势平缓，一望无际。隔一道山梁与山下相差两个节气，邢台已是杨柳依依，小麦扬旗，玉米埋芽，这里树木刚刚抽芽，玉米还在地膜下面，大片地膜白花花如一汪湖泊。穿过左权县东山村，吉普颠簸半个小时，坎坷小路才到尽头，向南一望，紫金山就在眼前，只是比在山下看矮了许多。

山阴一片松林，林海上那连绵五峰似蛟龙出水，更加精神抖擞。绕过松林向那“龙”头攀去，手脚下面岩石都呈紫色，学名紫砂岩。这大概就是紫金山的来历。接近山顶一片背风坡地，断壁残垣，从根基看规模不小。从垭口向山的阳面一条羊肠小道，通向一个道士古洞。洞口宽敞，高三四米，越往里越窄小，深奥莫测，可直通山顶真公崖庙。庙前两棵古树，一榆一杏，如龙之双角。那古榆树干弯成山洞状，破门而入就是龙头真公崖庙，庙前有几幢石碑。崖头前方有一座稍低的孤峰，峰顶浑圆，好似龙戏之珠。站在崖头如临仙境，清风扑面，云絮飘来。面向东方双手伸开，便是河北、山西两省的界线。一条山脊两旁色彩分明：

前面林海葱郁，层峦叠嶂，波峰浪谷；背后一抹土黄，十分平静，近于呆板。西北角干梁突起，沙尘滚滚，是电影《老井》的拍摄场地。这紫金山就在分水岭上，拔地而起，倒有一股超凡脱俗的灵气，当地群众称之为“灵山”。

比起许多江南名山，这紫金山既无飞瀑林泉，也无奇花异草，那么荒凉土气，那么不起眼，何言灵气？但是读了历史，不由你不大吃一惊，目瞪口呆，继而五体投地，相见恨晚。

古人云：“山不在高，有仙则灵。”这紫金山确曾住着一批“仙人”，一批出类拔萃的人才。金元时期，这里曾有过刘秉忠的书院，山阴那断壁残垣就是紫金山书院的旧址。元史曾有大量记载，崖头真公庙前碑碣也有简要记述。

刘秉忠（1216—1274），邢台县人，少年匿居西山避乱，出家为僧，博览儒、释、道，史称“凿开三室，混为一家”。精通天文、历法、水利、算术、三式六壬，皆有论著。他创建紫金山书院，课授张文谦、王恂、张易、郭守敬诸人，与朱熹、张栻等主持的江南四大书院不同，不“以经义为上，辞赋论策次之”，而是以自然科学为主，标榜“算术六艺之一，定国家安人民行大事也”，用现在的话说就是主张科学兴国。这五人后来都成为元世祖忽必烈的开国功臣。刘秉忠“参帷幄之密谋，定社稷之大计”，拜光禄大夫，位太保，参领中书省政事，“汉人文武位居三公者仅刘一人”。张文谦（沙河县人），曾任枢密副使，累官至左丞相。张易（太原人），累官至枢密副使，知秘书监。王恂（唐县人），曾为太子赞善，官至太史令。郭守敬（邢台县人），同知太史院事。

他们做了官掌了权，就劝农桑，减赋税，兴学校，保护汉人，谏不可嗜杀，“所全活者不可胜数”。特别在兴修水利、制定历法方面堪称中国历史之最。在刘秉忠授意下，郭守敬向忽必烈“面陈水利六事”，修复西夏唐来、汉延诸渠，疏通燕京旧漕河，开凿通惠河，引西山泉水入京，“一生相治河渠伯（坝）堰百余所”。

郭守敬还是世界“海拔”概念的最早提出和应用者，黄河源头第一个探测者。在王恂、张易和郭守敬主持的太史院（相当于现在的科学院）里，天文、数学取得了世界领先的成就。郭守敬创制的简仪是世界最早的大型赤道仪，比西方第谷早300年。他发明的滚珠轴承比西方达·芬奇的设计早200年。他组织了空前规模的天文测量，创建了登封观星台、大都司天台，在此基础上制定的《授时历》，在世界数学史上最早提出和运用了三次内插法和球面三角法的计算公式，规定一回归年为365.24日，和现在世界通用的公历计算数值完全一样。此外刘秉忠的胞弟刘秉恕，学识丰厚，官至礼部尚书。郭守敬的后人郭伯玉，在中国珠算从兴起到完善过程中起过决定作用。他在高等数学、球面几何、三角等方面都有很高造诣，被认为是中国几何学的创始人，中国数学史上的一座里程碑。在郭守敬逝世17年后，他用珠算协助制定了《大统历》。

从历史和科学的角度来看，这紫金山骤然高大了许多，那连绵五峰就像刘秉忠、张文谦、王恂、张易、郭守敬五人，是一道绝妙的风景线，一座北方的五老峰，是中国人的骄傲。然而眼前的紫金山却无人朝拜，无人修葺，这样没于荒芜，默默无闻，被冷落了七八百年，很少有人提及，就是在邢台当地也耳生得很，只能尘封在茫茫史书里。问何以然？除了知识界历来看重经史诗文轻视自然科学之外，还有一个原因就是认为刘秉忠等人仕元，是丧失气节，不足为训。假若这紫金山位于江浙，哪怕是为弱小的南宋办事，恐怕早已炒得沸沸扬扬，名冠中国诸山了。

时至今日，难道还不应该为紫金山落实政策，还以历史本来面目吗？

2000年8月

紫金山记

八年前探访紫金山书院，东麓尚无路可走，须绕山西左杈，才能到达山顶。当时俯瞰东侧，如临深渊，幽谷密林，深不可测。如今开放景区，可以畅游其间了。

从前坪村西北行，进入红岭峡谷，骆驼峰和卧龙山雄峙南北。北面的卧龙山高耸入云，赤壁如鳞，张牙舞爪，奋脊欲东。南面的骆驼峰端庄秀丽，山势变化，千姿百态，像古猿献桃、仙翁持杖、驼峰古寺、云中人家……

峡中溪水叮咚，取名藏春。因为刘秉忠自号藏春散人，有《藏春集》传世。元初隐居此山，收张文谦、张易、王恂、郭守敬于门下，潜心学问，后来都成为元朝栋梁，旷世才俊。紫金山书院注重天文数理，是中国古代的清华大学。

行数百米，溪旁有一园林，白杨参天，绿荫盖地，蝉声泉韵，颇有诗意。林下石桌石凳，仿佛看到先贤谈笑风生、凝思对弈。此处取名“解休坪”，出自刘秉忠《秋山道中》“自笑劳生来解休”诗句。溪边还有一块石板，方可丈余，依稀看到刻有星象图，据说出自少年郭守敬手笔，可惜笔迹漫漶，看不大清楚了。

紫金山植被为太行之最，自下而上依次为杨柳、果树、松柏、洋槐，阳光下层层锦绣，波翻浪滚，叶子上泛着油光。如同一位处女，春光明媚，情窦未开。游人进来无不敞开心扉，手舞足蹈，似小鸟投林，尽享清新。

“十里崎岖半里平，一峰才送一峰迎”，走着走着，右边突现一面断崖，壁立千仞，半山腰中露出一条裂缝，如大山之脐。及至爬进其中，宽阔如瓮，直径三四丈，壁上生苔，青光如釉，听人说话瓮声瓮气。抬头上望，如坠深井，高二三十丈，坐井观天，口如银盘。有飞瀑自井口垂落，挟风带雨，集水为潭。潭中五彩卵石熠熠生光，中一巨石形如圆盖，仿佛瓮中之鳖也。有人指点，壁上有石尖头大肚，则是井中之蛙了。天井地瓮，天下奇观，世上绝无仅有，只此一景，足以使紫金山名扬天下，财源滚滚而来了。踏云梯盘旋而上，有平步青云、九天揽月之感。

出井口，随蜿蜒溪水，来到杏仙山庄。有房数间，石墙石顶，石凳石碾，传说是当年刘秉忠师徒冬日避风之别舍。院中老杏几株，曾经春日“团雪上晴梢，红明映碧寥”，夏天“独照影时临水畔，最含情处出墙头”，如今已是“几树好花空白昼，满庭荒草易黄昏”了。庄外溪上，小桥流水，天然生成，石桥宽不盈尺，长不过丈。亿万斯年，水流石穿，形成拱洞，天旱时水从桥下流，雨丰时水漫桥上过。如此袖珍小桥，好像是大自然也在“过家家”。

溯溪而上，进入一安峡，取自刘忠秉诗句“千金易得一安难”。两岸山势峥嵘，绿树如云，溪水破门而来，像一匹白绫垂天而挂，随风散开，欢快地抖动着，抖出一路白梅、一路梨花、一路虹霓、一路金声玉振。行进中又被一道道石坎阻拦，割断为一汪汪清潭，每个潭中都收藏着当年刘秉忠师徒日常生活的身影。一叠小潭清澈见底，是洗浴盆。二叠小潭半圆形，水面风磨如镜，是整容正巾处。三叠潭水微黑，因为下有青石，是洗砚池。四叠潭水漩涡，大声喧哗，是吟诗朗诵的地方。

紫金山水源丰富，遍地泉涌。站在山神庙向下望，一安峡中大小水潭多如繁星，是太行山的“星宿海”。一组水潭呈北斗七星状，自下而上分别命名为天枢、天璇、天玑、天权、玉衡、开阳和瑶光。

相邻的宝瓶峡，峡口形似一个葡萄酒瓶。两边琥珀、绿珠二潭，红绿分明，似飘香美酒。峡中奇峰耸峙，绝壁环生，谷底碧潭环连，像一串刚熟的葡萄。最美的四季潭以春夏秋冬最亮的恒星命名，分别为大角、大火、北落师门和参宿。据说四季潭和七星潭都是少年郭守敬当年命名的。

一梁之隔的荆香峡，简直是一处怪瀑奇潭的博览会。五尺瀑如一堵雪墙冰山，水势汹涌，珠花落入水中久久不散，如万千眼珠，飞送秋波。水滑梯上，珠滚玉碎，漫坡倾泻，像万千娃娃嬉闹着跳入水中。水潭形似巨蚌，随着水势开合，吐着银色触角。十二连盆是十二个水潭，连环相扣，泓泓碧水，幅幅丹青，山光水色，如梦如幻。最后一潭突出一块石角，酷似巨鲸，嘴里还叼着一条大鱼，鱼尾似乎还在摇摆呢。

紫金山奇山丽水，曾是少年郭守敬的乐园。他经常在溪旁潭边流连忘返，熟知了水性，为日后治理邢州达活泉和牛尾河，兴修西夏、燕京水利，“一生相治河渠伯堰百余所”，做了充分的准备。

以紫金山自然、人文奇观，列入中国名山为时不会久矣，我以为。

2002 年 8 月

中国的红河谷

从路罗七孔桥上道，南经武安再向西就到了井（陉）涉（县）公路的终点涉县。

涉县春秋属晋，战国归赵，汉高祖刘邦元年置县，始名沙县，东汉初改为涉县。因为“四面皆山，清漳一带潆洄山足，趋县治者必涉焉”（《明涉县志》）。涉县据山为屏，境内重峦叠嶂，峡谷纵横，三分之二的村庄居于半山腰，350 座山峰海拔在千米以上。因为地处晋冀豫三省交界处，雄关险隘，易守难攻，自古为兵家必争之地。从楚汉相争、曹操屯兵、李克用出师，到一二九师开辟抗日根据地，都说明它战略地位的重要。涉县因水出名，它在清漳河下游，清漳河、浊漳河流经县境 113 千米，在太行山的腹部形成一个由西北而东南的 V 形谷地。清、浊二水在合漳村汇流为漳河。久远的漳河水，滚滚东流，哺育了邯郸，哺育了赵文化，哺育了邺城，哺育了建安文学。

涉县是非常美丽的，诗人阮章竞的《漳河小曲》这样写道：

漳河水，九十九道湾，
层层树，重重山，
层层绿树重重雾，
重重高山云断路。
清晨天，云霞红艳艳，
艳艳红天掉到河里面，
漳水染成桃花片，
唱一道小曲过漳河沿。

漳河水是美丽的，但是每次经过涉县山水间，我心情并不那么轻松，相反更多的是沉重。尽管漳河不是季节河，常年流水是碧绿碧绿的，两岸山上的植被好，山上的树林是翠绿翠绿的，但是在我眼中，涉县的整个基调是红色的。连绵不断的山岭有许多是丹霞地貌，大小山头是红砂岩，半山腰的村庄，墙是红石垒的，屋顶是红石板盖的。春天，满眼是粉红的桃杏花；秋天，到处是火焰般的柿叶枫叶；冬天，房顶上堆着高粱、柿饼，连村民玉米面窝窝头上都扣的是个红柿子。涉县是中国的一条红河谷。

红河谷哇，每一座山头都流过鲜血。河南店村的一名正在哺乳的妇女，被日军割下乳房，并将其塞进孩子嘴中，将孩子活活憋死。龙洞村 30 多个农民被围，日军把山坡上的小树砍断，削成橛子，然后将人一个个架上，用力按下去，直到尖头从肛门插进，从嘴里顶出。在活水村，日军割头换身，割下一颗颗人头，安到别人的脖子上，女人的头安在男人的尸体上，小孩儿的头安在老人的身上，几天后尸首腐烂，面目全非，人们无法认领。偏城一名孕妇被日军剖腹，刺刀挑起血淋淋的胎儿挂在树枝上，未成熟的胎儿颤抖着，小手攥成拳头，嘴巴一张一合，控诉着日本惨绝人寰的暴行。在银河井村，国民党军朱怀冰部一次活埋抗日干部38人……

红河谷哇，每一座村庄都经过战火。响堂铺伏击战，歼灭日军400余人，焚毁汽车180辆。急袭河南店把300名日军赶进猛涨的漳河。玉村井一战，把国民党军第九十七军打得落花流水，九十七军军长朱怀冰化装成挑夫逃走，缴获长短枪7000多支，机枪220挺，迫击炮24门，摆在河滩上，像一片茂密的森林。王堡村农民樊四,一把菜刀砍倒来村抢劫的伪军，夺了一条枪，成立了民兵队。在一次战斗中，他率领40个民兵，俘虏了400名敌人，成为太行山闻名遐迩的杀敌英雄，邓小平政委亲自为他披红戴花。

红河谷哇，每一个岩洞都珍藏着可歌可泣的故事。十字岭突围后，八路军总后勤部长杨立三把80个麻袋包交给大岩山庄子岭单门独户的郭二嫂，麻袋里装着600万元冀南币和金银珠宝，这是整个八路军的军饷啊。当天晚上，郭二嫂把它们藏在隐蔽的山洞里。第二天早上，日军来了，郭二嫂抱着五岁的儿子和几个留守战士躲进山洞里，能听到日本兵咔咔的皮鞋声。大家都屏住呼吸，生怕弄出一丁点儿响声。突然哇的一声，怀中的孩子哭了，郭二嫂一把捂住孩子的小嘴，手越捂越紧，直到孩子呼吸停止。晚上，郭二嫂又收容了50多个伤员，散住在十几个山洞中。然后回家用被子捂着窗户做饭，摸黑送到一个个山洞里。日军撤离后，家中仅有的100斤小米、400斤玉米、1000斤炒面也都吃光了。

在整个抗日战争和解放战争中，涉县人民“父送子，妻送郎，兄弟相争上战场”，先后有1534人牺牲，1476人致残，15751人参军，200多名干部南下。出动民兵、自卫队9万多人次，担架1.4万副，参战人数占全县人口的一半以上，负担军粮5650万斤，做军鞋79万双。这块1509平方千米的土地，曾经遭受日军11次大“扫荡”，日军在这里制造了11起惨案，血流成河。但是饱经忧患的涉县人民气不馁，志不减，更激起了抗战支前的勇气，直到夺取最后的胜利。

这条红河谷，是在中国地图上很难找到的地方，却是一处藏龙卧虎之地。就是在这一小小的河谷地带，当年却驻扎着八路军总部，中共中央北方局，一二九师，晋冀鲁豫边区政府、参议会，新华通讯社，新华日报社，太行区党委，太行军区和朝鲜义勇军，朝鲜独立同盟总部等110多个机关单位，成为名副其实的红河谷。

这条红河谷，是将军的摇篮。从这里走出了2位元帅，3位大将，18位上将，48位中将，295位少将。从这里走出去的刘邓大军，南征北战，所向披靡，解放了半个中国。还有许多一二九师和晋冀鲁豫边区的领导担任了党和国家的重要职务，有人形象地称之为“中国第二代领导集体的摇篮”。

2005年6月

清漳水流长

麻田，坐落在左权县崇山峻岭中一块小盆地里，周围是连绵的峰峦，清漳河缓缓流过村边。多少年了，青山默默眺望，河水脉脉含情，它们和麻田人民一样，也在时时刻刻怀念着八路军的副总司令彭德怀同志。

1940 年，彭总随八路军总部由武乡县王家峪搬到麻田，直到解放战争开始才离开。那时候，八路军总部设在一所农家院里。比较高大的正房是参谋人员的办公室，彭总自己则住在一间小西屋里。这间当地叫作布袋屋的房间宽只有六七尺，长不过丈余，只有门，没有窗子，人进去好像钻进黑咕隆咚的口袋里。冬天还好，到了夏天，真像蒸笼一样，可是在当时，彭总就在这狭窄的小土屋里指挥着华北军民英勇抗战，取得了一次又一次的胜利。

清漳河水潺潺流淌，摄下朝晖，摄下晚霞，也摄下彭总的魁伟身影。那时，他穿一身灰土布军衣，吃着土豆，但是对革命前途和抗战胜利充满了坚定的信心，人们常常听到他爽朗的笑声。不过，彭总也在这里洒过泪水。那是 1942 年的 5 月，日本侵略军突然重兵包围了麻田。彭总和左权副总参谋长争挑重担，分兵撤退，约好到指定地点会合。几天之后，传来了左权同志在十字岭壮烈牺牲的消息，铁一样的彭总哭了，莹莹泪水，洒在太行山上，溶进清漳河里。他那握过镰刀、攥过铁锹、指挥过千军万马的手，紧紧捏成拳头，发出铮铮的誓言："为左权同志报仇！"这誓言在山谷中震响，在河床上回旋，卷起杀敌的雄风。彭总对自己的战友是这样，对人民群众也是这样。他在繁忙的战斗指挥中，十分关心当地的工作、生产和人民生活，帮助村中健全党支部，发动群众减租减息，斗地主，分田地，人们都亲切地称他"老彭"。一次，批斗财主李三桂，他高高兴兴地和群众一同到李三桂家里扛粮食，在路上见了贫苦农民就热情地先打招呼："分了粮食没有？没有就快去！"彭总的爱人浦安修同志分管村里的妇女工作，访贫问苦，认识了好多婆婆妈妈。彭总通过浦安修同志了解了村里好多情况，村里只要发生什么事情，他马上就知道，亲自过问，甚至谁家娶媳妇，谁家生孩子，谁家吵嘴打架，谁家生病闹灾，他都登门拜访。有一次，他听说贫农王成病了，就亲自背了半袋子小米送去，感动得这个几十岁的汉子热泪汪汪。这样的事太多了，麻田群众对这个衣着朴素、性格豪爽、带点农民憨厚性格的八路军副总司令感到非常亲切，充满了由衷的爱戴。

1942 年前后，太行山区连遭大旱，加上敌人的封锁、扫荡，根据地出现了空前的困难。彭总像指挥打仗一样，领导军民节衣缩食，开荒生产，渡过难关。他号召总部机关的干部、战士，每人每天节约 2 两粮食支援群众救灾。那时候，干部、战士同当地农民一道吃糠咽菜。就是这样，彭总还特别叮嘱部队把村庄附近好的树叶、野菜留给群众，自己到远处山上去采摘。同时，他亲自带领干部、战士到山坡沟岔上找地开荒，等平整好以后，又交给群众耕种。有一次，下了一场抢墒雨，彭总马上命令机关和部队的干部、战士全体出动，帮助群众抢种。他自己也扛着工具，兴高采烈地走在队伍中间。群众一看彭总也来了，干劲就更大了。为了解决穿衣服的困难，彭总又号召总部的干部战士纺线织布，每人一辆纺车，嗡嗡的纺线声，回响在太行山谷。后来，彭总又亲自领导建立了一个八路军纺纱厂。说是工厂，实际上是手工纺线，用的是老式织布机，总共百十个人。彭总的兴致可大了，他说，我们现在钻山沟，将来全国解放了，要管工厂，搞大机器生产。建厂那天，彭总和人们一起用肩膀扛石头，而且总是挑大块的扛，累得气喘吁吁、汗流浃背。他的行动，也鼓舞了人们的情绪，大家对未来充满了希望。旱年过去了，麻田村边的清漳河又奔流着喜气洋洋的波浪。我们的彭总则像个孩子似的，时而追着流水奔跑，时而站在河边默默出神。原来，他想起了汨罗江边的水田，想起了中央苏区抗旱的水车，眼前浮现了一幅旱田变水田的画面。不久，他果然同村干部和农民商议开筑水渠。动工那天，初冬的河水已经很凉了，彭总卷巴卷巴裤腿，第一个跳下河去，人们看了，也都扑通扑通跳进河里。从此，麻田破天荒第一次有了五六百亩水田，亩产由旱田的百十斤提高到二三百斤。深山老峪的农民，第一次吃上了大米，他们怎么能忘记彭总的好处呢？

后来，敬爱的彭总告别了清漳河，告别了麻田。可是麻田人民对他的赞颂和怀念，就像清漳河水长流不断。

如今，太行山展开了笑颜，山坡上，彭总当年带领军民开出的水田一片金黄。彭总和群众一起扛石头的地方，有了社办工厂，奔跑着汽车……那滚滚奔腾的清漳河，一声声在歌唱，歌唱过去，歌唱今天，歌唱明天！

2005 年 6 月

凭吊莲花山

涉（县）左（权）公路学着清漳河的样子，蜿蜒向西北而去，20 千米后到达涉县石门村。村中一条笔直的柏油路随坡而建，直通北面莲花山晋冀鲁豫抗日殉国烈士公墓。路旁 2 米高的松柏整整齐齐，好像大地献给烈士们的一条长长的挽联。那里安葬着八路军副参谋长左权将军，《新华日报》（华北版）创始人何云，中共中央北方局政权工作部秘书张衡宇，冀南银行行长高捷成、赖勤，朝鲜义勇军领导人石正、陈光华等 8 位烈士。还有范筑先、杨裕民两名著名抗日民主人士的纪念塔。

烈士公墓很大，占地 200 余亩。左权陵墓位于中心，掩映在一片柏树林中。青石砌成的陵墓分三层，第一层七级台阶中有荷花池，第二层有朱德同志题诗："名将以身殉国家，愿拼热血卫吾华。太行浩气传千古，留得清漳吐血花。"第三层是墓体，长方形。所用石材横平竖直，严丝合缝。底层第四级台阶上竖起的两根青石柱 1 丈多高，像两根永远燃着的蜡烛。陵墓北靠莲花山，西临清漳河，周围 300 棵松柏，是 60 年前建墓时种下的，如今都已长成参天大树，直径在三四十厘米以上，山坡上的6000棵松柏，是后来陆续种植的。1942年10月，晋冀鲁豫抗日殉国烈士公墓落成，邓小平带领5000人参加了公葬大会。各界群众在这里植树种花，把它变成太行山最美丽的地方。让烈士们安息在郁郁葱葱的林荫中，听和风舒畅的阵阵林涛，享受战争之后的和平与宁静。

1942年5月24日，日军2.5万人四路包抄山西辽县（今左权县）麻田村八路军总部，彭德怀、左权、罗瑞卿身陷重围，头上飞机多如鹰群。在万分紧急中，左权推走了彭德怀，自己中弹身亡。那个地方叫十字岭，正在涉县的南艾铺和山西辽县的北艾铺之间，东西和南北两条山脉交叉，形似一个大大的“十”字，是大自然为英雄殉国标出的经纬坐标。左权牺牲的那一时刻，天昏地暗，残阳似血。

左权是我军在抗日战场上阵亡的最高将领。噩耗传到延安，毛主席泪如雨下，立刻给“刘邓”发来电报：“总部被袭，左权阵亡，殊深哀悼。”左权是毛主席的爱将，19岁进广州陆军讲武学校，同年转入黄埔军校第一期。1925年经陈赓、周逸群介绍入党，被选派入莫斯科中山大学学习，后入伏龙芝军事学院深造。1930年回到中央苏区，任红新十二军军长。在第一次反“围剿”中，他的游击运动战“盘式打圈子”战术，深受毛主席欣赏，被调入红一方面军任参谋总长。长征中指挥抢渡大渡河、突袭腊子口、直罗镇歼灭战，屡建奇功，任红一军团代理军团长。抗日战争中任八路军副参谋长，协助朱德、彭德怀创建华北抗日根据地，参与组织了震惊中外的百团大战。被毛主席称“神枪手”“我的湖南老乡”，引以为豪。

解放区军民乃至敌占区爱国人士对左权将军的牺牲悲痛不已，有这样一首歌唱道：

左权将军家住湖南醴陵县，

他是中国共产党的优秀党员。

老乡们，他是中国共产党的优秀党员。

参加中国革命整整十七年，

他为国家他为人民费尽心血。

老乡们，他为国家他为人民费尽心血。

日本强盗五月“扫荡”咱路东，

左权将军麻田附近光荣牺牲。

老乡们，左权将军麻田附近光荣牺牲。

左权将军牺牲为的是老百姓，

咱们辽县老百姓要给他报仇恨。

老乡们，咱们辽县老百姓要给他报仇恨。

左权墓西南200米处，有一座朝鲜义勇军烈士纪念馆，100多平方米的大厅内，以大量的图片及其他资料介绍朝鲜义勇军和石正烈士的感人事迹及中朝两国人民的友谊。石正原名尹世胄，又名石鼎，1901年生于韩国密阳市。1919年朝鲜“三一运动”后，在中国吉林组织“义烈团”，因策划刺杀朝鲜总督而被捕入狱7年，出狱后流亡中国，担任黄埔军校教官。1935年在南京参与组建朝鲜民族革命党，任中央执行委员，被称为“朝鲜民族革命党之灵魂”。1938年在武汉成立朝鲜义勇队，1940年带领朝鲜义勇队混编支队进入太行山抗日根据地，与八路军并肩作战。著名的华北朝鲜独立同盟总部和朝鲜青年军政学校，就是在涉县的中原村和南庄村成立的。1942年5月28日，在反“扫荡”作战中，为掩护中共中央北方局、八路军总部等机关安全转移，朝鲜义勇队与八路军总部警卫部队并肩战斗，石正同志壮烈牺牲于涉县庄子岭，时年42岁。同时牺牲的还有义勇队领导人陈光华等。在纪念馆，可以看到一首韩国民歌《阿里郎》：

阿里郎，阿里郎，阿里郎啊！

我的郎君，山遥水长，情义难忘。

阿里郎，阿里郎，阿里郎啊！

今宵离别后，相会在何方？

我的郎君，相会在何方？

2005 年 6 月

赤岸村和将军岭

一二九师司令部旧址在河北省涉县赤岸村。赤岸村在清漳河的西边。村庙里明正德十五年（1520 年）的石碑上就有“赤岸”的记载。村里人说，因为村西有座红土岭，才形成这个名字。想不到 500 年后，八路军一二九师鲜红的大旗又插在村里，也许这是天意。

一二九师司令部旧址在清漳河畔，门前有五条石砌的小坡，司令部的代号“五加坡”因此得名。它原是村里的社房院，旧社会家族祭祀的地方。门向东开，对面是一座戏楼。门楼和屋顶都是黑瓦，墙上抹了一层白灰，黑白分明。上几级石阶进入院内，上房西屋 3 间，起脊出檐，是司令部作战室。院内青砖墁地，一条石头小径通向正房，右边一棵丁香，左边一棵紫荆，都是当年刘伯承和邓小平亲自栽种的，如今已长到两把粗，枝繁叶茂，香气袭人。司令部西侧 30 米，坡上是“刘邓旧居”。大门向北，进去相连两个四合院，也是青砖瓦房。原是村里大财主的宅院，经县长和村长说合腾出来用的。外院东西房各 5 间，刘伯承住上房西屋，北屋是 3 间楼房，邓小平住在楼下，砖墁地上，也有一条东西石径，南侧有一张石桌。

从 1940 年 6 月到 1945 年 12 月，刘伯承、邓小平在这里度过了近六年光阴，而这六年正是中国抗日战争和解放战争初期最困难也是最关键的六年。他们居住在深山，运筹帷幄，决策指挥了一系列闻名中外的战斗。1944 年 7 月，女作家丁玲深入赤岸村，写了《一二九师与晋冀鲁豫边区》，比较翔实地记录了这些战斗，包括初建奇功、夜袭阳明堡、火烧日本飞机 24 架；发轫太行山，长生口、神头岭、响堂铺三战三捷；挺进冀南、鲁西、豫北；参加百团大战，破袭正太路、同蒲路、平汉路、津浦路，打破了日军的“囚笼政策”。自 1937 年起至 1944 年，这七年的抗战中进行大、小战斗 3100 次，消灭敌伪 1.9 万人，创建了西抵同蒲，北至正太（今石太）、石德，东至津浦，南到黄河，包括 177 个县、2500 余万人口的华北最大的抗日根据地。丁玲说：“晋冀鲁豫全区军民在这七年锻炼中，已经成为战无不胜、攻无不克的坚强堡垒，全国总反攻到来的时候，它必将担负先锋任务，成为反攻前进的战略阵地。”

正是赤岸这个小山村，创造了“刘邓大军”这个中国军事史上的一个神话。“刘邓”他们半个世纪的深情厚谊，确实令人感叹不已。

1937 年 9 月底，一二九师开赴抗日前线。但政委张浩身体虚弱，多次在工作中晕倒，1938 年初被送往延安休养。中共中央军委任命邓小平为一二九师政委，接替张浩的工作。1938 年 1 月 18 日，邓小平走马上任。毛主席来电说，太行山就全交给你们了。这一年刘伯承 46 岁，邓小平 34 岁，都是四川人，又都属龙。太行山苍山如海，海是龙的世界。

“刘邓”互相尊重，工作上只要邓小平表态的，刘伯承必定说：“按邓政委说的办。”邓小平常说：“刘师长年高体弱，司令部要特别注意，有事找我和参谋长。刘师长是我们的军事家，大事才找他决策。”刘伯承则说：“邓政委是我们的好政委，文武双全，我们大家都要尊敬他，有事要听政委的。”

在敌后抗战的艰苦岁月里，师部也常常处在敌人的进攻之中。这时“刘邓”都是首先想到对方。1942年春，日军对边区发动了两次大规模进攻，根据地遭受重大损失。为了扭转局面，决定由邓小平率一支部队穿过敌人重兵把守的白晋铁路，转战太岳区。分开后刘伯承很不放心，整夜没合眼，在作战室坐等电报。困极了就走出大门，在五加坡来回踱步，焦急地望着满天星斗。天快亮了才回来，正好陈赓发来电报，知道邓小平已安全通过封锁线，顺利到达太岳区，他这才安心回去睡觉。

这年10月，邓小平向延安请示，为刘师长庆祝五十大寿，利用刘伯承在日军和国民党军界的威望，打出一个旗帜，振奋一下太行精神。刘伯承不同意，而党中央批准了。查履历只有月份没有日期，邓小平抽了几口烟说：“16日这一天怎么样？我看是个黄道吉日。”刘伯承淡淡一笑：“既然中央让过，也就是为了造声势，哪一天都行。”16日这天，清漳河滩上像过庙会一样热闹，各部队、各根据地都派代表参加。树林中搭好寿堂，悬挂国共两党党旗，红烛高照，军乐齐鸣。彭德怀也飞马赶到，上台祝寿。《解放日报》《新华日报》都发了新闻和社论《向刘师长学习》，贺电、贺诗雪片似的飞来，其中有朱德、叶剑英、陈毅的，也有炊事员和饲养员的。祝寿活动在政治上、军事上收到了意想不到的效果。

“刘邓”两家住在一个院子里，相处十分融洽。一天闲聊时，卓琳对邓小平说：“咱们的孩子都两岁了，总叫胖胖不行，该起个名字。”邓小平想了想说：“我们也给儿子取名叫‘太行’吧，邓太行。”刘伯承在一旁笑了。邓小平又觉得不妥，刘伯承的儿子已经叫了太行，于是说：“不能都叫太行，师长你的儿子占了我们的名字，你得给咱胖胖起个名字。”刘伯承说：“这是政委的事，和师长没有关系。”邓小平说：“谁都知道‘刘邓’不分嘛，你就给起一个吧。”刘伯承把胖胖叫到身边，用毛笔写下“朴实方正”四个大字，说：“这孩子长得朴实方正，就叫‘朴方’怎么样？”大家齐声说好。

“刘邓”不分，无论是在枪林弹雨的战争年代，还是在经济建设的和平时期，两个人的心总是紧紧连在一起。晚年双目失明、卧床不起的刘伯承提出要求：我同邓小平同志一起工作 50 多年，我最了解他。我死了以后，希望由邓小平同志主持我的追悼会。

1986 年 10 月 7 日刘伯承病逝，10 月 14 日举行遗体告别仪式，邓小平老泪纵横，率全家最先到场。

刘伯承元帅逝世后，遵照他生前遗嘱，部分骨灰由其子女护送到涉县，安放在赤岸村北距一二九师司令部旧址 100 米的庙坡岭上。之后，徐向前、李达、黄镇、王新亭、袁子钦、何正文、赵子岳等原一二九师将帅的英灵相继安葬在山上，因而这座山有了一个壮丽的名字——将军岭，成为除八宝山之外安葬共和国元帅、将军最多的地方。

沿石阶上坡，只见一条大渠宛若巨龙盘绕在山间，这就是一二九师官兵与当地群众于 1943 年共建的漳南大渠。渠长 27 千米，涉县人民把它叫作“救命渠”“将军渠”，至今还流传着“水流南山头，吃饭不用愁，没有八路军，这水怎能流”的民歌。渠边有思源亭和高 12.9 米的漳南大渠纪念碑。《刘伯承回忆录》中写道，在修渠过程中，师领导和工作人员每人每天节约 2 两小米支援工程建设，还经常到工地劳动。一次，邓小平感冒了，天又下着小雨，但他仍坚持和民工一起拉石头。

从岭下爬 129 级台阶到刘伯承元帅纪念亭，匾额是邓小平亲笔题写，亭中有刘伯承的花岗岩坐像，左右两侧石碑上镌刻着中央领导人撰写的悼词和刘帅生平。走出纪念亭，穿过一片松林，再登 129 级台阶，到达将军岭峰顶。环顾四周，远山含黛，近水跃金，瀑布垂崖，松柏翳蔽，林荫中的将帅塑像，好像一个个都在引吭高歌《我们在太行山上》。

2005 年 6 月

雨中长寿山

昨日看长寿园，游兴犹存。今天要登摩天岭，期望值更高。觉睡得不踏实，早晨5点钟，几声雨点将我从梦中惊醒，急忙出门看天，糟了！天正阴上来，缕缕薄雾从谷底冉冉上升，在山顶松林聚而为云。风吹云动，漫过头顶，就飘下一阵罗面雨。天公真不作美，雨天山高路滑，又无石阶，那摩天岭肯定与我无缘了。回屋取了把伞，漫不经心地向山上爬去，看雨中的山色与昨日有什么不同。

说话间雨点渐密，淅淅沥沥下起来，打湿了地面。只有村口的龙盘树撑起一把巨伞，留下四周半亩大一块干地。这棵千年老栎，粗逾合围，十几条老根，布满鳞片，死抱山岩，像群蛇盘曲。赵匡胤千里送京娘的故事，就发生在这树下，千年老栎真有当年那红脸大汉棍扫天下的威风。

穿过小村几十米长的石板街，两旁商户和家庭旅馆都还没有开门。走到小街尽头，叫醒长寿园守门人，说明来意，那位老乡点头惊疑一阵，放我进去。园内净无一人，只有站在高台上寂寞的老寿星雕像向我微笑着，好像说这天气还不待在宾馆，来给我做伴儿。右手台阶上，汉白玉栏杆经雨水浸湿，颜色变淡了，给人半透明的感觉。沿雕花木廊走到山根，右边封闭的龙吟泉，比昨天提高了嗓门，声音也畅快了许多。左边玻璃罩里的第二泉，依然清澈透明，但是好像吃饱喝足，流量增大了，扬程也提高了，双手伸到出水口，掬而饮之，甘洌之味有增无减。

顺一路整齐的石阶向上爬去，钻进核桃、柿子树枝叶交织的长廊，光线阴暗下来，但是头上淅淅沥沥的雨声被放大了，噼里啪啦炒豆一般。脚下石阶上的刻字，经雨水渲染，更加清晰了。同一个寿字，一个台阶一种变化，金文、篆、隶、楷、行、草，颜、柳、欧、赵、苏、黄、米、蔡，如花如树，似鸟似兽，绝无重复，充分展示了中国书法艺术的无穷魅力。

走完210个台阶，来到连翘泉平台，这里因满山遍野生长连翘而得名。连翘是一种中药材，高灌木，叶对生，椭圆形，有清热解毒的功效。这个小村原来叫艾蒿坪，因村里人普遍活的年岁大，被人称作长寿村。全村23户，104人，88岁以上的就有16人。长寿村长寿与连翘有关，祖辈流传喝一种连翘炮制的茶叶，习惯叫“打老儿茶”。传说有人进村，见一个青发妇人追着一个白发老头打，上去解劝，说孩子打老人为不孝。青发妇人扑哧一笑说：“我是他娘，83岁，这个少白头才61岁，因为不吃那神仙茶显得比我还老，打他咋的，打他是为了逼他喝茶。”

站在连翘泉平台，望长寿村，真是一块风水宝地。四面环山，西南青龙山，东南白虎垴，东北桃峰山，西北轿顶山，山山有形，逶迤连绵。一条通天峡冲门而进，直向摩天岭，但是又一座影壁山挡在山口，并不透风漏气，形成一个气之所蓄、精之所聚的聚宝盆。盆地四缘，原始次生林郁郁葱葱，形成一圈绿色的屏障。盆地中间，果树庄稼，整整齐齐，起起伏伏，好似一池清潭，泛着细波浪和涟漪。

雨中看青龙山崖上，石刻“寿”字经雨水一淋，红得更加醒目。而且冥冥中仿佛看到那个“寿”字加上雨水，变成了“涛”字。于是感受长寿山之美，不只用眼看，还可以用心听呢。森林果林的林涛，山间瀑布和谷中溪水的涛声，形成了一种天籁之音。

雨水把大山激活了，把草木摇醒了，它们更加畅快了，一齐向空中释放有益的分子。湿漉漉的空气，浓浓的负氧离子的气味，还有泥土的酵香，松柏的清香，菌类的醇香，野花的芳香，果树的甘甜，药材的微辛，混合出一种综合的味道，妙不可言。这种美妙的气味溶进雨水之中，就是一种天生的“竹叶青”。我索性扔去雨伞，把头伸进雨中，张开鼻孔张开嘴巴，尽情地呼吸，尽情地啜饮，陶醉啊陶醉。

雨越下越大，乌云填平了盆地，雨帘遮住了视线，目光只能触及身边景物。路旁草叶上水珠成串，树叶上的水滴由小变大，最后坠落下来。山坡泥土里的水早已饱和，轻易不往外溢，表现了巨大的涵养能力。只有走到村里的水泥路上，才感到今天的雨量不小，细水在路上漫流，无声无息。一旦汇入坡下的谷中，加入奔腾的小河，便大声喧闹起来。

村里的老人说:“这里夏天多雨，十天总有六七个雨天。”专家说:“长寿泉的水龄为 1070 年，也就是说目前饮用的泉水，是唐朝的雨水，依次经过植被根须过滤，山体缓慢渗透，与各种植物的矿物的成分融通交流，地球磁场长时间物理能的富集而成。”也就是说，到公元 3076 年这一天，人们饮用的泉水才是今天的这场雨水，我想他们会品尝到一种特殊的滋味，因为它已经融进了一位诗人的真情和祝福。

2006 年 8 月

冶　陶

从涉县沿 309 国道东出太行，进入武安境内，有一条小公路往南到冶陶。冶陶古镇，战国时因冶炼铁矿，制作兵器、陶器而得名。镇东有火烧坡，炉堖，东、西炉村等多处冶炼残炉遗址和炉渣堆积。坡下的固镇曾为武安旧城，名相苏秦、名将李牧曾先后被封为“武安君”。

武安冶陶处于一个狭长的河谷地带，北有药王山，南有安子岭，洺河横穿其中。镇政府往北有一座骑街阁楼，额书“洺滨一隅”。阁北叫拐子街，上书“西通秦晋”四个字，可见曾是通衢大道。北行200米，拐子街向右拐去，拐弯处坐北朝南一处高大建筑，门楼书“冶陶小学校”，门前挺立着一棵松树，高高的像根旗杆。这就是当年中共中央晋冀鲁豫中央局和晋冀鲁豫军区司令部所在地。60多年前，美国著名作家杰克·贝尔登曾来到这里，写了一本《中国震撼世界》，书中生动地描述过当时的情况。“当我来到只有2000人口的冶陶这个小山村时，几乎看不出任何迹象，表明指挥30万正规军和100万游击队的首脑机关，就设在这个小小的石头城内，这使我很惊奇。除了架在一处房屋顶上的无线电天线之外，你根本看不出这座小村镇就是司令部的驻地。”

走进大门，影壁后的院落宽绰整齐，清一色蓝砖砌墙，平展展方砖铺地。正房2层7间，外有走廊，砖柱拱券，正门左右两棵侧柏。中间3尺高台，把院落分成上下两段。两厢配房，台上4间，台下5间，台前有两棵槐树。整个建筑幽雅大方、错落有致。这座小学校是太行山区著名的爱国民主人士张麟臣捐资修建的。如今这里被开辟为晋冀鲁豫边区纪念馆，陈列着1946年6月至1948年5月这一段极其光辉的历史。

1945年8月15日，日本无条件投降，10月邯郸解放，国民党军第十一战区副司令长官兼新八军军长高树勋前线起义。

根据毛主席的战略部署，以“刘邓”为首的晋冀鲁豫党政军首脑机关，为实现由农村包围城市向城市领导农村的战略转变，离开太行山深处的涉县，猛虎下山，迁至武安伯延镇，1946年3月进驻邯郸。3个月后，国民党政府在美国的支持下，撕毁停战协定，向解放区发动大规模军事进攻，内战全面爆发。7月3日，晋冀鲁豫边区各界2万多人，在邯郸体育场举行声势浩大的集会，抗议蒋介石发动内战，呼吁实现和平。在一片高亢的口号声中，刘伯承、邓小平正在冶陶悄悄地运筹帷幄，紧张地进行新的战略部署，冶炼自己的钢铁子弟兵。在他们的精心指挥下，从1946年7月中旬到10月，晋冀鲁豫野战军成功地进行了一系列战役，史称“八战八捷”，即陇海、定陶、巨野、鄄南、滑县、巨（野）金（乡）鱼（台）、豫皖边、豫北八大战役。共歼灭敌军主力20万人，控制平汉铁路300千米，扩大了野战军，增强了战斗力，在战略上取得了主动权。纪念馆一楼以定陶战役沙盘为例，详细介绍了“刘邓”首长指挥若定、用兵如神的战绩。

1947年5月15日，“刘邓”在这里召开了著名的南征会议。时逢国民党大兵压境，向解放区发动重点进攻，妄图将战争引向解放区。根据毛主席的部署，我军由战略防御转入战略进攻，从敌人兵力相对薄弱的中原地区中央突破，由内线作战转入外线作战，直插国民党的心脏。1940年6月，一二九师9000余人进驻涉县。1947年6月刘邓大军12万人浩浩荡荡出太行，强渡黄河，挺进大别山，一举改变了整个中国的战局。7月28日捷报传来，羊山一战，全歼国民党军整编第六十六师，活捉师长宋瑞珂，打响了解放战争战略反攻的第一枪。纪念馆有一张南征前“刘邓”的合影，大敌当前，他们稳坐太行，谈笑风生，正所谓“谈笑间，樯橹灰飞烟灭”。

学校东侧有个水坑，圆圆的，叫上池。村南有个更大的水坑，方方的，叫下池，池宽60米，长80米，深10米，如今还有半池水。当时雨量丰沛，大水平槽，党政军机关不少指战员特别是北方的“旱鸭子”，为了熟悉水性，渡河过江，常常在这里练习游泳潜水，编造木筏。冶陶村的老年人经常向后辈夸耀：“别小看这水池，当年练出过刘邓大军的水师呢。”

刘伯承、邓小平和李达在冶陶的两年中，住在小黄家巷西边的一座普通的农家小院。司令员住北房，政委住东房，参谋长住小南屋，房东住西屋。房东黄魁安知道首长们的许多故事，说起来激动不已。刘司令夜读兵书，俄文版的《士兵与统帅》，读起来就不放手，直到油灯把天照亮。这盏煤油灯至今还保存在黄魁安家中。一天，村民们正在吃早饭，突然警报响起，6 架敌机在村子上空盘旋。刘司令不顾个人安危，站在洞口组织群众排队进洞，最后自己才坦然进去。他儿子太行不小心把一个姓乔的孩子的饭碗碰掉摔碎，太行的母亲拿一个花瓷碗赔偿，被乔家谢绝了。刘司令亲自登门送碗，乔家才收下这只碗，但这只碗一直被当作乔家的传家宝供着，后来送进纪念馆。邓政委参加村里的土改，警卫员见“胜利果实”中有个大花瓷盘，想起政委平时用的一个小口盘子又小又破，拿回来准备让首长吃饭用。小平同志严肃地说：“盘子不能要，这是八路军的纪律，不拿群众一针一线。”首长住在黄家，警卫员天天都要把院子扫得干干净净，把水缸挑得满满的。每次邓政委从前线回来，总要亲自扫地挑水。“刘邓”的这些故事，被冶陶村民一代代传下去，成为村风。

董必武的旧居在大黄家巷小胡同内吴家，有两道大门，头道门内有伙房，南边是牲口棚。二道门内是宽敞的大院，北房是 2 层小楼，一排 7 间，东西配房各 6 间，南、西两面是门洞和 3 间房，清一色青砖灰瓦，石板墁院，院当中有个雕刻花纹的石桌，董老经常在此办公。当时长驻院内的除了华北财经办事处外，还有联合国救济署。

1947 年 3 月至 5 月，我党历史上一个重要的经济工作会议——华北财经会议在这里召开。名义上是华北会议，实际上是全国会议，晋冀鲁豫、晋察冀、晋绥、陕甘宁、山东等根据地都派代表参加了。会议的主要任务是以极大的决心统一各解放区的步调，利用各区一切财经条件和资源，互相调剂，以便长期地支持战争；同时，为进入大城市、管理大工业提供参考依据。

一头钻进太行山里，时间五六十天，行程何止八百里，八百里太行是地图上的直线距离。我这一次却拐了不少弯，进了不少川，爬了不少山，参观了不少纪念馆，访问了不少人家。国道、省道、乡间石板路、羊肠小道，加起来会有十几个八百里。走上了瘾头，走出了劲头，走出了甜头。一旦离开时，十分不情愿，恋恋不舍，频频回首。

从飞狐峪、野三坡初进太行山时，我大概还是七七事变后平津学生那样，凭着热情，凭着理想，凭着浪漫，脚步是轻快的。走着走着，就走进战火硝烟里，走进枪林弹雨中，脚步越来越沉重。最后走出涉县、武安时，我觉着走出了力量，走出了矫健，好像走在八路军战士行列里，有了跟随刘邓大军猛虎下山的感觉。

五六十天，十几个八百里，我时时刻刻低头寻找着，俯身触摸着。寻找抗日战士带血的足迹，寻找革命烈士前仆后继的身影，寻找根据地人民渴望的眼神。触摸大地的体温，触摸大山的伤痕，触摸河流的激情。终于我看到了，摸到了，在那危难时刻，巍巍太行是祖国挺起的胸膛，共产党是支撑胸膛的脊柱，一曲《我们在太行山上》是民族昂扬的灵魂。

我曾经苦恼过，曾经遗憾过。从睁开眼睛那天起，就不曾见过父亲一面，甚至连一张照片也不曾留下。在多半生的日子里，我常常在脑子里想象着，用眼睛勾画着他的模样，但是都没有结果。这一次我终于看到了，终于摸到了，终于完成了。像任何一位普通的八路军一样，他是太行山上一方石头，有着结实的身材，有着崚嶒的轮廓，有着坚硬的骨骼。泉水哗哗声是他的语言，星星是他的眼睛。如同我在苦苦寻找着他一样，他也在时时地注视着我。

遍访太行，让我深刻地记住了那一段难忘的岁月，让我永不忘记那一场艰苦卓绝的战争，让我们懂得那一场悲剧不能重演，烈士们的鲜血不能白流。今天，昔日战场已变成了景区，八百里太行变成了一道红色的风景线，让美丽的太行山更加美丽吧！

2005 年 6 月

长城内外

北戴河

大自然之山水沙树，客观存在，有形态而无意识。一旦被人看中，产生相应的思考，赋予特殊的情趣，便成为景观。仁者见仁，智者见智。同一条北戴河，曹孟德引发政治抱负，毛泽东关注换了人间，张学良留恋此地，会见宾客旧友。更多的人为了避暑，图一时之痛快，做客而已，人走茶凉。

我也是凡夫俗子，在华北平原腹地生活忙碌到 40 岁。第一次见到海，惊喜得目瞪口呆，原来世界上还有这么美好的地方，可以放松身体，栖息灵魂。从此结下不解之缘，年年来赴约，岁岁来还愿。有时趁开会之便，小住几日，不能尽兴。更愿意在劳累过度、心情浮躁、状态失衡时，自我放假，丢下电话本，关掉手机，用身份证上不为人知的乳名，在刘庄或河东寨找个家庭旅馆住下来，过一段外息诸缘、无自无他的生活。

不戴手表，太阳晒着屁股时分，被一阵鸟儿叫醒。伸几下懒腰，吃几口瓜果粗粮，然后读几页王维和嵇康，屠格涅夫或东山魁夷，气定神闲下来，做下海的准备。

北戴河海滨，西起联峰山，东至金沙嘴，20 里海岸状似月牙，窄窄的马路，一边远山如黛，松林含烟，一边沙滩金黄，大海碧澄，像一幅经典的油画，上帝手指调出的色彩，华丽而和谐。

浴场很多人，大家都去掉衣服的包装、职业的标签，一样的赤条条、白花花，再无高低贵贱之分。走在黄缎子似的沙滩上，沙子细如罗面，一脚踩一个坑，水从脚趾间冒出，凉凉的，痒痒的。拔出脚来，一汪清水，大大小小的脚印都是快乐的音符。躺下身来，四肢伸展，成一个大字，让家人把一捧捧细沙浇在身上，半截入土时，便有一种融入大地的感觉。

抖抖身上的沙土，一步步走进大海。开始有些惊怕，慢慢地由浅而深，由凉到温，越来越感觉到大海的宽容和友好，几个来回狗刨，再行仰泳，闭上双眼，在大海的律动中，感觉自己在缩小缩小，缩回到了摇篮，缩回到了母腹，缩回到了胎盘，周围是浑浊的羊水，用一根脐带呼吸。体会到自己微乎其微，也就自然找到了平衡。原来一切烦恼和虚妄，并不在身外，都在自己的心里，看破，放下，便没了负担，便有了自由自在。大海就是这样训练我们的情绪和思维。

疯玩一两个时辰，爬到老虎滩礁石上面休息。回头一看，大海舍不得我走，层层波浪追赶过来，扑到脚下，喃喃絮语。有一个大浪扑来，碎成粒粒珍珠，那是大海举起的一束浪花。我也舍不得离去，与大海面面相觑，直到心酸眼热。直到下午 4 时，涨潮了，大海热情愈高，叫声愈高，礁石的平静被大海的激动淹没了，让我一步一回头，感谢大海最讲信义，天天来月月来，而自己此生能有多少次回报。真是人生苦短，而自然永恒。

跨过马路，钻进松林，海风又尾随而来，把树冠摇成绿浪，向坡上涌去，松林变成了站起来的大海。20 里松林，20 里海岸线，是北戴河一道风景。借改革开放的光，我走遍中国，周游世界，敢说这等风景在三亚在青岛，在克罗地亚在夏威夷都是不曾有过的。

北戴河是松的王国，数以万计，千姿百态，有的亭亭玉立，有的爬地卧龙，有的皮白如雪，有的长筒如裙。最多的是成年油松，树干被海风吹得龟裂如鳞，而侧枝横股四向展开，任性任情地生长，被称作“开心型”树冠。树与树间，枝叶连接，结成浓郁的云霭，遮天蔽日，顿生凉意，空气中弥漫着大海的微腥和松树的浓香，让人禁不住敞开胸肺，连连地深呼吸。松林中富含负氧离子，被称为“空气维生素”，以每立方厘米计算，北京和石家庄三级天气为1000—1500个，一级天气2000个，而这里为10000—14000个。名副其实的天然氧吧，一次深呼吸就洗了一次肺。几天林浴，就会排尽体内的浊气，清气充盈，头脑清醒了许多。

漫不经心在林中散步，就会发现一幢幢古老的别墅。高高台基，素墙红瓦，深室明廊，一宅一式，绝不雷同，一种建筑风格，一种宗教文化背景，据说有20多个国家。

19世纪末，洋务运动在中国兴起，最早被这块奇异风水所吸引的，是一些西方的传教士和园艺师。1898年，北戴河被清政府辟为“中外人士杂居”避暑地，跟着进来一批中国的官僚和商人，建起了“吴家楼、段家楼、霞飞路的大草房”。不能不佩服文艺复兴后的西方知识分子，更懂得热爱自然，人与自然的和谐。这些别墅，全部依山面海，随坡就势，标新立异，互不相连，追求天然意趣，田园情调。这些建筑艺术也代表了他们的生活主张，讲究舒适、优雅、享受，张扬个性。自然即我，我即自然。松林使我懂得了，内心宁静，需要环境的和谐。

溜溜达达，蹦蹦跳跳，听着山雀、百灵的歌喉，追着喜鹊、雉鸡的翅膀，自己也变成一只小鸟，自由飞翔，最后落在了联峰山上。回头望去，北戴河风景历历在目，松林中片片红瓦，大海中点点白帆，天空中朵朵云彩，都向着山顶的夕阳拥来，染上一层火红的颜色。

北戴河真美，难怪清末民初的才女吕碧城夸它为“西洋美人”。看得多了，我倒觉得它是一个“混血儿”，集东西方的美于一身，所以才更动人心魄。

1988年8月

南戴河观荷

从石家庄来到南戴河，大火炉跳到清凉界，应了时下流行的一个词：真爽！入住中华荷园，枕着涛声花影入睡。睡梦中被一阵叽叽喳喳的鸟叫声唤醒，看手表刚刚5时。拉开窗帘，一轮红日已经爬上银龙山头，霞光倾泻而来，给荷园披上一层橘红色的轻纱。这里的一切醒得真早，快追着鸟儿的翅膀看荷去。

从南门踏进荷园，站在迎荷桥上，眼前是一片浓缩的洪湖水，一个微型的白洋淀。荷园在沿海防护林中，三面槐荫一面海，一湖碧波半湖荷。如果说荷园是一幅亦梦亦幻的油画，画框就是围湖的一行翠柳。垂柳下长长的玉石栏杆，栏杆内弯弯的石桥，石桥连着粉墙黛瓦的水乡街市，如诗如画。空气里弥漫着淡淡的花香，沁人心脾。北面的悦荷广场，两行荷池排列。中轴线上，气宇轩昂的迎客坊，展翅欲飞的咏荷亭，富丽堂皇的咏荷馆，高耸入云的风荷塔，庄严恢宏的悦荷楼，都被朝阳披上一层霞彩，镶上一道金边，一派皇家园林景象。

广场两边的千荷湖，被晨风擦得锃亮，像一块黛绿的玻璃，反射着朝霞的红光。尽管我的脚步很轻，还是惊动了一只鸬鹚，扇动花白的翅膀，赶起一圈圈涟漪，平静的玻璃断裂为碎金。田田荷叶从夜梦中醒来，分外精神，一身朝气，展绿叠翠，如伞如盖，如钲如钹，热热闹闹，像张罗喜事，送女出嫁。伴娘是花蕾，小者如画笔，蘸了曙红；稍大如童拳，攥着惊喜；再大如火炉，照亮一方。新娘子翠衣绿裙，亭亭玉立，春风满面。有的含苞待放，娇艳欲滴；有的粉面如露，含羞欲语；有的芳心初展，犹抱琵琶；有的还在矜持，抱肩如碗；有的彻底放开，展而为碟。花心上莲蓬雏形，金灿灿如酒盅；周围雄蕊粉丝，簇拥环绕。情在倾诉，爱在燃烧。苗条的花瓣翩翩起舞，一醉方休，直到乐极兴尽落入水中。花瓣脱尽时，小小金盅变成大大铜杯，爱情在莲蓬中暗结珠胎，孕育了新的希望。

清风四面清盈袖，莲色一塘莲满襟。流连忘返，仿佛自己置身荷塘，加入这绿色的群体，口吐莲花，不忍离去。在这里不分高低贵贱，不论成败荣辱，自由自在地生活着。我想，从荷花衍生的“廉洁”二字，不应该是专门针对当官的，也包括咱们百姓在内，成为每个公民的与生俱来的品性。官廉民洁自然好，官不廉民也要洁身自好，出淤泥而不染，贪官就会孤立起来，无地自容。做百姓的不洁，一旦有了机会，也会同流合污，变成贪官。让我们的国家，成为一个大大的中华荷园，那该多好！

千荷湖的荷花大都是本地品种，有河北飞红、鹤顶红、白洋淀红、玉斑白等。荷园西部的百步问荷，长 800 米，花池 153 座，一池一品，全是尊贵的客人，各省市优秀品种，从名字上可以一眼看出，湘红莲、白湘莲、洪湖红莲、东湖春晓、鄂城红、广昌百叶、天山碧台、敖汉莲、黔灵白莲……百步问荷，一步一景，步步生香，低头探问它们的历史、品性、寓意，一个简单的“荷”字包含多大学问。同是莲花，株分大小，大者如齐肩芭蕉，小者如脚下睡莲。蕾形不一，有的圆如卵，有的长似桃。花瓣有多有少，少者黄舞妃仅 17 瓣，像曼陀罗花；多者黔灵白莲多达 90 瓣，如大朵牡丹。花瓣有长有短，喜盈门仅 7 厘米，而大酒锦长 22 厘米。荷花的颜色尤其繁多，有粉红、品红、暗红、紫红、月月红、倒挂金钩红、玫瑰红、玫瑰紫、玫瑰粉红、堇色、淡堇、紫堇、白色、粉色、雪白、乳白、淡黄、橙黄，差别在细微，特色也在细微。真个是百花齐放，万紫千红，见所未见，闻所未闻，让我饱尝眼福，增长了见识。

千荷湖之莲，野生品种，田园景象，爽朗豪放，落落大方，规模大，群体美，如看冀东秧歌、抚宁吹歌、井陉拉花、正定排鼓。而百步问荷是央视星光大道、文艺会演选拔赛，看点在花腔身段、特技绝招、舞台艺术和个性美。前者如村姑、渔夫、下里巴人，后者是演员、明星、阳春白雪。请看它们的名字：朱衣使者、黄舞妃、白雪公主、建乡壮士、红嫂、宁娃、朱丹仙子、伯里夫人……看一眼就让人心醉。根本的区别，前者是自然天成，原汁原味，而后者是人工培育杂交异化。白雪公主，母本是娇容三变，父本是白海莲，方向是越来越白。桃红宿雨，母本是红碗莲，父本是鹤顶红，结果是越来越红，把特点推向极致，把细微放到最大。这些名模绅士，身价高，成本亦高，科研人员费尽心血，而它们却红颜薄命，艺术青春未必长久。所以从我心里还是偏爱千荷湖，钟情村姑和地秧歌的。

2009 年 8 月

朝阳洞与悬阳洞

今年夏天，有幸游览了河北两个著名的岩洞，一个是承德的朝阳洞，一个是秦皇岛的悬阳洞。

朝阳洞在承德市东北 40 里的龙头山上，去的时候是个阴天，我们蹚了一条河，拐了几个弯，开始爬山。远远望去，那山云雾缭绕，露出了龙头，没有犄角。上山路只有一条，弯弯曲曲，像云缝里飘下来一条丝线，牵着我们好奇的心。忘记了疲劳，爬呀爬呀，爬到龙脖子处，回头一看，这山真够高的，山腰中翻飞的鹞鹰，只有蝴蝶大小，脊背是暗红色的。向上望去，龙头不十分像，倒是山泉浸在白色的玄武岩上变成黑色，墨染一样，像一根根龙须。

从后垴爬上一排石阶，再走一段楼道，绕到山的西侧，岩壁上开一座门，就是朝阳洞了。买了门票进去，洞比较高，不用弯腰，两壁是泥塑神像和彩绘壁画。约莫走了 60 多米，豁然开朗。东洞口很宽阔，像个大大的佛龛，上刻“洞天福地”。洞高四五米，宽七八米，排列着佛道各界神像，还有关帝和齐天大圣，一派大团结气氛，据说此洞是两名农村青年承包，自筹资金营建的旅游点。新时期的青年没有门户之见，大有容纳百家的气魄。洞门口滴水如帘，出去是一个平台，立几株古松。天气阴沉，人们用镁光灯照相，闪闪不停。

从东口回望山洞，是个光的锥体，透不过去。据说，晴天时，阳光早晨可以从东面照进洞来，傍晚可以从西面照进洞来，故名朝阳洞。还有人说早晚有那么两个时辰，太阳光平射进来，穿透山洞，放出一个光柱。可惜这个时辰难等，如此奇景当地人也不多见，何况今天又是个阴天呢。不过这两个洞口确实在我的脑子里留下深刻的印象，那是龙头上两只明亮的眼睛。

从东口返回西口，一眼望见的是天桥山，也是塞北名胜，在云雾之中如长虹饮涧。那天桥山酷似家乡的赵州桥，单孔，两肩各有一小拱，透着光亮。民间传说天桥山是渡过俗海，步入仙界的地方，多么令人向往。我们乘兴走上龙头山脊，只有一两米宽，两边是万丈深渊，云涛滚滚，似乎这条龙正向云海游去。我还算胆大的，踩着龙背步步向前，大有腾云驾雾、飘飘欲仙之感。忽然被人一喊，才折回人间，不由得眼晕腿软，身子颤抖起来，似乎脚下的山脊也在抖动，犯了龙怒，要把我扔下去似的，赶紧转身，站不稳，爬回来了。

悬阳洞在山海关北 20 多里的黄牛山上，去的时候是个晴天。走进一个峡谷，就是著名的三道关。第一道关在涧口，第二道关在崇山深谷之间，关旁长城如挂，第三道关截谷砌塞，只有一条石门孔道。下三道关。迎面奇峰突兀，草木茂盛，便是黄牛山了。那牛头朝东南，尾向西北。可能是到了金秋，草木经霜，好像皮毛，才叫黄牛山的。

绕道山后，洞在绿树掩映之中。洞口也像个石窟，宽高都有八九米，深不见底。石壁平滑，绿苔遍布，镌有“紫塞桃源”“一窍通灵”等大字，多为明清间手迹。最早的一幢碑碣，是万历三十年三月朱洪范题的《悬阳洞诗》，基本完好，右下角稍有残破。悬阳洞奇在洞中有洞，先下到一个坑内，然后拾级而上，越走洞越窄光线越暗，最后一团漆黑，只能摸索前进。渐渐有微弱的光亮从洞顶泄下来，越走洞越宽，光线越亮，头顶似有两个小圆孔，像两个小太阳，光柱像两个探照灯。但是当地人说，从古至今多少人上山寻找，也没查到那两个小洞，不知那两个小太阳藏在哪里。大概悬阳洞的名字就是这么起的。继续前行，又有一个洞，洞口刻“胜景”二字，泉水落地，叮咚有声。再往前走便出了洞口。洞口朝南，山门有“黄牛山”三字。门旁有个凉亭，亭前有两株巨松拔地而起，30多米高，笔直笔直，活像两根并峙的旗杆，看了让人精神倍长。

黄牛山多是花岗岩。据说2000万年前，温度比现在低6℃，石缝中的水结冰，体积膨胀，把裂缝撑大。又过了1000多万年，温度又比现在高6℃，植物繁茂，根部的酸腐蚀岩缝，渐渐形成岩洞。花岗岩比石灰岩顽固，表层裸露的岩石多风化为卵状，线条柔和，人们根据它的形状起了许多动物的名字。从南山门下来，茂密的橡林、松林之中有象山，伸着长长的鼻子；有猪山，拱着大大的嘴巴；鱼头山睁着大大的眼睛，眼睛里可容十几个人。西北部山腰中突出一块巨石，上连整体，下为断面，三面悬空。高4米，宽7米，深8米，面积为50多平方米，可容50多人席地而坐，当地人称“碾棚’，过去确有石碾石磨。碾棚上面山巅上，挺立一块巨石，形状似人，临榆县志称为“樵夫望月”。夕阳西下时，黄牛山披一身霞光，牛背上的樵夫望着满山林木，一川庄稼，还有这些石头生灵，怎不怡然自乐？与龙头山上的情景不同，这里真叫人恋恋不舍，我的双脚站在那里不肯动，好像要在这里扎根似的。

朝阳洞与悬阳洞，一个在燕山之北，一个在燕山之南。一个是凌空清虚，神仙境界；一个是物阜华丰，人间烟火。两山不同，两洞相异，给人的感觉也完全不一样。那神仙境界，干净倒干净，可是光山秃岭，瘦骨嶙峋，一片清苦。这人间烟火，凡俗确也凡俗，但毕竟山清水秀，郁郁葱葱，十分火热。两洞虽隔四五百里，总感觉它们相通着。世上的人们，有人向往那边，从这边往那边爬；有人喜欢这边，从那边向这边退。我呢，农家出身，凡夫俗子，还是觉得这边习惯。

1988 年 7 月

祖山游记

乘车出秦皇岛市西北行，20 分钟后抵达青龙县境。一座大山横亘眼前，上不见项背，左右不见首尾，天柱地维般支撑着天宇。这才叫大山，与茫茫渤海相匹配的大山，山海关的角山，不过燕山一角而已。

远看这山浑然一体，正愁如何走得进去，果然车到山前必有路，只见大山闪开一道门缝，一条峡谷山明水秀，十分诱人，这便是画廊谷了。山口左侧陡岩如削，横空出世，犬牙交错，如执戟荷剑，锋芒毕露，起名“石破天惊”倒很贴切。路边解说牌上称，它是一两亿年前地壳运动，花岗岩抬升，经寒冻冰劈和流水溶蚀，或周围坍塌形成的石柱群，给我的感觉，那山崩地裂仿佛就发生在昨天。再向前，一条石阶路在右，一条小溪水在左，人朝上爬，如踏琴键，水往下流，如鸟跳跃。两厢奇峰怪石，一川绿树野花，浓墨重彩，真如置身画廊。

画廊谷又名三百六十跳，溪水遇岩石阻挡而跳，人见美景惊喜得心跳，一步一景，景景皆奇。最奇的是山上奇峰怪石，大大小小都有“雅号”。“神笔书天”，一座柱峰，挺拔光溜，直指蓝天，鹰盘腰间，雾绕胸前，笔尖吐着云朵，真个妙笔生花。“童戏驼峰”，长颈高探，宽背平直，两座驼峰突起，臀部小岩簇立，酷似几个天真烂漫的顽童，相拥相抱，惟妙惟肖。“奇峰挂月”，那个窟窿山石孔，状如明月，随着人动景移，忽而圆如满月，忽而细如月牙，云雾飘来，忽明忽暗，妙趣横生。“醉卧刘伶”，平崖如床，云絮似被，那“刘伶”屈肘侧卧，醉入梦乡，头与枕间还有一透明小孔，好像鼾声酒气都从里边传出。其余“神龟探海”“秀才看榜”“孔雀迎宾”，千姿百态，活灵活现。这种景观叫形象石，石头死物，人眼出神，全凭想象。托物言志，以景抒怀，志高则名高，志俗则名俗。它们成为人与自然沟通的载体，也便获得了生命，有了几分仙气。

谷内树木也颇神奇，自上而下的原始次生林，像一条绿色的河流，波涛汹涌，大气磅礴，把两旁的山峦向外推挤着。由于纬度和海拔双重原因，这里是我国的植物宝库，拥有着许多珍稀树种，如黄檗、刺楸、柞树、核桃楸、水曲柳等。还有不少树种见所未见，闻所未闻，一棵树就是一道风景。树锦鸡儿，羽状复叶，椭圆托叶，刺状小叶，真像一只只鸡雏儿落满枝头。东陵绣球，幼枝被短柔毛，伞房头聚形花序，白色圆形花，好像挂满银白色灯笼。六道木枝干六棱，坚硬无比，传说中穆桂英大破天门阵，那根神奇的降龙木就是用它做成。

如果说美丽的山谷是一本画册，那长长的溪水就是它的装订线，隐蔽在花木丛中，默默地流着，无声无息。只有遭遇阻碍，它才激动起来，发怒发威，大声喧哗着。美丽的画廊谷，就是由溪水点染和滋润出来的。

山谷尽头，出现一块平地，东北西三面高山，南向渤海，形状像一把太师椅。山洼处松柏森森，鸟语啾啾，空气中弥漫着湿气和土壤的醇香，真是一块风水宝地。光绪五年（1879年）《永平府志》记载，金大定年间比丘张三峰曾在这里兴建望海寺，有相当规模，如今寺院已废，条石和柱础随处可见。望海寺海拔千米，是祖山景区的中心。向上乘中巴，在山峦和林海中穿行，途经五人岭，五座柱形山岩，像五位瘦骨嶙峋的老人，在列队迎候。可惜司机没有理会，径直开过去，让他们有点失望的样子。

中巴的终点又是一个山洼，四面高山无路可走，步行下至东南峡谷，一座奇峰拔地而起。形状如巨钟倒扣，峭壁滑石，草木不生，这就是久闻其名的响山。绕到山的阳坡，就听到一阵乐声响起，时而像丝竹管弦，时而如黄钟大吕，让人们禁不住随之手舞足蹈起来。原来古老的山体，经多年风化断裂，形成了一些石壁、石柱、石穴、石罅，大风吹来，与岩石摩擦，弹壁如琴，吹穴如笛，击柱做钟，穿罅成吕。加上山谷空旷，高峰相阻，形成一个天然的大音箱，奏出曲曲绝妙的高山流水来。

从停车场西南行，山谷的风飘来一种异香。那香味来自阴坡灌木丛，名叫天女木兰。它们黑色根须深扎在石缝里，银灰色枝干光华无皱，椭圆叶片上一层油膜，花蕾像乳白色花生豆，单瓣花片薄如绢纱，洁白晶莹，花蕊深紫，花心金黄。凑近一闻，一股秋菊似的幽香沁人心脾，令人神清气爽。此花为国家三级保护植物，只在北方少数几个地方零星分布，祖山千米以上高坡能成片成长，实属奇观。

重返停车站，南望天女峰，这才是祖山观光的压轴戏。一座巨大的绿色圆锥体，秀插天表，坡度平缓，满目苍翠，名叫翡翠坡。从山脊垂下来的石阶，像一条长长的瀑布。拾级而上，路旁植被茂盛。开始为松柏云杉之类的乔木，继而为黄檗、紫丁香、锦带儿一类的灌木，最后是高山草甸，白色的草芍药，粉红色的小头菊，黄色的花地丁，红色的剪秋罗，蓝色的细茎马蔺，万紫千红，像一块毛茸茸的波斯地毯。

爬完1118级台阶，登上1424米山顶。山尖像被谁一刀砍去，留下一方齐展展平台，正好是一座观景台。站在上面，好像离天近了，云彩在眼前浮游。遥望南天，可以看到秦皇岛海滨的莲蓬山、鹰角亭、老龙头，几片苍绿和星星点点的轮船。鸟瞰脚下，群峰叠叠，层山累累，如海涛奔腾，浪花漫卷。东西南北的响山、香瓜峰、八仙峰、王母峰四山相对，把一座天女峰簇拥向上，奉为群山之祖，凡石河以西、青龙河以东诸山，皆为它的分支盘礴，祖山又名老岭，起因大概如此。万山丛中，古长城沉沉一线，依稀可辨。这里地处中原与北方民族居住地之间，商属孤竹，春秋战国为山戎、东胡、奚，秦末为匈奴，东汉为鲜卑，辽为契丹，一向是兵家必争之地。唐开元年间，幽州副总管郭英杰喋血战都山，德宗时卢龙节度使刘济大败奚兵，明洪武年间燕王北伐都山，直到抗日战争期间，冀东军区司令员李运昌连战连捷，山山水水都留下许多可歌可泣的故事。

正是中午时分，祖山云层笼罩，天女峰上空的云是黑色的，四下里灰黑、灰白，由深而浅。群山是蓝色的，望去黑褐、黛蓝、淡蓝，由深而浅。山与天相接的地方融为一体，混沌一片，没了界线。忽然一阵南风吹来，落了几滴雨后，乌云裂开了几条缝隙，筛下条条光柱，群山或明或暗，阳光给起伏的山峰和逶迤的长城镶上金边儿。祖山更加美丽了，比那画廊谷更美，像是一幅精致的油画。

1994年7月

叮当洞探游记

年年来承德，已经不是看风景，而主要是会朋友了。山水喜新，朋友恋旧。

今天友人兴冲冲进来，说承德新发现了一个风景区，如何如何，绘声绘色，不由人不跟他去。

出市东行，朝阳洞再往东 10 千米，有很大一座唐家湾水库，烟波浩渺，像一匹锦缎飘展在群山之间。水面四周，奇峰怪石。石猴山手舞足蹈，骆驼峰长途跋涉，天柱山呈擎天之势，天桥山有渡云之险。可以说无石不奇，无水不绿，融山水为一体，形成一个风景区，俨然一个小承德。难怪友人那样兴致勃勃，引以为豪。

然而，友人却诡谲地说，唐家湾风景区最惊人之处还不在这里，而是下边的一个北方罕见的地下溶洞——叮当洞。他越是看我听得愕然，越是说得耸人听闻。

相传从前，此地住着母子二人，青年以打柴为生。一天，青年听到一阵少女的优美歌声，循声而去，是从一个山洞里飞出来的。洞口幽深莫测，人不敢下去。歌声天天如此，引逗得青年不思茶饭，攒钱买下一筐蜡烛，壮胆下去。当最后一支蜡烛就要燃尽的时候，终于看到一个天仙似的姑娘，正坐在石炕上纺线。青年表白了爱慕之情，拿起一双绣花鞋就往外跑。出洞一看，是两根白草。从此那歌声消失了，洞中女妖的故事却传开来。此后再没人敢下去。胆大的扔进一块石头，叮叮当当响半天，大家都叫它叮当洞。洞有多深多大？有人说，在洞口撒把谷糠，24 小时后从南山坡冒出来。

直到最近，叮当洞的奥秘才被5名初中学生打破。商品经济和旅游之风吹进了山沟，他们想为穷困的山乡找一条生财之路。1988年5月10日下课后，他们带了蜡烛、火把去探洞，学着电影宣了誓，留下遗言，按各自的兄弟多少排了顺序，独生子排在最后。这是一次何等感人的壮举！

我们一行几人，跟着当地向导，沿一条小河，来到一座叫作团山的北坡，在半坡上找到了这个叮当洞。洞口斜开在一块断壁上，直径一米六七，直往外冒凉气。友人向我挑战，敢不敢下去，要在平时我真可能犹豫一下，今天一想起那5个勇敢少年，就豁出去了。

举着蜡烛，打着手电，战战兢兢地用脚探路，先一个五六米斜坡，又一个四五米直坡才到了洞底。尽管已经脚踏实地，仍然觉着坠入一个黑黝黝的世界，悬在一片黑雾之中。不知什么原因，手电光荧荧如豆，蜡烛还有一点射程。定神之后，眼前渐渐亮起来。好像来到一个大客厅，长20多米，宽10多米。头顶上大大小小的钟乳石垂成吊灯样子，一簇簇，一组组，长短不一，错落有致。那乳白色的石头，还似放着微弱的荧光。四壁望去，流淌的乳汁，凝成了固体，凸凸凹凹，奇形怪状，整个四壁好像一幅大理石的浮雕。

走出这个客厅，穿过狭窄的走廊，又进入一个大洞。不算很高，但很宽阔，像一个花园。遍地石花，有的像成熟的菜花，有的像怒放的菊花，有的像横卧的水莲，有的像昂扬的鸡冠。颜色也有蓝灰的、墨绿的、淡紫的、乳白的几种。争奇斗艳，似乎人间的花形都可以找到。这里永远是适宜它们生长的阴雨天气，每一个乳石上都挂着亮亮的水珠，滴滴答答，淅淅沥沥。那乳汁落到石花上面，马上凝固。仔细看花瓣上还有细密的纹理。亿万斯年，这石花就在这雨露滋润下，缓缓生长着。

石花洞斜上方有个小洞，陡峻的石龛中坐着一尊石罗汉。个头和人差不多，秃顶白须，不知在这阴森森黑暗的洞中修炼了多少年月，依然和颜悦色，一副从容大度、与世无争的样子。他的面前生出一簇石笋，好似烛台香火。友人说他真能耐得孤独。我说不见得，用歌声勾引青年樵夫的仙女也许是他老人家的化身呢。

从石花洞继续向前，钻过一个3米长的葫芦洞，豁然开朗。不知什么原因，这里石头的生命特别旺盛。上面一嘟噜一串的，像葡萄架、葫芦棚、吊瓜群，垂挂在空中。下边一丛丛一簇簇，像玉树，像珊瑚，像竹笋，荡漾在水里。周围墙壁上的钟乳石，有的像锦鸡、鸽子、燕子，展翅欲飞，有的像猿猴、麋鹿、熊猫，嬉戏玩耍，真个是飞禽走兽无奇不有，树木花卉变幻无穷。大概世界上最富丽堂皇的雕塑宫、蜡像馆也比不上这座艺术宫殿，它的造化神功绝非人的智慧所能造就。

沿洞边小径盘旋而上，还有一件奇景。洞的后部有一根石柱，是上边石乳渐渐下伸，下边石笋慢慢上长，终于对接起来的，中间还有一道衔接痕，真是造化的神笔，为这个艺术宫殿所作的一句绝妙的结束语。

从叮当洞爬上来，大家不禁相视而笑，一个个都变成了从花果山、水帘洞钻出来的泥猴。虽经半天的摸爬攀登，谁也没感到疲乏，反倒一双双眼睛增加了一点灵气儿。大家都说是一次美的享受，这个说读了一首瑰丽的诗，那个说看了一篇优美的散文，还有的说对自己绘画、书法有启发。我心里不能忘怀的却是那5个初中学生，他们对时代和山水的看法和勇气深深地启发了我。

叮当洞，至今还在我脑海里叮当响着。

1988年7月

董存瑞烈士陵园

北出承德市，过高寺台进入隆化县界。隆化县城坐落在伊逊河和伊玛图河交汇处，原名“波罗河屯”，后称“皇姑屯”。

董存瑞烈士陵园，在县城西北苔山脚下的伊逊河东岸。4 根立柱组成大门，柱顶雕刻齿轮麦穗，中间横额上是萧克将军题写的园名。陵园占地 7.5 万平方米，主要建筑都在 396 米长的中轴线上，两边苍松翠柏，一派庄严肃穆。

首先是 7.5 米高的木制牌楼，仿朝鲜志愿军烈士陵园样式，上有“死难烈士万岁”6 个金色大字。接着是董存瑞烈士塑像，通高 8 米，像高 4.1 米，身着军装，昂首挺胸，左手高举炸药包，右手紧握导火索，再现了董存瑞舍身炸碉堡、视死如归的英雄壮举。再往前到了董存瑞烈士纪念馆，一座仿古建筑，长方形的楼台上一座房檐飞挑的六角阁楼，洁白墙体，檐头屋顶绿琉璃瓦，清洁又不失高雅，清淡中蕴含着庄重。

走进纪念馆，首先看到一幅“半景画”，表现解放军攻打苔山和龙头山的激烈战斗场面。画前是敌人构筑的铁丝网、被击毁车辆的残骸和丢弃的枪支，画的背后是展厅，展览着这次战斗的沙盘模型，画和沙盘生动地再现了隆化攻坚战浴血战斗的场面和董存瑞的英雄壮举。

1948 年，平津战役打响，我东北解放军第十一纵队和冀察热辽军区炮兵旅奉命南进，在隆化受到国民党军第十三军的顽抗。敌人占据苔山和龙头山有利地形，以隆化中学为防御重点，修起 28 个碉堡群和大量陷阱、壕沟、铁丝网，自以为固若金汤。军长石觉吹嘘:“共军若能打下隆化，我把承德白送给他们。”5月25日凌晨，我军2万多兵力潮水般围攻过来。董存瑞所在的六连攻破隆化中学东北面的碉堡群。董存瑞带领的爆破组拿下4个炮楼、5个碉堡，扫清了外围工事。下午3时30分，第二次总攻开始，六连向隆化中学发起冲锋。突然，敌人的机枪暴雨般横扫过来，把战士们压在一条土坡下面，6条火舌从横跨旱河的桥上喷出来，原来桥上有一座伪装起来的暗堡。派出去的3名战士一死两伤。团部来了紧急命令：火速插进去，配合突进中学院内的兄弟部队。董存瑞从衣兜里掏出一个小纸包，交给指导员说:“如果我牺牲了，这就是我最后一次党费。”董存瑞挟着炸药包，在战友的火力掩护下，冲进开阔地，忽左忽右地爬着。敌人的机枪打紧了，他伏下不动；枪声稍一停，他就飞也似的跃进几米。最后，他终于跳进旱河沟，进入了敌人的火力死角。他的腿受了伤，鲜血直流。他忍着疼痛，抱着炸药包猛冲到桥下。可是桥离地面有一人多高，两旁桥体没沟没棱，没处放炸药包。放在河床上，又炸不着暗堡，董存瑞急得直攥拳头。这时冲锋号响起，总攻时间到了。董存瑞愣了一下，突然站在桥下。左手举起炸药包。紧紧贴住桥上暗堡，右手猛地一拉导火索，导火索“哧哧”地冒着火花。董存瑞巍然挺立，像一尊雕像。一声巨响，地动山摇，英雄倒下了，化为一座通向最后胜利的桥梁。

在纪念馆后面，椭圆形广场中央是高耸入云的董存瑞烈士纪念碑，碑座用黑花白地花岗岩铺地，碑体用粉红色花岗岩砌成。正面汉白玉碑心上，是朱总司令的亲笔题词:“舍身为国，永垂不朽。”碑顶上是一颗光芒四射的金五角星。

中轴线尽头，是董存瑞烈士墓，在一片苍松翠柏中。用花岗岩砌成，水泥穹顶。墓里再不可能有烈士遗体，他的骨肉在刹那间都已化为火花和金星了。隆化人民怀着无限崇敬之情，依照当地的风俗习惯修建了陵墓，棺材内只有一个用红布包裹的木牌，上写“以此木代替烈士遗骨”9 个字。

董存瑞烈士，1929 年生于怀来县南山堡一个贫苦农民家庭。父亲名叫董全忠，解放后还当选为河北省的劳动模范。董存瑞的童年是在日本侵略下的水深火热中度过的。1940 年冬天，八路军在南山堡建立抗日民主政权。他机智勇敢，被选为儿童团团长，站岗、放哨、送鸡毛信，样样工作积极上进，不够年纪就当了民兵。1945 年，年仅 16 岁的董存瑞报名参加了八路军，在战斗中锻炼成长，历任副班长、班长，18 岁光荣加入中国共产党。转战白山黑水间，先后荣立 3 次大功、4 次小功，荣获毛泽东奖章 1 枚、勇敢奖章 3 枚，壮烈牺牲时年仅 19 岁。第十一纵队追认他为战斗英雄，命名他生前所在班为“董存瑞班”，冀热察行署决定将隆化中学改名为董存瑞中学。1950 年 9 月，全国战斗英雄劳动模范代表大会决定，追认董存瑞为“全国战斗英雄”“模范共产党员”。

离开隆化好几天，我耳边还老是回响着电影《董存瑞》中烈士那声惊天动地的呼喊:“为了新中国，冲啊！”

1986 年 8 月

塞 罕 坝

第一次上坝，对坝的概念难以想象，究竟是水库大坝的坝，还是南方平坝的坝？越想知道，林场的小韩越不说，更增加了几分神秘感。

汽车在盘山路上吃力地爬坡。大概已经爬得够高了，车窗外白云缭绕，汽车像大海上一只小船，正在逆水行舟。到了一个地方，小韩让车停下，让我回头看。远处云片朵朵，如漂浮萍；近处云涛滚滚，直扑脚下。小韩说脚下正是坝头。俨然一道云海的堤岸，平坦曼甸，视野开阔，一片高原景象。这里海拔 1700 米，是蒙古高原的南缘。这个坝字叫得绝妙，兼有大坝和平坝两种含义。

塞罕坝，满语为塞堪达巴汉，塞堪是美好的意思，达巴汉是高原的意思，美丽的高原，如今改称为塞罕坝。7 月的坝上，万紫千红，争奇斗艳。卧在地上的虞美人、柳兰花，爬到草尖上的灯笼花、喇叭花。特别是遍野的金莲花，金光灿烂，格外诱人，传说当年乾隆上坝看到它诗兴大发，吟出上联：塞外黄花恰似金钉钉地，才思敏捷的纪晓岚当即对出下联：京中白塔犹如银钻钻天。

塞罕坝是木兰围场的一部分。木兰围场是清朝皇家狩猎的地方。木兰，满语是哨鹿的意思。围猎的队伍平明出发，头戴鹿角帽，身穿鹿皮衣，作呦呦鹿鸣，引诱鹿群进入伏击圈。康熙二十年（1681 年）设木兰围场，“岁举秋狝大典”是为了加强战备，抗击沙俄入侵，巩固北部边防。在人民的支持下，清政府取得了两次雅克萨反击战的胜利。康熙在塞罕坝行帷里同意签订了《尼布楚条约》。不久，厄鲁特蒙古准噶尔部噶尔丹武装叛乱，向内蒙古大举进攻，严重威胁着国家统一，康熙亲率大军出击，大战于塞罕坝上的乌兰布通，打败了噶尔丹叛军，挫败了敌人的阴谋，这就是历史上著名的乌兰布通之战。

乌兰布通汉语红山，附近一片水洼叫将军泡子，距将军泡子不远的草丛中有一条涓涓细流，好像是谁遗失在草原上的一条月白色带子，这便是滦河上游的吐力根河。我和林场的小韩沿河源下行，开始河床仅一米宽，一步可以跨过。河那边是内蒙古的红山军马场，河这边是河北的塞罕坝机械林场。慢慢地河水流入河北地界里了，水声越来越大，水速越来越急。我还想在河上跳来跳去，小韩一把抱住我，说这里的河床有一丈多宽，只是两岸草蔓伸展覆盖，显得很窄，脚一踩上草皮就会落水。河水已经没人深了，因为水质清澈，河底砾石、游鱼如漂浮水面。

塞罕坝在自然地理上属兴安岭余脉与蒙古高原的交接处，属大陆性半湿润地带，雨多土肥，大部分地面被原始森林覆盖，西北部水草茂盛，清人赵翼诗道："木兰草最肥，饲马不用豆。"后来清廷大兴土木，为了修建北京圆明园和承德避暑山庄，乾隆三十三年至三十九年（1768—1774）7 年中，从此处伐古松 34 万株。到了清末，政治腐败，经济萧条。慈禧为了弥补国库亏空和供自己挥霍享用，先后于同治元年（1862 年）和光绪二十七年（1901 年）宣布围场开禁，并在锥子山设置木局，收购木材，从此美丽的塞罕坝一次次遭受洗劫，森林植被屡遭破坏，动植物资源荡然无存。解放前，这里成为土匪的地盘，窝藏着大小 40 股土匪。他们秋天下坝抢足了粮食、布匹和大烟，回到牛皮帐篷里饮酒作乐，据说威虎山那个座山雕就是从这里一条叫大烟拐的山沟里起家的。解放后，土匪绝迹，可是西伯利亚寒风长驱直入，推动流沙南移，大自然报复性的灾难像洪水猛兽一样，威胁着承德地区。

在我国暂时困难时期，人们还吃不饱肚子的时候，林业部造林司一个司长冒着严寒对塞罕坝进行了 3 天勘查，要在这千里雪原上铺开他的绿化宏图。国营塞罕坝机械林场于 1962 年上马，369 名职工来自全国 22 个省市，其中林学院大专毕业生占五分之二。他们经过 20 年艰苦卓绝的战斗，造林 70 万亩，保存 54 万亩，改造次生林 30 万亩，现有林 84 万亩，蓄积 120 万立方米林木，成为我国北方最大的一个人工林场。

下午，小韩领我登上了练兵台，这是千里坝上突起的一座石峰，高 20 米，海拔 1800 米，为坝上制高点，相传康熙北征时在此登台点将。晴天时，眼力好的人可以向北望见乌兰布通和将军泡子。

如今，练兵台四周已是无边的森林，无际的碧绿，仿佛世界上的绿都在这儿凝聚，连森林里的阳光都是绿色的。

风儿在林海上嬉闹，推起一层层碧浪，举着绿色的浪花，一直涌到脚下，脚下的练兵台好像是大海中一座小岛。

林海的浪潮，淹没了昔日的荒山秃岭，淹没了昔日的黄风流沙，可是永远也淹没不了塞罕坝人难忘的记忆。

在那困难时期，他们吃莜麦苦累，住马架窝铺，战斗在高寒坝上。这里年平均气温为 −1℃，最低可低于 −40℃，无霜期只有两个月，7 级以上的风每年近三个月，他们战胜了想象不到的困难，经过失败和挫折，在我国第一次实现了针叶树大面积机械造林成功并达到了世界先进水平的壮举。

站在练兵台上，鸟瞰无边林海，这绿色的队伍不就是那 369 名林业战士的化身吗？它们排起绿色的战阵，挺着胸脯，迈着大步，枝丫如枪，林涛似鼓，像一道绿色的长城，喝退了狂嚣的风沙，保卫着后方的农田、城市。

不屈的林业人在祖国的北部边疆，漫长的三北线上，展开了对风沙的战略斗争，也许这场战争是旷日持久的，但是他们有了塞罕坝首战告捷，有了新的乌兰布通胜利的经验，就一定会获得最后的胜利。

1986 年 8 月

吐力根河

距将军泡子不远的草丛中有一条涓涓细流，好像是谁遗失在草原上的一条月白色的带子，这便是滦河上游的吐力根河。我和林场的小韩沿河源下行，开始河床仅一米宽，一步可以跨过。河那边是内蒙古红山军马场，河这边是河北的塞罕坝机械林场。慢慢地河水流入河北地界了，水声越来越大，水速越来越急，我还想在河上跳来跳去，小韩一把抱住我，说这里的河床有一丈多宽，只是两岸草蔓伸展覆盖，显得很窄，脚一踩上草皮就会落水。河水已经没人深了，因为水质清澈，河底砾石、游鱼如漂浮水面。

小河在山坡曼甸里左回右转。小韩告诉我，吐力根河流域多是豆包山，表面是草坡树林，里边是沙土。20 年前他们刚来时，吐力根河濒于枯竭。因为植被破坏，“豆包”露了馅，水土流失，河水发浑。这些年因为种了树，成了林，80 多万亩新生林是个大型的绿色水库。雨季里，它能将过剩的雨水涵养起来，干旱的时候，又分泌出去。森林是溪流的母亲，河流湖泊的母亲，母大子肥，水源丰富。有了树木草丛防风固沙，河水也自然清澈了。“问渠哪得清如许，为有源头活水来。”

昔日皇家猎场，今天人民公园。林海茫茫，花的原野，塞罕坝像四川的九寨沟、湖南的张家界一样，近几年成为我国北方新发现的风景区和避暑胜地，吸引着大量游人。却不知这里的冬季是冰天雪地，人迹罕至。因为没有山脉庇护，西伯利亚寒流长驱直入，这里的冬天比哈尔滨还冷，年平均气温为 −1℃，冬天最低到 −43℃，白毛风刮个不停。19 世纪 60 年代初期，人们还吃不饱肚子的时候，林业部在这里筹建我国北方最大的人工林场，目的之一就是改变京津生态环境。真是名副其实的创业，这里的山山水水都是处女地，连个名字都没有，需要第一次命名。那边张义从马上摔下来，就取名张义落马坡；这边王全翻过车，就叫王全翻车地；那条沟形状像汽车摇把，就叫摇把沟。他们住的是牛顶架窝棚，吃的是莜面，有时供应不上就嚼盐水煮麦粒。八月十五下大雪，过一冬天脱一层皮。羊皮袄，毡疙瘩，穿在身上如一层纸。灶膛里火一灭，褥子冻到炕上，还得用铁锹才能铲下来。冰天雪地里清理火烧迹地，两脚踩不到底，上坡下坡雪上滚爬，棉衣结为冰甲，棉鞋冻成冰鞋，走起路来哗哗响。植树造林讲立地条件，人在塞罕坝上生活，立地条件太差了。但是，他们一个个在高寒坝上扎下了根，而且扎得深深的，扎到了理想和事业之中。经过20年风吹浪打，蔚然成林。今天，驱车林海遨游，偶尔还可以看到当年创业者的窝棚，像是出土文物，像是林海的珊瑚，反映着时代的变迁。它们就是一个个苗圃，育出了塞罕坝80多万亩松林。

现在，坝上的生态方面已经起了变化。与20年前相比，风小了，天暖了，雨多了，水清了。随着森林的兴起，走失多年的獐、狍、狲、黄羊、野猪又偷偷迁移回来，就连名贵的天鹅、地鹔、白鹭也时常来林区做客。特别是吐力根河的特产细鳞鱼又渐渐多了起来。这种鱼属鲑科，体长，侧扁，嘴小，牙多，背侧紫灰色，有黑色小圆斑。腹部银灰色，鳞片细小而圆。它们生活于冷冽的淡水中，喜欢水流湍急、砂砾为底的河流。因为生长慢，五六年才能成熟产卵，所以肉质肥美，是世界上罕见的鱼种，能够吃到则是口福了。

我在林海漫步，沐浴着绿色的阳光，呼吸着绿色的空气，宁静安谧的森林，真可以净化心灵。清澈见底的吐力根河，把祖国的春天、林区的美景和林业工人美好的青春都溶化在里边。我不知道，我那些天津的朋友，在你们围坐品茶的时候，能否品出来这一种滋味?

我采了几片树叶，投放在吐力根河的碧波之上，目送它们小帆远影一样渐渐远去。我心里估算，再过多少时日，它们就抵达天津了。

1986年8月

夫妻望火楼

一只雄鹰在大光顶子山上盘旋。

大光顶子山是整个塞罕坝的制高点，山上风大，连根草都不长。

如今，大光顶子山不光了，山尖上立起了一个二层楼，远远望去，像给大山安上了一根避雷针。这是林场的望火楼，森林警惕的眼睛。

望火楼上住着一户人家，一对夫妻，两个小孩。丈夫王兴亚，33 岁，初中毕业，1978 年招工来的。媳妇盖玉贤，28 岁，听说丈夫一个人住在大山尖上，怕他孤单，想家分心，耽误了工作，带着孩子从平泉老家来看他。营业区安排她做临时工，做丈夫的帮手，两全其美。

说起望火楼的工作，确实关系重大。林子长起来，最怕火灾。春秋两季草干风大，稍有疏忽，一个火星落地，引起大火，4 级风时，4 个小时就能把 20 年辛辛苦苦营造的森林烧个精光。所以火是森林的头号敌人，林区同志多数为此戒了烟，他们把一根火柴看作大梁一样的惊叹号。

全场共有 3 个望火楼，成鼎足之势。大光顶子山上这个望火楼，视野之内有 50 万亩森林。小王两口子，一具望远镜，轮流在二楼瞭望，目光像探照灯一样，在无边的林海上搜巡。他们把森林划分成若干小区，找出了若干标志，发现情况立刻抄起电话向总场防火指挥部报警。但是，人们诙谐地说，这个望火楼的成绩在于它没有望到一次火。

刚从外地来的人，看这白云深处一户人家，会觉得多么富有诗意。哪里知道，生活在这里有想象不到的困难。首先是气候严寒，年平均温度是 −7℃，冬天有时低于 −40℃，生着火炉，室内还是零下好几度。墙上挂冰溜，窗户是一个大冰疙瘩，人像住在水晶宫里。常年 7 级以上大风，埋下 3 尺深的木桩，一阵风拔起来，刮得无影无踪。再就是生活条件极差，拉一趟水，下山单程跑 8 里，买一趟粮食，来回 60 里。没办法，夏天接雨水，冬天化冰吃。一年到头吃不上蔬菜，净吃些野韭菜、野菠菜之类。比衣食住行更为艰难的是难耐的寂寞，冬天大雪封山，三五个月不见人影，只有从电话里才能听到人的声音。大人孩子常年不闹病，全凭身子硬，万一有个灾病，只有硬挺着。

可是，这对夫妻过惯了，并不觉得苦，还不断搞些苦中取乐的名堂。桌子上有小说、诗集；院子里有鸡，有猪；门口还开了一片地，准备实验种菜。王兴亚还想利用得天独厚的条件，琢磨装一台风力发电机呢。已经做好了簸箕大小的几片铁叶子，借来了电滚子，再凑一个电瓶，这云彩里的小楼电灯就亮了。就是眼下，因为他心里充满了对生活的热情，电灯还没有亮，他那一双大眼睛早已亮了。

前几天，媳妇的妈妈想闺女想女婿想外孙，辗转几天从老家赶来，女婿用一匹马把她驮到山上，闺女还用野韭菜包饺子，采蘑菇、蕨菜让老人尝鲜。老人家在山上住了几天，放心地走了，同时也把这山尖上神话一般的生活故事带回家乡去了。

1986 年 8 月

观花红松洼

从中华人民共和国地图上看，河北省的轮廓好像是一只冠军奖杯，尖顶平底，上粗下细，左右对称。“杯”上那个桃形顶尖，就是红松洼国家草原自然保护区。

从海拔1400米的管理处出发，汽车在山间左右盘旋，层层拔高。突然停下来时，我被眼前的景物惊呆了，曾经的高山峻岭早已被踩在脚下，辽阔的坝上高原也并非平铺直叙，而是一片波浪起伏、气势磅礴的大海，潮水般向我涌来。视线尽头，蓝天和绿地各自渐渐淡化，最后融合在一起，混沌一色，这种景象只有在海上才见过。

地名红松洼，却是这样浩瀚无边的高原台地。我脚下的坝缘，海拔1600米。站在此处，确实感到地抬高了，天降低了，牛奶色的云朵在地上飘，珍珠般的羊群在天上滚。天和地都像水洗过一般，洁净无比，了无纤尘，吸进来的空气，从鼻腔到肺腑，仿佛一股清泉在流动，好像一口美酒在挥发，让人解馋，令人陶醉。

这里是冀北山地和蒙古高原的衔接地带，属中温型大陆季风气候。春天短暂，夏季凉爽，秋霜来临早，冬季寒冷而漫长，昼夜温差大，无霜期短，全年仅七八十天。年平均气温−0.3℃，最低气温−42.9℃，最高气温29.8℃。年平均降水量450—500毫米，积雪期5个月之久。七八月间，大地积蓄的能量一股脑儿释放出来，奉上一席豪华的盛宴，百花齐放，五光十色，红松洼便成为一处典型的“五花草甸”。

远望，花的草原，底色是绿。走近，万紫千红，基调是蓝，确切的叫法，应该是蓝色的草原。蹲下来看，是蓝色的花居多。

蓝盆花、滨紫草、岩青兰是纯蓝色的，翠雀、乌头、棘豆、蓝菊花是深蓝色的，兰刺头、多歧沙参、笔头龙胆、威灵仙、魁蓟是浅蓝色的。其余花色在蓝色的笼罩下，显得弱势，仿佛是为了衬托蓝色而生的。红色的地榆、红景天、胭脂花，黄的金针、毛茛、橐吾，白的升麻、蓍草、柳叶蒿，紫的黄芪、箭抱春、鹿蹄草，粉红的手参、酸模叶蓼，黄绿色的地肤、风铃草，都像是为了点缀，为蓝色的主角跑龙套的。

花有大小，色有主从，但是各有形色，各有个性，千姿百态，共生共荣，都是造物的安排。金莲花形如碗莲，盛开时如黄蝶飞舞。鹿蹄草叶呈卵形，上部绿色，下部灰绿，边缘反卷，带有白霜，像麋鹿蹄印。银粉背蕨，叶背银白清晰，五角形，像小孩的拳头。黄海棠枝柔而披散，叶翠绿而清秀，花色鲜艳，雄蕊散露，灿若金丝，如蝴蝶翩翩起舞。二色补血草，又叫干枝梅、情人草、勿忘我，花初开为紫色或粉红色，随着逐渐成熟变成白色，纯洁而高雅，二色变幻，粉白交替，交相辉映。它的花形独特，朵朵小花如满天繁星，光彩耀眼，楚楚动人，给人含情脉脉、一往情深的感觉，被誉为"花卉新贵"。

红松洼是大兴安岭南部余脉与燕山山脉北端汇合结节，是蒙古植物区系和东北植物区系交汇处，植物种类组成特别丰富，每平方米可达25—34种。草群高而密，生殖枝层高出一米，叶层四五十厘米。再仔细观察，这里花草不分，一般的草都会开花，不开花的草几乎没有，这也是生命繁殖的需要。所以那首歌"没有花香，没有树高，我是一棵无人知道的小草"是错误的，小草都是有花有香的，小草都是美丽的，都有自己的名字。每棵小草，都是万紫千红的一员，都张着小嘴巴，参加隆重的草原之夏大合唱。那些"孤独""寂寞""卑微"之类的不实之词，都是心情欠佳的文人们强加给它们的。

眼前的草原美在多彩，五光十色，千姿百态。而越往远看它越美丽，美在画面，万紫千红融合为一种新的整体、新的色调、新的氛围，让人赏心悦目，滋生快感。唯独西北方向一座绿色山包引起我的特别注意，山上一片银白色的花超然不群，一根根银白色的细茎上，几片银白色的花瓣在风中抖动。那是什么花？管理处同志笑笑说，是一个新品种，咱去看看。于是驱车前往，走到跟前才恍然大悟。那个小山包原来是坝上第一高峰，叫大光顶子山。那一根根银白的花，原来是新安装的风力发电机，第一批88座。走近看，每一座都是庞然大物。每根银白色的“细茎”高50米，底部直径6米，每个花瓣长34米，重6吨，恐怕是世界上最大的花了。有了风力发电机，一按电钮，屋里灯花放了，机井水花开了，深山老峪的人们心花放了，都说那才是草原最美最美的花呢。

从大光顶子山西行20千米，远远看见一棵树，孤零零守望在漫漫草原上。走近看，是一棵古松，高20多米，胸径1米多，管理处同志说它已是500岁高龄了。前清时期，这一带曾是和兴安岭、长白山一样茂密的松林。从清末到民国，已经被砍伐殆尽，这棵松是唯一的幸存者，便成为历史的见证，因而也成为“一棵松”和红松洼名称的由来。这位孤独的老者，尽管肌肤干裂，“毛发”稀疏，老态龙钟，依然日复一日年复一年地向风诉说，向人类诉说着。一位可怜而又可敬的老资格环保志愿者。

2006年8月

绿色的战阵

1983年8月25日，林业部副部长刘琨又来到了塞罕坝。

塞堪达巴汉，真是美丽的草原，美丽极了。天空，显得比平原低，因而更蓝。云朵，一动不动，好像跑累了，在那儿休息。花草，大概因为无霜期短，便把它们长久积蓄的热量一齐喷发出来，争芳斗艳。洁白的银莲，殷红的百合，微黄的野罂粟，淡蓝的鸽子花，卧在地上的虞美人，挑在草尖上的灯笼花。特别是满山遍野的金莲花，金光灿灿，格外喜人。忽然，那一片花儿飞了起来，细看是五颜六色的蝴蝶。伸手去捉蝴蝶，触到的又是不动的花朵。

汽车如小船在林海里畅游。枝头的黄鹂、草丛的画眉、天上的百灵，争相唱着美妙的歌曲。路旁的松鸡、水畔的野鸭、坡上的大雁，摇摇摆摆并不避人。听说走失多年的獐、狍、狐、狲、黄羊、野猪、马鹿又偷偷迁回来了。就连名贵的天鹅、地鹌、白鹭也时常来林区做客。今年来塞罕坝避暑、旅游的人特别多。昔日皇家猎场，今天已经变成了人民公园。

汽车沿着吐力根河而行。这是滦河的源头，它从森林里流过，在草丛里出没。开始是一条小溪，一步可以迈过。越来河床越宽，流量越大，河水清澈见底，珍贵的细鳞鱼结队而游。再过几天，引滦入津就要胜利完工了。“天津卫一大怪，自来水腌咸菜”的日子一去不复返了，天津人民就能喝上甜水品香茶了。“问渠哪得清如许，为有源头活水来。”饮水思源，他们应该知道远在千里之外的塞罕坝还有一项开工更早、规模更大的绿色工程。

刘琨一行登上林海腹地的练兵台。这是塞罕坝上突起的一座小山，高 20 米，海拔 1800 米，上有平台。传说这是当年乌兰布通之战时康熙练兵点将的地方。

站在练兵台上，俯视四野，83 万亩松林，郁郁葱葱，总蓄积量达到了 113 万立方米。20 年的设计规划已经胜利完成。再过 17 年，有林面积可达 100 万亩，蓄积量 500 万立方米，每年采伐 20 万亩，产材 20 万立方米，年产值可达 2500 万到 3000 万元，三四年即可收回建设阶段的全部投资。按40年一个轮伐期，将实现青山常在，永续利用。

不知什么时候，泪水偷偷爬上刘琨的脸。“文革”期间，他为这个林场不知被贴过多少大字报，挨过多少批斗，说他把大把人民币往风沙里扔。今天不必解释了，为了眼前这一切，挨批挨斗值得啊！风儿在林海嬉闹，涌着层层碧浪，举着绿色的浪花，一直漫到他脚下。林海的浪潮，淹没了昔日的荒山秃岭，淹没了过去的黄风流沙，但是淹没不了他难忘的记忆，他在努力打捞着，林场369名职工，369名英雄可歌可泣的艰苦创业精神。

刘琨宽阔的胸膛里，像林海一样起伏，像松涛一样轰鸣。这古战场上崛起的森林，这绿色的队伍，绿色的战阵，不就是我们林业战士美好的形象吗？它们挺着胸脯，迈着大步，枝丫如枪，林涛似鼓，一道绿色的长城喝退了北来的风沙。

在祖国的北部边疆，漫长的三北线上，又展开了一场对大自然的伟大斗争。“战争”也许是旷日持久的。但是，我们有了塞罕坝林场的成功经验，有了新乌兰布通的初战告捷，胜利一定属于我们。

站在今日练兵台上，他想起了辛弃疾的一句诗：检校长身十万松！

从阵阵松涛里，他又听到了绿色的召唤，美的召唤。

绿，是一种美丽的颜色。但最美的绿，不是天然的绿，而是用汗水染的绿。在一穷二白的沙漠里、碱地上，用艰苦劳动创造的绿，才是最美丽的。因为那种绿色是创业者美好心灵的光辉。

1986年8月

闪电河

从沽源东行，过闪电河大桥，进入丰宁满族自治县。时值盛夏，水草正肥，野花盛开。行至一个叫大滩的村子，原来是一个国有林场所在地，近年来借旅游业发展之机，很快兴旺起来。公路两旁形成三里长街，餐馆旅舍都是白瓷砖墙红瓦顶，在碧绿的草原上十分醒目。街上溜达着熙熙攘攘的人群，优哉游哉地走走停停。摊位后面的当地人，弃农（牧）经商不久，穿着打扮不伦不类，嘴里的官话半生不熟。几乎家家门脸里都传出已经过时的流行歌曲，大有不知今昔是何年的味道。

闪电河在村西二里，喧闹的涛声似乎能够听到，让人不由自主地向它走去。河面几十米，但是水不深，时而有人涉水而过。溯河而上，景色颇感新奇。它不像张北坝上，一马平川，甩袖无边，而是一种波状高原地貌。岗梁起伏，形似波浪，相对高度不过二三十米，坡上青草不高。远看是山，近看是滩。岗滩相间，将高原隔开为大小不等的盆地，"大盆套小盆"。盆地底部低洼，地表径流为溪水或淖儿，淖儿是一潭死水，没有出口。

面前的闪电河，正是滦河的上游。因为发源于东南方向的坝缘山地，那里地势高，就逆向西北流去，经张家口市沽源县，再向北绕个大圈儿，过内蒙古的正蓝旗、多伦，折回丰宁东部，再经隆化、迁西、迁安，从滦县入渤海。当地有个说法：山没头，水倒流。

开始，河水流过的草地相当开阔，后来越来越窄，进入一个大的喇叭口。走过一个名叫骆驼沟的村庄之后，两厢岗梁之间的距离只剩下三五千米的样子，可是河川的草滩越来越茂盛，这种地形教科书上叫作山地草原。山地草原别有一种风情，从地平线到岗梁腰部有一条美丽的彩带，像少数民族姑娘的花边裙，七彩颜色。那彩带是由不同的农作物组成，深黄的是油菜，浅黄的是春麦，翠绿的是莜麦，绛紫的是土豆，雪白的是荞麦。坝上人耕种，地垄都是水平的。岗梁逶迤不绝，彩带连绵不断，不见首尾，线条柔美。

河川里的水草，出奇地茂盛，不止齐腰深。可是风吹草低不见牛羊，因为草场的边缘都安装了金属编织的防护栏，别说牛羊，就是鸡鸭都钻不进去。封禁之后，立竿见影，当年牧草就长高一尺，如今三五年过去了，不仅草原自然复壮，黑青油亮，所有的野花也竞相开放，姹紫嫣红。草原美丽得像个新娘子，头发上插满了鲜花，衣裳绣满了鲜花，吸引得蜜蜂、蝴蝶成群结队，云集一方，百灵云雀飞上飞下，恋恋不舍。

再往前走，没有了人烟，到了巴颜图尔山麓，终于找到了滦河的源头。南面的东猴顶，海拔 2792 米，是承德坝上第一高峰。远望那山森林覆盖，密不透风的样子，只见丰满毛发，而不见猴头猴脸。从山上吹下来的风，都是湿漉漉的；从山根浸出来的水，都是绿莹莹的。东面的孤石牧场，野草没人，草尖上顶着露珠儿。草丛中细水漫流，慢慢地汇成小溪，静似玻璃晶莹，动如银带飘舞。遇到沟坎，积水为洼，一泓清碧，像银带缀上宝石。这时的溪水，恬静悠闲，像一群贪玩的孩子，忘记了回家。但是有时它也会变脸，大雨滂沱、山洪暴发时，它会像一个野孩子任性撒欢儿，像一匹野马蹄花四溅。但是，任凭风狂雨骤，洪水肆虐，草丛里的溪水依然是清澈的，因为经过了森林的涵养，经过了草丛的过滤。

回程路上，访问了几个村子，都比较穷。不少人家还住着土房，穿着毛蓝衣服，出门步行。别处早就普及了的摩托、三马，在这里还是新鲜事物，比外面的世界落后了一二十年，与山地草原的新面貌不相匹配。但是村民谈吐不凡，观念并不落后，甚至让人敬佩。

他们说，改革开放之初，这里也曾一度繁荣过，放养鸡鸭，增加牛羊，村村办工厂，日子红火起来，衣食有所改善。学了环保政策，觉得这是以牺牲环境为代价的。草滩遍地鸡毛牛屎，清水变浑了，对不起下游的天津人。咱住滦河头，他们住滦河尾，共饮一河水，怎么能让咱们锅里的油星，脏了他们杯里碗里的饮水呢。于是家家户户形成共识，牛羊圈起来，工厂停下来。这样票子少了点儿，日子苦了点儿，可是心里踏实了点儿。同时希望城市里的人，也要理解我们的良苦用心，节约用水，洗头洗脚洗车时，手下留情。

1998 年 8 月

大海陀记

大海陀，向往已久，近闻又列入国家森林自然保护区，拜山之情愈切。

从赤城县城南行，经过红河岸边的雕鹗，古长城上一座碉堡，传说是初唐名将尉迟恭所建。再南行十余里，到达山下的石头堡，沟内有一株三百岁的丁香树，油光翠绿的枝叶间，开放着乳白淡紫的小花，香气袭人，让人想起“一树百枝千万结”的诗句来。

出村，仰望峰高林密的大山，郁郁葱葱，俨然一座绿色的屏障。《水经注》上形容它：“高峦截云，层陵断雾，双阜共秀，竞举群峰之上。”地质学上说它原是海上巨礁，燕山造山运动时石长水落，便突出为海岛式奇峰。

上山只有沙石路，越野车勉强得过。也亏得山路难行，如若交通便捷，也便没有大海陀的今天了。在傲慢的人类面前，高山大河也都沦为了弱势群体。山路之初，还可以欣赏道边风景。远望千丈绝壁上的石门寨，寨主曾是个如花似玉的女侠。下看圆通寺，两株古松笔直挺拔，天生一对高高的旗杆。路边的烟熏嵯，颜色灰褐，锈迹斑斑，酷似烟熏火燎的痕迹，其实是天然生成。嵯前一株400年的脱皮榆，树皮灰白，直径1米多，根部朽成大洞，可横卧一只牛犊，而枝条鲜活，展示着无限的生机。

再上，路被绿荫遮断，车行灌木丛中，枝叶拍打着车窗，如同钻进隧道里去，难得透下一缕阳光。耳旁只闻汩汩水声，眼前不见小溪的影子，一定是被掩盖在草木丛里了。只有溪水与小路交会时，才得以看到它们，亮亮的，软软的，黑缎子一样。坡陡路滑，人要不断下来推车。再后来，不得不弃车步行了。

钻出绿色的胡同，眼前豁然开朗，久违的阳光令人眼晕。断崖上一座六角小亭，供人坐下喘气，身上的汗水也被山风吹干了，感到浑身爽快。打量眼前山色，如同置身绿色海洋之中，人渺小得像一片树叶。面对绿色的峡谷，头上锐角的蓝天那么狭小，两边V形的青山那么高大，轮廓像一只孔雀开屏，伸展着硕大的翅羽，毛茸茸的，那是由无数球形树冠组成的珍珠衫。再看眼前的青山，那绿色还分层次、深浅。远山黛蓝，中山翠绿，近山嫩绿。细观眼前的嫩绿，是由不同的树种、不同形状的叶子堆积而成。同一棵树上的叶子，颜色也有差别，树梢微红，往下的淡黄、浅绿、深绿，树叶间还有细小的花蕊，氤氲着馨香。

随行的向导，是河北林学院的毕业生，在林海里钻了十几年了，说起森林来如数家珍。大海陀国家森林自然保护区，面积11225公顷，是典型的北温带山地森林生态系统，植被垂直带分布，海拔1500米以下的为落叶、阔叶林带，1500米至1800米为针阔温交林带，1800 米以上为寒温带针叶林带，2000 米以上为亚高山灌丛、草甸。林相保存完好，原始性很强，基本上是一座处女山林，一派万物向天竟自由的景象。原始的生态环境孕育着珍贵的物种资源，拥有动植物 2000 多种，单位面积区系种类是全国平均数的 27 倍。其中草药 381 种，鸟类 148 种，兽类 30 种，两栖、爬行、鱼类、昆虫 479 种。青山绿水，兽常向往，鸟不思飞。我们歇脚的六角亭海拔 1200 米，他教我们一一辨认，紫椴、蒙栎、棘皮桦、六道木、牛蒡、橐吾、天南星、鹿蹄草，轻易地就能找到核桃楸、黄檗等珍稀树种，稍不留神就会惊飞白肩雕、金雕、苍鹰、燕隼、勺鸡等国家一二级保护鸟类。大海陀是当今世界上为数不多的神奇自然博物馆。

休息之后，从九骨嘴继续爬山，坡上一株油松，树龄 400 多岁，胸径 1 米，高 18 米，在天然林区一枝独秀，状如巨伞，名叫黑龙松。在它的身后，是罕见的天然华北落叶松古树群落，树形笔直，大枝平展，小枝不垂，如同一群芭蕾舞女生。黑龙松前的树木上，挂满了红布，当地恭敬如神。这里是黑龙庙原址，抗日战争时期，曾是平北军分区战地医院。当时缺乏医生，从日军俘虏中找了一名外科大夫，谁知那家伙贼心不死，趁人不在时把伤病员推下深涧。医院西边是修械所和炸弹厂，曾经生产大量的地雷、手榴弹。草丛中一盘石碾，是当年用来制造炸药的，如今长满了青苔。

黑龙庙向左，一座凹形巨峰，一道瀑布从石槽轻轻飘下，如丝如绵，好不温柔。其颜色时白时黑，忽黄忽绿，都是因了身后崖壁的色彩而变化。雨季水大时，这瀑布会一反常态，暴跳如雷，奔腾而下，雪浪翻滚，水雾四溅。到了冬季，水小，它会贴在岩石上，结一条冰，越积越厚，银装素裹，分外妖娆。其实龙潭沟本身就是典型的第四纪冰川，瀑布后面半崖上有椭圆形岩穴，口径 2 米，进深 3 米，白壁光滑，有明显螺纹，这就是冰川学上所称的冰臼。黑龙潭瀑布分为三叠，每叠都有大大小小的冰臼、冰斗，很难想象，2亿年前，整个山谷填满千米厚坚冰，一片银白世界，风光该是多么迷人。2万年前，气候变暖，巨大冰川摩擦而下，才将大山塑造成今天的样子。更少见的是，七八月里，山谷黛绿参天，而沟壑里还有冰瀑悬挂。近在咫尺，盛夏与寒冬相伴，形象地诉说着冰川地貌演化的历史。

名山能有几回游，乘兴再向山顶爬去。路边树木越来越矮小，最后只剩下岳桦、地柏之类的小树了。灌木带之后的草甸，绿草如茵，山花烂漫，翠雀、百合、金莲花争奇斗艳，黄花、山菊、雪绒花芳香四溢，每一步都会踩出一个惊喜。

大海陀主峰有二，都是馒头状，叫大小翮山。大翮山有座次仲庙，楹联是：一潭沉砚底，二陀护翮神。《明一统志》记载："大翮山在州北二十五里，秦时有王仲者，变李斯小篆为隶书，始皇召不至，遂槛车致之。途中化大鸟飞去，落二翮于此，故名。"王仲即王次仲，秦时上谷人，就是现在大海陀山南的怀来县人。因为将难写难认的篆字改为简而易写的隶书和楷体，受到历代书法家的推崇。他不恋仕途，三拒封爵，长期隐居海陀山中躬习传字，被后人奉为山神。

大海陀海拔2241米，是京北第一高峰。极目远望，官厅湖、龙庆峡像两块翡翠镶嵌脚下，八达岭长城清晰可见，光线好时甚至可以望见北京的楼群。这里距北京仅100千米，是名副其实的首都的一道天然绿色屏障。它涵养的水分够得上一个中型水库，清泠泠的红河朝南流入潮白河。

2005年8月

金山岭长城

提前一天住进山下酒店，晚上特意吃了一片安眠药，养精蓄锐，准备天明登山。偏偏天不作美，阴雨不期而至，热情被雨水浇湿了大半。懒洋洋走到山脚下砖垛楼，直到望见一身戎装的戚继光塑像才打起精神，戚帅一向治军严厉，不愿意看到有人松松垮垮的样子。

上山石阶窄而陡，仿佛一架天梯靠在悬崖峭壁上，旁边就是大沟深涧，必须两眼紧盯脚下。脚下云丝生起，浓而成雾，漫过脚面，拦腰绊腿，有蹚水的感觉。走着走着，腿脚轻省起来，云雾渐渐稀薄，石阶渐渐清晰。听谁吆喝一声，猛抬头，已经跳出雾霭，站在云彩上面了。回望来路，云海淹没山峦，填平了沟壑，大小山头变成岛屿，岛屿之间一条整齐的堤岸，这便是雨后的长城了，面对滚滚而来云涛的扑打，岿然不动。“敌人”一次次被撞得粉身碎骨，终于偃旗息鼓，全军覆没。这场景似乎是一幕幕古代战争的回放，又好像今天世界上一次次军演，看得人目瞪口呆。

说话间，不知哪来的风把头上云帐撕破，阳光瀑布般倾泻下来，把天空照亮，把山峦染红，给原本壮丽的长城镶上了一道耀眼的金边。整个金山岭绮丽如天上宫阙，那长城更灿烂如神话中的南天门了。这般景色太少见了，真是因祸得福，让人想起苏东坡描写西湖的那两句诗：“水光潋滟晴方好，山色空蒙雨亦奇。”

心满意足，身上给力，直上长城最高处。四下张望，满目葱茏。看那长城依山凭险，曲折蜿蜒，像一条游龙，在万山丛中高低隐现，纵横盘旋，摇头摆尾，带动天上的云脚下的山，一起飞动起来。站在长城上的我，也像骑在龙背上，腋下生风，提神长气。

专家们说："万里长城，金山独秀。"真是概括得好。我也曾差不多游览过全国各地的长城，有个比较。山海关单刀入海，引人注目的是外面的海，八达岭一字排开，看点是前后的山。唯独这金山岭，展示的是全部的自己。横空出世的气象，变化无穷的阵势，美轮美奂的建筑，精益求精的艺术，还有更多我看不清道不明的奥妙和神奇。这段长城东起望京楼，西到古北口，长21里，碉楼158座，一楼一点，一段一线，摆成各种各样的几何图形，有角，有弧，有圆；形似一个一个方块汉字，如人，如丁，如之。凹进来的像口袋，诱敌深入；凸出去的像拳头，互成犄角之势。我没见过诸葛亮的八阵图，大概就是这个样子。如果航拍它就是一串长长的外国字母，让外国人或者外星人去研究考证吧。

天工开物，事在人为，这里的奇迹与一个古代的奇人有关，民族英雄戚继光。曾是蓟镇总兵，任职16年，督修长城1200里。金山岭长城是他得意之作，也是中国长城收官之作。清兵入关，康熙作了一首诗："长城尽处海山奇，守险无劳百万师。寰宇苍生归历数，当年指顾定鸿基。"从此再也没修长城。万历年间北方无战事，戚继光放开手脚修城备战，总结前人经验："因地形，用险制塞。"摒弃雁门关、得胜口关城垂花门的富丽堂皇，又改进大境门、紫荆关要塞的平淡无奇，呕心沥血，集思广益，完成了千古长城由简到繁、由繁到简的演变，既符合实战要求，又完善建筑美学。20万北方民工，3000名浙江戚家军，按照他的蓝图施工，一丝不苟，为了体现责任心，工匠把名字刻在城砖上，"延绥营造""镇虏奇兵营万历七年造""万历五年山东左营造"，如今大小弧顶段垛口墙，还保留着文字墙500多米长，成为金山岭长城一道奇观。

在长城上走走停停，爬上爬下，思绪随之起伏，目光随之远去。闭上眼睛还能听见历史上种种议论、评说。有人写诗："君独不见长城下，死人骸骨相撑拄。"也有人说："孤岛漫砖秦声里，长城自是万年功。"山海关长城，一边有哭倒长城的"姜女坟"，一边有代夫守边的"媳妇楼"。我身边的两个青年诗人，一个说它是历史版图上一道裂痕，一个说是民族团结的一条拉链。一堵墙有两个侧面，从不同的角度看长城。两个侧面合在一起，长城就是一个主体——和平。长城是中华民族追求和平的鉴证，长城的每一块砖石都凝结着中国人民的愿望和期待。

中国的长城并非始于秦，早在春秋时期，各诸侯国都筑城，保卫一方平安。随着战争兼并，国土越来越大，边城越来越长。早期的长城并不都是东西向的，纵横都有，楚长城是U字形，称方城。公元前656年，齐攻楚，楚将屈完迎敌，对齐侯说，楚国有方城，可以作为城防，又有汉水做城池，足可以抵挡。齐侯见楚国防御坚固，只好收兵，这便是长城保卫和平的第一次实例。秦统一中国，把各国长城连起来，成为万里长城。汉、明两代又大规模修建长城，地球上出现了个最大的汉字：一。

今天，长城已经是一个符号，一个国防建设的代名词，国歌里写着："把我们的血肉筑成我们新的长城。"1984年邓小平题词："爱我中华，修我长城。"有备无患，拥有强大的国防力量，就可以化干戈为玉帛。历史上，长城和丝绸之路常常是并行的。

2012年8月

凉陉金莲川

好厉害的厄尔尼诺！入夏以来石家庄持续高温，成为中国新一批“火炉”。路过北京，“热情”有增无减，高楼的林海，钢筋水泥包裹得严严实实，特大城市有特大的热岛效应。朋友开玩笑地说，北京人天天都在享受免费的桑拿浴。

想不到仅仅走出北京200千米，沽源县完全是另外一种季节，另外一种景象。

燕山北麓老掌沟的金莲山庄，正是清风拂面，凉爽似秋。7月份平均气温不到16℃，中午太阳直射地面温度也不到20℃。这里绝对看不到短裤背心，早晚还要加上秋装。飘过一块云彩就有一阵雨：小雨细如罗面，柔似轻纱；中雨淅淅沥沥，垂如珠帘。那雨是带色的，淡绿淡绿的。雨停时峰峦彩虹连环，放晴的山腰白云徜徉。雨后青山格外清新，植被层次分明。谷底杨柳依依，高处松柏苍翠，再往上是窈窕的白桦，顶部是漫坡草甸。如有兴趣，可以拾级而上，深入到各种层林中去，采撷种种不知名的花儿，惊飞种种不知名的鸟儿。

绿树丛中的小木屋，星星点点，错落有致，近似俄罗斯风光。室内干干净净，古朴典雅，只有墙角的彩电无人问津，因为外面的大自然比室内的小屏幕精彩得多。晚上晴天时，星星显得很大很近，密密麻麻像葡萄挂在窗外，伸手可摘而食之。阴天时雨点落在不同的树叶上，发出高低强弱的声音，如同动人的琴曲。黎明，早醒的鸟儿竞亮歌喉，花腔婉转，如果录下音来制成唱盘，肯定会比通俗歌手的值钱。

出老掌沟门，一条林荫大道把我们带到一望无际的大草原。7月天，牧草青青，花的原野。红的山丹，白的防风，紫的桔梗，蓝的马兰，万紫千红，争奇斗艳。特别是漫坡遍野的金莲花，星火燎原，满眼灿烂。这橙红色花朵，多层复瓣，散发清香，除了观赏还可以入药，治气管炎有奇效。纷纷扬扬、翩翩起舞的蝴蝶，多得可与花儿比美。一方是飞起来的花朵，一方是定格的蝴蝶。闪电河是潮白河的上游，它在花丛中悄悄出生，在草原上悄悄长大，像一个贪玩的孩子在这里曲折蜿蜒，流连忘返。一忽儿漫滩横流，一忽儿聚水为淖，清澈见底，水天相映。野鸭、海鸥、大雁、鸳鸯游戏于水，百灵、画眉、云雀、蓝靛盘旋于天。逐水草而来的牛羊，如彩云剪贴于蓝天，如珍珠滚动于玉盘，让人想起“天苍苍，野茫茫，风吹草低见牛羊”的古诗。

沽源是世界三大草原之一的锡林郭勒草原的南翼，因为西伯利亚冷空气长驱直入，气温偏低，是历代北方少数民族帝王的避暑胜地。北魏称濡源，设御夷镇，拓跋氏经常巡幸于此。辽代称曷里浒东川，也叫炭山、凉陉，辽萧太后听政 27 年来此避暑 13 次，建梳妆楼。金代建有景明宫，金世宗大定八年（1168 年）盛夏来时，看遍野金莲怒放，说“莲者连也，取金枝玉叶相连之意”，遂改名金莲川。《金史》记载世宗幸金莲川 7 次，景宗幸景明宫 10 次。元代忽必烈登基之前总管漠南地军国事，营建金莲川幕府，中原人才如刘秉忠等纷纷来投。继位大汗后，在这百花草原建东、西凉亭，西凉亭即白海行宫或察汗脑儿行宫。萧太后的梳妆楼至今还在，形状是青砖砌成的巨型蒙古包，高两丈多，顶如平台，起花如覆盆。四面各三丈，左右两窗，门向东南。历经千年沧桑，依然完整如初。而年代靠后的忽必烈察汗脑儿行宫已经一片废墟，种起了庄稼，历史并非重男轻女。

如今，在历代帝王纳凉避暑的地方，闪电河乡政府建立了草原湖度假村，祖祖辈辈当牛做马的农牧民开着拖拉机、骑着摩托车兴高采烈地来了，要大大方方地当一两天“皇帝”“太后”。公路北边的水泉淖碧波万顷，马背上的民族驾起了快艇，那湖水比草原更平坦呀，那浪花比蹄花更美丽呀，啊哦嗬……他们的歌喉跟马达比起了高低。年轻人脱下了蒙袍，换上了泳装，姿势看似笨拙，可是能驯服烈马还愁驯服风浪？路南草地上，草浪簇拥起大大小小白色的蒙古包，汉族庄稼汉津津有味地撕扯着手扒肉、烤全羊，咀嚼着莜面窝子、奶豆腐，品味着奶茶和马奶酒。吃饱喝足之后，大家来到篝火旁边，手拉手歌舞联欢。或者走进马戏团一样大的蒙古包内学交谊舞，唱卡拉 OK，草原和高粱地里喊出来的嗓子能把穹窿撑破。玩累了，回到属于自己的蒙古包里美美地睡上一觉，那此起彼伏的鼾声如阵阵风吼，仿佛宣布他们是金莲川真正的帝王。

1998 年 8 月

黄 羊 山

逃出酷暑难耐的北京，西行 100 千米到涿鹿，身上的汗立时不见了。再西行 5 千米到黄羊山，凉风习习，有洗冷水澡的感觉。半天路程，天壤之别。一眼望不到边的松林，绿得凝重，绿得耀眼，绿得让人怦然心动。上山的路曲曲弯弯，像一条绿色的长廊，两边松林列阵，纵横成行，整整齐齐，像天安门的仪仗和方阵，让人禁不住要喊：森林万岁！爬到 1500 米山顶，眼前的林海波澜壮阔，排山倒海，一层层向山顶涌来，拥戴它为众山之尊。5 万亩松林，一座高高的屏障，挡住了西北的风沙，护卫着涿鹿的米粮川、花果山，护卫着北京城。同行的刘存根说，从前这里也和桑干河边的其他山一样，是一座光秃秃的荒山。后来传说山中清凉寺有个能禅师父，也叫愣和尚，少小出家，口讷心实，受命种树，天天起早贪黑，饿着肚子干活，感动了佛祖。佛祖化作老者，送他一个瓦钵，说放土豆长土豆，放毛糕长毛糕，实际上是一个聚宝盆。小和尚怕带回去被师兄们抢走，就把瓦钵埋在一棵松树下面，树枝上系个铃铛做记号。第二天出来一看，好家伙，满山遍野的松树，枝头都结着松塔。

清凉寺始建于汉，扩建于唐，明成化年间大兴土木，雕梁画栋，金碧辉煌。藏佛经万卷，可与五台山相比。寺内奇花异草，古松蔽日，有诗云："寒岭黄羊胜，苍藤石径攀。点螺堆佛髻，掠翠叠云烟。"可惜这一切都毁于"文革"，我来时已经面目全非，破旧不堪。唯一留下的是几棵古松，打不烂烧不死，从劫难中挺过来，给人安慰，依稀可见昔日盛况。进山门右手边，四棵古松呈四方形，像四根柱子，空中枝叶交织，结成绿色华盖。藏经院后台上，一棵千年古松，皲皮如鳞，状如游龙，虬枝似铁，伸下台去，作探海之势。此树还有一处灵气，牵一枝而全身动。传说当年康熙爷五台巡视，曾在树下安睡一夜，这树便有了两个美丽的名字：卧龙松、活动松。高台下院，还有一大一小两棵古松，躯干修长，树皮白皙，枝叶茂密，随风飘飘，如女人头巾，惹得台上龙松俯身伸手，便称凤松。

凤松身后原是摩诃祖师祠，供奉着能禅大师即愣和尚的肉胎佛像，曾是佛界奇观。殿前一块铜牌记载了肉身佛像的来历，大致如下：能禅大师，愣和尚，四川黄县人，俗名毛和，幼入山，云游寒暑不避，表面看如痴如呆，吃石头烧大腿，修成正果。正德四年四月十八，双手合十，向西方微笑而去，身体姿势不变，就势塑成泥像。"吃石头烧大腿"可能是一句谶语。传说一日师傅下山云游，愣和尚奉衣哀号：徒儿愚笨，如何得活？师傅留下一句话：吃石头，烧大腿。之后扬长而去。两年后归来，见禅寺修葺一新，傻和尚活得好好的。原来他并不懂师傅原意，只是照做不误。在石头窝里发现了野生土豆，学会了种豆得豆，迈开腿去山上打柴，就有了柴烧。

清凉山作为一方名山，香火很盛，直到解放后还经常有人朝拜。寺内有几十名僧人，种粮种菜，自给自足。政府把它作为国有林场，经营保护。不想"文革"时期"破四旧"，拆了庙宇，推倒石碑，焚烧经书，留下一片瓦砾，一片废墟。附近村民也趁机把梁檩门窗和砖头石料都搬走了，只剩下几棵搬不动的古松。存根说他那次来时，瓦砾间留下4间禅房，大房住着护林队员，东边一小间，破门敞开，蜷缩着一个年老僧人。老僧巴掌宽的脸，骨瘦如柴，深陷的眼睛布满白翳，身上裹着一件袍子，长时间没洗，灰土颜色，不显布丝，支棱着耳朵听事，以为红卫兵又来了，哆哆嗦嗦地说："不剩一件值钱的东西，只有我这一把骨头了。"

存根生性善良，把旅游带来的罐头、面包塞到他手里。老人说面包可以，罐头我们不吃。一番攀谈，知道老人法名灯果，本县东乡人，从小出家，崇拜愣和尚。存根问："听说红卫兵毁坏肉身佛像，有血流出来？"老人说："我眼不好，没看见。亲手把佛体收敛在一口瓦缸里。埋的时候，好像听到半空有脚步声，好像还有人帮了一把。"当时寺里师兄弟们都被遣散回家了，只剩下灯果一人孤守庙宇，撮土为炉，插草为香。寺里的藏经被红卫兵又烧又抢损失很多，他把剩下的经书一页一页搓成绳子，保存下来，人称"绳经"。存根说散失的经书他也见过，在一位同学家里，糊了顶棚，真是造孽。

直到"四人帮"垮台，落实政策，灯果的衣食才有着落，在盼望重修寺庙的祷告中独守终生，活到80岁，一根柔弱的灯草才熄灭了。之后来了个果钧师父，听说是东北人，曾经是正式职工，退休后出家的。果钧师父也很敬业，清理院落，修修补补，四方化缘，恢复佛事，重塑金身。沉寂多年的清凉寺钟声又响了，10里外的涿鹿城都能听见。史料记载，寺内原有大小石碑50通，刻有历代名人诗书真迹，历经"文革"后大都不翼而飞，仅剩下三四通。不知出于什么想法，最大的两通，字迹被磨平，刻下几行大字：河北省涿鹿县黄羊山清凉寺，古佛道场，历经沧桑，又经"文革"毁坏不堪，今由果钧大师化缘重建。看了也就看了，不敢妄加评论。

2004年9月

鸡 鸣 驿

参加鸡鸣驿笔会，小车到京便被我打发回去了，改乘火车到怀来，对京张公路堵车遭遇记忆犹新。想不到今天北京的同行们重蹈覆辙，等我到宾馆睡了一觉，吃罢晚饭，月上三竿，他们遭围困6个小时之后，才被派去的交警解救出来，一位诗人写了打油诗给我看："怀来只为怀古来，宝马没有驿马快，鸡鸣驿摆起谱儿来，不到鸡叫莫进来。"

次日去鸡鸣驿，出城不远望见孤零零一座山峰，突兀在洋河盆地上，状如覆斗，更像一座天然墩台，就是鸡鸣山了，驿因山而名。山南隔110国道一座旧城，森森然如山之余脉。城墙高高，雉堞犹在，巍巍然如山之断壁。城砖又厚又长，年龄当长于平遥古城。在先前土堡的基础上，明隆庆四年（1570年）镶为砖城，直角方形，周长699丈，垣高3丈5尺，与宣化府城墙一样尺寸。东门有"鸡鸣山驿"4个大字，进门顺斜坡登城，城头有越楼，摇摇欲坠的样子。南望洋河，一条白练，喧闹着生机。古驿路从远方蹒跚而来，像一条干瘪的血管，似乎还在跳动着。

世界古代邮政，以波斯、罗马著名，岂不知中国的驿路要比波斯、罗马悠长得多。《周礼》上说："凡国野之道，十里有庐，庐有饮食；三十里有宿，宿有路室，路室有委；五十里有市，市有候馆，候馆有积。"鸡鸣驿自古就是西北干路枢纽，四通八达。东至幽州、高丽，西到咸阳、西域，北出龙关去俄罗斯，南下紫荆关抵中原，位列"极冲"，是中国最高等级的驿站。迎来送往者，秦皇汉武是传说，李世民、忽必烈、朱棣、康熙均有据可查。特别是元代，统治者往来穿梭于大都与上都之间，密报、奏折雪片似飞来，圣旨、公文流水般回去。驿骑们白日鸣铃，夜间举火，五百里快报，六百里加急，“朝文夕至，声闻必达”（《经世大典》）。这条驿路曾是当时世界上最先进的“高速公路”和“宽带”。

回头看驿城，城墙完好，里边有些破败荒凉。不知何时，民居土房像洪水般涌进城来，淹没了官家的青堂瓦舍，只剩下一些庙宇、戏楼的尖顶，漂摇其上，一抹土黄上飘逸着黑灰的线条，像一幅古板水印画。但是，一旦走进其中，就会惊奇地发现，这是一座无比丰厚的历史文化宝藏。

三横两纵的大街，将全城分为12个小区，驿丞署和公馆院位于中心。三进院落，都是正房5间、厢房3间，垂花影壁上有“暗八仙”（葫芦、洞箫、花篮等），雕刻精美，暗示是道教艺术。后花园的马槽、太湖石，已经风化去了棱角。1221年长春子丘处机应召拜见成吉思汗，去铁门关路上，曾在这里留宿，常到后花园练剑，夜夜斩落满天繁星。如今满院枣树，硕果累累，吃起来格外脆甜。

鸡鸣驿规格等于州县，也有相应的立身设教。17座庙宇分布有序，庙后都有戏楼。玉皇阁、永宁寺前后排列，关帝庙、财神庙东西对置，马神庙、龙王庙左右呼应。文昌宫的斋房附设驿校，专门培养驿站官兵子弟。庙堂壁画精美绝伦，还带有明显的行业特点。财神庙西墙沥粉壁画，有各国大使来朝的场面，金发碧瞳、隆准深目、黧面虬髯，一眼就看出是俄罗斯、西亚、印度的使节。泰山行宫一套48幢连环画，描述碧霞元君修炼成道的故事，画家把神仙本土化了。公主走的是西北驿路，在青龙关受到御史张钦的款待，经十八寨、炒米店、黄河渡口到泰安。张钦史有其人，明正德年间曾任居庸关巡关御史。当那个风流天子要夜间出关，可能又去“游龙戏凤”时，他冒死拒从，写下名震一时的“闭关三疏”。青龙关也实有其地，就在居庸关北面，当时叫青龙军站。

十八寨、炒米店，都是天津西南路上著名的驿站。

已发现的珍贵古碑40座，是研究鸡鸣驿历史的重要依据。比如乾隆年间“鸡鸣驿新建奎星楼碑”，有38家商号9家当铺的名字，包括茶馆酒楼、钱庄米号、旅店脚行，应有尽有。至今尚有信成永、永隆两家铺面保存下来。走在鸡鸣驿街上，处处让人血涌心跳，步步让人惊叹不已，好像置身当年人欢马跃、繁荣兴旺的景象里。

更加令人惊奇的是1998年出土的石碑上有“鸡鸣驿邮政厅”及“司厅”的题刻。从行文看，“邮政厅”即驿丞署，“司厅”即驿丞。此碑立于雍正十三年（1735年），可见德国人在中国海关试办邮政，发行“邮政局”大龙邮票140多年前，“邮政厅”称号已经存在。1896年“大清邮政”创办，裁汰驿站，也不忍对中国邮政的元老、立下汗马功劳的鸡鸣驿下手。1900年八国联军攻占北京，慈禧太后挟持光绪皇帝西逃，7月26日曾住在这里的贺家大院，至今门口“鸿禧接福”的刻题还在。这是鸡鸣驿最后一次辉煌，随着1913年北洋政府下令撤销全国驿站，也便寿终正寝了。

鸡鸣驿，论资格之老、规格之高、规模之大，加上保存之完整，无疑是中国邮政史上一大奇迹，全世界也绝无仅有的稀世瑰宝。它东距北京170千米，可以说近在咫尺，但是没有受到足够的重视。几年前万国邮联2000名代表在北京开大会，宁可舍近求远，飞到江苏去看盂城驿、横塘驿，也没有来看鸡鸣驿。而盂城驿面积仅为鸡鸣驿的四十分之一，又是落架重修。横塘驿才是个附城建筑，一个驿亭，显然不能与鸡鸣驿同日而语。所以如此，理由只有一个，交通不便。京张之间，这段曾经是世界最先进的交通通信干线变得落后了，堵车现象也把万国邮联堵在一边，使鸡鸣驿失去了一次走向世界的机会。出城踏上驿路时，我心里忐忑不安，好像听到远方传来急促的马蹄，五百里快报，六百里加急，传递着祖先们的不满和责备。

下午爬鸡鸣山，山高 1119 米，京西第一高峰。据乾隆四十六年（1781 年）一通古碑记载：“唐太宗驻跸其下，闻鸡啼而命鸡鸣。”山路上果然鸡叫声不绝于耳，因为常有香客供鸡给寺庙，佛家不杀生，越养越多。合唱起来，便有排山倒海之势，听得人热血沸腾，手舞足蹈。山有两顶，东观日出，西看云海，最精彩的一景当是俯瞰鸡鸣驿城。阳光之下，轮廓清晰，线条分明，像一记蹄印，像一方邮戳，更像一枚大龙邮票，印在中国邮政的首日封上。

2002 年 9 月

漫话河北

李大钊故居

唐（唐山）港（京唐港）高速公路有个出口到乐亭县。这个滦河三角洲上的海隅小县，居然产生了两朵驰名中外的艺术奇葩——乐亭皮影和乐亭大鼓。乐亭还是农业部命名的“中国鲜桃之乡”，恰巧赶上“桃花节”，万亩桃园，春花烂漫，满眼红霞。春花虽好一时鲜，但大部分游客还是稍做停留，然后奔向李大钊故居，那里才是乐亭人永恒的骄傲。

李大钊的故乡大黑坨，在县城东南18千米。滔滔滦河水从村东流过，南距渤海不过20千米。故居在村子中央，一处坐北朝南的青砖大院，背后是青山般的松柏林，前面高台阶、大黑门，围墙由整齐的砖孔修饰成花墙。走进去是流行的冀东民居风格，一宅两院，穿堂相套，三院一体，错落有致。前院有李大钊同志的半身铜像，两撇浓须，一副眼镜。东房三间，是李大钊伯父的私塾学馆；西边有两间棚子，一盘石碾，还有一块石碑，记载李家光绪十三年（1887年）在华岩寺置买香火地一事，是李大钊的父亲李任荣的手迹，也是短命的父亲留给儿子的唯一纪念。

二门内中院有东厢房三间，是李大钊的降生地，有外婆家给母亲周氏陪送的板柜、座镜、胆瓶和他母亲用的一架织布机。李大钊是遗腹子，父亲患肺痨，渤海湾大地震时连吓带累，旧病复发，转年不治而亡，年仅23岁。1889年10月29日，东房传出儿媳的呻吟，公爹很担心，走出大门到南园子里转来转去，忽然看见棉花柴上一只百灵蹦蹦跳跳。老人慢慢走过去，鸟儿也没飞。他一把逮住，手捧回家。一脚门里一脚门外，就听见婴儿呱呱坠地的哭声，嗓门儿特别大。爷爷抹把喜泪，心想这孩子命大，出生前就惊天动地，在娘胎里就知道身世的不幸。

轮到给孩子起名了，有人说这孩子是跟百灵鸟一起飞来的，就叫“灵头”吧。爷爷摆摆手说不行，怕叫“灵头”压不住，把灵气叫走了，孩子不好成人，就叫“憨头”吧。苦命的“憨头”没见上爹一面，一岁零四个月，娘又病故了，全靠爷爷精心喂养。村中至今还流传着李大钊是爷爷“奶”大的说法。爷爷李如珍那年 63 岁，常说:“千亩地上一棵苗，孤苗难育呀。”可是他开头就对孙子严加管教，绝不溺爱，“憨头”有过失还要罚站。邻居们说，孩子没爹没娘，抬抬手吧。他说:“小孩儿就像小树，必须随时修理枝杈，由着他自己疯长，怎好长成栋梁之材？”李大钊 4 岁学识字，拿着爷爷写的带字的纸片翻来覆去地念，6 岁上就学会了《百家姓》《千字文》。此外还要天天写作，每年大年初一跟着爷爷沿 3 里长街挨门挨户地看对联，听爷爷讲对仗、论平仄，不足 7 岁就能站在老母庙前读告示，村里人惊叹不已。后院的两间东厢房，是存放粮食的地方，童年的李大钊为了安静，常常一个人躲在这里学习。旧居屋里的书架、方桌，都是当年李大钊用过的。

李如珍非常注重孙子的品德修养，领着他在前后院内种了许多花木：夹竹桃、茉莉、白玉簪、鸡冠花等。李大钊学着给花浇水、拔草、捉虫子，养成劳动的习惯。茶余饭后，李如珍给孙子讲国家大事、社会新闻，讲列强欺侮中国，太后专权，皇帝无能，大清国气数快尽了，中国人要想不受欺侮，就要起来斗争，就要有能人领路。这在李大钊幼小的心灵里，播下了坚持正义、救国救民的火种。正如李大钊后来在《狱中自述》里所说:“钊自束发受书，即矢志努力于民族解放之事业。”

中院北房六间相连，李大钊从结婚起就住东面三间。夫人赵纫兰比李大钊大 5 岁，很早就同情幼年失去双亲的“憨头”，没承想真做了他的妻子。她 16 岁过门，一进门就挑起了生活的重担，上侍奉爷爷奶奶，下关照小丈夫去张家学馆读书。所幸李大钊聪明好学，1905年考上永平府中学堂。其间爷爷八旬而终，全家生活的重担落在了夫人的肩上。两年后李大钊考入天津北洋法政专门学校，再六年东渡日本留学，其间曾参加反袁运动。1916年回国，任北京《晨钟报》总编辑，并积极参加《新青年》杂志的编辑工作。中秋节才风尘仆仆赶回家中，小住几日又匆匆离去。直到听说妻子患病，才又急忙赶回家中。为补偿病弱的妻子，他长住了40多天。回到北京，正闹张勋复辟，他避居上海，事平之后回京受聘于北京大学，任图书馆主任。1918年夏，他利用到昌黎五峰山避暑的机会，进行马克思主义在中国传播的开拓工作。1919年，他领导五四运动，暑期又重上五峰山，写了著名的《我的马克思主义观》。李大钊是中国最早的马克思主义者，是中国共产党的创始人之一。1920年，他在北京发起组织马克思学说研究会和共产主义小组，为共产党的成立做了组织上的准备。中国共产党成立后，负责北方区党的工作。他代表党中央指导北方的革命运动，使北方工人运动出现了一次又一次高潮。而当时革命斗争的经验和教训，是必须建立广泛的革命统一战线，因此，他积极地促进国共合作，策划改组国民党。房中陈列的一对樟木箱和一张藤椅，就是这一时期的文物。樟木箱是李大钊去广州参加国民党第一次全国代表大会时买的，它是李大钊帮助孙中山确定“联俄、联共、扶助农工”三大政策的见证。藤椅是任北大图书馆主任时用过的。当年李大钊就是坐在这把椅子上书写了“铁肩担道义，妙手著文章”这一千古名联。

李大钊任北大教授时，月薪500大洋，是个不小的数目，他把钱用在了大事上，还资助了不少贫困学生。而每月拿回家的钱却越来越少，家中都要为柴米油盐发愁了。后来，李大钊被北洋军阀政府通缉，家中屡遭搜查，幸好他到五峰山避难去了。不久党组织派人通知李大钊代表中国共产党去莫斯科参加共产国际第五次代表大会。回国后他更加积极地投入革命斗争，而他的夫人则一心支持丈夫，承担了一切家务。1927 年 4 月 6 日，张作霖下令逮捕李大钊，夫人和两个孩子也同时入狱。十几天后夫妻才在法庭上见了一面，不想竟成了永诀。4 月 28 日，李大钊英勇就义，灵柩暂寄宣武门外一个寺庙内，葬礼一直到 1933 年 4 月 23 日才举行。李夫人心力交瘁，不久辞世，终年 49 岁。与李大钊合葬于香山万安公墓，中共河北省委追认她为中共党员。

眼前的李大钊故居，藤萝、丁香、白玉簪竞相开放，花香四溢。告别故居，想起日本友人后藤延手写的那张条幅："李如珍庭训伟大，李大钊革命到底。"

2006 年 9 月

唐山抗震

1976 年 7 月 28 日凌晨 3 时 42 分，睡梦中被一阵剧烈的摇晃惊醒，灯泡也像受惊的鸟儿在房顶扑棱。我意识到是地震，震级还不小，急忙与妻子抢抱起一双儿女跑下四楼，来到当院大柳树下。传达室正有人大声询问地震局，回答是一无所知。直到上午 10 时才接到通知，里氏 7.8 级，震中唐山。第二天，我作为省直第一批救援队，乘三岔戟飞机飞往唐山。这是我平生第一次坐飞机，没有新奇感，只觉得紧张，只嫌飞机还不够快。

一个多小时后在唐山机场降落，分配一顶帐篷落脚。相隔不远就是省委书记刘子厚的指挥部，他是第一天闻讯赶到的，听说连水都没喝一口就赶来了。机场一片狼藉，指挥塔倾倒，电线杆折断，食物是压缩饼干，唯一水源是游泳池的水，水面都发绿起沫了。大家吃喝不下，只想着救人。机场边上搭起许多帐篷，白色红十字旗，标牌上写着：辽宁省医疗队、解放军总医院、空军医院、上海六院……帐篷外血里糊拉的伤号排起长队，帐篷里灯泡下正在进行开颅剖腹大手术。外面不远大坑里，血染的药棉纱布中，堆积着锯下来的胳膊、大腿、手掌……血淋淋，白森森，惨不忍睹。停机坪上伤员横躺竖卧，等着上飞机，转移外地医院。这时的唐山机场肯定是全世界最繁忙的机场，马达不停地轰鸣，飞机呼啸着穿梭，像不散的鸟群，平均两分钟起降一次，密度最大时间隔仅为 26 秒。晚上在帐篷里难以入睡，不间断的余震引起恐慌心悸，擦不干的泪水和着外面的大雨泗流。

次日步行到市区，3.5 千米，路旁全是新坟，有的木牌上写着姓名。接近市区，更是一怔，昔日美丽的唐山，已经破碎为一片瓦砾的山峦。哪里去找豪华的凤凰山宾馆？哪里去找高大的开滦医院？哪里去找繁华的小山闹市？ 47 平方千米的极震区（烈度 8 度以上）内，再也没有一座挺立的建筑，往日的一座座高楼竖直颓落，只剩下水泥阳台叠加，几块阳台就是几层楼，像一堆杂乱无章的积木。钢筋水泥的梁柱撕裂、扭断，像一堆枯树枝。一条宽 30 米、长 16 千米的地裂，如同地狱的裂口，把农科所、十中、党校、二十九中一下子吞了下去。

几个军的部队兵临城下，车辆机械受阻，战士们赤手空拳跑进来，各自为战。瓦砾中埋葬着无数尸体，战士们没有吊车铲车，全凭一双手挖碎石、掀楼板、拽钢筋，许多人指甲剥落，鲜血淋漓。他们不仅忍受着身体上的筋疲力尽，还承受巨大的精神刺激。二五五医院一位女护士，下半身被钳在楼板下，只能眼看着一分一秒地走向死亡，战士们轮流陪伴着她，有人递来半个西瓜，用勺子一口一口地送到她嘴里。这个女战士在死神面前没有恐惧，最后的要求是让战友给自己梳好头发。时间迈着无情的脚步，第一天扒出来的人，救活率百分之八十，第二天百分之三四十，往后的比率越来越低。有一天我去丰南县，郊区公路上运尸车一辆接一辆，装满了尸体。部队的推土机在路旁正犁着深沟，塑料袋裹着的尸体投放进去，堆得密密匝匝，白花花一片，分不清男女老少，分不清平民官员。唐山地震罹难场面之惨烈，为历史所罕见。唐山这个拥有百万人口的工业重镇，一道蓝光之后，顷刻化为乌有，共有 242796 人死亡，其中包括北京派来的 20 多位地震工作者，包括 3 名日本人和 1 名法国人。全市幸存者中每 5 位就有 1 位是重伤，共计 164851 人，其中骨折占百分之二十一，截瘫百分之九点一。直接经济损失 100 亿元。

那些日子，只觉得时间呆滞，空气凝结，一片死寂。一两声老人的呻吟、婴儿的啼哭，好像从遥远的地心传来。废墟中的幸存者，失魂落魄，呆若木鸡，脸上没有表情，眼里没有光芒。不少人光着身子在瓦砾中爬来爬去，摸着什么穿什么，老人下边围着花衣裙，小孩子穿着大人的西服。只有见到救援人员，痛定思痛之后，才撕心裂肺地张着大嘴号啕大哭。三三两两，相互扶携，一瘸一拐，盲目地涌向机场——那个逃生之门。一位中年妇女，怀抱中的孩子早已断气，还依然抱着不放，并不断呼唤着孩子的小名。肢体健全者，在废墟上插起竹竿，搭上塑料布，四面透风，风雨飘摇。一个棚子里往往住下几个残缺家庭。救援人员分片支起大锅，熬粥分干粮，过起临时共产主义生活。然而灾难并非完全过去，大地震之后 48 小时内，三级以上余震 900 多次，五级以上强余震 16 次，也还有不少人惊慌失措，乱跑乱撞，二次受伤致残。

那些日子，我的大脑也真的变成震区的一角，经常处于高度紧张之中，神经、心脏和手脚不自主地震颤着。白天鼻孔塞酒精棉球，带上双层口罩，提兜里带一瓶二锅头，拼命地工作。兼着打问几名唐山籍的大学同学，寻找一些业余作者。不出所料，刘顾民同学遇难了，几个作者福大命大，董浩善、刘晓滨、蔡华，受伤后还活着，见面时紧紧拥抱，泪水泗流。晚上回到帐篷里更睡不着，想写诗，写生死体验。那些天成为我此生写诗最多的日子。

所幸社会主义制度的优越，党中央、国务院十分关心唐山地震灾情，决定实施国家级救灾，成立各级指挥部，各省各部对口支援，投资 43.57 亿元，历时 7 年，在地震废墟上建成一个功能分明、布局合理、配套齐全、生活方便、环境优美的新唐山，建筑物都达到抗震 8 级设防，成为“世界上最安全的城市”。

后来我每次到唐山，都要走到抗震纪念碑前，闭上眼睛回忆那些永远不会忘记的日子，那地球母亲身上一道永久的伤痕，已经深深镂刻在我的心上。

1986 年 7 月

美丽的迁安

迁安是一座新兴的重工业城市，2016 年生产总值 918.8 亿元，人均地区生产总值 12 万元。工业产品产量：铁矿石 17358 万吨，钢坯 1949.8 万吨，钢材 1534.6 万吨，钢铁业利润 17.9 亿元。跻身全国五十强，位列河北十强县（市）之首。想象中，它一定是黑烟滚滚，污水横流。

想不到穿过防护林，走进市区，让我眼前一亮。这个燕山脚下、滦水之滨的小城，蓝天白云，风清气爽，六车道大街洁净如洗，绿地成方连片，花坛花团锦簇。街树浓荫如云，树种各异，这街青松，那道白杨，才过垂柳，又逢槐荫。路旁的楼房，或黄墙红顶，或白墙蓝脊，美如画廊，不是路牌和灯箱提示，还以为是到了厦门、威海。更令人惊奇的，它还有比厦门、威海更大更美的广场和公园。

人民广场在南二环和三环之间，占地9.6万平方米。从西口进入，走过玻璃桥，五颜六色的花坛，紫红色花岗岩围起的水池，与视野平齐的天际线互相映衬，产生一种博大深邃、拥人入怀的感觉。东西主轴线上，跑泉飘逸，跳泉灵动，叠水层层，处处体现“汇水”景观，而水在易经上是“财”的象征。中央21米高大喷泉冲天而起，周围小泉众星捧月，如雪松玉立、孔雀开屏、梨花绽放，氤氲的水汽在阳光下化为彩虹，落到脸上彻身清爽。

南北中轴线与集会广场、露天剧场的椭圆下沉穿插在一起，营造出敞开胸怀、引人入胜的气氛。前者灌木的斑斓色带，环抱开阔的绿地，高大的梧桐树下，分布着简洁的座椅。后者玻璃挡墙，大理石台阶，面向生动活泼的中心图案。人与空间环境配合默契，达到了尊重人，满足人生理的、心理的以及精神的要求，使它成为男女老幼共同享用的乐园。

东北角的儿童乐园，是一处灿烂的童话世界，小房子滑梯、太空漫步机、攀缘绳塔，吸引着一群群祖国的花朵，处处弥漫着欢歌笑语。西北角的百花园，草坪和花灌木、亚乔木、大乔木巧妙组合，片植、丛植和孤植合理运用，形成了疏密相间、高矮对比的审美效果。色相和季相的变化，更给人步移景异的感觉，平添了人与自然的亲和力。时值盛夏，合欢花一片红霞，珍珠梅满枝雪球，小叶黄杨、红叶小檗、金叶女贞婀娜多姿，红、黄、绿相映成趣。最风光的莫过紫薇，宋代诗人杨万里称它：“似痴如醉丽还佳，霜压风欺分外斜。谁道花红无百日，紫薇长放半年花。”

西南的静思园，木板甬道曲径通幽，把人引入灌木丛和绿草地，在鹅卵石上试步，在木条椅上小憩。东南角的畅想园，一条石径把三座花亭连在一起，红顶白柱的花架上缠满紫藤，青枝绿叶间白花点点。象牙白玉似的花雕石栏，把栩栩如生的人物雕像圈在中间，一下子拉近了人与生活的距离。小鸟在眼前欢跳，人的思绪在飞翔。一面树墙隔离了尘嚣，外面车水马龙，里面天籁之音，相互交织着，又各自清晰，让人产生动中有静、静中有动的感觉。

西出城区，不远就是黄台湖公园，它是滦河的一段水域。滦河古称濡水，发源于丰宁草原，中游崇山峻岭，河道陡窄，水流湍急。进入迁安境内，燕山余脉坡度平缓，水流分歧，水曲如网，易于成灾，一向有“糠帮沙底浪荡河”之称。改革开放以后，迁安人大展宏图，毕筑堤、挖湖、防洪于一役，把昔日一片乱石滩，建成4000亩湖区，给小城增加了一块明镜，反映日新月异的面貌。

钢铁大道东起黄台山，西接五里山，既是高标准的一级公路，又是铜帮铁底的防洪大堤。大道下面是一面斜坡，密植青草花卉，坡底到河边是300米的园林，两行移栽的成年银杏有上千株，为了保活，每株银杏上都挂了若干营养瓶，常年“输液”。银杏过去是青松和垂柳的林带，林带下面是草坪，草坪上星罗棋布的花坛，盛开着串红、黄花、白玉簪、紫罗兰和鸢尾花。草坪林带间的石径，用五彩石块砌成，好像精心编织的饰带。石径两旁的大理石雕塑，千姿百态，栩栩如生，正与鲜花比美。大理石栏杆为河岸镶上了银边，一行金属灯柱华灯灿烂，也好像是一排花树。

飞架滦河上的钢城大桥，长1800米，60孔，桥上两排白色灯柱，V型灯管，好像正在起飞的白鹭。大桥拦蓄的河水，成为一个很大的湖面，湖水瓦蓝瓦蓝的，像天空沉在了湖底。又像一匹抖开的蓝缎，微风拂过，泛起均匀的布纹。只有鸟儿掠过，以喙刺水时，兴起涟漪，蓝缎才出现一些皱褶。有时可以看见天上的白云和远处的山影倒映水中，湖光山色融为一体。

回来路上，车在大堤行驶，向左望去，是一片更大的水面。3道橡胶坝落虹东西，6座小岛卧于其上，最大的轩辕岛有300亩大，其余诸岛也不下百亩。岛与岛之间长桥相连，湖与湖之间青山相望，造成湖中有岛、岛中有湖、烟波浩渺、水天相接的壮观景象。为了适应日益兴旺的旅游业需求，其中一岛正在大兴土木，遍植花草，不用多久，一处仙山琼阁就会出现在黄台湖上了。

钢城建设方兴未艾，迁安面貌日新月异，已经初具了一个美丽的中等城市的规模。可喜的是它后来居上，避免了先发展后治理的弯路，经济与环保齐飞，蓝天与绿地一色。

马本斋纪念馆

献县在河北省中南部，滏阳、滹沱两河在这里汇入子牙河。自西汉文、景二帝起，这里成为一个重要的诸侯国，先后有 26 人封王或承袭王位。仅汉河间献王刘德的后代就有 61 人封侯。他们死后，地下宫殿上筑起了高大的封土，一般在 10 米左右。献王陵高达 28 米，成为人造的土山。而且有的还真以山名命名，如云台山、万春山、九莲山、石草山等，从而形成了一个独特的人文景观——献县汉墓群。但是时过境迁，一般民众不再在乎它们。如今提到献县，人们最为敬仰的还是民族英雄马本斋烈士。

不管从何方来，最后上 106 国道，从商林镇下道往东，不远就到了本斋村。本斋村原名东辛庄，紧靠子牙河岸。出村往北，远远看见一座伊斯兰式建筑，白色墙面，高大的穹窿，伊斯兰窗，两侧火焰券柱廊。门下多层台阶，拾级而上，使人产生一种一步步走向高尚之感。进门先看到马本斋雕像，一身戎装，英姿焕发。雕像身后是大片草坪。坐落于草坪上的纪念馆，南北长 100 米，东西宽 60 米。馆内大量的照片、地图和文物，展示了马本斋烈士轰轰烈烈的一生。

马本斋，原名守清，1902 年生于献县东辛庄一个回族家庭。家境贫寒，兄弟三人靠父母辛勤劳动养活。10 岁入私塾，聪明伶俐，好学上进。13 岁那年冀中大旱，为了生存，他辍学随父亲到张家口、内蒙古等地谋生。颠沛流离，饥寒交迫，被迫闯关东，后被东北军招募入伍。由于品行端正，办事认真，不久就当上了“棚长”（班长），并被送到沈阳东北讲武堂学习。1924 年毕业后被授予排长职务，凭一身本事从排长、连长、营长，升到中校团副。1932 年他所在的部队被国民党改编，移师山东胶东地区，任独立第二十一师第四团团长，深受上司赏识。但贫苦农民出身的他对军阀连年混战、生灵涂炭十分不满，为自己一腔抱负不能实现而陷入深深的痛苦之中。1935 年，苦闷中的马本斋愤然解甲，回到故土务农。

七七事变爆发，日军大举进攻华北，铁蹄踏进子牙河畔。在国家危亡之际，马本斋振臂一呼，揭竿而起，率领本村 70 多名回族青年，打出了“回民抗日义勇队”的大旗。1938 年他率部到河间，参加了河北游击军，编为冀中回民教导队，转战冀中。同年加入中国共产党。1940 年年初到 1941 年 7 月间，日军加紧“扫荡”“围剿”，碉堡林立，公路成网，分割封锁我抗日根据地。马本斋率领回民支队，在大清河畔、白洋淀里，在深南（深县南部）、无极、定县（今定州市），由南向北，由西向东，千里驰骋，横扫敌寇，打出了军威，扩大了影响，被冀中军区誉为“打不烂、拖不垮、攻无不克的铁军”。毛主席在延安欣然命笔，称他们是“百战百胜的回民支队”，马本斋成了中国大地上家喻户晓的英雄人物。

1939 年 2 月，晋察冀边区政府在献县东部和河间县东南部设立建国县，归属冀中三专区。马本斋率回民支队战斗在建国县，与日军驻河间联队长山本展开了激烈的战斗。几番交手，山本都被打得头破血流。黔驴技穷的山本在叛徒哈少甫的帮助下，8月26日凌晨派兵包围了东辛庄，将马本斋的母亲白文冠抓到河间宪兵队，逼迫马母招降马本斋。马母面对山本的威逼利诱，大义凛然，宁死不屈，最后绝食殉国。冀中军民闻讯无不感动，延安《解放日报》刊登消息，报道马母的英雄事迹，第十八集团军首长亦电勉冀中军民并慰问马本斋。马本斋母子烈士陵园在纪念馆对面，中间隔着一条马路，占地3000平方米，一座耸立的汉白玉纪念碑上镌刻着毛泽东主席和朱德总司令的题词，旁边是马本斋和马母的陵墓。大型展室3间，展示着马母大义殉国的事迹。在中国历史上，她老人家可以与孟母、岳母一起，成为中华民族伟大母亲的典型，永远受人尊敬。

马本斋深怀国仇家恨，强忍丧母之痛，化悲痛为力量，誓与敌人血战到底。“五一”大“扫荡”，日军集中5万步兵、1800辆汽车和大批坦克、骑兵，在华北方面军司令官冈村宁次的指挥下，对我冀中根据地疯狂“围剿”。为了减轻敌人重兵对我冀中中心区的压力，回民支队奉命南袭交河、泊镇，转移敌人的视线。之后像一把尖刀，戳破“铁壁合围”的口袋阵，跳出敌人的包围圈，胜利转移到冀鲁边区。

1942年9月，回民支队奉命开赴鲁西北，10月底到达目的地。马本斋被任命为冀鲁豫军区第三军分区司令员兼回民支队司令员。从此，回民支队作为第三军分区的主力部队，打据点，斗汉奸，广泛开展借粮斗争，担负起了保卫、巩固和发展鲁西北抗日根据地的重任。1944年2月，回民支队接到命令，开赴陕甘宁边区，保卫延安，保卫党中央，保卫毛主席。马本斋激动得彻夜难眠，参加革命以来，他平生最大的愿望就是见到毛主席、朱总司令。然而就在这多年的夙愿即将实现之际，罪恶的病魔正悄悄向他袭来，使他最终没能实现自己的愿望，带着遗憾，带着向往，长眠于鲁西北的大地上。噩耗传来，毛主席万分悲痛，亲笔写下挽词“马本斋同志不死”。

马本斋烈士为人民而生，为人民而死，为国家而死，他是中国穆斯林兄弟的风范，是回族同胞的光荣，也是祖国母亲的骄傲。

1988 年 9 月

城与府

我 1958 年到天津上大学，1965 年调省文联工作，乘火车过廊坊不计其数。在前门大街，住过廊坊头条、二条小旅馆，还有张士杰笔下的廊坊大捷，所以对廊坊这个名字十分向往。可惜“文化大革命”耽误，第一次拜见这座城市，已经是 1972 年了。那时我审查省文艺汇演节目，天津地区有个《迎风飞燕》，讲的是下乡知识青年邢燕子的故事。当时邢燕子、侯隽插队落户的宝坻县属天津地区，地革委机关正陆续由杨柳青迁至廊坊，不久改为廊坊地区。想不到走出车站大失所望，廊坊原来这么狭小，四条小街，两厢都是饭铺，人称“三角地”。解放前只是个小镇，解放后才成为安次县城。连升三级而面貌依旧，地区招待处只有几排平房一个餐厅。如今的“三角地”早被高楼大厦代替，成为“被遗忘的角落”，顶多是个老人怀旧的地方。

改革开放以后，廊坊又有了一个新的三角地。川流不息的汽车在中国第一条高速公路上呼啸而过，把廊坊人的视线牵长带远。祖祖辈辈居住的这一方土地，无山、无海、无江河，少矿藏，也没有工业基础，可是它拥有得天独厚的地理条件，西北距北京 40 千米，东南到天津 60 千米，这个新的三角地正处于京津走廊的黄金分割点上。过去开玩笑，一个小城担着两个大城市，现在改个角度，让两个大城市抬一座小城。于是借邓小平南方谈话的东风，廊坊经济技术开发区应运而生，1992 年 6 月 26 日正式挂牌，在地图上也是一块三角形。

城市和人一样，也贵自知之明，廊坊的口号是:“不与京津比楼高车多，而是比草绿花红，比空气新鲜。”开发区拒绝了一些高产值高污染增 GDP 增税收的项目，而接受了东方大学城冠盖如云的红楼，高尔夫球场芳草如茵的绿地。

廊坊市大力实施“蓝天、碧水、净土、绿色、宁静”五大环保工程，目前人均公共绿地面积 12.7 平方米，空气质量二级以上天气达到 344 天。

人们常说城府二字，城府城府，城在腹中。廊坊之美，美在城府。

1992 年 9 月

黄骅散记

我出生在内陆平原，西边的太行山清晰可见，仿佛伸手就能摸着。东边的渤海，想象不出来什么样子，连做梦也梦不到。1972 年都 30 岁出头了，才等到一个机会，省歌舞剧院要我写一台诗歌联唱，纪念毛主席“一定要根治海河”题词 10 周年。根治海河的主战场黑龙港流域，龙尾在太行山，龙头在黄骅，黄骅人在治河上立了头功，黄骅民工团、小老虎班，是整个工地的两面最鲜艳的旗帜。我迫不及待地赶往沧州，黄骅县文化馆的马建成在火车站接我。老马原籍景县，在黄骅工作便爱上了黄骅，省革委文艺组两次调他，他都舍不得离开。经常说南有苏杭，北有胜芳，都比不上黄骅让人着迷。

出沧州市往东，到李天木就进了黄骅地界，眼前的景象令我惊诧。都五月天了，怎么还冰天雪地，白光刺眼，心也凉了半截。老马诡谲一笑，说那不是冰雪，是盐碱。这里有条民谚：“春天白茫茫，夏天水汪汪，旱了收蚂蚱，涝了收蛤蟆，不涝不旱碱疙巴。碱疤疤碱疙巴，好像秃子头上疮痂痂。”盐碱地我见过，不是这样的。大陆泽的盐碱像戏台上的小生，浅施粉黛，顶多像小花脸，一片白鼻梁。这里的盐碱像曹操的大白脸，浓墨重彩。秃疮是过去流行的一种皮肤病，疮在头部，先流黄水后结白痂，破坏毛囊，脱发而不再生，变成秃头，秃了头的人叫秃子，乡间很多。这里的地貌很像秃头，一眼望不到边的白碱，只有零星的碱茅、稀疏的红荆。大片的光板地，似有似无的藻类，低头才能看见。儿不嫌母丑，狗不嫌家贫，黄骅人很乐观，出了门海吹：我们那儿也没啥，就是吃皇菜、烧金条，备不住还能看到高楼大厦呢。其实就是烧荆条，吃黄菜，高楼大厦指海市蜃楼，海边不断出现。黄菜是一种盐生植物，又叫盘菜，叶子黄而微红，春夏吃叶子，秋冬吃菜籽，黑色，比糜子还细小。

沧州人说黄骅，苦海沿边，洼大村稀，概括得好。这里不像我们冀南平原，一去二三里，走过四五村，村庄挤挤插插，密不透风，挤得人喘不过气来。这里走半天也碰不见一个村庄，连树也见不到一棵，鸟无枝可栖，人无树乘凉，有走进沙漠的感觉，白色的沙漠，寂寞而恐怖。老马说人烟稀少，正好让土匪存身。“羊三木，吕家桥，雁过拔根毛。”民国初年，宋哲元当了河北省主席，派一哨人马往山东乐陵老家送财物，走到这里便失踪了。打开地图研究一番，拿出笔来从盐山县划出一角，成立新海县，县城设在韩村，从此这方土地才纳入政府管理范围之内。

来到黄骅县城，又一次惊诧。县名换了三次（新海、新青、黄骅），县城做了 37 年，韩村还是韩村。城圈内 16 个生产队，既不像街道也不像村庄，以所在位置称呼，关帝庙、财神庙、前场、后场、坑东、坑西，诗人贾漫就自称坑东人。参差不齐的房舍，一半土房一半砖房，房前屋后坑塘、芦苇。砖墙下部都被盐碱腐蚀，机关单位院子以砖铺地，防止泥泞、盐碱。全城只有县招待所、百货公司和服务楼三座小楼，都是三层，也都是1958年“大跃进”的产物。全城也只有三家饭店，最大的一座也只有八张小方桌。饭菜也只有三样，油条、馒头、窝头，每桌奉送一碟虾酱，和别处的酱油醋一样，不要钱的。街上的交通运输工具是排子车和渤海驴，一种用钢管焊制的自行车。我出门坐老马的“二等”，老马熟人多，见面必下车，一条小街要走半个小时。

住招待所，读老三篇，吃老三样，老马说咱换个胃口。“二等”开到了王徐庄，南大港农场所在地，原来他的家安在这里。安置我坐下，指挥他媳妇添水烧火，提一条麻袋出去。锅烧开他也回来了，背上卸下半麻袋活蹦乱跳的鲜鱼，鲤鱼、鲫鱼、鲶鱼、草鱼，还有我叫不上名字的，满满一洗衣盆，少说也有四五十斤。问他从哪买的，老马笑笑说，出门就是“水产”，往东往北都有，无人售货。嫂子夸他，别的能耐没有，逮鱼可是专家，还去白洋淀留过学，别管坑里洼里河沟里，鱼见了他就像老鼠见了猫，不敢动了等他捉。家里有了逮鱼的专家，也便有了做鱼的专家，嫂子焖煮烧烤，不见放什么佐料，鲜美可口。有了鱼主食也往往免了，上顿下顿都是鱼。

吃饱喝足，老马领我看大洼。泥土和青草的气息扑面而来，如饮甘醴。春天的洼淀好像一幅艳丽的油画，去年苇茬的赭黄为底色，新生的苇锥绿中带紫，亿万个紫针绿线织出一块偌大的绸缎，飘舞在瓦蓝瓦蓝的水面上，接天连地，一派紫气东来。百里大洼杳无人迹，是鱼的世界、鸟的天堂。蓝玻璃般的水面上水蜘蛛尽情地跳着芭蕾，留下了自由诗一样的文字。冷不防会有肥鱼亮膘，丽鸟展翅。春天是鱼类的情人节，雌者静翔水底，还算矜持。雄者守护左右，摇尾乞怜，又决不莽撞。等到雌者按捺不住，跃出水面，身溢香气。雄者便尾追而来，咬尾欢跳，滚作一团，在浪花簇拥中孕育新的生命。谷雨过后，南方飞来的苇莺反客为主，成为大洼的芸芸众生。到处叽叽喳喳，呼朋唤友，把整个苇洼变成爱巢。苇莺也叫喳啦子，背羽浅棕，腹毛黄白，眉纹淡金。浪漫够了，它们便衔草筑窝，准备产卵。卵如青枣，棕色斑点，通常是村民的猎物。不过苇莺生育能力极强，一只雌鸟一年产卵20多枚，人丁兴旺，儿孙满堂。

从王徐庄斜穿黄骅去往三十八军盐场，一路想象海盐是怎么生成的，因为我是吃小盐长大的，从刮盐土到淋土、熬盐全套活都干过。高小课本上才知道了海盐，知道了长芦盐场，产量占全国盐产量的四分之一。老天爷是公平的，给了黄骅苦海沿边，也给了它鱼盐之利。这里产盐至少始于西周，《周礼》上说“东北曰幽州……其利鱼盐”，《史记》上说“燕有鱼盐枣栗之饶”，除了栗外，黄骅四有其三，枣是冬枣。汉武帝元朔四年（前125年）建郛堤城，军盐场北有武帝台，《北魏地形志》《畿辅通志》都有记载。有诗云“万灶青烟皆煮海”，大概与我掌握的“熬小盐”的技术差不多，晒制海盐是元明时代了。这里海域宽广，泥沙布底，风多雨少，日照充足，最利于海水浓缩。

放眼望去，大海被畦埂分割，像春日稻田，嫩绿的秧苗迎风起浪，云彩如花倒映其中，阳光似火浮在其上。因为贮水时间差别，盐池颜色也不同，乳白、银白、浅黛、鹅黄，慢慢地玉液结晶银花，似珊瑚、水晶、玻璃、冰凌，让人想起神话中的醴泉、瑶池。陈酿产生美味，咸是五味之首，盐为人类须臾不可离开的宝物。站在这里便觉得钠分子流进血液，渗入骨骼，腰板挺直起来。

第一次黄骅之行整整10天，10天认了一门亲戚，结下不解之缘。从此常来常往，造访最多的是渔村和港口。黄骅沿海132里，占全省海岸线七分之一。这里的海岸与秦皇岛不同，没有蔚蓝的海面、金黄的沙滩，而是一片褐黄泥海，大海与陆地浑然一体，分不清界线。风平浪静，波澜不惊，水温相宜，饵料丰富，海产沃野，得天独厚。黄骅的海蜇产量居全国第三，光洁透明，状如粉皮，是餐桌上的美味。黄骅对虾与墨西哥棕虾、圭亚纳白虾并称世界三大名虾，渤海八珍之一，“宁吃对虾一口，不吃杂鱼半篓”。黄骅的三疣梭子蟹肉质细嫩，尤其春秋两季含卵蟹，鲜美至极。《红楼梦》里有描写，贾宝玉说：“脐间积冷馋忘忌，指上沾腥洗尚香。”林黛玉赞不绝口：“蟹封嫩玉双双满，壳凸红脂块块香。”黄骅的赤贝肉誉满世界，赤贝就是毛蚶，味美价廉，又好保存，是黄骅人的家常便饭，到处堆积如山。有一次我和何香久到冯家堡，碰上连阴雨，泥泞不堪，困了 7 天也吃了 7 天，螃蟹对虾吃了个够，吃得光拉肚子。

24 个渔村一字排开，当地人叫海堡。渔民赶海为业，逐潮而生，船是第二套房子，当地打造的一种尖嘴平底木壳船，一二十个吨位。那时还没渔港，船停在浅海，与村庄二三里的距离，上下船作业踩一种七八尺的高跷。泥海下面也有固定的路，叫河沟子，是淡水入海的河道，也是海潮上岸的水道，常年冲刷，河底硬实。看渔民踩着高跷向大海跋涉的背影，形象特别高大。渔民性格爽朗，说话声大而快，打招呼像喊号子，那是大海磨砺出来的。海上风大，声音小了听不见。气候瞬息万变，说话慢了来不及。改革开放以后的那些年，是海堡的黄金时代，二十四堡中间的南排河修了渔港和造船厂，人民币用麻袋装，数钱数得手腕疼。

工业革命后，世界进入海洋时代，海岸和港口成为一个国家的生命线，有七成工业资本和人口分布在沿海 100 千米之内。从地图上看，渤海湾像一张弓，黄骅在弓顶；又像一只碗，黄骅是碗底。可是长期以来，黄骅抱着金碗要饭，有弓没有箭，就是因为有海而无港，长长的海岸线反而成为一道封锁线，挡住了外来的风气，感觉气候也成了大陆性的。直到1992年黄骅港立项，河北的环渤海战略有了画龙点睛的一笔，让人眼前一亮。

2002年修建朔黄铁路，县城东边25千米的海丰镇发掘出金代古城遗址，出土大量瓷器、铜钱，瓷有定窑、磁州窑、耀州窑、钧窑、景德镇的，钱有“祥符”“皇宋”“熙宁”“崇宁”“郑和”诸“通宝”，还有数量可观的围棋子、象棋子。专家认定今天的海丰与古代的海丰在同一位置上。海丰镇金代始得此名，西汉称柳县，南北朝叫漂榆邑。《晋书》中有“季龙以桃豹为横海将军、王华为渡辽将军，统舟师十万出漂榆津”之说，到了金代更成为中国北方重要商埠。我们的母亲河黄河，曾经长期从海丰镇边的大口河入海，后来改道山东才把它甩开，又加上几次海啸摧毁，古海丰才没入地下。如今一座崭新的渤海新城崛起，从海丰镇到黄骅港之间20千米，整整走了900年。

在石家庄时我天天搜索黄骅港的信息，8个10万吨级码头通航，投资逾千亿的二期工程开工，十七国铁矿石经黄骅港输入河北钢厂，首艘油轮靠泊黄骅港，一条条喜讯剪贴下来，红笔画蓝笔描，笔笔记在心上。到了黄骅港才明白，这般景象我儿时哪能梦得出来。这里的一切建筑都是直线条大块头，多长的长镜头也装不下。这里的色彩充满了朝气和生命力，只有太阳才能调配出来。一个个码头像一根根翎箭射向大海，一座座吊塔组成的红森林，召唤着五湖四海的鸟儿飞来。第二条欧亚大陆新通道的起点，每一节车厢都会打上一个印记：黄骅。中国第二大煤港，每一吨都会加入一个新的热量标志：黄骅。

最近一次，2012年8月27日随百名作家采风团来到黄骅，我都惊呆了。与40年前完全不同的景象，那张白的怕人的白纸上，已经画出了一幅最新最美的图画。三纵两横的铁路、高速公路，拉来了一个最年轻最有朝气的现代化城市。韩村16村的那3座小楼不见了，代之以雨后春笋般的高楼大厦。横平竖直的街道上车流滚滚，我下榻的金都酒店，茂林修竹，湖水荡漾。建设大港口，需要大本营，需要聚集大产业，需要聚集越来越多的人气。这个建设中的百万人口港城，规划了6个板块，国际旅游区、高教园区、商务休闲区、总部经济区、科技创智区、综合服务区，围绕6区建设的42个项目，总投资200亿元。

40年前的韩村只有1所中学，1座初级师范，而今的黄骅市拥有了4所本科大学。河北农业大学渤海校区，28万平方米的校舍，从开工到竣工招生，仅用了14个月，被称作“黄骅新城速度”。中国交通大学海滨学院今年有了第一届毕业生，北京中医药大学东方学院今年首届招生，黄骅职业学院更是它们中的老资格。尽管4所大学资金来源不同，但是建筑标准都是全国最高的。漂亮的教学楼和宿舍楼分布在草坪和树林之中，黄骅市为学校建设提供了无比优越的条件。

最令人震撼的还是这里的绿化工程。40年前我看到的是一片白茫茫的绿化禁区，不是不想种树，而是种下就是“一年绿，二年黄，三年进灶膛”。转眼之间，神话就在这方重度盐碱地上再现。整齐的草坪、成行的街树、碧绿的湖水，像一颗颗宝石镶嵌在城区，绿浪花海把昔日的盐碱景象冲刷得一干二净。6条主干道上，油松、龙柏、紫叶短樱排成绿色的长龙，滨海高速公路林荫大道，给渤海的浑黄下令到此为止。我知道这一场“绿色革命”何其艰难，每一块绿地都要开基挖槽，更换客土，每一棵树都要挖大坑、种大苗、浇大水。树苗落地，管理上马，像对自己的孩子一样精心呵护。我想用不了多久，这里将会是林涛与海涛共鸣，鲜花与浪花齐放。

此时我不能不想起老友马建成，一位乐天派的老朋友，去世6年了。活到今天他会说，这么老大一片高楼大厦，可不是海市蜃楼，它是真的了，天堂落人间，大黄骅市。40年前石家庄调我，我不去。今天丰都城叫我，更舍不得走了。

2012年9月

雁翎队纪念馆

一捧水，
洗尽千里跋涉浑身汗；
二捧水，
细细品啊慢慢咽，
恨不得呀，
一个猛子泡三天，
这就是日盼夜想的白洋淀。

这是我30多年前对白洋淀的第一感觉。后来参与河北梆子《水乡游击队》创作，几易其稿，观众还不买账。也不光是我，迄今为止经过众多文艺工作者几十年的努力，反映雁翎队抗日活动公认的好剧本、好影视作品仍未出现。因为白洋淀和雁翎队本身太美妙太神奇了，广大群众也太熟悉了，文艺作品要“高于生活”也太难了。

白洋淀位于冀中腹地，是华北最大的淡水湖，形成于1万年前。白洋淀面积366平方千米，共有淀泊143个，其中百亩以上大淀尚存99个，大大小小的淀泊被3000多条沟壕连在一起。它上汇九河，下通渤海，素有“华北明珠”之称。

从安新东关乘船，走大清河道，左岸长堤如带，烟柳覆水，碧浪翻空，依依向人。出河入淀，水域辽阔，波光粼粼，鸟翔天上，鱼游水底，情趣天然。春光降临，苇芽竟出，满眼紫翠；到了盛夏，蒲绿荷红，苇荡如烟；等到金秋，芦花飞絮，稻谷飘香；隆冬季节，坚冰如玉，坦荡无垠。一年四季，景随时移，气象万千。白洋淀得天独厚，物产丰富，鱼虾蟹贝，莲菱芡藕，无边的芦苇，“苇是摇钱树，淀为聚宝盆”，还有“一根芦苇一条金”之说。现有苇田 14 万亩，年产苇席 700 万片。作家孙犁这样写道：“我到了白洋淀，第一个印象，是水养活了苇草，人们依靠苇生活。这里到处是苇，人和苇结合得是那么紧，人好像寄生在苇里的鸟儿，整天不停地在苇里穿来穿去。”

在湖心岛下船，岛上有白洋淀雁翎队纪念馆。远看像个城门楼子，飞檐起脊。里边有 9 个展厅，介绍雁翎队的抗日事迹。当年侵华日军像一群猛兽闯进美丽的家园，把富饶的渔村洗劫一空。他们炸毁 1278 处堤防，把诗情画意变成一片汪洋，造成 20 万渔民无家可归，还先后在端村、关城等地制造了一系列惨案。为了“强化治安”，他们强迫“献铜、献铁”，收缴土枪土炮，掐断了向来以渔猎为生的白洋淀人的生命线，茫茫大淀被黑云毒雾所笼罩。

日本侵略者的暴行，激起白洋淀人民奋起抵抗。喇喇地村一名 15 岁的少女，被敌人堵在屋里，趁其父与敌人搏斗时，抄起菜刀砍断日本兵的脖子。血光擦亮了人民的眼睛，我党地下组织赶到猎户集中的大张庄，揭露日军收缴猎枪的阴谋，号召大家成立抗日武装。当场就有 22 名猎户报名参加，并自带枪排、火枪、大抬杆，组成抗日游击队，陈万任队长。因为火枪和抬杆的引火孔易被淀水打湿，须插上雁翎防潮，加上平时行围打猎时，船队像雁群一样排成“人”字，县委书记侯卓夫便将其命名为“雁翎队”。队员们驻扎在芦苇丛中，“天当被，地当床，芦苇是屏障，喝的是淀中水，吃的是人民粮，咱们是人民子弟兵，打败鬼子保家乡”。

穿淀而过的大清河，来往船只如梭，不断有汽船开过，是驻保定日军的供给线。一天接到情报，有 20 多个日军和 30 多个伪军，乘两艘汽船路过。雁翎队决定在王家寨打一个伏击战，他们隐蔽在荷塘里，每人头顶一片荷叶。当第一艘敌船进入伏击圈后，20 副大抬杆一起开火，先打汽船的机器，然后几十只小船冲出苇荡，一排排手榴弹在敌船上爆炸，一发发子弹射穿敌人的胸膛。汽船被打沉了，日军被活活淹死。当第二艘汽船赶来营救时，雁翎队早飞得无影无踪了。到了冬天，芦苇收割，战士们失去屏障，日军疯狂反扑。雁翎队在老百姓的帮助下，创造了“土坦克”“水上轻骑”，与敌人巧妙地周旋，让日军的马队止步，步兵坠入河中。

日军为了遏制雁翎队的活动，在不少村寨修了炮楼，与汉奸相勾结，胡作非为。然而雁翎队技高一筹，利用敌人内部矛盾，分化瓦解，里应外合，把一个个炮楼送上了天。当时淀上流传着雁翎队锄奸三英雄的歌谣：“要打枪，找田章；要爬城，找杜鹏；要仗胆，找熊管。”田章枪法好，百步之内，要打鼻子不打眼。一次，有个押解中的汉奸乘人不备，拔腿向菜地逃窜。田章把枪一顺，喊了声：“打太阳穴！”汉奸应声倒下，押解队员们跑过去一看，子弹果然正中太阳穴。

白洋淀人水上来水上走，天生乐观。平时号子、渔歌人人会唱，战争年代也常歌不离口：“一九四三年，环境大改变，白洋淀的岗楼端了多半边哪，雁翎队真勇敢。”

2003 年 8 月

重游白洋淀

听说白洋淀有水了，病中的我也长起精神，连忙赶到安新，来看望我日思夜想的水乡和牵肠挂肚的渔民兄弟。

东关码头又重现了往昔盛景，舟船纵横，帆樯如林。不同的是旧时光秃秃的木船加上了花花绿绿的阳伞，旅游局一色新的机动船，一切都带上了现代味儿。

随便跳上一只小船，急催船家向淀中划去。我像小孩子一样俯身撩着水花，还捧起喝了一口，恨不得一个猛子扎下去，泡它三天三夜才来劲儿呢。

久违了，水呀！我最后来的那次，是坐拖拉机逛白洋淀的。那时碧波万顷已经变成赤地千里，尘土飞扬。苇田干枯，像一丛丛茅草。荷花、菱角更是销声匿迹。那次是去王家寨看小舟哥，只见村边倒扣着一只只木船，鸭子们张着大嘴叫，连嗓子都喊哑了。

一向水灵灵的莲嫂，也已经打蔫了，干巴巴的脸上新添了皱纹，一双灵活的织网巧手正笨拙地学糊纸盒。吃饭的时候，更是难为情。过去来客都是鱼虾满桌，最差也是贴饽饽熬小鱼。现在换成窝头咸菜，拉长脖子咽不下。小贩们从黄骅倒来的臭鱼烂虾比保定、石家庄还贵。小舟哥没精打采地回来了，他说白洋淀人没水就没魂了，小舟也晾干了。多残酷的大自然，我的心像渔民兄弟一样被焦晒着、撕裂着。目不忍睹，华北明珠黯淡下去了，像一只被遗弃的干蚌壳。

从此，一别5年，我再也没来白洋淀，可又无时无刻不惦念着它。我了解白洋淀的人天性离不开水，哪儿有水往哪儿奔。先后有2000只船7000口人背井离乡，四处漂流。北到兴凯湖，南到滇池，西至青海湖，东至渤海湾，凡是较大的水面都会有白洋淀人的身影，把他们强悍的性格和高超的技术传遍四面八方。白洋淀人捕鱼技术堪称世界之最。识水布阵，何止钩叉网箔十八般武艺，光渔网就有几十种，春夏秋冬变化无穷。那外出的2000只船每年捞上来五六千吨鱼虾，大把大把的人民币流回干涸的白洋淀。真让外地人眼馋，也难免遭人嫉恨，被缴船偷网的纠纷屡屡发生，甚至葬身异乡做鬼，成为春闺梦里人……

好不容易从记忆中挣脱出来，小船已经划过小鸭圈，进入大鸭圈了。人说欲把西湖比西子，白洋淀是个北国美人，久别相见，更加妩媚动人。平静的淀水，碧绿碧绿，像披在美人身上的锦缎，绿柳金苇，好似绣上去的图案，阳光下闪着金边儿。只是少了娇红的荷花，素淡了一些。

忽然，迎面出现了一座金色小岛，船慢慢靠过去。登上一看，是土堆的平台，是来水前推土机的杰作，因为面积是 24 亩地，就取名“二十四亩地”。岛上熙熙攘攘，摄影的，卖烟卷的，卖饮料的，卖贴饽饽熬小鱼的。听说还要建宾馆饭店，和端村、赵北口等一起辟为旅游点，白洋淀这颗明珠又要大放光彩了。

小船继续前行，又到了王家寨，远远望见了莲嫂的家。红砖房高出绿水面，门前是渔网围成的鸭圈，鸭子们见人来了，老远就高唱起欢迎之歌。莲嫂挑帘出来，手里拉着个小男孩。我打趣地说：“莲生贵子，白洋淀又增加了一个小渔民。”莲嫂感慨地说：“孩子都 5 岁了，才头一次见水。在从前，白洋淀的孩子都是水里泡大的。”

我原以为水来了，会给白洋淀带来生机，会给莲嫂带来滋润，恢复当年荷花淀的笑靥。想不到她还是愁眉苦脸，阴云不曾散，笑纹不曾开，说出了水来之后渔民的心里话。

淀干了，水乡成为旱区。打鱼人扣船挂槽，学起了赶车使锄，航道修起了柏油路。苇田衰败，人们开始营造青纱帐。人工挖鱼池，盖鸭圈，打井浇地。白洋淀人从来没流过那么多汗水，每根汗腺都成为一眼泉水。整整四五年时间，才慢慢适应了这种新的生活方式。

可是，今年忽然发了洪水，猝不及防。八月初十那天进水 6 亿立方米，水位上升到 9.2 米，超过了 1963 年特大洪水。一些新建的乡镇企业、民房、道路被洪水吞噬，400座鸭圈，1000多亩鱼池被冲毁，700亩苇田，20万亩庄稼受灾。白洋淀人盼水盼得眼干，水来了又陷入另一种困境，不得不改变刚刚熟悉的活计，停车挂锄，修船补网，重操旧业了。

漂泊四海的白洋淀人闻讯回来了，他们疲惫不堪、风尘仆仆地扑向故乡的怀抱。可是大水冲走了一部分痛苦，另一种忧愁又漂浮上来。新水少鱼，渔民又不肯吃“青苗”，但满满一淀水又能维持多久呢？有关方面说，如果大气候还是枯水期，上边蒸发下边渗漏，不出三年五载又是一个底朝天。渔民们经过一阵短暂的欢喜之后，又陷入一种长久的困惑，快快地走了。

莲嫂望着墙上挂着的一个半旧的斗笠，眼圈红了。小舟不在家，它就是男人，每天擦得干干净净，上边挂着她好多心事。思谋久了，又觉着它像一个扣着的苍穹，笼罩在头上。古人说沧海桑田，往往指一个漫长的自然变化，如今，在白洋淀区它的周期大大缩短了。从1909年有水文记载以来，白洋淀共干过6次，有5次发生在1966年以后的这20多年。人们说，一会儿旱一会儿涝，老天爷的政策变得太快，让人哭笑不得。

但是，白洋淀总算有水了，有水毕竟比没水好。时下尚不能“人定胜天”，人在水面前总是吃败仗。白洋淀人水性好，会渐渐适应的。

1988年10月

重访白洋淀

看过1963年的白洋淀，洪水滔天，安新城沦为一座孤岛，东大堤上的柳树只剩下半个树冠，状如浮萍。芦苇荡只剩下星星点点的叶子，像才出土的草芽。“北地西湖”被洪水淹没。

经过1988年的干淀，赤地百里，拖拉机在淀底横冲直撞，尘土飞扬。再不见“水乡的路，水云铺，出村进村一把橹”。村边一只只木船倒扣，鸭群张着大嘴干号。“华北明珠”黯然失色。

前几年看电视，上游工业污水排放进来，淀水变了颜色，有了臭味，鱼群被放翻，露出白花花肚皮，惨不忍睹。白洋淀又濒临前所未有的危难。

我虽非安新县籍，却有着浓郁的白洋淀情结。曾经常来亲近它，写过它，所以牵肠挂肚，惴惴不安。前两次是天灾，大自然本身能够修复，而工业污染是人祸，美丽的莱茵河曾因鲁尔工业区的发展，变成“欧洲的下水道”，著名的滇池也因为城市污水的侵犯而臭气熏天。不知在强悍的工业化洪流面前，弱势的白洋淀能否躲过一劫。所以此次环保采风，让我忧心忡忡。想不到重游之日，大喜过望。时刻挂在心上的白洋淀，不仅安然无恙，而且比以前更洁净更漂亮了。

记忆中的东关码头，只是护城堤的一面斜坡，走起来小心翼翼，而今变成凹身内弧避风港式。一座很大的广场，彩砖铺成，玉石栏杆彩雕细刻的图案，每一幅都是表现水乡风情的艺术精品。一字排开的金属灯柱，银白色的灯罩，好像盛开的白莲花。300米长的码头，60个泊位，停靠着整齐的画舫和快艇，很少看到划桨木船的身影了。

跳上一只快艇，驶进大清河水道。远看左岸，依然长堤如带，万柳覆水，如烟如云。靠近时，长丝垂垂，坠进水中，如少女洗发，轻柔素雅，楚楚动人。正如宋人王十朋诗句：“东君于此最钟情，妆点村村入画屏。向我无言眉自展，与人非故眼犹青”。

快艇知我看淀心切，开足马力。我贪婪地吸纳淀风，有几分晕眩，也有几分陶醉。很快柳暗花明，进入大小“鸭圈”。“鸭圈印月”是安新八景之一，水面开阔，水质很好。碧绿的淀水，平静无波，就像刚刚擦过的玻璃，清澈见底。天上的云絮映在水里，鱼儿游在其中，好像鸟儿天空飞翔。天上鸟儿飞过，影儿投进水中，好像鱼儿在水中游动。一群群鱼儿穿行在青荇紫藻中间，两腮如樱唇翕动，吞吐着水花。

淀里鱼类品种颇多，认得的有鲤鱼、鲫鱼、黑鱼、鲇鱼、草鱼、刀鱼等，它们各有习性，民谚说："黄瓜鱼溜边儿，泥鳅沉底儿，鲤鱼会跳，鲇鱼认道。墨鱼颤，刀鱼弓，鲫鱼扭秧歌，鳜鱼不爱动。”风平浪静时，它们在水中撒欢儿，有的体态轻盈，是喜欢在水皮儿上搔首弄姿的浪子；有的身子粗壮，是喜欢横冲直撞的莽汉；有的温文尔雅，像清秀飘逸的仙姑；有的圆滑狡黠，是善于投机钻营的鼠辈。

走出“鸭圈”，进入无边无际的芦苇荡。《诗经》里有一首情歌："蒹葭苍苍，白露为霜。所谓伊人，在水一方。”蒹葭就是芦苇。毛苌诗疏说："苇之初生曰葭，未秀曰芦，长成曰苇。”芦苇生性喜水，集群而生，白洋淀九十九淀，都是芦苇的天下。白洋淀的苇地，如农田的阡陌，成方连片，是一块巨大的青纱帐。芦苇长于台地，根部没于水下。台地之间，沟壕纵横，可以行船。船行其中，如进村寨，大壕是街，小沟是巷，两厢绿色的墙，密不透风。时值盛夏，芦苇正旺，从根到梢一色翠绿，油光闪亮，每片叶子都要滴下水来的样子。侧耳细听，有轻轻的“丝丝”“嘎吧”响声，那是它们舒展筋骨，正在拔节。

芦苇本身就是“环保卫士”，维管束结构，便于把水分、氧气和养料输送到根部，参与分解那里的有机物和纤维素，然后再把产生的有益成分输送到全身。这个过程和我们治理污染的常规方法中曝气原理完全一样。所以芦苇荡里空气含氧量很高，风摇苇动，又是天然的搅拌器，促进空气和水分的流动。

芦苇荡空气新鲜，虫蛾滋生，自然是鸟儿的天堂，接纳了许多留鸟和候鸟。苇莺俗称“呱呱鸡”，背羽浅棕，腹部黄白，眉纹金黄，歌声婉转。它会将芦苇秆折弯编织，填充枯草，形成浮于水面的盘形巢，随波荡漾。苇莺能预感气候，旱年把窝搭于芦苇下部，涝年搭在上部，所以有“淀上气象学家”的美称。鹪莺灰背白腹，像老鼠一样在苇丛里钻来钻去，累了站在苇秆上摇着尾巴唱歌，声如响铃，也是一种发情求偶的呼唤。缝叶莺小巧玲珑，头戴棕红色纱巾，身穿橄榄绿上衣，下着浅绿绒裤，尾巴修长，嘴巴尖细如针，能用蛛丝棉线在苇叶上缝制杯状小巢，高兴时叫两声停一下，所以也叫“哒哒跳”。黄苇莺是小型鹭类，体长三四十厘米，颈长腿短，颈、背、腹部黄色，头、飞羽和尾羽黑色，飞行时黑黄两色对比显明，十分显眼。平时曲颈弓背躲在苇丛，像一堆枯苇，涉水觅食时能叼出一条大鱼，所以人称“水骆驼”。

驶出苇地，便进荷塘。白洋淀常常是苇荷相间，色彩绿白交错，古人就懂得科学种田，间作套种。田田荷叶，叠翠铺锦，正面深绿，背面浅碧，浮在水面如玉盘，凌波而立如铜锣，叶面上的经夜露水，圆润如珠，滴溜溜滚来滚去。微风吹过，碧波绿浪，淡若明镜。细雨来时，水中飞花，叶上溅玉。

农历六月称荷月。带刺的小茎擎起尖尖小荷，像婴儿小拳头，招人喜爱。亭亭玉立的荷苞微微展开，露出粉红的笑靥，娇羞欲滴。绽开的荷花亮美展艳，天生丽质，雍容华贵。正是“莲花出水不整齐，初花先叶晚花迟，时令不与君不对，不开此时开彼时”。众多美女粉墨登场，争奇斗艳，好一场豪华的歌舞晚会。

荷花更有大量的“粉丝”、追星族，鱼儿游戏于叶下，蝴蝶飞舞于花间，蜜蜂朝饮荷露，夕眠花房，嘤嘤嗡嗡，采撷花蜜，各色蜻蜓，或盘旋空中，或停落花上，或以小小尾尖轻点水面，散开层层涟漪。欸乃声中，采莲姑娘破浪而来，罗裙与荷叶一色，笑容与芙蓉齐绽，指指点点，轻歌曼舞，让人想起白居易一首小诗:“菱叶萦波荷飐风，荷花深处小船通。逢郎欲语低头笑，碧玉搔头落水中。”

“依红泛绿往来频，载得盈盈一段春”，行行复行行，小船抵达千亩荷塘，又称“荷花大观园”。弃舟上岸，踏上浮桥，脚下颤颤悠悠，心里如痴如醉。浮桥九曲迂回，三里多长，途中有不少观赏小亭。亭中小憩，四下望去，一派“接天莲叶无穷碧，映日荷花别样红”的气象。

千亩荷塘一角的精品荷园，是个长方形平台，四周绿柳成荫，中间一簇簇池栽的荷花，荟萃了我国和世界各地216个名贵品种。大者“南美王莲”，像个巨大的铜盘，周围卷边儿，可以坐下一个小孩儿。小者“碗莲”，不过手掌大小，仅够一只蜻蜓立足。资深的“新金县古莲”，用不久前出土的古莲籽培育，该是千岁的老者了。新品种“中日友谊莲”，出世不久，才是七八龄的孩童。“并蒂莲”，金黄大朵，“徒劳画史丹青手，漫费词人锦绣肠，向夜酒阑明月下，只疑神女伴牛郎”，花如银盆，“素蘤多蒙别艳欺，此花端合在瑶池，无情有恨何人觉，月晓风清欲堕时”。千亩荷塘大则大矣，精品荷园奇则奇矣，毕竟有人为痕迹。闭目回味，还是自然的荷花淀好，因为扎根在人们心中的荷花，还是“天然去雕饰”的好。

回程船上，一颗悬吊多年的心终于落实在肚里。我梦牵魂绕的白洋淀依然如诗如画，而且更新更美了。同时也了解到，这一盆清水，这一方蓝天绿地来之不易。为了它，上游的保定市关闭了若干工厂，淀区的安新县停止了许多企业，还有投资成千万上亿元的污水处理厂。功在当代，利在千秋。比较起来，几十元一张的景区门票，不过九牛一毛而已。

2006年7月

冉庄地道战遗址

出保定南关，走保（定）衡（水）公路，路过清苑县城，再往南经过田各庄、白城，到达冉庄。冉庄当年是“地道抗战模范村”。1965 年电影《地道战》放映以后，更是名扬天下了。

径直去寻找十字街口那两棵大槐树，因为槐荫里的吊钟在镜头中多次出现，响亮的钟声是那么激动人心。大槐树还在，只是不像原来那样枝繁叶茂、绿荫如盖了。幸好那口钟还挂在伸到街心的树杈上，因而更有了沧桑感。村里人说古槐已有上千岁高龄了，当年杨六郎在这里安营扎寨，它是唯一的见证人，因而这冉庄便有了唐村宋镇的资历。

1959 年建成的冉庄地道战纪念馆，由原晋察冀军区司令员聂荣臻元帅题写馆名，占地 5000 平方米。其中的“冀中冉庄地道战展厅”9 个大字由杨成武将军题写，他曾任冀中军区司令员。讲解员业务很熟练，三言两语就把我们带进那个血雨腥风的年代。七七事变后，华北沦陷，人民奋起抗战。为扑灭遍地熊熊燃烧的抗日烈火，日本侵略者到处疯狂烧杀抢掠，1939 年 6 月 15 日清晨包围了冉庄，让群众指认抗日干部。遭到拒绝后，日军恼羞成怒，当场杀死 13 人，打伤 11 人，抓走 11 人，焚毁房屋 700 多间。闻讯赶来的吕正操将军目睹惨状，泪如雨下，一面发放救济粮款，一面号召大家抗战到底。百团大战中日军伤亡惨重，决心报复，进一步加强“清剿”，采用“铁壁合围”“纵横梳篦”战术和杀光、烧光、抢光的“三光政策”，修公路，挖封锁沟，细碎分割。冉庄周边 10 千米之内，修建碉堡 10 座、公路 4 条，形成“抬头见岗楼，迈步登公路，无村不戴孝，处处起狼烟”的恐怖局面。

广袤的冀中平原，一望无际，无坚可守，无险可据。夏秋两季，还可以利用青纱帐和敌人周旋，秋后青纱帐一倒，难道束手就擒？为了躲避敌人的践踏，有人在村外挖了单口洞，又叫“蛤蟆蹲”，用来藏人藏物。中共党员张森林 1938 年率先在自己家里挖了个隐蔽的洞，大家竞相效仿。后来因为汉奸告密，被发现后人却跑不了。但是张森林这一锨挖开了人们的思路，试着把单口洞变成双口洞，万一敌人发现一个洞口，可以从另一个洞口逃脱。但是，双口洞也只能防御而不能进攻，为了改进功能，又把双口洞发展成为多口洞。在党组织的指挥下，男女老少齐动员，使冉庄地道逐步形成规模。以十字街为中心，分东、南、西、北 4 条主干道，长 2.25 千米，南北支线 13 条，东西支线 11 条，还有西通东孙庄、东北到姜庄的联村地道，向东、向南通隋家坟和清水河的村外地道。全村地道总长 16 千米，形成了村村相通、家家相连、能进能退、能攻能守的地道网。

从纪念馆出来，讲解员像战争年代的民兵排长一样，指挥我们走进地道战遗址。一进洞口，光线暗下来，气氛也紧张起来，好像真正进入了战斗状态。地道距地面 2 米，高 1 米多，宽不到 1 米，需要猫着腰走。讲解员边走边讲，听着听着，就感觉眼前不再是地道，而是一个奇妙的建筑，奥妙无穷。地道分军用、民用两种，内设照明灯和路标，还有厨房、厕所、休息室、储粮室和指挥部等。地道交叉处还有暗道机关、翻板陷阱，万一敌人进来，跳上翻板就会落入井中。地道与水井相通，既可以通风，又能防水排水。地道出入口灵活多变，有的设在屋内墙角，有的利用牛槽、风箱、锅台、井口，经过伪装，很难发现。全村主要街道和路口都修建了高房、地堡、庙宇、碾子等战斗工事，既能观察敌情，又能冷枪杀敌。工事里都有地雷拉线，敌人靠近时就会拉响。冉庄地道的功能叫作“五防、三通、三交叉”。“五防”是防破坏、防封锁、防水灌、防毒气、防火烧。“三通”是高房相通、地道相通、堡垒相通。“三交叉”是明枪眼与暗枪眼交叉，高房火力与地堡火力交叉，墙壁火力与地堡火力交叉。这样，形成了房顶和地面、村边和野外、街道和院内天、地、人立体连环的作战阵地。在抗日战争和解放战争中，英勇的冉庄人民利用地道作战 72 次，配合部队作战 85 次，打死、打伤敌人 2100 多名，创造了世界战争史上的奇迹。走出地道时，眼前的世界更加可爱，因为地道给我们增加了一种神奇的眼光。

在展厅和地道里，陈列着大量珍贵的革命文物。当年挖地道用的铁镐、辘轳和照明灯，集会用的铜锣、军号、牛角号，民兵制造的土枪、土炮、翻火子弹，烈士的遗物、照片、遗诗、奖旗等，件件都让人眼热，让人心动。尤其是共产党员张森林的事迹，给人留下了极为深刻的印象。他 1938 年入党并任村党支部书记，是冉庄地道战的开创者。在百团大战中，他组织民兵破坏平汉铁路、张保公路，挖交通沟，割敌人电线，身先士卒。后来调任区委书记兼县大队政委，战功卓著。1943 年被捕后，宁死不屈，壮烈牺牲，年仅 34 岁。他英勇就义时写下了《就义辞》:

鳞伤遍体做徒囚，山河未复志未酬。

敌酋逼书归降字，誓将碧血染春秋。

人去留得英魂在，唤起民众报国仇!

冉庄人说，张森林没有死，他就是十字街口那棵老槐树，他的诗句就是那震撼人心的钟声。

1992 年 5 月

寻访黄金台

春节刚过，我到易县出差，很自然地想去寻访黄金台。

黄金台这三个字，是儿时在故乡戏台水牌上认识的，因为只是一出折子戏，无头无尾，故事情节搞不清楚，只记住了那胡子生几句唱词，后来才明白了它的本原。

战国时期，燕下都就在如今的易县城东南。燕昭王乱中即位，意在中兴。有一天问计于食客郭隗：齐国乘我们内乱打败我们，我们国小力单不足以报仇。如有贤士，愿与之共同管理国家，以雪前耻。郭隗当即讲了个故事：古代有个君王，出黄金千两派人去买千里马，但千里马已经死了，那人就花五百金买下马骨回来。君王责怪，那人回答说，陛下肯出五百金买马骨，可见爱马心诚，世人知道了，千里马自然会来。果然不到一年君王就得到三匹千里马。陛下想招天下贤士，不如从我开始。像我这样的人都被重用，比我强的人就会不远千里而来。昭王采纳了郭隗的意见，筑台易水之滨，上置黄金，设招贤馆，把郭隗当国师对待。于是昭王爱才出了名，乐毅、邹衍、剧辛等分别从魏、齐、赵国投奔而来。燕国人才济济，很快强盛起来。所以黄金骏骨的故事在我国传为佳话，黄金台成为人们向往的名胜。陈子昂、李白等都曾登台赋诗。

这一天，我骑自行车从易县县城出发，横穿燕下都遗址，过虚粮冢、望景台、秦舞阳台、练马台，直奔金台陈村。一路上好像在历史画廊里穿行，每一处古迹都有一个典故。每进一个村庄，又回到了现实。由于落实了经济政策，农村面貌一新，村村都有热闹，什么高跷会、少林会、狮子会、龙灯会，张灯结彩，锣鼓喧天，更增加了我寻访黄金台的几分兴致。前面就是金台陈村了，远远看见一片树丛，虽未发绿，却呈一片紫气。可以想见，夏秋之时，绿树金台，何等漂亮。可是越走越近，村舍在目，还看不见黄金台的影子。

按照县文化馆同志的指点，我径直去找一名叫房金培的老大爷。房老今年 84 岁，鹤发童颜，耳聪目明，口齿清楚。房老当过小学教员，是村里的学问人，有关黄金台的事，他知道得最多。当我说明来意以后，房老脸上一阵苦笑说：“远来了，我带你去看看黄金台。”领我出了院门，用手一指：“这就是历史闻名的黄金台。”我前后左右环视一周，并无任何高大建筑，踮脚西望，也看不见什么。房老哈哈大笑，还抹了一下笑出来的眼泪，往前走了几步，指着地上一堆柴草说：“这就是黄金台遗址，现在只剩柴草下盖的那口井了。”我不禁怅然，一堆柴草，一口废井，这就是我心目中那样崇仰的黄金台，真叫人哭笑不得。房老看我情绪沮丧，便滔滔不绝地给我介绍了黄金台的变迁。

黄金台自战国以来，几经修葺，明万历年间曾有一次大修。台上建筑很多，也曾建过僧庙尼庵。到 1930 年他移居这村时，黄金台还有相当规模。台院占地 16 亩，台高 3 丈，台顶面积 3 亩。前有山门，昭王庙，庙有泥塑，中间昭王，左右乐毅、郭隗。院中松柏繁茂，还有碾子和磨。最出奇的是台上有一口水井，与台同高。井中水脉很好，井台芦苇丛生。据说苏东坡在定州做官时曾到此一游，不胜赞叹，留诗一首：“金台夕照日，柏身松树枝。芦苇通天草，甘泉圣水池。”苏轼在定州做官，史有记载，此诗真伪还未曾考查，反正村中脍炙人口。后来破除迷信，先是推庙宇，倒泥胎，砍了树木。后来拆砖动土，养猪喂牛都来台上取土垫圈，把个高高的黄金台夷为平地。我打听房老，当年的黄金台有没有留下碑文记载。房老说有不少，前些年都用去修桥铺路了。在一座搭在水渠上的小桥上，果然见铺着两块石碑，可是上面铺了 2 尺多厚的土。我正在惋惜，带路的房大哥在桥下涵洞里招呼。这洞有 3 尺多高，需猫腰进去，再翻转身来仰面而观，可以看见部分碑文，从只言片语能看出是有关黄金台的。这真要感谢架桥的社员为人们留下方便。当初他们若是把石碑翻过来铺放，岂不又苦了我了。从第二座小桥再往南，村西口有座大石桥，并排铺着几块大石碑，其中一块是明代万历二十七年（1599 年）重修黄金台隆兴寺的。上面清清楚楚刻着黄金骏骨的故事和黄金台的沿革。明朝石匠刀锋深刻，虽经千万人踩马踏，字还不曾磨灭。幸亏这村还没有链轨式拖拉机，否则，再坚硬的质地，也经不起那铁足的蹂躏，恐怕这些记载早化为乌有了。

告别房老父子，离开金台陈村，一路上想了很多。从黄金台到文字狱，到我亲身经历的“五七”干校。那干校是黄金台在地下的投影。“老九”们被劳动改造，教授当小工，著作当柴烧。那时候没人敢想黄金台，只想爬出火坑，看到地平线。今天，粉碎了“四人帮”，天翻地覆，平反冤假错案，落实政策，科学大会、文代会相继召开，“黄金台”又正在兴建呢。

1978 年 10 月

易 水 砚

一提起文房四宝，人们就联想起徽墨、歙砚、徽毫、宣纸，仿佛只有山清水秀的江南才地灵人杰。其实也不尽然，比如徽墨的原产地就在河北易县。据《墨史》记载，唐、宋历代著名墨官都出自易州，中国古代制墨术被称作易水法。直至唐末，墨工奚超、奚庭珪父子避乱渡江，逃亡到歙州，见到那里和故乡一样有很多松树，适宜制墨，便定居下来，被酷爱文学的南唐皇帝赐姓李，世为墨官，创造了徽墨。砚与墨是孪生兄弟，形影不离。我想古老的易州既是墨的家乡，也应该是砚的故土。果然不出所料，易县至今确有一个墨斗村，还有一个专门制砚的台坛村。台坛的易水砚历史悠久，始于唐代，1000 多年不曾中断。1978 年在杭州被评为全国三大高档砚之一，与端砚、歙砚齐名，尤其雕工精细，被公认为全国之冠。正是农忙季节，街上行人不多，家家户户叮叮当当，都在做着世代经营、不怕旱涝的“铁杆庄稼”。县文化馆的小王领我串了几家，他们以为我是来买砚台的，都把上好的成品拿出来，我算是开眼了，那么多造型美观、千姿百态的砚台，有立雕、平雕、阳雕等各种手法，刀工细腻，线条流畅，层次分明，就连高级文具商店也不多见的。不是亲自下来，很难相信这些艺术珍品是出自粗衣蓬头的农民之手。而且家家都是一个独立的易水砚作坊，整套工序都是自己干。先从山上采来紫翠石条，然后用钢锯锯成大小不同的石板，再根据石料上的天然杂色设计成型，画上图案，经过粗雕、细雕以后蒸煮、上蜡、包装。一个高档砚台少则几天，多则几十天才能完成。而且有趣的是，砚工手使的工具包括刨、锉、剪和几十种型号的雕刀都是自己蘸火银打的。他们既是石匠又是铁匠。台坛家家都有自己的名牌产品，什么丹凤朝阳、龙凤呈祥、二龙戏珠、洛龟献书、喜鹊登梅、蟾吐银星、蚕食桑叶等等。整个村庄就是一座琳琅满目的工艺美术展览馆。

关于易水砚的传统雕刻艺术，太久远的人们说不清楚，近代的艺术大师首推石老申。石老申生于晚清，人特别聪明，识文断字，吹拉弹唱样样精通，尤其熟悉戏文，常常是村里社火戏班的组织者，这些对他的艺术创作大有裨益。石老申善于雕刻人物，而且精于构思，把人物形象和石砚造型有机地结合起来。他的“王祥卧冰”，人物横卧一端，用体温暖化寒冰，渐渐扩展为砚面，另一端鲤鱼跳浪。他的“刘海戏金蟾”，人物用灼灼目光挑逗金蟾，金蟾吐水，涓涓流入砚面，目光流水相映成趣。石老申的创作还常常用谐音的构思方法，“二老笑谈”是两个老翁闲坐对酒，醉意朦胧不觉酒坛倾倒，流入砚面。石老的砚雕曾经轰动一时，京、津、保一带仕绅商贾争相珍藏。石老申传人很多，按艺术成就要数崔凤桐了。崔凤桐没有念过多少书，没有石老申那样的文化修养。他就扬长避短，不雕人物，专攻昆虫动物，大自然里到处可以观察借鉴。我们到他家访问的时候，看到从房檐、影壁到笔筒、花瓶、镜柜，甚至小学生石板，到处都留着他当初学艺的习作。崔凤桐刀下的昆虫动物，不仅惟妙惟肖，而且讲究神韵。我有幸看了他的一方“九龙戏珠”砚，长一尺二寸，玲珑悬雕，利用紫翠石上天然的黑白斑点，雕成围绕的九条白龙，出没于黑云之中。那九条龙神态各异，张牙舞爪，舌翘须卷。砚面放水以后，似活龙游动，击浪有声。崔凤桐说，为了这方砚，他在大同的九龙壁前观察、琢磨了两天，回来发挥创造的。这方宝砚参加了全国工艺美展，荣获河北省工艺美术设计百花奖。尤其是日本和东南亚的外宾反映，它雕工细致，造型逼真，古色古香，显示了我国文房四宝的传统工艺，在同类产品销售量中名列前茅。

崔凤桐这一辈艺人受党的教育，一心一意把易水砚的传统继承下来，发展开去，艺术上绝不保守。他曾在村里办起训练班，把手上的绝艺毫无保留地传授给下一代人，现在这个百十户的小山村已发展到200多名农民从事石砚雕刻。

最后，小王领我参观了易水砚原料紫翠石产地黄龙岗。这是一座不小的山头，由于1000多年的采掘，满山石头都是活的，整个山头不知翻倒过多少遍。唐代诗人李贺写当年的砚工石匠“端州石工巧如神，踏天磨刀割紫云”。今天的台坛人却要钻入地下，在七八丈深的石坑里挖瑰宝了。

在台坛村的两天，我心里一直不能平静。这些蓬头粗衣、粗茶淡饭的农民，创造着艺术，创造着美。这些闪耀着光彩的艺术珍品，是他们心灵美的外现，是他们对美孜孜以求的结果。

1987 年 6 月

华北军区烈士陵园

1947 年 11 月 12 日，朱德总司令和聂荣臻司令员指挥晋察冀野战军攻克石门（今石家庄），石家庄成为中国人民解放军在解放战争中解放的第一座大城市。1948 年秋，朱总司令到西柏坡视察时，提议兴建华北军区烈士陵园，1950 年 3 月动工，1954 年 8 月 1 日落成并对外开放。建成的华北军区烈士陵园成为这个英雄城市的红色标志。

破土动工时石家庄只有十几万人口，陵园坐落在城市的西郊。如今石家庄已经发展成为有 200 多万人口的大城市，陵园变成了市中心，被包围在楼群之中。这个以苍松翠柏为主的 21 万平方米的绿色园林，更加引人注目。

陵园位于河北省会石家庄市中山西路 343 号，面向南开的黑色花岗岩门壁古朴凝重，汉白玉石刻匾额上是朱总司令题写的“中国人民解放军华北军区烈士陵园”，苍劲有力。进门两厢高高的柏树，像两队整齐的士兵，把我们引进深深的肃穆氛围中，脚步也不由得沉重起来。前面宽阔的广场上，耸立着浅灰色烈士纪念碑，高 21 米，像一把银光闪闪的宝剑指向蓝天。纪念碑的正面是毛主席的题词：“为国牺牲，永垂不朽。”东侧是邓小平同志的题词：“继承先烈遗志，为中华民族彻底解放而奋斗。”西侧是江泽民同志的题词:“学先烈精神，创中华伟业。”纪念碑底座的浮雕是地雷战、地道战、白求恩大夫、狼牙山五壮士和解放石门。纪念碑前有 6 个大理石花盆，鲜花绽放。下部基座是坡形黑色花岗岩台阶，拾级而上，敬重之情也步步提升。基座四角各有一个剁斧石饰面的火炬盆，整盆的串红艳如火焰。广场中心的不锈钢旗杆上，五星红旗迎风招展，东西两侧八行梧桐，组成四条林荫大道，成年的梧桐枝干齐刷刷向上伸展，如同无数手臂支撑着蓝天，欢呼中国人民的伟大胜利。整个场面布局严谨，庄严雄伟，来到这里就让人凝神提气，感情升华。

烈士纪念碑后是一片整齐的柏树林，柏树林后面是椭圆形花坛。树荫下的草坪上，有三组青铜雕像。中央是海陆空三军战士高举红旗，全副武装；东侧一组是八路军战士手握钢枪，冲锋陷阵；西侧一组是男女民兵警戒埋雷，协同作战。这三组雕像象征着我国军民勇往直前、无往不胜的英雄气概。花坛两厢有 10 位革命烈士的半身铜像，他们是董振堂、赵博生、周建屏、李力、常德善、王远音、李永安、王先臣、周文彬、马本斋，都是出生或战斗在河北这块慷慨悲歌的热土上的革命先烈的杰出代表。董振堂 1895 年生于直隶（今河北）新河县李家庄，赵博生 1897 年生于直隶山东慈庄（今属河北黄骅）。他们都是从保定陆军军官学校毕业、正气凛然的军人，因不满蒋介石发动内战，1931 年共同发动了闻名全国的宁都起义，并先后加入中国共产党。董振堂历任红五军团副总指挥、军团长，参加了中央苏区第四次、第五次反“围剿”及二万五千里长征，任红五军军长、中央革命军事委员会委员，1937 年 1 月迎战 6 倍于红五军兵力的国民党军，奋战 9 昼夜，英勇牺牲。赵博生历任红五军团参谋长兼第十四军军长、红五军团副总指挥兼第十三军军长，屡立战功，中华苏维埃共和国政府下令嘉奖，并授予一级红旗勋章。1933 年 1 月，他在反“围剿”战斗中壮烈殉国。毛主席称他为“坚决革命的同志”。陵园的东北、西北两角，分别为他们修建了纪念碑亭。

雕塑群后面是铭碑堂，长方形建筑，庄严肃穆。门楣横额上“铭碑堂”三个字是杨成武将军题写的。前面是落地玻璃窗，使室内光线明亮。正中安放着一块大型卧碑，上面镌刻着毛主席“为国牺牲，永垂不朽”的题词。卧碑顶端长方形的汉白玉石板上，镶嵌着一个金色的铜铸花环，是由奥地利侨民盖斯特女士铸造并赠送给陵园的。堂内正面墙壁上展示着安息在陵园的248位烈士的英名，两侧汉白玉石碑上镌刻着刘少奇、朱德、彭德怀、徐向前等老一辈无产阶级革命家的题词。卧碑和领导人的题词便是“铭碑堂”这一名称的来由。

铭碑堂后面是骨灰堂和烈士墓群，在这里安息着大革命、抗日战争、解放战争、抗美援朝各个时期的316位团级以上革命烈士。他们的遗骨安放在暗红色花岗岩石棺里，棺上的泥土生长着鲜花。棺后汉白玉石碑上刻有他们的姓名和生平简历。东西两大墓区由三通方形石碑相连，形成一个整体。周围有翠柏林带环绕。战火硝烟、枪林弹雨中壮烈牺牲的革命烈士们，在这里依然排起整齐的队列，享受着他们用生命换来的阳光和安谧，享受着礼敬和鲜花。

陵园南北中轴线两侧，有三条横向的轴线，对称排列着形态各异的纪念性建筑。由北而南，第一条横轴线上，东面是烈士纪念馆，迎面墙上镌刻着中共中央华北局撰写的《华北军区烈士陵园记》，厅内陈列着马本斋、周建屏等16位革命烈士的英雄事迹。西面是烈士纪念碑亭，穹窿形的外形，中央是方形石碑。

第二条横轴线上，白求恩、柯棣华两墓遥相呼应。墓前的白求恩雕像身穿大衣，足蹬草鞋，风尘仆仆。背景是黄瓦白墙，陵墓为方体圆顶。墓体的背面介绍:“诺尔曼·白求恩大夫，加拿大共产党党员，世界著名的胸腔外科专家。1890年生于安大略州格拉文赫尔斯特城，1936年曾为反法西斯的西班牙人民服务。1937

年受加拿大共产党和美国共产党的派遣，率医疗队，不远万里，来到中国，任晋察冀军区卫生顾问，首创国际和平医院，以高度的国际主义精神和忘我的工作热忱，为中国人民的解放事业尽了最大的责任。后因医治伤员中毒，不幸于 1939 年 11 月 12 日在河北省唐县黄石口村逝世。”墓体正面是毛主席《纪念白求恩》中的一段评价：“一个外国人，毫无利己的动机，把中国人民的解放事业当作他自己的事业，这是什么精神？这是国际主义的精神，这是共产主义的精神，每一个中国共产党员都要学习这种精神。”柯棣华雕像，一手拿八路军军帽，一手提药箱，脚步匆匆。墓体正面介绍：“柯棣华大夫，印度孟买寿拉布人。格兰特医学院毕业，印度援华医疗队成员。1938 年夏来我国服务，1939 年到达延安，1940 年任晋察冀军区国际和平医院院长，加入了中国共产党。为中国人民解放事业竭尽劳瘁、致癫症复发，于 1942 年 12 月 9 日逝世，享年三十二岁。”当年在延安举行的追悼会上，毛主席题写的挽词是：“印度友人柯棣华大夫，远道来华，援助抗日，在延安、华北工作五年之久，医治伤员，积劳病逝，全军失一臂助，民族失一友人。柯棣华大夫的国际主义精神，是我们永远不应该忘记的。”

第三条横轴线上，有烈士纪念馆、烈士纪念碑厅、铁狮子和白求恩、印度援华医疗队纪念馆。因为白求恩和柯棣华墓，石家庄市经常接待一批又一批的外国友人，华北军区烈士陵园已经成为世界许多国家旅游者的著名目的地。

1987 年 9 月

春到冶河

冶河发源于山西省大寨村西边的柳林背，注入滹沱河。在昔阳一段名松溪河，有个冶头镇。流经井陉称甘陶河，进入平山称冶河。平山县有东西南北四个冶河村，巨龟苑在东冶，河对岸就是西冶。冶河之冶并非冶炼的意思，新华字典上说：“冶，好装饰，打扮得过分艳丽。”巨龟苑小住几日，才真正领略了冶河之冶。

出巨龟苑西门，便一脚踏进五彩斑斓的春天。时在清明、谷雨之间，春光明媚，顺葡萄长廊前行，头上葡萄藤刚长出芽，两边冬青树纷繁茂盛，曲折蜿蜒，像一条巨龙畅游于花的海洋。5万平方米花卉园中，各种鲜花盛开怒放，迎春金黄，丁香深紫，白玉兰白得像珊瑚，红叶碧桃红得如火焰，阵阵花香沁人心脾。美人梅、贴枝海棠正含苞欲放，高高的马褂、狐狸条、红瑞木，矮矮的牡丹、芍药、紫槿，都在蓄势待发。细心的主人按花期早晚安排，使苑中诸花依次开放，保证一年四季都有鲜花。接着是2万平方米果树园，都是稀有品种，正在花期。世纪桃、水蜜桃，一抹烟霞，红梨、香蕉梨、寒富士，一片雪白。花树间，蝶飞蜂喧。只有苹果树不事声张，淡绿的小花隐藏在枝叶间，耐得住寂寞，在暗暗地较劲儿。

走出花海，回望巨龟苑长城形状的围墙，被万紫千红簇拥着，只露一行整齐的雉堞，像一排模特的发髻，向世界展示华丽的时装。我敢说巴黎、米兰、虎门的时装博览会，都不及这里的漂亮。花海边沿有两处对外餐厅，玻璃窗上的大红剪纸，是村里巧手的大嫂们，描着山野景致剪下来的。一群红领巾闹闹嚷嚷，像一群蜜蜂采蜜归来，把偌大的餐厅变成了一个蜂房。有的正对手表演：

一个小蜜蜂呀，飞到花丛中呀！顺斜坡下去，走过一座小桥，桥下一条石砌明渠，渠水滔滔卷着浪花，喧闹着向前流去，代表着春天的脚步。弯弯水渠盘绕一个个山包，像一条银蛇。一条明渠担负着两种职能，既是东冶村的外环围墙，又是冶河的最后一道大堤。渠外河滩上，一圪垯河卵石，像一堆褐色的火焰，一片青草地，如铺一块翡翠，红绿相间。远处的冶河，只是一条断续的银线，在远处闪亮着。

水渠迤逦前行，碰上一条出村的水泥路，躲到地下，成为一个倒虹吸。公路南边有一处水面，闪闪发光。岸边垂柳含烟，千丝万缕地垂下来，伸进水中，像一群少女在梳洗秀发。湖水平静明丽，像镶嵌在山野的一面玻璃镜子，倒映着远山近树，轮廓清晰可见。站在岸边，觉得自己心房也被照亮，容得下蓝天白云。以至于不忍心登上竹筏，惊动眼前的安静，使它们变得破碎，变成一个哈哈镜。

船工说这里本来是冶河泛滥形成的一个水潭，时间久远，又深不可测。传说坑里有一种龟，通体白色，是一种吉祥物，朱元璋见白鼋而得天下。前几天巨龟苑开发旅游，疏浚河湖，捉到一只白鼋，安放到了水族馆里，我们曾经看到过。有人说巨龟苑老总范海庭福大命大，出生时家人就给他这个山里孩子起了个好名字，大海的庭院，白鼋来投。他给这个大水坑起了个名字，白鼋湖。

竹筏向前划行，水面越来越窄。左面绕山转的明渠，有水漫堤而下，形成瀑布。瀑布不高而很长，有五六百米，像尼亚加拉大瀑布一样壮观。渠水入拐弯处，还有个马蹄形瀑布。因为渠水流量不大，瀑布薄似蝉翼，柔如轻纱，连身后崖壁上青草黄花都能看清，真有一种“布”的感觉。

瀑布对面有个湖心岛，岛上一片白杨树。树龄不过八九年，青绿色皮肤上还没长出“眼睛”。密匝匝树干纵横成行，笔直的身子一齐向天空伸展，仿佛解放军战士受检阅的绿色方阵。嫩绿的叶子像水洗过一样鲜亮，微风吹过，哗啦啦地响，向山野唱出嘹亮的歌声。这边男性的白杨林，与那边女性的柳荫遥遥相对，含情脉脉，互送秋波。

管理人员在林中拴了一些吊床，架起几个秋千。小鸟一样飞来的孩子们，各自找到自己的巢，或躺在那儿休息，或荡起秋千，把银铃似的笑声送入蓝天。有几个胆大的孩子钻进水上步行球里，被推进河中。气球在水上滚动，球里的孩子跌跌撞撞站不起来，球里球外都是笑声。

最后一个节目是冶河漂流。参加者多为成年人和青年学生，我也鼓了鼓气报了名。每人发一支桨，一件橙色救生衣，两人乘一条橡皮船。这一段冶河有一定坡度，水流湍急，小船像一片鹅毛漂在水上，一会儿投进波涛，一会儿跳上浪头，一会儿又跌进漩涡，随着水流打转，十分刺激。我只顾手忙脚乱，左冲右突，顾不上留意河里的风景。

冶河也像一个顽皮的孩子，一路玩耍，一会儿聚作快速激流，一会儿散作平静水面。河水平静下来，心情也平静下来，才有暇看眼前的河水，翻卷着大大小小银色的浪花，好像刚才花卉园里的牡丹、芍药，一朵朵、一丛丛开不败，让我看到冶河狂野和娴静两种性格。

2003 年 5 月

植物园记

国庆长假倒数第二天，进入植物园时，大雾已先期来到。蒸汽似的大雾，开始淡如蝉翼轻如纱巾，沾在脸上湿漉漉滑腻腻的，说话间浓重起来，如羊毛如棉絮滚滚而来，裹在身上有压迫甚至窒息感。浓雾如漫天洪水淹没了一切，建筑物和花草树木都失去了轮廓，看来今天要雾中看花了。

乘电瓶车在雾中缓缓行驶，有轻舟荡漾的感觉，两厢隐约有不少桅杆。团团浓雾如浪打来，车身好像微微颠簸。所幸不久微风吹来，浓雾渐淡，看那“桅杆”原来是一些树干，这便是观赏植物区了。郁郁葱葱的松柏、疏影离离的竹林，还有成方连片的芍药、牡丹、月季、蔷薇、樱花、碧桃、海棠、丁香，虽然时至深秋，花期已过，依然满园春色，向游人展示着热情。银杏、水杉、木兰还是幼林，好像一群群小妞少女，清瘦细嫩，细细鬈发，淡淡眉毛，但是身材气质上已经显示了美人坯子。不用多久，它们就会亭亭玉立、流光溢彩、妩媚妖娆起来的。

雾渐渐退去，露出了湖水，似无还有，如近复遥，朦朦胧胧，如玉女半醒。大小岛屿，影影绰绰，恍如仙境。经雾纱拂拭，湖水像玻璃、水晶一样明亮。又好像揭盖的一坛绿醅，飘着酒香，把岸边的杨柳醉得东倒西歪。电瓶车满载欢声笑语，一会儿走堤，一会儿过桥。波澄湖上有桥 32 座，座座设计精巧，形态迥异，不仅具有交通功能，还兼备艺术价值。大拱桥横跨湖水，如长虹饮涧。小平桥紧贴水面，可凌波信步。石桥如礁石出水，温柔敦厚。木桥如浪上小舟，轻巧活泼。长堤廊桥，曲径通幽，连着湖心岛、荷花坪、玫瑰剧场，亦可直达暗香渡、居竹湾、闻涛港和渔人码头。在鱼趣园弃车漫步，成千上万锦鲤彩鲫在水下徜徉，有人投下饵食，便争相追逐嬉戏，水面上也花团锦簇、五彩缤纷起来。

到盆景艺术馆时，已经雾去天晴，眼前亮堂起来。此馆占地 3 万平方米，是我国最大的盆景园之一。采用院落式布局，典雅建筑与周围水面、林地相映成趣。走进室内，看到的是一个树木的小人国。“孤标百尺雪中见，长啸一声风里闻”的栋梁松，“根疑泉府偷灵气，树笑铜山炫富名”的中国榆，还有岭南独木成林的老榕树，在这里体积缩小了几十倍，秀珍玲珑，婀娜多姿。有的像能掌上舞的赵飞燕，有的像屈伸自如的杨丽萍，有的龙飞凤舞如王羲之的书法，有的小桥流水如郑板桥的国画，有的秀丽缠绵如婉约派的诗，有的飘逸悠扬如美声唱法的歌。仔细看时，艺术风格还有区别，分为扬、海、苏、通诸派。但是在我看来，美则美矣，美得未免残忍。明明是活泼可爱的生命，却要限水饿饭，却要绳捆索绑，人为地造成侏儒和畸形，如果我是树，就要提出强烈抗议。

热带温室是植物园的精华所在，阳光下显得光明灿烂，金碧辉煌。占地3000平方米，分热带雨林、沙漠植物、棕榈、兰草、阴生植物和观果6个区，分别展示不同气候带的典型植物景观。500多珍奇品种，于我都十分陌生。5米高的龙血树，已经150多岁高龄了，依然生气勃勃，毫无老态。用小刀在树干上一划，就会流出殷红的汁液。桫椤是孑遗植物中蕨类植物的代表，人称地球演变的“活化石”。民歌《小放牛》就唱道:“天上桫椤什么人栽?”佛肚树腆着啤酒肚，头上毛发稀疏。大棕榈赤身裸体，像一根根望天高的水泥柱子。鱼尾葵叶子散开，像万千鱼儿在空气中游动。老榕树像驼背老人，佝偻着身子，垂着长长的胡子。还有鸡蛋花、鹤望兰、木棉花、人心果，正在花期，像织不完的云锦，像天降下的彩云，像一幅幅油画，新样靓妆，艳溢香融，让人想起李贺的一句诗:“花枝草蔓眼中开，小白长红越女腮。”这些南国佳丽，移居北方，大都春光焕发，芳容不减，因为植物园给它们创造了良好环境，温度、湿度不亚于故乡。温室内小路蜿蜒，流水潺潺，瀑布飞虹，赏心悦目，它们早已乐不思蜀了。

植物园盘桓一日，如在梦中境界。回程路上仍频频回头，恋恋不舍，那迷人的景色，那甜美的空气。

2003年3月

柏乡汉牡丹

4 月下旬在高邑开诗会，正逢农历谷雨节，自然想起两句诗："谷雨一候牡丹开，信风有致蝶约来。"会后相约去柏乡看汉牡丹，出县城东南行，几千米就进入柏乡县界。这里曾是东汉的鄗城，公元 25 年刘秀登基的地方。停车问一老农，柏乡何在？老农热情指路，就在前面的北郝村。不禁又想起"刀砍石人问柏乡"的传说。当年刘秀为王莽追杀，夜色昏黑迷失方向，看见前面一个人影，上前问道："柏乡在什么方向？"连问三声竟不回答，刘秀怒不可遏，挥刀砍去，只听当啷一声，原来是一个石人。

冀南平原一望无际，绿油油的麦苗簇拥一个红砖村落，这就是北郝村。汉牡丹苑在村西北角，白墙灰瓦，院门向西。进门一座小亭，六根红柱，飞檐凌空，中间石碑上刻有"汉代牡丹"几个大字。一股沁人素馨，引我们来到东边一座花池。池中 7 株牡丹，5 株芍药，都是汉代植物。灰色枝干状如虬龙，绿叶间花朵红白相间，红者如鹤顶丹霞，白者如霜魂雪影。重重花瓣如精雕细刻，玲珑剔透，质感厚腴，如脂粉凝成，好像一群少女的脸颊，或仰或俯，或斜或倚，千娇百媚，含羞带嗔。惊艳之后，让人想入非非，仿佛看见了端庄艳丽的王昭君，雍容华贵的杨贵妃，还有四大名旦之一的荀慧生，他的艺名就叫白牡丹。

牡丹是我国久负盛名的观赏之花，有着倾国倾城的娇韵。一向是诗人赞颂的对象。李白称之为"名花"，刘禹锡誉之为"国色"，欧阳修赞为"真花"，李格非奉为"花王"。我曾在陕北看到过王维笔下"花心愁欲断，春色岂知心"的红牡丹，在关中看到过韦庄诗中“闺中莫妒新妆妇，陌上须惭傅粉郎”的白牡丹，在洛阳看到过刘禹锡描绘的“唯有牡丹真国色，花开时节动京城”的“富贵花”，在菏泽看到过党怀英诗中“更看散作人间瑞，万里黄云麦两岐”的大片花田。但是论资历品质，都不能与柏乡汉牡丹同日而语，这里的牡丹，才真是王中之王。

柏乡牡丹年代久远，至少形成于汉代，早于洛阳唐牡丹 500 年，早于菏泽明牡丹 1400 年。而且别处的牡丹皆为草本，一岁一枯荣。而柏乡的牡丹是木本，生长缓慢，一年只长一寸，因而叫“寸牡丹”。每长到 20 年左右，老枝慢慢枯死，新芽渐渐长高。据柏乡旧志残碑记载：“牡丹生北郝村弥陀寺内，高可七八尺，枝粗如椽，旁有芍药相伴。谷雨前后，牡丹盛开，同株异花，花大如盘，红白相间，溢香满院，素有灵气，邑人以‘神牡丹’称之。”

这眼前的神花苑，就是弥陀寺旧址。历代僧人喜植牡丹，代代相传，寺称牡丹寺，僧称牡丹僧，比那善于舞枪弄棒的少林寺多了几分文雅。当年刘秀被王莽赶得走投无路，进入弥陀寺，破壁残垣，无处藏身。情急之下钻入牡丹丛中，才保全了性命。刘秀当了皇帝，故地重游，写了一首诗：“小王避乱过荒庄，井庙俱无甚凄凉。唯有牡丹花数株，忠心不改向君王。”汉牡丹的名字因此而得，当年问路的石人如今也移至院内。

汉牡丹的“灵气”突出表现在抗日战争时期。日本柏乡驻屯军头目高九中雄，对汉牡丹早有耳闻，想占为己有。第一次派人挖出一株，移栽在住所，不等天黑就枝枯叶落。二次挖时，带有磨盘大土包，用四轮大车拉到县城，三天后依然枯死。汉牡丹遭此劫难，曾经数年不发，有人作诗：“任你想尽千般计，无奈国花气节高。神州佳卉原有主，不向仇敌弄风骚。”抗日战争胜利后，汉牡丹根枝复生，名花又开。因而人们称赞柏乡牡丹有民族气节，是爱国神花。

在汉牡丹周围，如今开辟了一座占地 120 多亩的大牡丹园，引植九大色系300多种名贵牡丹、芍药品种，不仅有姚黄、魏紫、赵粉、二乔等传统名品，还有夜光杯、玛瑙黑、钗头凤、红海银舟、玉壶冰心、紫蝶初羽等近代新培育品种。特别引人注目的还有一些外国牡丹，美国的“太阳”，法国的“金晃”“金阁”，日本的“芳纪”“初鸟”“海黄”“金丽”等。春和景明，百花盛开，共同簇拥着的汉牡丹，更加满面春风，一派王者风范。

2000年5月

扁鹊庙

年年农历三月初一到十五，冀南平原成千上万人向西面的太行山涌去，去赶神头庙会，去朝拜神医扁鹊。从早到晚，山路上车水马龙，仿佛一条浩浩荡荡的倒淌河，夹在人流中，我变成一朵欢快的浪花。

从内丘县城西去30千米，有一个隐藏在大山皱褶里的小村。村前一条九龙河，岸边九棵古柏依崖而立，个个弯腰驼背，毛发稀疏，年龄都在2000岁以上。传说它们是扁鹊的九大弟子，天天守候在此，等候师傅巡诊归来。身后的九龙河摇头摆尾，沟深似涧，上面横卧一座单拱石桥，名曰回生桥。不管多么严重的病人，跨过此桥便有了生的希望。

扁鹊本名秦越人，战国时渤海郡鄚人（今河北任丘市），是我国有史可查的第一位医学家。他既通内科，又晓外科，既通药性，又善针砭，司马迁称“天下言脉者由扁鹊也”。他周游列国，在赵国医好重臣赵简子的病，因而得赐田4万亩于中邱蓬山，就是内丘县中部神头这一带山区。

走下回生桥，脚步显得轻健了许多。迎面是一座规模很大的道教庙宇群。27 座庙宇以轴线分布，按天地人三才建筑，总面积 4 万平方米。主殿“神应王庙”，是宋仁宗赐名敕建，面积 416 平方米，布瓦歇山顶，分柱头拱、补角拱、转交拱，黄松门窗，方砖铺地，全无通常庙宇的金碧辉煌、豪华气象，朴实如乡村大药铺。座上扁鹊，慈眉善目，和蔼可亲，也绝无一般菩萨、金刚高贵威严的气派，而是微微俯身，眼睛向下，完全一个体察民间疾苦的普通人。

院内碑碣很多，大都年代悠久，字迹漫漶。最引人注目的是一通“国朝重修鹊山神应王庙碑”，系元代至元五年（1268 年）立石，龟趺座，弧形碑首，浮雕六龙缠尾，长方形碑额，篆书雕刻题字。此碑由元朝修国史臣王鹗奉敕撰文，宰相刘秉忠书丹。碑文记述了扁鹊生平业绩和历代庙宇修葺之事。

这块碑由一整块汉白玉做成，700 年后的今天依然保持洁白，老百姓称之为“透灵碑”。传说进庙来先给扁鹊神像施礼，再来碑前祷告，玉碑上便显出五脏六腑的毛病，就像现在的 X 光和 B 超。我乐呵呵站在前面，碑上没有什么反应。大概平时好事做得不多，但没有做过坏事，平常人而已。据说从前有个县官听说后，梳妆打扮一番，一本正经来到庙里磕头作揖，冲碑一照，嚎叫一声栽倒在地。原来透灵碑上出现了一只兔子，心肝肺都是黑的。

值得一提的是，庙内还有一石刻神兽，狮头独角，龙身鸟翅，名叫避邪天象，形象如同在西欧见到的喷火兽。在国内我还是第一次见，专家们说，这是石狮之前的镇宅灵物，多出现于汉魏时期，曹魏之后，就被石狮取代了。1928 年首次在内丘县发掘出土，据说是一名军阀所为，当时共挖出四只，卖给美、法两国各一只，现存费城大学和卢浮宫内，还有一只不知去向，这一只为国内仅存。

庙内还有一通“元平章政事诗碣”，上书元朝宰相不忽木题诗:“一勺神浆浩满襟，天开明哲岂难谌。齐侯无幸奋残速，虢子有缘惠泽深。”赞誉扁鹊为虢国太子治病的故事。《顺德府志》上提到扁鹊庙西面的太子岩时，说“虢国太子从医扁鹊采药于此”。扁鹊行医路过虢国宫门，正逢太子新亡，忙着发丧。扁鹊问过太子病情后，说太子患的是假死症，号脉、针灸后，果然苏醒了。又调治半月，病完全好了。太子就拜扁鹊为师，在蓬山采药。有一次半路上腹疼难忍，扁鹊说是“绞肠痧”，让他平躺石上，为之开膛破肚，掏出肠子用山泉水洗净，然后缝好，又救了太子一命。从此，蓬山改名太子岩，至今还有一条“洗肠沟”，传说就是当年扁鹊为太子开刀的地方。

扁鹊医名大振，遭到许多人嫉妒，后来被嫉贤妒能的秦国太医李醯暗下毒手害死。蓬山人民跋山涉水，冒死把扁鹊的头骨偷回来，埋在他生前行医多年的蓬山脚下，原来的山庄改名为“神头村”。

太子岩是京广线一带最高的山峰，高 1100 米，山体深紫，阳光下像一面迎风飘扬的旗帜。在山腰 600 米处，有一条自然生成的白色岩层，长十余里，洁白如玉，俗称苍山玉带，为内丘八景之一。当地人说，扁鹊死后，北风呼号，河水呜咽，蓬山为之披麻戴孝，这便是孝带。河北人民信仰扁鹊胜过一般神仙。神仙虚无缥缈，来自天外，而扁鹊实实在在，出自人间，是人民自己的神仙。

2000 年 9 月

唐祖陵记

我是在河北隆尧魏家庄舅舅家长大的，隔一条泜河故道，王尹村有唐祖陵，赵孟村有光业寺。周围村庄都很小，唯有魏家庄是个集镇，东西4里，南北3里，街道整齐，商铺林立。历来一村分两县，东部归隆平（曾名广阿、象城、昭庆），西部属尧山（曾名柏仁、柏人、唐山）。两县又分属两个地区，隆平属真定府，尧山归顺德府。都以靠近龙脉为荣，互不相让。1947年合并为隆尧县，问题就不存在了。

舅舅家王尹道上有一块地，与唐陵的石马坑毗邻。原是陵前神道，后来塌陷成洼地，夏天下多大雨也不存水，不知道渗到哪里去了。洼地长方形，100多米长，前边一对八角形华表，早已折断。其后两排八对石像生，黄土埋了半截，石人石马都被砍了头。残马2米长，1米多高，头马前腿有浮雕云纹羽翼，后边的有鞍鞯、笼缰、鞅鞧，体态肥硕。一对石人，一个戎装按剑，一个拱手执笏。

听大人们说，原有一对石狮，昂首雄踞，怒目远视，张口欲吼，颌下三绺胡须，脑后鬣毛卷曲，肌腱暴突，利爪入地，雕刻精美，弥足珍贵。1935年曾被劣绅卖与美国商人，王尹村朱林森发动群众，连夜追至内丘火车站截回，安放在隆平县衙保护起来。朱林森在保定二师入党，1925年暑假回乡，在魏家庄建立了冀南平原第一个党支部，是中共隆平县第一任县委书记。

小时候我常年在王尹道上干活儿，休息时就到石马坑玩耍。一次正以鞍马为“滑梯”，不料汪老师突然出现在面前，罚我立正谢罪。汪老师名介甫，肖庄人，省立四师（邢台）毕业，与全国总工会主席刘宁一同班，一方名宿，在魏家庄高小教历史、地理。周末不直接回家，总要绕道唐陵、光业寺，每次逮住我顽皮，都要随他多走几里，重温一下唐史。

当地称石马坑为李渊坟，流传几个歇后语：“李渊的老婆——豆（就）是”“李渊的爷爷——虎（唬）人”。其实这里葬的不是李渊，而是他四代祖李熙，三代祖李天赐，二陵共茔，合称大唐帝陵。唐太宗贞观二十年（646 年）兴建，历时 18 年建成，兆域 4.47 平方千米，与咸阳的李渊献陵同等规模。史书上说长孙无忌考察，老百姓传说是魏徵、徐茂公看的风水，西北东南向，头枕尧山，脚蹬大陆泽。

光业寺在陵东 1 里，本为唐祖陵附属建筑，兴建于唐总章年间，开元十二年（724 年）整修扩建，曾经皇家气派，金碧辉煌。寺中特塑二代祖李虎和梁夫人“玉石真容”，供奉于大佛堂。李家世代从军，李熙是北魏金门镇守将，李天赐官至司空，李虎是西魏太尉，北周孝闵帝追念李虎当年追随先祖的功劳，将其追封为唐国公。帝尧号陶唐氏，史称唐尧，建都柏人，就在尧山一带，这就是唐朝国号的来由。

汪老师儿时见到的光业寺，山门南开，有白塔一座，中轴线三大殿之后殿尚存，壁画精美，佛像众多，佛座下地道直通唐陵。民国以后，先后遭奉军、日寇抢掠。土改拆庙建校，断壁残垣，轮廓还在。留下一通“大唐帝陵光业寺大佛堂之碑”，立于中殿东侧，青色石料，首身一体，连龟座高 5.5 米。碑首四龙盘绕，有的双角长目，有的独角圆眼，眼瞳分明，獠牙翘出。鳞片半圆，花瓣叠压，四肢火焰纹，双爪戏珠。珠下圭形佛龛，弥勒跏趺，袈裟袒右，足踏莲台，两侧有“皇帝供养”“皇后供养”字样。

碑身四角八棱，阴刻 2959 字。汪老师满带感情，抑扬顿挫读道：“光业寺者，盖开元八代祖宣皇帝、七代祖光皇帝陵园之福田也。总章之年，奉敕置是额，曰光业焉……”一侧刻象城、任县、柏仁三县官员、主僧、施生姓名。文中提到三县35个村名，对比1200多年后的今天，有的没改，只是张村扩大为东张、西张，贾村增加到范贾、辛贾、李贾；有的音同字不同了，崇贤演变为重贤，彪冢演变为彪中。碑上找不到魏家庄，汪老师说是后来接待祭祀官员，来往香客，逐渐形成的。

汪老师经常站在这里自豪地说：尧山泜水好风光，大唐帝国从这里走来，文治武功，中国历史的巅峰；大宋王朝也从这里走来，科技文化，又一座历史的高峰。西北5千米山南村出了个柴荣，创建后周，打下多半个中国，人称小尧舜。可惜英年早逝，功败垂成，被赵匡胤陈桥兵变夺去了天下。

汪老师由衷的骄傲和自豪传染了我，时常把唐尧故里挂在嘴上，人前夸耀。1958年上河北大学，一次座谈会上与老作家李满天争执起来，他说李唐出自陇西，史书有载，现在叫临洮，他的家乡，城南有陇西太守李崇墓。我憋了一肚子气，回去钻了一天图书馆，还真找到了，《旧唐书》说“出自陕西狄道”，《新唐书》上说“陕西成纪人”。一瓢冷水泼来，几天抬不起头。

心犹不甘，去问中文系詹锳教授，他讲唐诗，所著《李白诗文系年》，学术界评价甚高。先生还是美国哥伦比亚大学心理学博士，三言两语让我安静下来，然后讲李唐祖籍赵郡、陇西之争，笔墨官司打了上千年，最近总算有了结论，拍板的是国学大师陈寅恪。研究了大量史籍，《光业寺碑》更是重要证据，“维王桑梓，本际城池”“桑梓旧国，须筑法宫”“天下文明，宗禋复礼，丰沛故事，遂俯有司”，已经说得很清楚了。为此写过三篇论文，收入《唐代政治史述论稿》一书，很熟悉地翻给我看：“李熙、天赐父子共茔而葬，即祖葬之一证。”“李氏累代所葬之地即其家世居之地绝无疑义，而唐皇帝自称其祖留居武川之说可不攻自破矣。”

解放初期一度讲出身，以穷为荣，地主成分的想改贫农。封建社会论门第，唐玄宗明知自己祖籍昭庆，为了虚荣攀高枝，贴陇西李氏名门望族，天宝二年（743 年）下诏改认李暠为始祖。李暠成纪人，汉李广十六世孙，曾任敦煌太守，后自立为西凉国武昭王。当时许多大臣就反对，太常博士张齐贤说“殊为不可”，“当时不立者，心有不可立之故也”。礼部员外郎薛昭伟说“非所宜立”，“迨于兴至，是非有据”。他们的奏折都收在《后唐书·礼仪五》里。其实这个李隆基并没有弄通自己的根基，后来《新唐书·宗室世系表》称他的先祖是赵国战将李昙“赵柏人侯，入秦为御史大夫，卒葬柏人西”。李昙生四子，一子李崇西征，官居陇西太守，为陇西李氏始祖，就是李满天说的那位。一子李玑，玑子李牧为赵将，封武安君，繁衍为柏人著姓。这个风流皇帝，被杨贵妃弄得神魂颠倒，连祖宗都认错了。

这年寒假，我顾不上回家，先奔南羊村张稼农家，他在文物保管所工作。我这里欣喜若狂，他那里高兴不起来，人民公社“大跃进”，拆光了光业寺基础石料修邢湾大桥了，只留下一个光业寺碑，冒死力争才保下来的。可是几年后“文化大革命”兴起，没人能保了。自称贫下中农后代的红卫兵，造中国最大地主的反，光业寺碑被砸，断为 10 块，9 块砌进牲口棚，一块投进井里，真个“粪土当年万户侯”了。县政府大院的一对唐狮，危在旦夕。县委书记张彪组织几名干部连夜挖坑埋入地下，上面移植了花草，免遭一劫，十几年后才重见天日。光业寺残碑，经过精心拼对修复，尚缺 55 字，幸有重贤村张子敬先生 1951 年在武昌购得原拓片一帧，保存了历史的全貌。

前不久回乡，去到王尹道上，儿时耕种的那块庄稼地已经几易其主，而石马坑面貌依旧。“千古兴亡凭吊意”，站在全国重点保护文物单位唐祖陵遗址前，绿油油的麦浪上，幻想出来琼楼玉宇，金碧辉煌，美轮美奂。比起 300 年大唐景象，怎么想都不为过！

如今的唐祖陵遗址上，已经没有任何地上建筑。邻近县市的人说，每逢夏冬两季水汽大时，这里云层上会出现琼楼玉宇、蓝墙朱门，美轮美奂，石人石马也会动起来。小学生对大人说，那是海市蜃楼。这里的村民没见过海市蜃楼，倒是年年会有实实在在的丰收景象：四五月绿绿油油的麦浪，金灿灿的油菜花；六七月高粱晒米，棉桃喷雪，玉米吐着红线线；八九月家家房顶上堆起“黄金塔”，铺着“红地毯”。问起为什么，他们会骄傲地把你领到一块国务院立的碑石前，指着两行金色大字“全国重点文物保护单位，隆尧唐祖陵”，笑嘻嘻地说，这就是俺们的圣旨。

2016 年 9 月

柏人城记

柏人城遗址，是我见到的最古老的城池。唐代皇甫鉴《城冢记》说“柏人城，亦尧所筑也”，已有 4200 年高龄。《唐山县志》说“晋文公伐卫取邢，又属晋邑，乃为柏人”，至少 2600 年历史了。《史记·赵世家》说“幽缪王迁元年，城柏人”，是公元前 235 年。

从京广高速下道，东行不远是隆尧县双碑乡，再北行一两千米就到城下。草树掩映的城墙，地上高 7 米，地下深 2 米，厚 21 米，可以并排跑 3 辆马车。外墙为三合土和姜腊石，每隔 60 厘米一溜横木，间隔 30 厘米，古时叫“桩”，起钢筋的作用。数千年风雨剥蚀，木已朽去，剩下圆洞如枪眼，纵横成行，像记录历史的文字。

从西南角缺口爬上，好大一片高地，豁然开朗，残存城垣轮廓清楚，正方形，每边八九千米，面积约 4 平方千米多。站在这里最先想到的是尧帝，好有眼光，选址在这太行山脉和华北平原交接处，西边是通途大道，南起朝歌，北达燕蓟，北靠泜水，东、西、南三面环岗，光太岗、马棚岗、牧猪岗，皆为太行山余脉。再往东 10 千米是宣务山，山那边是大陆泽，曾有黄河注入，是洪水的西岸。当时主要政务是治水，这里正好是抗洪指挥部。尧帝英明，“其仁如天，其智如神，就之如日，望之如云。”

尧帝生于永平，封于柏人。这里不仅柏树蔚然成林，还看到了其父喾的老师柏招。当时尧是部落联盟的领袖，生活俭朴，住处“茅茨不剪，采椽不斫”，吃“粝粢之食，藜藿之羹”，穿“布衣掩形，鹿裘御寒”，绝不会大兴土木，修筑宫殿。那时人烟尚少，精兵简政，舜为司徒，契管军事，后稷司农，夔当乐正，皋陶司法，伯益管畜牧，重和黎负责天象，监狱是画地为牢。代表帝王的只是一根诽谤木，形似西方的十字架，征求百姓批评意见，后来演变为华表。

柏人正式发展为城，应该时在春秋。商族八迁，“昭明迁居砥石”，就是泜水河边的柏人。初属邢国，邢为卫灭，晋文公伐卫后归晋。后来六卿争权，三国分晋，柏人归赵。它不光是晋国内部争斗焦点，也是各国中原逐鹿的中心，与邯郸齐名的军事重镇、经济大邑。文化学者刘新宗先生出生在柏人城遗址上的城角村，自幼喜好考古，目睹历年打井挖窖中出土的砖石、基础、陶器，直径一尺多的门闩，戈刃上有“柏人”二字，大量的刀币上铸“白人”，并注意刀币逐渐减重，分量越来越小，说明柏人币流通时间很长。他穷毕生精力著《柏人旧事》一书，史料之广，发掘之深，见解之新，意义空前。尤其对历代军事、文化之发掘，为柏人城历史研究打下了坚实的基础。

公元前 251 年，燕将栗腹大军进犯，柏人守将李昙和赵国上卿廉颇据泜河坚守，军民上下同仇敌忾，以少胜多，斩栗腹于鄗上，追杀燕军 500 里，进围燕都，迫使燕王喜割让五城求和，廉颇受封信平君，李昙受封柏人侯。现在柏人城名列全国重点文物保护单位，重修了李昙墓和他领兵打仗的柏人渡和昙公廓。

站在柏人城东墙俯瞰，眼前就是干言山，《诗经·邶风》中的《泉水》，“出宿于干，饮饯于言。载脂载辖，还车言迈。”毛《传》解释：“饮酒于其侧曰饯。”当时喝什么酒，早已失传，但是下酒的菜现在还有，“干言的萝卜泽畔的藕”，后来又加上一种名品“干言的豆腐”，我打小就吃过的。

柏人故事，为历代史家念念不忘，文人大书特书，精彩者有以下几件：公元前517年，赵简子与各国大夫在黄父相会，让大家向周王供粮，准备兵车，奉周敬王复位。这些正合孔子“礼”的主张，所以要亲赴柏人。行至尧山之西、泜水北岸一处无名高地，停车小憩，把过河浸湿的书简卸下，置于山坡晾晒，看见到处五色文石，面河叹曰：“美哉水，洋洋乎，丘之不济此，命也夫。”后人纪念，把此山命名为“夫子冈”，又称“孔冈”“晒书台”。现存隆尧县文物碑刻馆的“尧山孔氏先德之碑”和“尧山孔氏先茔之碑”记载，元代孔子后裔孔天佑，眷念圣迹，举家迁来定居。其子孔璠为第49代衍圣公，曾任南阳知府，致仕后在岗上建奉圣祠和尧山书院，传播儒学。

汉初刘邦北击匈奴，吃了败仗，回师过柏人，拿赵王张敖和贯高出气，甚至辱骂，引起不满。第二年征东垣，归途又经柏人，贯高起了杀心。刘邦天黑欲宿，问是何地，回曰柏人，警觉说：“柏人者迫于人也。”不宿而去。有人举报，刘邦问罪，贯高知耻而勇，慷慨仗义，一人承担，救下赵王，因而“名闻天下”（《史记·张耳陈馀列传》）。唐时李白访柏人，写下《枯鱼过河泣》：“白龙改常服，偶被豫且制。谁使尔为鱼，徒劳诉天帝。作书报鲸鲵，勿恃风涛势。涛落归泥沙，翻遭蝼蚁噬。万乘慎出入，柏人以为识。”从此“柏人为诫”成了一句成语。

汉末刘秀兵败蓟州，被王朗一路追赶，逃至冀南，得到信都太守任光、和成太守邳彤支持，重整旗鼓，所向无敌。到柏人遇守将李育顽抗，久攻不下。危难中求贤若渴，声名远播，义军朱浮、邓禹，汉中贾复、陈俊先后来投，刘秀均以礼相待，“二十八宿”尽归帐下，终于倒转乾坤，称帝于鄗。至今我们那一带有些古老村庄，名字与孔子、刘秀有关，如夫子岗、公子村、尚礼、重贤、景福、仁义店（后改难忘店、南汪店）。绝非后人攀附，在唐代碑碣，如《光业寺碑》上都可以找到。

《颜氏家训》载，柏人城西门有一通汉桓帝时石碑，百姓为县令徐整所立，铭文有“山有宣务，王乔所仙”。《全唐诗话》有马彧赠韩定辞一首诗:“燧林芳草绵绵思，尽日相携陟丽谯。别后巏嵍山上望，羡君时复见王乔。”说柏人是王乔修炼成仙的地方，这是民间对它的一种赞美，地灵人杰。

天妒英才，地嫉灵秀，唐天宝元年（742 年）千年一遇的洪水，怀山襄陵，席卷柏人，古城池水乡泽国，昔日繁华荡然无存。无奈县城搬迁山南，改名尧山县。鲍照在《芜城赋》写道:“稜稜霜气，蔌蔌风威。孤蓬自振，惊沙坐飞。灌莽杳而无际，丛薄纷其相依。通池既已夷，峻隅又以颓。直视千里外，唯见起黄埃。”

今天，柏人城遗址是国家重点文物保护单位，吸引着亿万目光。黄沙埋不住，地下宝藏多。

2016 年 9 月

我与尧山

钓鱼台的一次座谈会上，胡耀邦同志看到签名簿上我的名字，饶有兴趣地同我聊起天来，说尧山有三座，河北隆尧、唐县，山西临汾各一，问我是哪个山头的？我说是隆尧的那座小山，心里十分佩服他的博学，也暗自庆幸故乡不知名的小山竟然在国家领导人心目中占据了一定位置。

伟大祖国名山林立，我见过许多。东自泰岱，西到昆仑，老典型黄山、峨眉自不必说，新发现的张家界、九寨沟也都不甘人后，就连外国的洋山头也见过若干。世界一往的山千姿百态，或秀丽幽雅，或雄浑峻奇，或空蒙苍凉，都曾不同程度地令我惊叹、叫绝，但是都有一定的保留，从不说叹为观止、五体投地一类的话，因为我心中早已有了一座不容置换的故乡的尧山。

尧山北接宣务山。史称“昔尧登此山，东瞻洪水，务访贤人，因名”。其实山很小，长 3 千米，阔 1.5 千米，逶迤排列着尧山、宣务、旄、干言、卧牛 5 个山头，最高海拔才 100 多米，按地理学的标准，充其量不过一个丘陵，而且山体毕露，几无植被，说不上美观。然而其独异的地理位置和人文景观却无与伦比。它在广袤的华北平原拔地而起，在京广线和津浦线之间独树一帜。山巅有东魏武定三年（545 年）“陶唐采封”碑。宣务山又名宣父山，是尧纳舜的地方，舜铭尧恩，因而得名。有人考证《禹贡》中的黄河碣石，亦即此山。诚然，尧、舜、禹截至目前都还是无以考证的人物，未必实有其人，但是代表他们事业的原始部落领袖总是有的。古代华夏以水为患，华北平原一片汪洋时，尧山无疑是最理想的治水指挥部和政治中心，所以宁可信以为真。尧山之南有一条河，就是韩信背水一战的泜水的下游（今名泜河）。我家就在泜河之南，睁眼就可以看到尧山，如日月之恒，成为故乡的标志，心里的屏障。

小时候，大人领我逛尧山庙会，在孩子们眼里它是那么高大，半天才爬上去。山道两旁有明代书院、隋朝彦琮法师墓、同声谷石室，还有卧佛殿、千佛殿、准提塔，越走越古老，最后是尧祠，再往上就是天上的张玉皇了。从山上往下看，云蒸霞蔚，山岚飘忽。山脚下的郭园村是周太祖郭威的故里，西山南村是周世宗柴荣的出生地，东南王尹唐陵是唐高祖李渊的祖坟，当时还说不出物华天宝、人杰地灵一类的话。大人还说尧山原来是个活山，日长一丈，后来南蛮子盗宝，挖去了山的心脏，从此尧山死了，变成了穷山恶水，那时候心里好一阵压抑。

初中一年级上地理课，我问老师地图上课文上怎么没有尧山。老师说它太小了，可以忽略不计。我不服气，它明明那么大嘛！老师还戏谑地说："《山海经·山经》上还说宣务山高 1850 丈呢，不是吹牛皮嘛！"我还是不服气，学测量课时提出亲自测量一下尧山，老师倒很支持。我们课外地理小组带上一套仪器，用了一整天时间，测出来的结果，尧山海拔 158 米，这是有史以来第一次真实文字记载。158 米，才折合 50 多丈，把《山海经》上的前两位数字都抹掉了，尧山太低了，还没有纽约的摩天大楼高。可是我心上尧山的高度怎么也抹不掉，它还是那么高大，特别是经过实地测量，它高大的形象更一笔笔刻画在我少年的心里。

那年下学期，有位叫作吴英华的老师从天津来到山南小镇。吴老师戴着两片瓶底似的眼镜，很有学问，解放前在天津工商学院任教，与朱星、裴学海是同事好友，我见过他们为他的书写的序。人们发现星期天和节假日他常常一个人游山，很早很早出去，很晚很晚回来，像传说中南蛮子一样诡谲。有一天他又上西山去了，我们几个调皮的孩子悄悄跟在后边，见他这儿望望那儿看看，像寻找失物一样猫腰盯着脚下，在一个小坎下拾到了什么东西，用手抠抠，鼻子闻闻（其实是近视看物）。见我们来了，欣喜若狂，大呼"宝贝"！听说宝贝，更怀疑他是南蛮子了。吴老师手捧一颗绿莹莹的石子，正用衣袖反复擦拭，心情很是激动。

吴老师说他来后几个月，一直在寻找这样的石头。《山海经》上记载尧山"出文石，五色锦章"，还有一个动人的故事。当年孔夫子周游列国，路过此地，时属卫国。推车过河时不知深浅，把书浸湿了，过河后停车路边，把书籍和衣物搬到冈上晾晒，发现了许多五彩石，捡起来爱不释手。从此，天天手里把玩，磨成两个玉石圆球。他死后，孔门弟子世代相传。到了元代，孔子的后裔孔大佑思念此事，从曲阜来到这里，在孔子停车晒书的地方定居，后人就把这个地方称为孔冈。大佑的儿子孔璠官至南阳知府，颇有政绩。至今山下还有孔姓人家。吴老师讲得如醉如痴，我们听不太懂，大体上知道我们这个尧山跟孔圣人还有直接关系。那神秘的五彩石从此常在我脑子里转来转去，不久就转成了我的一个笔名。那时刚学写诗，退稿像雪片飞来，摆在门口报栏里，怪害臊的，就胡乱起了一些化名，投一次稿换一个名字。不知怎么感动了孔老夫子，第一篇作品终于发表了，第一次变成铅字的名字“尧山璧”，也许是沾了他老人家的光。从此我的生命我的一切，更紧紧地贴在尧山之上了。

崇拜孔子，把自己当作尧山之玉，那是十二三岁充满幻想岁月的荒唐事。几年之后，知识稍长，觉出了不妙。一是才力不济，缺乏自知之明，玉乃高贵人家之物，与我穷苦出身不沾边儿；二是万一有人查出我的名字与孔子有关，罪莫大焉，自然成了封建阶级的孝子贤孙。尽管能知此僻典的人当时几乎没有，现在大概也只有我的同乡张志春一人，他翻阅县志发现了这个秘密。但是，当时我自己心虚得很，大学二年级时，就以土换玉，成为“尧山壁”了。从此心安理得，贫农出身，土里土气，这才名副其实嘛。

尧山，我故乡的山，心中的山，梦中的山！

1990 年

隆尧地震亲历记

20世纪60年代，冀南多灾多难，三年困难刚过，1963年特大洪水，1964年持续干旱，1966年倒春寒，2月4日立春，19日雨水却下了一场雪，3月6日惊蛰，8日隆尧地震。当时我正与田间、李满天在临西县写吕玉兰，隆尧正是我的家乡，老母独居乡下，不知吉凶。二位领导催我回去，不通公路，绕道邯郸，到邢台已经夜两点，地委大院灯火通明，一片忙乱。办公室转告，老母托人到任县打来长途电话，说震中在县东北，我家在县西南，平安无事，防震棚也搭好了，让我安心工作别回家。父亲早年牺牲，母子相依为命，母亲事事想在儿前，让我很感动。由自己的母亲想到灾区更多母亲，不等天亮就爬上救灾的卡车。

车队向东北急驰，车上人谁也不说话，能听见彼此紧张的心跳。邢家湾下路往北，车在频频余震中颠簸、跳动，车尾的人不断被甩下来。进入隆尧地界，眼前许多纵向地裂，一两尺宽，喷水冒沙，井水外溢，一片泥泞。弃车爬上滏阳河堤，河道没了，两边大堤挤压在一起，合成一道土梁，土梁又被一条条地裂切断，上下错位一两尺，咬牙切齿的样子。河上几座桥还在，已是面目全非，桥墩倾斜，桥面移位，岌岌可危。

计算行路时间，目的地应该到了。可是眼前没有了村，马栏、白家寨、任村、枣驼四村变成一片逶迤的丘陵。走近看尽是土堆瓦砾，梁柱门窗横躺竖卧，箱柜桌椅东倒西歪。马栏村只剩下半截土墙，好像坟场上一块残碑，上千人的村庄震亡300人，白家寨灾情类似，全公社死亡4628人。任村一块地基条石枕在一道大裂缝上，人们说最初张开五六尺，喷出水柱一丈多高，一头牛两头猪掉下去，连叫唤声都没传上来。看表上午 8 时，太阳没出，阴天沉重地压下来。活着的人个个灰头土脸，面无表情，急着挖人挖粮，十指滴血。只有大大小小的树木还挺立着，枝头挂满白幡，在寒风里摇曳，窸窣窣，哗啦啦，替人唏嘘、哀号。

这里是黑龙港流域，盐碱地夏天水汪汪，冬天白茫茫，种一葫芦打两瓢，如今更是霜上加雪了。废墟死一般寂静，听不见哭声，连鸡犬也都惊哑了。不到 24 个小时，突然鸡叫了，狗咬了，告诉人们救星来了，工作队、解放军、医疗队都来了。匆匆人流中见到了县委书记张彪，我父亲的一位战友，正忙着组织人员，分发空投的馒头、大饼。发了多半天他自己没沾上一口，下令外来的干部不许与民争食。天快黑了，听到我肚里咕咕叫，让我跟他一道回县城。城里房屋也倒了七八成，把我安排在防震棚里，急匆匆走了，说中央首长要来。半夜回来把我叫醒，显得格外兴奋，大声说你猜谁来了，我们的周总理。

张书记眼含热泪说，3 月 8 日凌晨，忙碌一天的总理刚刚躺下，地震了。这是共和国成立后第一次地震，总理如临大敌，核实情况，召开紧急会议，布置一番后 9 日上午便乘专机赶到石家庄，听完省委和驻军领导汇报，就要亲赴灾区，并劝说随来的地质部部长李四光先不要去冒险，知道他血管瘤严重。晚上 9 时半到冯村火车站，乘驻军的吉普车直奔隆尧。地震指挥部设在县招待所，城里剩下的唯一的三层楼房，砖木结构。电路震坏了，会议在昏暗的马灯下进行，总理坐在一条旧沙发上，一字一句地询问，不断插话。时间不长发生强烈余震，墙体摇晃，门窗嘎巴作响，墙皮开裂，白灰纷纷落下，大家惊慌失措，劝总理出去躲一躲。总理连眉毛也不动一下，坐在原地稳如泰山，镇静地说："不要紧，大家要沉住气。这座楼是新盖的，它要是倒了，群众的小屋不都平了？继续开会。"掌握基本情况后，总理要求："今明两天把灾情统计好，给我汇报。一个星期把秩序恢复起来，转入正常的生产救灾。”11时会议结束，总理摸着黑原路返回石家庄。

第二天随张书记又回到白家寨，听说中央首长要来慰问，群众纷纷赶来，打谷场聚集了2000多人。我在穿公安制服的人员中发现了赵行杰，时任县公安局局长，去年在那里搞“四清”时认识的，曾是周总理的警卫员。我心里暗想，八成周总理又要来了。下午3时一架直升机降落在白家寨田野上，果然周总理出现在舱门口，没戴帽子，没穿大衣，只着一身青蓝制服走下舷梯，头发和衣角被寒风吹起，踏着残雪向群众走来，握着白家寨公社书记杨世英的手问：“你多大岁数啦？”回答43岁，总理说：“记得抗日战争吗？八年抗战我们打败日本鬼子，那是和阶级敌人做斗争，这次是地球底下的敌人，要和地球底下的敌人做斗争。”这句话说的非常坚强有力。

看到总理就看到了亲人，灾民们脸上立时阴转晴，干涸一天多的眼里又涌出泪水，争先恐后想和总理握手。总理善解人意，绕场一周，频频招手，当即说开个群众会。事先准备不足，没有桌子，赵行杰急中生智，让解放军找来两个盛救灾物资的木箱，拼成一个讲台。群众立刻静下来，前排坐下，中间蹲着，后排站着，我个儿高，自觉站在后面。要讲话了，总理又发现方向不对。安排他面朝南讲话，一个人背风，群众就要喝风，立刻绕到会场后边，让大家向后转，换了180度。这一来倒让我沾光了，后排变前排，看得更清楚了些。比起3个月前，在北京开青年作家会接见时，总理显得苍老了不少，都是这可恶的地震闹的。

“同志们，乡亲们，你们受了灾，损失很大，毛主席让我来看你们。”总理面向北方，任尖利的寒风夹着雪粒、尘土打在脸上，因为话音要与风声较量，嗓门一再提高，显得有些沙哑。最后还是风认输了，渐渐地平静下来，和群众一起听总理举起拳头高呼口号：“自力更生，奋发图强，重建家园，发展生产！”两千群众站起来，高呼十六字方针，气势排山倒海。

会后总理踏着断续的余震，爬上高低不平的废墟，低头走进老农王根成的防震棚，摸摸棉衣，按按棉被，心疼地安慰、鼓励：“你是老党员，要带头干，还要教育好娃娃，鼓起干劲，重建家园。”以后是军人家属于小俊、民兵连长国永录等7户，临出村，第三生产队队长国振清，用粗瓷碗从水桶里盛了一碗凉水递给总理，总理接过来一饮而尽。直到太阳快落山了，才离开白家寨。没想到仅隔12天，邻县宁晋、巨鹿又发生了7.2级地震，4月1日周总理又第三次来到现场，一天内连续视察了5个受灾村庄，在何寨防震棚里还碰上了作曲家劫夫和诗人洪源。

几天后，一首名叫《天大地大不如党的恩情大》的歌曲，在邢台地震灾区诞生，并迅速传遍全国。四句歌词不完全是创作，是从群众大会发言和“四清”工作简报上摘录、串联起来的，但是确实代表了地震灾区人民的心声，充分表达了人民领袖和广大群众的关系。乐曲优美动听，百姓喜闻乐见，隆尧人听了尤为亲切，几十年了，我几乎还天天唱它，希望总理在天之灵能够听到。

2006年2月

认知大名

大名之大，名闻知已久，今日慕名而来，却大失所望，因为眼前的大名与我心目中的大名，差距太大了。它兴起于春秋，繁荣于唐宋，曾做过三朝古都。后唐李存勖在此登基，称东京。宋仁宗定为陪都，号北京。叛宋降金的刘豫被封为大齐皇帝，建都大名，仍称北京。此外，历代郡、府、路、道，大名都是治所所在地。清初置直隶、山东、河南省总督，驻大名。顺治十五年（1658 年）设直隶行省，大名为其第一个行政中心，是河北省省会之始。民国改建大名道，辖 47 县，是华北南部的政治、经济、文化中心。1923 年在大名成立的直隶省立第七师范，与保定二师并称河北两大革命摇篮，培养出王维纲、王从吾、平杰三、刘汉生等一大批革命骨干。1934 年还修建了冀南唯一的大名机场。有如此资历和身价的大名府，在我想象中，即便不似洛阳、开封般兴盛，也会有邯郸、邢台一样的好看吧。

然而并非如此，眼前这个大名矮小破旧、土里土气。街上行人衣貌平常，看不出一座历史名城的气息。打听街上老乡，大名什么值得一看，回答说缺山少水，没有风景，据说县政府连旅游局也不曾设立。好像那个三朝古都，那个在戏文和小说中鼎鼎大名的大名府真的不复存在了，被历史尘封了，被洪水淹没了，像一个耄耋老头蜷伏在冬日的阳光下打盹呢。

但是我并不死心，串游大街小巷，访问当地文人，就比较容易地找到了那个真正的大名，那个淹没不了尘封不了的大名。瘦死的骡子比驴大，它的骨架还在，它的精神还在。

大名城曾经很大，唐时周长 80 里，称“罗城”，宋时周长 40 里，号“卧牛城”，后来在洪水和兵匪面前逐渐退缩。目前老城四门完整无缺，虽然“七十二衙门”“二十四牌坊”不见了，但是街道笔直，四门相照，依然让人想起当年寇准在大名任职时所书对联中的景象：“东郡股肱今右辅，北门锁钥古天雄。”

走在大名城中，建筑破旧，也没有高楼大厦，但是街道整齐干净，铺面鳞次栉比，幌子摇风，招牌生辉，像一位落魄的儒商，衣衫褴褛，气质还在。看那商铺的对联，茶庄是“福缘茶庄卢仝碗，寿世欣传陆羽经”，烟店是“德崇座楼芝兰气，源远香涵雨露滋”，酒馆是“武松豪气杯中出，太白遗风座上寻”，颇有几分文化底蕴。粗俗一点儿的，白条猪挂在架上卖，一刀准；肉包子放在门前蒸，满街筒子香，似乎清明上河图的味道。要找小吃，到处是风靡冀南的“二五八”。“二毛烧鸡”是一种卤煮鸡，熟透离骨，外嫩里烂，成香清纯，回味无穷。“五百居香肠”，看着黑乎乎的，吃起来软滑利口，香味醇厚，越嚼越香。“郭八烧饼”，层多且薄，皮酥里筋，周恩来、李先念吃了都曾赞不绝口。更甭说饮誉全国的大名府香油、杠子馒头了，考察一个城市的文化，饮食必不可少。

西方的文化在教堂里，东方的文化在寺庙中。唐代的兴化寺是临济宗创始人义玄禅师杖锡坐堂地，澄灵塔与正定澄源塔同为临济宗圣地，可惜毁于“文化大革命”，目前只留下一片废墟。明清以来，由于大名地位重要，外来教会发展较快，伊斯兰教、天主教、基督教，教堂林立。清真寺在南关东街，坐北朝南，后临护城河，前有高台门楼。院内石碑多幢，其中“万岁碑”是康熙皇帝亲赐，上有“圣旨”昭示，任何官兵不准占据和干扰礼拜活动。1963年当选中国伊斯兰教协会副主任的沙梦弼曾在这里担任阿訇。东街路南的天主堂规模居全国第二。这座哥特式建筑，条形窗上的玻璃彩绘和内壁上的彩绘浮雕在国内极为少见。北门二层楼上，有全国唯一的一架木制管风琴，高4米，长7米，每逢节日，人踏风箱，琴声灌满大堂每个角落。宣圣会医院是所典型的美国建筑，其中4层的斜楼，四面窗子均能采光，共计4000平方米108间，所用青砖全是一竖一横，居然没有一块半头砖。

有着2000多年历史的大名，是孙庞斗智、王莽发迹、红线盗盒、水浒传等许多故事的发生地，是田承嗣、狄仁杰、寇准、韩琦、欧阳修等诸多名士为官的地方，留下了不少颇具价值的文物古迹。唐“狄仁杰祠堂碑”，冯宿撰文，胡澄书丹，记录了名相狄公破契丹、平冤狱的功绩。碑座淤埋地下，碑首精雕细刻，字体工整，笔法俊秀，为唐碑之佼佼者。宋“五礼记碑”高12米，宽3米，厚1米，重140吨，是中国最大的古碑。原为唐“何进滔功德碑”，柳公权撰文。宋徽宗磨去正文，刻上自己的“五礼记”，侧面还留有柳公权笔迹。元“赵孟頫《金刚经》石刻”，是为超度亡子之作，神逸潇洒，圆润俊秀，如行云流水。宋“朱熹写经碑”摘录《易经》一段文字，111 字，风格古朴，笔力遒劲，大气磅礴，也是朱子精品之作。

仅就这些，我觉得大名稍加修整就可以申报中国历史文化名城，成为一个旅游的热点。那么是什么使大名失去昔日辉煌，沦落到这般光景呢？一是时过境迁，大名落后在现代交通上。先是与京汉铁路失之交臂，被现代化甩在了一旁；后是漳河干涸，失去航运之便；京九铁路修建之后，又成为两条铁路之间的盲点。但是仅此一项，还不致如此，因为酒香不怕巷子深呢。第二个是观念问题，文化观念、旅游观念的落后，小看了自己，对自身的历史文化价值和旅游资源认识不足。解决了这些认识问题，打出人文景观的品牌，大名的复兴就指日可待。

2004 年 10 月

滏阳河

三、六、九在汉语里是多数的意思，九十九则极言其多。“天下黄河九十九道湾”，“漳河水，九十九道湾，层层树，层层山”。江曲、河湾是江河的特色，江河的妙处、风景都集中在河湾里。

家乡的滏阳河，发源于太行磁山黑龙洞，河水涌沸如汤，滚滚有声，故曰滏。槽窄而多弯。纳洺、沙、澧、马、泜诸水，羽翼渐丰。东北行于献县与滹沱河汇为子牙河，又在天津汇大清河，成为海河水系的五大支流之一。

冀南平原，由海河水系和黄河冲击而成，地势西南向东北倾斜。公元 10 世纪之前黄河故道一直在河北入海，河道翻滚、淤积，形成缓岗、洼地和微斜平地，“大平小不平”，决定了流向和走势。弯度形成了动力，河道弯如弓，才能“水流如激箭”（涪翁语）。蛇与蚯蚓的行走都是这个道理。

小时候站在河堤，看滏阳河逶迤而来，摇头摆尾如一条小龙，水面波光闪闪如同银鳞，水雾中活灵活现。更多的时候，它像一条美丽的罗带，随风飘来，多姿多彩，黎明绛紫，上午碧绿，中午翠蓝，傍晚橘红，晚上银灰。风起浪涌时，水花绽放，如紫薇、白莲、杜鹃、月季，一年四季花开不败。

河水拐弯的地方，常常旋出一处小潭，澄清碧透，如一坛新醅，让人心醉。小潭水平如镜，映出我们的喜眉笑脸和身后的岸柳成行，甚至还有树上清晰的鸟巢。柳丝如帘，垂到水面，戏耍着游鱼，鱼尾摇起微微涟漪。水下的草叶，顺流起伏，如同少女的青丝，抖搂开来。不知谁投下一块坷垃，水里的青天破碎，鱼群和水草一阵慌乱，水面变成哈哈镜，我们都变成了三头六臂、牛头马面。

滏阳河是一条生命线，养育了一方水土一方人。一年四季都有鱼，小满过后，一阵雨点就是一层小鱼，细如麦糠，于是大街小巷都传来“酥鱼嘞酥鱼”的吆喝。秋分过后，鲫鱼排队、鲤鱼欢跳，农民都变成了渔民，张网下罩，家家灶台飘出馋人的鱼香。滏阳河儿女不怕洪水，习惯了十年九涝，村庄建筑在高台上。洪水漂天时，驾一叶小舟，水面上剪高粱穗，玉米垅里逮鱼。转眼洪水落去，留下一层淤泥，长一季好麦子。

“水乡的路，水云铺，出村进村一把橹。”光屁股孩子头顶着花书包，踩水过河上学。老头们把汹涌的河水驯服成毛驴，摇着小船下地。大闺女小媳妇花枝招展，架着小船赶集上庙。半大小子割草拾柴，在上水头装上筏子，慢悠悠在堤上往回走，正好在村口接“货”上岸。

自古以来，滏阳河就是一条重要航线，船只川流不息，两岸栈店比邻。天津的小火轮，一直溯行邯郸，把日用百货分发千家万户。走京上卫的人，家门口上船，一帆风顺，看尽了两岸的风光。这种悠哉悠哉的自然形态，到了1958年开始发生变化，滏阳河上游自南而北修起了一溜大小水库，岳城、东武仕、朱庄、南沟门、马河、三岐，滏阳河釜底抽水，河水断流，逐渐变成季节河、干河。往日的灵蛇只落下一个蛇皮，河床里种起了庄稼。

人与自然的关系是微妙的，和谐共处，天人合一，基本相安无事。如果非要“人定胜天”，破坏环境，“敌退我进”，失去平衡，就会出乱子。1963年发生特大洪水，淹地六七千万亩，河北平原一片汪洋，省会天津成为一个孤岛。人们害怕了，领略到大自然的威力，但结果不是“和平谈判”，而是战争升级。治水政策由“一定要把淮河修好”，“要把黄河的事情办好”，提高到“一定要根治海河”。

根治的措施之一是开挖疏浚河道，包括滏阳河共50条骨干河道，新辟漳卫新河、子牙新河、永定新河、潮白新河等8条入海河道。开挖疏浚的方法是裁弯取直，加筑新堤。改造的结果，这些古老的河道再没有“九十九道湾”了，变成了一条直线，一泻千里，一泻无余。

我不是水利专家，不懂得一些治河新理念。但是相信“人有人道，水有水道”，“天下黄河九十九道湾”自有它的道理。好像人肚里的肠子，聚而一捆，展开七米长。“九曲回肠”不是累赘，可有可无，而是必需的消化道，食物、水分的消化吸收都要在若干弯道里缓缓进行，全过程24个小时。弯弯的肠道才能产生动力，就是蠕动，帮助消化、吸收。如果为了简便痛快，动一次手术，把所有的肠道都裁弯取直，变成一条直肠，人就不可想象了。

每次回到故乡，都要爬上滏阳河堤，堤不高，觉得漫长，漫长得足以使我腿软、心跳、出汗。放眼望去，是永远失去了的风景，河床里不再是清凌凌的水，而是白茫茫的沙。我害怕这白沙有朝一日也会泛滥，两岸变成一片沙漠。

2003 年 8 月

华夏风光

西北记游

陶醉壶口

到壶口看瀑布去！清晨还颇大的吸引力渐渐被漫长的旅途磨损，加上黄土高原平淡无奇，车过宜川渐渐寂静下来，歌声笑语听不见了，代之以鼾声断续。

忽然有谁从梦中猛醒，惊呼雨来了，听那隆隆雷声。可窗外分明风轻云淡，没有变天。司机笑说，那就是壶口瀑布的响声。真是先声夺人，车上立时活跃起来，个个侧耳倾听，如火车出站，航班起飞，放炮开山。感觉地在颤抖，山在摇晃，车窗忽闪，大家的心也被强烈地震撼着，内心的激动从眼神里迸射出来。

车在旅游管理处停下，大家迫不及待地跳下而来，快步走下岩蹬，跑过石滩，来到面对瀑布的巨岩边选好位置。只见滚滚黄水从高高的崖头跌落下来，挟风带雨，雷霆万钧。如土山飞崩，黄海倒倾，溅起水雾腾空，蒸云弥漫，恰似从水底冒出滚滚浓烟。水底悬流激荡，如开锅沸水，浪滚涡翻，泡沫簇拥。这雾，这云，这烟，这泡，皆呈现为黄色，散发着泥土气息，使这瀑布增加了质重感，更使那吼声如洪钟闷雷，震荡峡谷，气吞山河。

大家聚精会神，全不知何时云破日出，那瀑布骤然亮起来，闪耀着金属般的光泽。那升腾的水雾因阳光折射，幻化出道道彩虹：有的从天际插入，似长鲸饮涧；有的横卧河上，如彩桥飞架；有的飘忽游移，像花团锦簇；有的断断续续，呈扑朔迷离。我们之中不知谁福大命大，吉人天相，带来如此好运气，使大家能够见到这天下奇观。

我默立在瀑布面前，被这气势这风采惊得目瞪口呆，任飞雨藏沫淋个痛快。我拜倒在这大自然的杰作脚下，不寒而栗，觉得自己这么渺小，骄娇二气荡然无存。我觉着一股清流爽气自百会灌入，注满膻中、丹田，流遍周身，最后从劳宫、涌泉溢出。觉着接上了天地之气，通了电流，调动磁场，加速血流，冲走了淤血浊气，浑身清爽，继而灼热，气力勃发，精神倍增。我忽然领悟了李白“黄河之水天上来”的境界，光未然、冼星海《黄河大合唱》的灵感，明白了为什么在民族危亡时刻，东渡抗日的将士们要选在这里誓师出征。

欲穷千里目，更上一层楼。我攀岩走壁绕行到高处，观察壶口的构造。黄河自秦晋峡谷北来，宽400多米，来到这里骤然收缩，仅四五十米，断崖落差40米，河槽真像一把巨壶，将每秒9000立方米流量收入。正如明朝人惠世扬诗中所云：“源出昆仑衍大流，玉关九转一壶收。”壶口以下河槽很窄，不过一二十米，水急浪高，槽深流远，当地人称“十里龙槽”，相传是大禹治水时龙身穿凿而成。民谚说：“九里三分深，一年磨一针。”意思是说水磨石穿，河床每年增宽一针。其实它是凭黄河自身的动力冲刷出来的。龙槽两岸危石如坠，巉岩飞突，河水奔浪狂放，犹如一条蜿蜒浮游的黄龙，摇头摆尾，呼啸而去，一种“奔流到海不复回”的恢宏气概。

古文中记载：“壶口当河水之冲，奔溃迅疾，必先杀其势，而后河可治。”瀑布下游5千米，有两个江心岛，相传原为一整块，是女娲补天的神石，称作“息壤”，是鲧治水时从天庭盗来堵塞洪水的，但是堵不住。后来大禹治水把它劈开，疏通洪水，《水经注》说“禹治水，壶口始”。大禹还在距此不远的衣锦村娶妻成家，三过家门而不入的故事也发生在这里，至今村里人还把禹王庙称为“姑夫庙”。

此前，我曾多次见到过黄河。在青海的约古宗列它是美妙的一缕，在宁夏河套它是平静的一湾，在中游郑州它是浩荡的波涛，在东营入海口它是平稳的漫流。而在这壶口，我看到了它性格的另一面，巨大的落差、雄壮的力量、磅礴的气势，看到了一条立体的黄河，一条完整的黄河，看到了它漫长的历史，看到了它丰富的内涵。活到 50 岁，我才经过壶口瀑布的洗礼，领悟到黄河的气质，得到了它的真传。它的威力在我胸中鼓荡，它的雄风在我血管里呼啸，它的精神在我眼睛里闪光。从今天起，我才成为一个真正的黄河的子孙。

壶口，天下第一壶。盛满了互助大曲，盛满了西凤、杜康，盛满了汾酒、竹叶青，盛满了陕北的米酒。当年灌醉了李白、王之涣，灌醉了光未然、冼星海，今天又灌醉了我，灌醉了我们大家。

壶口，我陶醉了。

1993 年 5 月

话说苏三

到山西临汾开会，前一站报是洪洞，狂喜，恨不得跳下火车去。会议没有结束，就急忙返回，只因为一个女人，名叫苏三，与我像发小、乡邻一样亲近。

孩提时入村剧团，开蒙就是《女起解》，唱了半辈子。高中时唱《玉堂春》，演苏三，也扮过王金龙。同班有个同学，河北曲周县人，说王三公子是本县人，父亲是明朝兵部尚书。对上了，苏三有句唱词：“他本是兵部堂前三舍人。”

等到暑假，我央求同学带我访查，果然曲周东街出过一个王一鹗，簪缨世家，曾任南京刑部主事，后升兵部尚书。又对上了，

“哪一位去往南京转，与我的三郎把信传。”王家坟地在城西，南北长300米，碑石林立，牌坊巍峨。神道旁侧有一个小土堆，传说是苏三坟。每年春节闹社火，外地剧团争相赶来，唱《玉堂春》往往遭到王家后人出来反对，手拿蓝皮的《广平府志》《曲周县志》，指点辟谣，书上说王一鹗仅有一子，何来王三？没有王三，何来苏三？

高中毕业，慕名报考当时在天津的河北大学中文系，系里有北方著名八大教授之一顾随，当代著名词曲大家，中国最后一个元杂剧作家，他写的《垂老禅僧再出家》《祝英台身化蝶》《馋秀才》等，如放在元杂剧里也是上品。顾先生冀南清河县人，在广平府上过四年中学，都与曲周近邻，本事自然明白，我来求教却笑而不答，让我去图书馆找，门牌“三言二拍”。果然在《警世通言》第24卷，找到了“玉堂春落难逢夫”。何人何时写成剧本，搬上舞台，没有找到。后来在1920年代上海《戏剧丛刊》里发现，最早把它唱红的是荀慧生。他先从王瑶卿学习，后与剧作家陈墨香一起打磨，开始求全，从“游院定情”“金尽被逐”“关王庙会”“梳妆骗卖”“遭陷起解”“三堂会审”“监会装疯”，直到“洞房团圆”，全本四天才能演完。后来求精，以“起解”“会审”为主，前加“嫖院”，后带“团圆”，一天就能演完。荀慧生前花旦后青衣，唱做俱佳，轰动沪上。麒麟童、马连良、高庆奎、马福禄，都曾为之助演。

答案出来了，苏三是艺术形象，但是我还不死心，典型形象背后往往真有其人。曲周没有王三，不代表别处没有王三，没有苏三，所以急切地想赶到洪洞。第一次来洪洞，感觉是旧地重游，我就是苏三。洪洞县有三大名胜：广胜寺、大槐树和苏三监狱。论知名度，一个弱女子苏三起解比明初百万农民大迁徙毫不逊色。

当地人说苏三真有其人，千真万确。苏三监狱在古槐南大街，是我国仅存的一座完整的明代监狱，始建于洪武二年（1369年），距今600多年了。坐东朝西，青砖灰瓦，垂花门楼。因为是专政工具，给一般人造成心理障碍，便没了古朴的美感，甚至在人们眼里变了形。门前一对汉白玉狮子，没有通常吉祥物的憨态，显得面目狰狞。门楣匾额“苏三监狱”系董寿平题字，这位艺术大师的书法一向挥洒自如，这四个字却写得十分呆板，可能因为是洪洞籍勉强为之的。

一个县级监狱规模不大，普监、死牢共610平方米，也不过容纳一二十人。据说那时犯罪率低，轻罪由父母管教，重罪才押监。进门右手一条小胡同式过道，两厢12间窑洞式的牢房，窄门小窗，窗棂很粗。房间进深小，长度大，便于监视。房檐间有铁丝网和响铃，防止越狱，只有正午才能漏下一点阳光。过道尽头两间小屋，是狱卒住处。再过去是死囚牢院，西墙供奉狱神皋陶。皋陶是尧舜的司法大臣，传说是洪洞县上师村人。神龛下方有一小洞，是专门为拖出瘐毙犯人的通道，犯了罪死后也不许从正门通过。

最早没有监狱，“画地为牢”，顶多用两只狗看着，《说文》曰这就是“狱”字的来历。到了明代就不同了，上层建筑越来越牢固。这里的狱墙高一丈八，厚五尺一，内灌流沙，难以挖掘脱逃。院中一口水井，青石作盖，中间只留七八寸盘子大小的井口，仅容小小水桶出入，防止犯人跳下去。井旁有洗衣石槽、搓板石，传说名妓出身的苏三有洁癖，常洗衣服，石井口被勒出来几道沟槽。

对面是虎头牢，专关死囚的，所以狱神不分昼夜死死盯着。其实门头青面獠牙的石刻并非老虎，而是一种叫“狴犴”的动物，传说是龙之四子，形似虎，有威力，平生好讼，所以看守狱门。牢门很低，仅四五尺高，怪不得舞台上苏三、崇公道出来进去都要有一个低头弯腰的动作。猫腰走完三尺宽一丈长的通道，迈过门槛就是死牢。一孔三间枕头窑，一明两暗，当年苏三就禁闭在西边一间，暗无天日，阴森森，湿漉漉，一股霉味让人窒息。土炕窄小，不能躺下，只能“坐牢”。我沉下心来坐了三分钟，体验角色，当年一个弱女子的身心受到何等戕害。以后再唱《女起解》我会演得更好。

据说苏三的全部档案曾一直保存着，解放洪洞时陈赓将军专门向攻城部队下令，不得丝毫丢失。可惜“文化大革命”破“四旧”，毁于一旦。如今苏三的遗迹只剩下一个药罐，就是当年皮氏以五十两纹银贿通王婆到“一元堂”买毒药，盛砒霜的药罐。600年改朝换代，老字号“一元堂”改名“益元堂”，那药罐一直摆在柜台右角，上面还贴了红纸，上写“苏三药罐”。

“苏三离了洪洞县，将身来在大街前。”这个“县”字不是县界，而是泛指县衙、监狱，出门就是大街才好哀求：“哪一位去往南京转，与我的三郎把信传。”百感交集，迈着沉重的步子，唱完“十可恨”，十几分钟，200多米，出了县城，过了大槐树，来到石塔口，就是原广胜寺元代石经幢下。现在立了一块石碑，上写“苏三卸枷处”。正是在这里，这个压在生活最底层的弱女子，发出了“左也恨来右也恨，洪洞县里无有好人”这一声惊天动地的呐喊。

京剧《玉堂春》与评剧《杨三姐告状》一样，是从真人真事演化而来，是一曲伟大的爱情赞歌。著名戏剧家马少波为苏三监狱题诗一首：“弱女哀哀诉冤情，古槐俯首不忍听。位高敢认缧绁侣，南北至今唱金龙。”

一稿2000年10月

二稿2020年10月

在延安

时值《在延安文艺座谈会上的讲话》发表 50 周年，中国作家协会工作会议在延安召开，给我们提供一偿夙愿的机会，一路喜不自禁。

来到延安，不全是一种朝圣的虔诚，更多的是一种亲切感。像城市里长大的孩子第一次回到故乡，见多少次履历表上填写的“籍贯”。延安，是我文学的籍贯。

虽然第一次来延安，可是感觉一切并不陌生，宝塔山、延河水、枣园、王家坪，都是千百次书本中、屏幕上、梦境里见过的。毕竟百闻不如一见，在现场强烈感受下，心情激动是无法比拟的。

我们参观的第一站是桥儿沟，当年延安鲁迅艺术学院的驻地。桥儿沟虽不在革命遗址之列，可在我们文艺工作者心目中是十分神圣的。高高的天主堂曾经是鲁艺的活动中心，当年许多会议、教课、演出都在这里举行。在军事“围剿”和经济封锁的重重困境中，这里的歌声和诗句传播着福音，宣告人民大众自己是救世主。

教堂后面几排窑洞是鲁艺师生们的宿舍，当年它们像磁石一样吸引着全国的文艺人才。据统计，1938 年至 1945 年鲁艺毕业生 685 人，其中文学系 197 人，戏剧系 179 人，音乐系 162 人，美术系 147 人，后来他们都成为文艺骨干。中外历史上没有任何一个时代，任何一个国家，能像鲁艺这样培养出那么多忠于人民忠于祖国的作家艺术家。

参加会的几十名作家中，只有马烽、李若冰二位是老延安，马烽17岁进延安部队美术干训班，在这儿第一次见到毛主席，说起50年前的事来泪花还在眼里转。马老自然成为我们的解说员，他指点说，这儿是当年茅盾讲课的地方，华君武、王朝闻在这儿烧陶盆，冼星海就在这小耳房创作了震惊世界的《黄河大合唱》……马烽和李若冰沿路寻找住过的窑洞，半世纪沧桑，早已面目全非。但马老并无遗憾，看到延安巨大的变化他很高兴。

杨家岭中央办公厅在大礼堂后边，中间高两头低，号称“飞机楼”，延安文艺座谈会就是在西侧一楼召开的。我们幸福地坐在木条椅上听讲解员介绍情况，听着听着不约而同地跟着唱起了《东方红》，兴致勃勃地与工作人员一起跳起了陕北大秧歌。北京作协秘书长萧耘是著名作家萧军的女儿，就是在延安出生的她激动地站起来，补充了一段关于座谈会极为珍贵的材料。当时全国各地作家投奔延安，也带来形形色色的文艺观点。萧军要把这些意见反映给毛主席，一天他提着棍子来到杨家岭通报姓名，毛主席愉快地接见了他，还说读过他的《八月的乡村》。萧军一股脑儿地把听到想到的意见说出来，希望中央制定统一的文艺政策。主席考虑国内外局势紧张，一时还顾不上，但对这些意见又很重视，末了说先调查研究，请萧军征求党外意见，他自己征求党内意见。主席说了就办，此后经常请文艺工作者来谈心，有时也登门拜访，时机成熟了，就召开座谈会。5月2日下午第一次会上，又是炮兵出身的萧军放了第一炮。

礼堂门外有个一人多高的木架，玻璃镜框内是延安文艺座谈会全体人员合影。照片上104人至今大部分都对上了名字，河北籍的有公木、胡采、郭小川三人。萧耘说他父亲发言抢在前面，可照相躲在最后，只露半个脑瓜，这就是萧军的性格。

座谈会后，延安文艺工作者找到了一致的方向、一致的思想感情，找到了团结，热烈响应毛主席的号召，下乡下厂深入敌后。延安是作家、艺术家的摇篮，开辟了中国文艺的新纪元。

在延安，我很自然地想起了我的老师田间同志。延河边好像有他的身影，墙壁上好像有他的诗句，耳边好像有他的朗诵。他1938年到延安，发起街头诗运动，《讲话》后到西北战地服务团，写《赶车传》，按照毛主席指引的方向奋斗了一生，并把自己的亲身体验传授给年轻一代。记得1962年5月《讲话》发表20周年之际，正值我大学毕业，田间同志鼓励我到基层去、到农村去。到邢台农村后，创作有了较快进步。三年之后，又批准我为省里专业作家，在生活中“埋种子”。可惜不久“文革”开始，10年之后由于种种原因，我返回了城市，他希望的种子没有结出硕果。想起来很惭愧，田间老师九泉之下也会遗憾的。

1982年5月田间同志回延安，对记者说：“我是1935年到延安的，我还要继承和发扬延安精神，不断地从延安这块土地上汲取营养，这就是我这次来延安的目的。什么时候都不应当忘记延安，没有延安，就没有我们的人民共和国。我们要把四化建设搞上去，没有延安精神是不行的。”我要永远记住延安，记住田间同志这句话。路漫漫兮修远，知来日之可追。

1993年5月

清 凉 山

陕北无高山，黄土高原坡势平缓。唯清凉山例外，高1050米，雄峙延河边，拔地而起，青峰高耸入云。接近闹市而高出“红尘”，清凉安住，山名大概由此而来。

从石阶爬上，越过山门，一块巨大石盖凌空飞出，石盖下岩石风化，形成烟云团状连成一片。夕阳西照时，石上烟云顿然生辉，加上延水泛波映照，霞光异彩随波变幻，飘然如飞。这就是清凉山重要景点“宛若云霞”。

云霞上面托着个万佛洞，岩壁上刻有“金仙胜境”等字迹。洞室宽大，三尊大佛，十六罗汉，姿态神情栩栩如生。四壁两屏小佛千尊，雕工极为细致，佛都具有世俗人的真实形象。整体看来窈窕轻巧，秀逸飘洒。

往右，通过一个山洞攀登而上，到了悬空高耸、小巧玲珑的印月亭，仿佛一只雄鹫凌空俯瞰。亭中有一眼小井，凭栏下望，一钩弓月井底涌出。朝朝暮暮月常驻，天愈阴沉月愈明。尤其月明星稀时，井中月天上月交相辉映，令人惊叹不止。

井旁有一弓形弯道，布满历代文人骚客登山抒怀之作，名为诗湾。湾边有一个3米多长的石平台，中间一个月牙形水钵，从一角斜视水面，可见凤凰山上延安城墙，山崖诗石倒映水中。水中一块二龙戏珠小石碑，上刻“安延照水”，从水中看就是“水照延安”了。

印月亭南范公祠，门匾是“宋朝第一人物”，门联为“先天下之忧而忧，后天下之乐而乐”，稍有历史、文学知识的人一看就知是谁。范仲淹戎装塑像，威武中透出灵气，一派儒将风范。范仲淹贬为陕西经略安抚副使时，西夏进逼延州，新知州不敢上任，他挺身而出，自请来延安任职。范公常常亲临校场督练，连续大败夏兵，并发起总攻直逼靖边城下。敌人称他“胸中有数万甲兵”，民间流传“军中有一范，西贼闻之惊破胆”。胜利后他不忘安抚流民，发展经济，振兴教育。陕北一带有口皆碑，常常怀念他：“封疆依旧人何在，明月清风伴古碑。”

陕北人民把范仲淹当作神仙供奉，听说历来香火比神仙丰盛。大概因为神仙出世清凉，不食人间烟火，遇到天灾人祸无能为力，多少年不曾灵验过。而范公救人民于水火之中，政绩实实在在，是可亲可敬的活神仙。

沿范公祠门前山径盘缘上到山顶，原来是座平顶山，几十亩大一个平台。俯视延河如带，街市星罗棋布，掩映雾霭之中，确有超尘脱俗之感，新闻出版革命纪念馆位于平台中央，门前矗立一座汉白玉大理石雕塑，由两男一女组成，再现了当年新闻、出版、印刷职工的风貌。旁边一通石碑，上刻毛泽东“深入群众，不尚空谈”的题词，笔锋飞动遒劲。

在抗日战争和解放战争初期的10年，清凉山是中国无产阶级新闻出版事业的发祥地，我党重要的舆论工具——新华通讯社、解放日报、新华广播电台、边区群众报社、中央出版发行部、中央印刷厂、新华书店及电影团等都集中在这里。党中央、毛主席的声音就从这里传遍祖国四面八方，唤醒千百万不愿做奴隶的人们的爱国热情，召唤无数热血青年来延安投身革命。陈毅元帅当年有诗赞曰:“百年积弱叹华夏，八载干戈仗延安。试问九州谁做主，万众瞩目清凉山。”

当时延安条件十分艰苦，新华社、广播电台、解放日报社合署办公，都住在几孔石窑洞里，播音发射机是周恩来从苏联带回来的，没有汽油烧木炭，自制煤气炉，解决能源问题。用三根木棍扎成支架立起天线，播音室窑洞四壁挂满羊皮毛毡当隔音设备。中央印刷厂的排字、印刷、装订车间设在万佛洞和附近几个石窑内。当时解放区的报纸、文件、理论书籍、中小学课本，包括《小二黑结婚》《荷花淀》等文学名著都是在这里印出来的，无怪谢觉哉赞叹:“马兰纸虽粗，印出马列篇。清凉万佛洞，印刷很安全。”

延安时期的新闻出版工作者是当代的范仲淹，他们继承了中华优秀知识分子的忧患意识，全心全意为人民服务。在物质生活极端困难的情况下，他们有着丰富的精神世界，从这里发出胜利的预言，从这里放出黎明的曙光。高高的清凉山是一座灵魂的发射塔，至今功率不减。

清凉山，这个中国历史版图上的一个独异的坐标，这个黄土风情文化的一个卓越的雕塑，会越来越强烈地吸引我们的人民。

1993 年 5 月

万 花 山

会议进行中，云南诗人晓雪提议去万花山看牡丹，并说农历四月初八正是花期，天赐良机不可错过。晓雪来自花城大理，看他如此心切，大家也都动了心。

出延安南关西行 20 千米，果然一座青山郁郁葱葱，山下湖水碧波荡漾，亭台楼阁飞翠流金。想不到陕北高原一抹土黄里，还有如此生动的色彩。

沿石径而上，满山翠柏。树间草丛中忽然一株红牡丹探出头来，娇羞婀娜。“一枝红艳露凝霜”，像李白的诗句一样美。再仔细看何止一株，百、千、万株一齐拥来，红、黄、紫、白五颜六色，争芳斗艳。

哎呀，这里的牡丹，不是洛阳公园的牡丹，不是菏泽花田的牡丹，不是乔羽笔下的娇媚、富贵，不是“云想衣裳花想容”的杨贵妃，而是延安的牡丹、黄土坡上野生的牡丹，而是野趣，而是鲜活，而是唱信天游的女子，而是扭秧歌的婆姨。看它们或仰或俯，或立或卧，或娇或嗔，千姿百态，姹紫嫣红。它们自由自在，天真烂漫，落落大方。真正大自然的精华，真正的天色国香。连晓雪也赞叹它够中国一绝，不亚于大理茶花。此番景色不亲临目睹，哪里能想象出来。

万花山上的牡丹从何而来？传说是花木兰留下的。山下的花原头村是木兰故里，湖水对岸有木兰陵、木兰祠和木兰戎装石塑。同行的河南作家越来越沉不住气了，岂止是不服气，还要提抗议。刚才解说延安牡丹先于洛阳倒也罢了，欧阳修《洛阳牡丹记》中有“牡丹出丹州、延州”（丹州即现在延安市辖县宜川）一类的话，可是把河南人引以为荣的花木兰也改作陕北籍，实在难以接受。延安人进一步考证，还出自权威的《木兰辞》。“可汗大点兵”，自然是北方少数民族首领，绝对点不到中原去；还有“旦辞爷娘去，暮宿黄河边”“旦辞黄河去，暮至黑山头”，以延安计数日程，距离正好，若以河南计数，就差之千里了。河南人气急败坏，延安人还高姿态：“花木兰是我们的，可是常香玉怎么也要不来。”

“天生丽质难自弃”，万花山既有名花，岂无人识？第一个赶来的是杜甫。安史之乱后诗人避难羌村，七月听说李亨灵武即位，翻山越岭路过花原头，可惜花期已过，诗人无缘赏花，可谓相见不相识，以后诗中也未提及。可是花木兰的事迹激励了他，不顾疲劳继续赶路，在延安城外七里铺石壁下枕一只鞋子露宿一夜，杜公祠和杜甫川即由此而来。

宋人范仲淹知延州，走访万花山，见山民砍牡丹当柴烧，十分惋惜：牡丹稀有，称为花王。在洛阳一盆牡丹的价钱够你们吃用一年，为农者要安分种田，不敢暴殄天物，今后不要烧它了。回衙后想发个禁令，又觉不妥。便重回山庄，在小庙里召集山民讲解牡丹的观赏和药用价值，循循善诱。劝大家广植柏树，让树魁花王为伴，子子孙孙永不砍伐。延安牡丹历经劫难而幸存下来，要首推范文正公的功劳。

欧阳修也是个花迷，一篇《洛阳牡丹记》几乎又一次纸贵。范仲淹读后，欣赏之余尚觉不足，便邀他来延州考察。欧阳修来后，看到大片野生牡丹自生自长，与洛阳园中的延州红、丹州红各有千秋，悟出自然造化的神奇与劳动创造的伟大，不觉由怜而爱，由爱而敬，由敬而赞，手舞足蹈，醉卧花丛。“花气酒香清厮酿，花腮酒面红相向，醉倚绿荫眠一饷”，这就是当时的醉生，后来的醉翁爱花的真实写照。

1939年春，中国大地炮火连天，战争把延安人赏花的习俗冲没了，全忘了牡丹花期已到了，万花山满山寂寞。谁也没料想到，住在延安城里的毛泽东、周恩来、朱德等人民领袖，居然忙里偷闲，萌生了赏花的雅兴。他们在罗崖下车，步行1000多米赶来了。毛主席和他的战友健步上山，在柏林花丛中兴致盎然，谈笑风生，时而指指点点，时而品头论足，跑过去观颜色，蹲下来闻花香，把什么战争、什么飞机大炮全抛脑后。

听当地老乡讲完花木兰的故事，毛主席激动起来，兴高采烈地指出：这是一座天然的公园，是民族的财富，一定要保护好。等到打跑日本鬼子，解放了全中国，在这里建公园、疗养院……在那战争年代，人民领袖心上种着和平鲜花，坚信蜜蜂的歌唱会压倒飞机大炮，牡丹花香终究要代替弥漫的硝烟。乡亲们记得，那年牡丹花遇到了知音，开得特别大特别久。

半个世纪过去了，在当年毛主席上山的日子我们走来，在柏林里寻找那伟岸的身影，在花下寻找那伟大的脚印。

1993年5月

黄帝陵

从西安出发奔黄陵，一路上怀着一种朝圣的虔诚，因为在这中国第一号古墓中安葬的是黄帝轩辕氏。

黄土高原，无论平缓坡塬还是纵横沟壑都是一抹土黄。黄帝，相传“以土德王，土色黄故号黄帝”。又说，“土气胜，故其色尚黄，其事则土”。黄河，黄土地，黄皮肤的旗帜，作为一名炎黄子孙，如鱼归大海，融化其中。

车行4小时，眼前突现一片苍葱，像沙漠中的绿洲，黄海中的仙岛，好一块风水宝地，这就是桥山。相传桥山春秋已有古墓，司马迁步行考察40多天，掌握了大量可靠实据，才下定“黄帝崩，葬桥山”这6个经纬天地的大字。上山时我屏息息语，提着脚跟，生怕惊动了他老人家。

黄帝陵在桥山之巅，高36米，周长48米，为衣冠冢。传说黄帝在位时风调雨顺，国泰民安，出巡荆山时，一条黄龙请他归天，黄帝乘龙飞过桥山时心里惦记着大臣、百姓，请求黄龙下降，臣民从四面八方赶来，有的抓住黄帝的鞋子，有的抓住衣带，哭得惊天动地，泪雨纷飞，不肯松手，黄帝只好把衣冠留下。

陵墓周围古柏成林，郁郁参天，幽静森严。据1938年普查，共有古柏61186株。最古老的一株在山下轩辕庙内，高19.3米，下围10米，中围6.3米，上围2米，当地民谚“七搂八拃半，疙里疙瘩不好算”。相传此树为黄帝亲手所植，距今5000年。看那叶如云团，枝如虬龙，随风浮游，又像一柄巨伞，洒下大片绿荫。

轩辕柏相去不远还有一株古柏，树干斑斑点点纵横成行，柏汁从孔渗出凝结成球，晶莹发光。相传汉武帝北征归来在此休息，把铠甲挂在树上，打下烙印，故称“挂甲柏”。

黄帝是我们伟大祖国和中华民族历史的象征，受到历代帝王的崇拜。据史记载，最早祭奠黄帝陵的是秦始皇，公元前220年出巡至此，亲自手捧供品，默默祈祷，感于黄帝功德，对自称“始皇”忐忑不安。汉武帝于公元前110年路过桥山，问随行人员：“吾闻黄帝不死，这里为何有冢？”一心想得道成仙的汉武帝听说黄帝乘龙飞天，臣民扯下黄帝衣冠埋葬的故事，仰天长叹：“嗟呼，吾诚得如黄帝，吾视去妻子如脱履耳。”在墓旁修成一座九转“祈仙台”。

之后，宋仁宗降旨黄帝陵栽柏，元泰定皇帝也孙铁木儿颁发保护黄帝陵庙令，朱元璋遣官祭陵，康熙皇帝亲笔写祭文。孙中山就任临时大总统时，委派一个15人代表团祭陵，他写的祭词是：“中华开国五千年，神州轩辕自古传。创造指南车，平定蚩尤乱。世界文明，唯有我先。”1937年4月5日，国共两党同祭，毛泽东亲笔写祭文，蒋介石亲笔题字，对推行抗日民族统一战线、唤起民众、拯救危难起了巨大历史作用。

90年前，台湾爱国志士丘逢甲率六千子弟抗日，失败后来大陆谒黄帝陵，住了6天写了8首诗词，其中《落叶恋根本》写道：“天下万山祖，其名曰昆仑。昆仑有南支，万里趋越门。人生亦有祖，谁非炎黄孙？归鸟思故林，落叶恋根本。”进入20世纪80年代，遍布世界的华人掀起了寻根热，每年都有成千上万的炎黄子孙从天涯海角归来，涌到桥山之巅利用各种形式祭祖。

香港陈赞先生祖籍广东，自幼随父定居香港。儿孙经常问他：“书报上常说我们都是炎黄子孙，黄帝在哪里？”他带着老伴、儿子、媳妇和两个孙子，全家6口来祭黄陵。有两位香港女士在公祭仪式后，掏出一块新手帕，小心翼翼地包了一把土，装进塑料袋里。他们来时，一位80多岁的马来西亚华侨专程登门叮咛：“我行动不便，请你们给我带回一把黄帝陵上的土，我死后把土搅在骨灰盒里，以表我没有忘记故土，死后仍然在祖国的土地上，因为我是黄帝的子孙。”每年台湾归来祭陵的人最多，他们盼望桥山化为一座天桥，把海峡两岸尽早联系起来。

我生来喜旅游而不爱留影，因为农夫般五大三粗的身材与丽山秀水不够协调，一来破坏风景，二来反衬其粗。这次破例也请来同伴多为拍照，感觉这黄土高坡、高山巨柏的线条与自己骨架近乎吻合，甚至想象我古老姓氏的渊源就在这里。

没有选购形形色色的纪念品，我从老乡那里买了一株柏苗，郑重地挖坑栽下，立正扶直，浇水培土，恭恭敬敬地在这桥山之上报上我的户口，留下我的身影。

我想中国之大，三山五岳，世界之阔，五湖四海，遍布炎黄子孙，有幸来朝者能有几人？没有机会者只要心向往之，只要记住中华民族根于斯，五千年文明源于斯，也就可以了。对于我们，桥山黄陵近在身边，这就是脚下的黄土地。我们纪念祖先，就要忠于这土地，耕耘治理，绿化美化，不惜血汗灌溉。万万不可滥用荒废，水土流失，使之肌肤裸露，最终沦为沙漠。

1993 年 5 月

对 台 戏

公元前 206 年刘邦来到南郑，委身汉王。历史在这儿拐了个弯儿，中华民族进入大汉时代，汉中成为一个重要历史舞台，并且进行了一次“戏改”。上千年的封建宗主被赶下台，代之以一个草根皇帝，几个布衣将相，演绎了许多精彩故事，其中《追韩信》《未央宫》成为汉中的保留剧目，永不落幕，那几个角儿天天在眼前晃来晃去。

城市南隅的汉台，典型的汉代建筑，堆土成台，拔地而起，高 7 米，有首诗说：“留此一抔土，犹是汉家基。”雄踞台上的望江楼，高 18 米，巍巍乎高哉，正是高祖刘邦的形象。底部白色山门，是粉底朝靴；中部棕红梁枋、隔板、回廊，五色彩绘，是蟒袍；顶部庑顶歇山，翼角飞檐，错综交织，突出一个攒尖，是王帽。那个高鼻子皇帝，正拨云纵目，望着蜀波楚浪吟哦：大风起兮云飞扬……

也许当年刘邦偏居一隅，迫于无奈，权宜之计，还无心营造宫苑。不久天下归汉，这儿便成龙兴之地，后人添砖加瓦，大兴土木，渐渐变成观瞻的名胜。看亭台楼榭，珍木修篁，蔚然大观。汉桂九株，浓荫如盖；旱莲二株，清香袭人；铁树二株，一高一矮；皂荚二株，一雄一雌，树龄都在数百年以上。博物馆占据一角，更是艺术的园林，古栈道陈列，石门十三品，都是国之瑰宝。台分三级，高低相间，花木掩映，深不可测，让人联想起未央宫，霎时剑拔弩张起来。

汉台西南300米，有拜将台，正方形，高4米，白玉栏杆。两侧石碑相对，西碑舒同题字“拜将台”，东碑刻有祝绍周绝句：“辜负孤忠一片丹，未央宫月剑光寒。沛公帝业今何在，不及淮阴有将坛。”为韩信鸣不平。台前韩信戎装石像，高6尺，一手握剑，一手托印。气势不够威武，倒像一个白面书生。也难为雕塑家，《史记·淮阴侯列传》并无相貌刻画，只有一句“奇其言，壮其貌”。大概韩信并没有武功，更无项羽那样拔山之力，其军事才能全凭脑子聪慧，善于知己知彼，排兵布阵。一旦失去军权，轻易束手就擒，连几个宫女也对付不了。

两台南北相望，曾经相互依存，情同兄弟。刘邦接受萧何举荐，听了韩信“登台对”，喜出望外，“择良日，斋戒，设坛场，见礼”。从此明修栈道，暗度陈仓，得关中。继而出井陉，背水一战，征服山东，夺取天下。拜将台成为汉军由守而攻的转折点。可惜刘邦能共患难而不能共富贵，功成狗烹，用时如金，弃之如土，拜将台连着断头台。从此汉中两台唱起了对台戏，站在北台看南台，像是公审，这边居高临下，那边是弱者。站在南台看北台，像是答辩，这边据理力争，那边无言答对。控辩双方，各执一词，各有各的群众。我问身边两个当地人，观点对立。一个怨刘邦“卸磨杀驴”，另一个说，拉完磨又踢又咬，还不收拾你。全国范围好像更同情弱者，评选中国十大名台，拜将台榜上有名，与琴台、丛台、孔雀台等位列一起，而汉台落选了。外地人说起汉中，往往只知拜将台而不知汉台。

不仅刘邦丢了许多选票，连萧何也遭诟病。当年汉朝甫定，论功行赏，以萧何最盛，食邑最多。刘邦称其为“功人”，诸将为“功狗”。连太史公也说“天下俱称其美”。但是百姓并不认同，认为他忠而不义，“成也萧何，败也萧何”。汉中人心里有杆秤，给张良修庙，为韩信设祭坛，给萧何的评价只是路边一块石碑。在汉中以北80里马道村，村边有条河，河北有个不大的石碑，“萧何追韩信处”。有民谣说：“不是寒溪一夜涨，焉得炎汉四百年。”立碑人打了伏笔，萧何月下追韩信，从汉中到关中只有一条道，沿褒斜道一直向北走，自西向东流的寒溪，二人都应阻滞在河南岸，而把碑立在河北，暗里指责萧何把事做过了。

有张良、韩信两位教员，时时耳濡目染，汉台有个镜吾池，天天对照洗心，影响了汉中人的性格，看透世事，不热衷仕途，不激进。除了东汉李固当过太尉，再没出什么达官显要。本地人外出当兵上学，急着回乡。外地人进来求职，都想留下。不图山清水秀，物阜财丰，看重的是汉中民风淳厚，生活安逸。中医说“甘温除大热”，汉中人心态好，不卑不亢，不温不火，随性自如，不与人比。常说：“他们吃蒸饭，我也有锅边吃。他们吃肉，我们也吃红豆腐。”《华阳国志》上说，汉中人“尚滋味，好辛香”，民谚说“有酒不怪菜”，“三天不吃酸，走路打蹿蹿”。汉中人血液里多了些浪漫因子，见面话是“好耍吧”，“耍汉中去”，“过得去，攒个逑劲”，有些个世外桃源的味道。

2014年9月

武侯墓说戏

诸葛亮是智与勇的化身，国人奉为神明。据我所知，全国现有孔明庙33座，武侯祠9座，为争先生生平中一段户籍，南阳、襄阳打不完的官司。唯独武侯墓，“自汉至明一千三百年来从无异说”。（清道光三年〔1823年〕《忠武侯祠墓志》）因为先生病死五丈原前有遗嘱：“死后葬汉中定军山，因山为坟，冢足容棺，殓以时服，不须器物。”坟地、规格都定死了。为匡扶汉室，先生驻节汉中8年，6次北伐，鞠躬尽瘁，死后也要守护国门。一朝主宰，而不还葬成都，另有意图，不使自己威逼汉室宗庙，至忠也。

以朝圣心情，沿先生首次北伐之古金牛道北行，过定军山便看到望碑，停车步行，足下沉重，生怕惊动先生安息。站在玉带桥环顾四方，前书案（山），后笔峰，襟军山，带沔水，桥下溪水，静静绕墓一周，奔汉江而去。山光水色，茂林修竹，眼前仿佛是躬耕陇中场景，一派卧龙待顾气象，有少年出世之生机，无英雄迟暮之悲凉。先生果然是易学大师，堪舆高人。

步入山门，绿荫如盖，碑碣林立。卷棚式献殿，香烟缭绕；重檐式大殿，气氛森严。正面先生塑像，纶巾鹤氅，一手扶膝，一手握卷，书童侍立左右，外站龙骧虎贲（关平、张苞）。两侧墙上，悬挂岳飞手书前后《出师表》，大气磅礴，似从胸中呼出。先生一脸庄重，二目深沉，依然在运筹帷幄。方形神龛像一辆战车缓缓行进，窗外林涛飒飒，山影重重，疑似汉中练兵的木牛流马、八阵图。

三进院落，殿宇相连，许多门楣廊柱，便有了许多牌匾楹联，皆出自历代名家之手，仿佛一个跨时代的诗书联展，真草隶篆，百花齐放，名言警句，标新立异。“出将入相”“坐言起行”“内敬外直”“汉祚难延，忠魂痛裂三分鼎；军山在望，高冢灵通八阵图”“铜雀台荒，七十二疑冢安在；定军山古，百千载血祀常新”“虽知天定三分鼎，犹竭人谋六出师”。从不同角度，概括出一个千古伟人的形象，也省去了这篇拙作许多文字。

大殿之后，四方攒尖坟亭，亭后圆形墓地，墓在中心，汉制覆斗形，头西脚东，永怀西蜀之意。墓高 4 米，周长 64 米，围以大理石裙板。墓上兰草青青，如同新坟，却被两株护坟汉桂说出已有 1700 多年的历史。树高 19 米，胸围 3 米，年年 8 月开花，花色金黄，香飘十里，因此生发一幅名联：“水咽波声，一江天汉英雄泪；山无樵采，十里定军草木香。”与汉桂同龄的还有满园参天古柏，《忠武侯祠墓志》上说：“蜀汉炎兴元年所植汉柏五十四株，象征武侯在生之年。”柏林看似无序，实为八卦太极图形，冢为圆心，行株距离按爻线长短布局。《墓志》记载，祭期为每年清明，演戏三五日，通宵达旦。出于对先生崇敬，墓地千多年安然无恙。直到抗日战争时期，国民党八十三军伤残医院进驻骚扰，砍树作饷，汉柏损失过半，仅剩 22 株。

演戏的舞台在墓园出口，一座明代戏楼，意在回头看史。当年上演剧目，多是三国题材。戏剧界有“唐三千宋八百，唱不完的三列国”一说，三国戏的主角又多半是孔明。历代国人对先生的文治武功，由敬仰而神化。由民间传说文人诗词，1000 年发展到长篇小说《三国演义》，又 600 年演化为京剧《空城计》《借东风》，一个“羽扇纶巾，谈笑间、樯橹灰飞烟灭”的智圣形象，神乎其神，家喻户晓。然而有的剧情纯属虚构，与史实相距甚远，比如《空城计》。勉县博物馆馆长、陕西省三国文化研究中心主任郭清华，历经 40 年史籍研究和实地考证，指出了《空城计》的空穴来风。公元 228 年诸葛亮首次北伐，即街亭之战，与他对阵的并非司马懿，而是张郃。彼时司马正任荆州都督，镇守宛城，三年后大都督曹真病死他才接任，“始与亮在汉中抗衡耳”（《三国志·诸葛亮传》）。再者地理也经不住推敲，当时蜀军驻扎阳平关（今汉中勉县），而不是西城。古西城县在今安康市西北，街亭在今甘肃秦安县，古街泉县街中有井称街泉亭，简称街亭。西城与街亭差之千里，那救兵赵云飞也过不来的。倒是 9 年前（219 年）定军山之役，曹操运米千万囊于天荡山，赵云放火烧山后被曹兵包围，营中兵少，弄险使了“空营计”：“大开营门，偃旗息鼓，曹操疑有伏兵而去。营内鼓声震天，强弩劲射，曹军惊骇，自相践踏，纷纷坠入汉水，大败而去。”次日刘备赶来，惊呼“子龙一身都是胆”。如此看来，《空城计》确有移花接木、张冠李戴之虞。

2014 年 9 月

张良庙得杖

大凡旅游景点，或以山水出奇，或以人文制胜，或以文物珍贵，而拥三者于一身者，唯汉中张良庙是也。庙在川陕公路古褒斜道上，留坝县城北 30 里，紫柏山下，连留坝这个县名也因张良而得。张良是西汉开国功臣，封留侯。天下甫定，刘邦大宴群臣，称赞“夫运筹帷幄之中，决胜千里之外，吾不如子房”。所幸张良先知先觉，功成身退，避免了韩信、彭越鸟尽弓藏的下场。

正是农历九月，秋山斑斓，层林尽染，万紫千红的山野，像一匹硕大的印花布，不光女人们喜爱，男人们也心里舒坦。这里是秦岭南麓，北纬 33.5 度，地球同纬度最漂亮的一块地方。因为它是长江黄河的分水岭，南北气候的分界线，雨量充沛，植物繁多。路旁几棵高大的梭罗树，是分界线上的亮点，常常一棵树上两种景象，南边露水北边霜，一半细雨一半雪。

庙在路北，毗邻大道，人流气畅，设计照墙于外，大门蔽内，是风水学上一种破法。过小桥进山门，桥下流水淙淙，一下子把人带进圯桥进履的故事。迎面是四角八方灵官殿，再向前是三清殿，左钟右鼓，一方完整的院落。西厢旁开一门，迈进张良庙，东西向，与刚刚走过的中轴线垂直，打破了传统的对称格局。佩服设计者的智慧，另辟蹊径，张良是人，三清是神，这样就解决了主从关系，各得其所，又不让人感觉喧宾夺主。这样张良庙也便放开手脚，三进院落，拜殿、大殿、左右配殿，一应俱全，也便名正言顺了。庙院两边是方丈院和花园，五门九通，“出入是门，进退有度”，暗合张良的人生哲学。

两处建筑风格也有所不同，三清殿属儒家，“官式”格局，方方正正，横平竖直，院内只植松柏，不见花草，森严肃穆。张良庙属道观，师法自然，随坡就势，错落有致，广种花草，有声有色，轻盈舒展。连瓦工木工也各有特点。前者粗犷大气，后者精巧入微，加进了一些“川味”，东西两院，南北交汇，给我留下很深的印象。

南北两座花园各有特点。北园以花木见长，一棵玉兰亭亭玉立，两株黄杨冠盖如云，五株紫柏形态各异。好大一片竹林，齐刷刷一块方阵，奇怪的是每棵竹子出土后都先拐个弯，再向上生长，集体躬身下拜的样子，向着庙堂，当地人说：“天上星星敬张良，地上万竹跪子房。”南园正方形，中间一个圆形池塘，池中一个六角亭，合乎中国园艺传统：“花间隐榭，水际安亭。”池边两株古柏，树上钉着“身份证”，都300年高龄了。看树皮，前者丝丝缕缕，缠缠绵绵；后者鳞斑点点，纵横成行。看树冠，一个蓬蓬松松如发髻，一个虬枝铁臂如头盔。一公一母，比肩并立，脉脉含情。园之四周，一面竹影花墙，三面客舍回廊。东面一座三层小楼，抗战初期曾接待过于右任、冯玉祥、蒋介石等几个大人物，都是匆匆过客，不解张良。

整个建筑群借山造势，自西向东渐次抬高，长廊直抵山脚。山也名叫庙台，高200米，一条石径垂下，像一副悬梯。石径宽3尺，阶石整齐。拾级而上，一步步走近山上的张良，身子也觉轻巧起来，飘飘然，一气爬完190个台阶，也不心慌气短。山顶四望，果然五山环抱，二水分流，一方福地。五山叫不出名字，如五指伸开，掌心是一片庙宇。二水一名紫金河一名韦陀河，两条掌纹，生命线与爱情线，由合而分。“百尺楼台腾紫气”，授书楼仿佛浮在云彩上面，庙宇三层，底层是授书故事，中为黄石公塑像，上为张良，一身散淡的样子。门有于右任一联：“送秦一椎，辞汉万户”。一椎一辞，概括了张良的一生。行云流水的草书，展翅欲飞的檐角，用来表现张良，形式与内容完美的结合。

下山路上，频频回头，心里默念着一句话：“年少怀山心不了，年老怀山悔不早。”在庙门被商户包围起来，推销一种拐杖，黄杨木的，雕刻精致。友人说，上山不见你，下山用不着了。我说用得着，平原上也用得着。商户递上一根龙头拐杖，我说不配，换个普通的拄在地上，高低合适。对友人说，本无张良之才，早就不走仕途了。但是做人走路，都有个懂行藏、知进退的问题。这根拐杖相见恨晚，有了它，余下的路更会走了。

2014年9月

张 骞 墓

“一带一路”提出，首先跳出脑海的名字是张骞，丝绸之路开拓者，中国睁眼看世界第一人。我不远千里来到汉中，在城固县西 3 千米的饶家营，找到张骞纪念馆。门口标志碑铭记，2014 年联合国会议通过，进入世界文化遗产名录。从此两汉三国名城汉中又添了一张金名片。

怀着朝圣的心情进入大门，两阙相对，青砖筒瓦，飞檐斗拱，威严大方，由建筑大师梁思成亲传弟子张锦秋设计。墓园 24 亩，古柏参天，茂竹成阵，桂花飘香，感觉一步踏进汉武盛世。墓在后面，坐北朝南，状如覆斗，周围 15 株古柏，蔚然成荫。墓前一通“增修汉博望侯张公墓道碑”，由吴世昌撰文，黎锦熙书丹，阴面是许寿裳篆意隶写《汉书 · 张骞传》。三人都是近代著名学者，一碑三绝，还值得一提的是在中国碑刻中最早使用了新式标点符号，这与语言学家黎锦熙有关，1924 年《新著国语文法》影响深远。

《史记 · 卫将军骠骑列传》中记载：张骞“为大行令，家在汉中”，但无所指。《水经注》有许多名人陵墓记录，也无张骞。一般以为他位列九卿，理应安葬长安。关中与汉中秦岭阻隔，交通不便，家乡即便有墓也会是衣冠冢。宋朝防守为主，不重视张骞，说他是“多事之臣”。清代国力日衰，弱国无外交，也忽视这个伟大的外交家。七七事变，京津沦陷，北京大学、北京师大、北洋理工学院西迁汉中，在城固组建西北联大。1938 年 7 月，历史系考古委员会根据群众反映，对没于荒草的一座荒冢进行发掘，出土了汉代印纽、“博望封泥”、“博望家铭”陶片。张骞曾封博望侯，相互考校，是真墓无疑，简报 1941 年 11 月公布于世。

清代《城固县志》记载：“西八里，地有二虎，列于张骞墓前，水深数尺不没。”考古委员会又在水田中发现一对石虎，到“文革”中被认为是“四旧”，炸裂散落田中，附近村民冒险捡回珍藏。1978 年经专家“手术”复活，置于墓前。石虎身长、身高、背高分别为 176 厘米、85 厘米、45 厘米，呈 S 形，青石圆雕，昂首垂尾，粗犷夸张，古朴大方，雄浑而不失秀媚，威严而蕴含温顺。石虎已经2100岁，脱离石性，有了神韵。很早就被演绎成神话故事，说张骞奉武帝之命探黄河源，乘船天河遇织女，以两织梭相赠，化为石虎。杜甫还写过诗:“九曲黄河凝底冻，张骞无处再乘槎。”

墓前献殿供奉三尊石像，中为张骞，左胡女右甘夫，是中国历史上艰苦卓越的外交团队。张骞生在汉水边上，自幼崇拜先祖纵横家张仪，张仪即使被打得遍体鳞伤，还坚信“只要舌头在，什么事情都做得到”。武帝要改变屈辱的“和亲”政策，寻找西方的月氏，夹击匈奴。公元前139年，张骞应召，率百人使团从长安出发，没有地图、指南针，望空而行。甘父原为胡人，逃到汉地为奴，精骑善射。行至陇西，被匈奴俘虏，大单于看他节不离手，舌如箭锋，人才难得，留做人质，并以胡女相嫁。张骞卧薪尝胆10年，留意交通、气候、军事部署，乘机逃出。射禽作食，驼乳为饮，走沙海，过水山，越葱岭，终于找到梦寐以求的月氏。回国途中，绕道西羌，再陷匈奴。两年后二次逃出，回到阔别13年的长安，身边只剩胡女、甘父二人。武帝亲自召见，聆听了见所未见、闻所未闻的西域故事。从此张骞成为对匈奴作战的决策人之一，与卫青、霍去病一起战斗，因“知水草，军得以不乏”。公元前119年再度出使西域，联络乌孙，完胜匈奴，建立西域都护府，辖36国。7000千米商路，驼铃不绝于声。班固《汉书》上说:“汉之号令西域，始自张骞。”献殿有一副楹联:“一使胜千军，两出惠万年。”张骞出使西域加快了民族融合，奠定了我国统一的多民族国家的形成。西方也有专家说，张骞凿空西域，成就比哥伦布发现美洲更早更大。

张骞于公元前114年逝世，因为生年不详，大约享年44—59岁。死亡原因史无记载，可能与一桩公案有关。常山王刘勃在父亲病重期间，与其母均不侍候，服丧期间还“私奸、饮酒、博戏、击筑”。朝野不满，碍于血缘关系，武帝选派张骞前去处理，想大事化小，以堵众口。张骞深知上意，又顾忌国法，权衡利弊，还是查清案情，如实上报，并建议“诛王及王后”，不给面子。武帝迫于舆论，废刘勃，黜其母，但是内心不快，就疏远张骞，首次出巡张骞不在其列，这也许就是张骞死因。士可杀不可辱，当年司马迁之父司马谈，就因未能参加武帝封禅之礼，内心愤懑，抑郁而死。汉武帝再英明也是家天下，忠臣孝子，要你尽忠为他的大家，而不能碰他的小家。

2015年9月

阳关寻觅

对于古阳关，我最初是从王维的诗里认识的。

渭城朝雨浥轻尘，
客舍青青柳色新，
劝君更尽一杯酒，
西出阳关无故人。

——《送元二使安西》

给人的印象，阳关是折柳送别的最后一道桥，为离愁别绪的浓雾所笼罩。后来读了些历史书籍，觉得王维过分地渲染了悲凉的一面，正是这首千古绝唱使阳关蒙受了千古奇冤。历史上的阳关还有它豪壮的一面。它是进出西域的边关重镇，是丝绸之路上的重要商埠，关于后者，王维也是知道的，在他另一首诗《送平澹然判官》中，就有“不识阳关路，新从定远侯”的诗句，但是少为人知。正是怀着对诗人和史学家笔下不同阳关的神秘感，我们才忘记从酒泉至敦煌的千里跋涉之苦，又风尘仆仆直奔阳关而来。

长途汽车出敦煌，沿黄河一直向西南。右侧是一望无际的戈壁，铺天盖地的黑色或褐色的石砾，一般大小，如同筛子筛过一般；左侧是从祁连山古老的石灰岩上流下来的党河，河水是白色的。党河是这一带的生命线，在戈壁上浇出了一个又一个绿洲，像一条长藤结出一个又一个大瓜。脚下的公路是柳园车站通往拉萨的公路干线的一部分，汽车来往如梭。但是还远远比不上古代丝绸之路红火热闹。那时的阳关大道，路面宽达 36 丈，是当时世界上最繁忙的洲际交通大道。

车行 130 多里，止于南湖公社，天已经晚了，我们在供销社的小店住了一夜。第二天一早，由公社龚同志陪同，向西北方向走去。龚同志边走边介绍说南湖是古代的名字，一直沿用至今。汉武帝设河西四郡，以阳关和玉门关为险隘，因为此关在南，故称阳关。丝绸之路在敦煌分岔，玉门关是北路，阳关是南路。

大约走出六七里路，来到一个叫红山口的地方。说是红山，实际上是一条条流沙，西北东南走向，高出地面，如丘陵逶迤。龚同志半开玩笑地说，举世闻名的阳关，就沉睡在这流沙底下。

我怅然，向往已久，不远万里为之而来的诗人和史学家的阳关，都不复存在了。那曾引起千万人共鸣的离愁别绪，边笳画角，都湮埋在这流沙底下了；那金甲铁蹄、边塞烽烟，那商队如织、驼铃叮咚，那虔诚僧侣、塔林钟声，那碧眼虬须、琵琶胡笳，都湮埋在这流沙底下了；我们的游兴和诗情，也都湮埋在这流沙底下了。立时疲倦上来，打起了呵欠。

龚同志看在眼里，又振作谈兴。他说历史是不会被湮埋的，正是在北走不远的玉门关的废墟上，出土了轰动世界的流沙坠简。这阳关旧址也不甘寂寞，一场风雨过后，常有古代的兵器、陶器、货币、生活用具等残破遗物冒出沙面，被当地称作“古董滩”。

1972 年文物普查时，还发现一片大型版筑遗址。他带着鼓动的语气说:“试试你们的运气，在古董滩上寻宝吧，能找到一两件，就不虚此行了。”

于是，我们瞪大两眼，在流沙上面“扫描”开来。深一脚浅一脚地在沙滩上跋涉。有时两座沙丘中间一道峡谷，我们就从这面坡上滑下，又向那面坡上攀登。我们手里、兜里有了许多陶片，不断地取舍置换。龚同志先捡到一个铜制管状物，要赠给我们，我们不要，自己去找。果然功夫不负有心人，我的伙伴捡到了一枚完整的五铢钱，接着我又捡了一只精制的铜箭镞。龚同志开玩笑地说:“二位都有福气，一个要发财，一个要成功。”

这时，眼前的古董滩，阳光闪闪，溢金流彩，我们的兴趣来了。倒不是相信了那两句玩笑话，我一边寻觅一边思索，心儿在古阳关那些紧张的驿站、威严的雉堞、繁华的铺面、热闹的街市上流连徜徉。我越来越感觉到，历史和流沙都湮埋不了张骞西使的壮行，班超凯旋的喜讯，玄奘的虔诚，李广的智勇，直到马可·波罗自觉的使命。阳关，这历史上的一颗明珠，将会变成一块化石，变成一座精神文明的矿藏，等待我们来挖掘，来开采。让我们都来古董滩上寻觅吧，寻觅那种不畏漠风流沙、严寒酷热，舍家为国的开拓精神和进取精神；寻觅那种既民族自尊又门户开放，敢于消化吸收外来文明的博大胸怀和远大眼光；寻觅我们新时代的丝绸之路和阳关大道；寻觅那种劈山救母的本领，把历史和流沙湮埋下的民族精神解放出来，复兴河西，振兴中华，同时，也来寻觅《丝路花雨》那样的文学艺术上的阳关新韵。

从古董滩回来，余兴未减，吃罢午饭，我们又兴致勃勃地和龚同志一起参观了阳关的又一名胜，公社南 6 里的黄水坝水库，就是有名的渥洼池。水面方圆百亩，波光粼粼，其源为池南 3 里的半亩泉。据记载，汉武帝时，南阳新野一名叫暴利长的人，因犯罪流放阳关屯田，在渥洼池边得到一匹英俊异常的野马，献给武帝，武帝大喜，下《宝鼎天马诏》，作《天马歌》。

回来的路上，我又尝到一种“李广杏”，实际是一种桃子，相传是汉飞将军李广从西域用战袍裹回来的杏芽，嫁接而成。

龚同志最后介绍，由黄水坝浇灌的绿洲宽5千米长15千米。全公社4000人，来自17个省，耕地8000亩，大牲畜3000头，羊7000头，农牧产量和人均收入都居河西之前列，是河西农业战线上一匹小小的天马。

阳关归来的路上，心里感到特别充实，脚下的公路也比来时宽多了，亮多了。我耳边不由响起了当代诗人郭小川《西出阳关》的著名诗句：

风砂呵风砂，
只望你不把今人当古人，
你看我们是哪个阶级，谁挂帅印？
阳关呵阳关，
只望你不要颠倒了古今，
你看此时是哪个朝代，谁掌乾坤？

1979年9月

嘉峪关记

在故乡河北，每次登上山海关城楼，总爱极目西眺，幻想万里长城的起点嘉峪关该是什么模样，盼望着有一天能目睹它的雄姿。不然，心目中的长城总是不完整的。今日终于在乘车赴敦煌开会途中如愿以偿，现代化的交通工具毫不费力地送完了万里行程。

嘉峪关市是1958年为酒泉钢铁公司而建的，至今它的市区只有两条大街，站在十字街中心，四下可以望到尽头。它的面积和钢铁公司占地差不多大小。工人多为鞍山、本溪支援来的，医院是从北京迁来的，一家名叫“独一处”的饭店是从天津连窝端来的。

西出嘉峪关市，看到平缓的山坡无险可守，不远的嘉峪关关城，像一座大大的四合院，城楼不显高大，也不像一般关隘那样蓝澄澄的，而是一片土黄颜色。大概我流露出失望的神色，被向导看在眼里。他很快领我爬上山坡，过罗城，从东门登上关城，径直走到西门。四下一望，这才恍然大悟。原来嘉峪关关门西开，北接马鬃山脉，南衔祁连山峰，唯独西面是开阔的戈壁，一望无边。嘉峪关居高临下，控制深远。在南北两山最接近处，用一段长城封死，嘉峪关自然成为河西咽喉，走廊锁钥。

由于好奇，我从关城下来，跑出西门，紧靠门外十余米，有一条沙砾堆成的小阜，高16米，长158米，宽35米，呈半圆形，俗称月牙城，正好挡住城门，城墙之外又加一道城墙翻过月牙城，走出200米远，有一座坐南朝北的高大石碑，上刻“天下雄关”四个大字，右上方一行小字:“嘉庆十四年肃州总兵李廷臣书”。从石碑处望关城，须仰视才见，加上月牙城半掩城门，露出“嘉峪关”三个大字，巍峨险要之外又加上一重神秘莫测之感。

嘉峪关实际上还是气候和植物的分界线。以东的河西走廊，绿洲断续，林茂粮丰，是甘肃省富庶地区。以西一片砂砾，满目荒凉，一向有“出了嘉峪关，两眼泪不干”的民谣。与此相关的还有一件趣闻。嘉峪关关城有段城墙，投小石子相击，发出唧唧如燕子叫声。我亲自试验，果真如此。传说有几只内地的燕子结伴西飞，想到西方世界看看。飞到这里，因为害怕西域的严寒风沙，半途而废，老死关内。那燕鸣唧唧，就是它们脆弱灵魂的叹息。到了近代，西北之行习以为常，那几只怯懦的燕子自然变成被嘲笑的对象。今天，为了开发大西北，千军万马沿着古代的丝绸之路，西出阳关更向西，在那戈壁瀚海，开发出一片片绿洲，建设成一个个油田，他们的征程比天上的雄鹰更远。

等我真正认识了嘉峪关，并且产生了浓厚的兴趣之后，向导才回过头来，一边参观，一边讲解。嘉峪关始建于明朝洪武五年（1372年），征虏大将军冯胜下河西，以嘉峪关为边防要冲，西域入贡必经之地，选“九眼泉”西北坡上首筑土城。正德元年（1506年）八月，兵备副宪李端澄监修东西二楼，次年二月落成。嘉靖十九年（1540年），巡抚陈卿出巡到此，又上奏皇帝派兵驻守。隆庆二年（1568年），总督王崇古认为此地“三面临城，势甚孤悬，宜设守备防御”，遂于关城内设游击衙门府，嘉峪关才算完全落成，前后花了近200年的时间。

河北的山海关，只剩下关城南门，而嘉峪关基本上保存完整，还是原先的规模。内城周长666米，西城墙长166米，东城墙长154米，南北城墙各长都是160米，西宽东窄，路呈梯形。面积2.5万多平方米，城墙高9米，外侧城垛高1.7米。关城东西二门，分别叫“光化”“柔远”，门顶均有广阔平台，上筑三层两间城楼，周围有廊，单檐歇山顶，高17米，东西对称，巍然耸立，气势壮观。东西门外各有瓮城守护，南北城门，分别叫“朝宗”“会极”，门顶各有单层一间楼阁。关城四角有角楼，南北城中段有敌楼。整个城堡浑然一体，气势磅礴。

据说当初建城时，工匠们不但提出了布局精巧、结构完整的设计方案，而且还精确计算出用料多少，工程结束后，只多余一块砖。这些工匠们的名字虽未留下，那块砖至今还安放在会极门门楼后檐上，可望而不能取，使人对那些古代的能工巧匠赞叹不止。在这里的文物陈列室，我还见到最近出土的一枚当时修筑边墙的工牌，长19厘米，宽11.5厘米，厚2厘米，磨光阴刻，正面是“第一工起”4个大字，旁题“嘉靖十九年七月初十日止第一工”。背面有“蔡起梅止”4个大字，下有6个工长的名字。根据这个记载可以看出，不但有确切的修筑年月日，而且将工匠编队，分段包工，有人领工，责任到人，以便加快速度，保证质量。即便完工之后发现裂缝倒塌，也便于追究责任。

看到这里，我不禁对我国古代的工匠们肃然起敬，万里长城，这一堪称世界奇迹的伟大工程，它的起点不只在嘉峪关，而是在那千千万万劳动人民智慧的心上、勤劳的手上。

我站在嘉峪关上，东北望酒泉钢铁公司，一座比城楼还高的高楼直插云霄。据说已经年产50万吨生铁，为大西北最强的一个钢铁据点。嘉峪关，这个古代丝绸之路上的重镇，又兴起了现代化的钢铁工业。我们古老的万里长城，果真要变成名副其实的钢铁长城了。

1979年9月

察尔汗，神秘的湖

察尔汗，蒙语盐泽的意思，被称作中国的死海，最大的盐湖。我从海盐产地的渤海之滨来到柴达木盆地，多想一睹它的风采。

汽车出格尔木市，戈壁滩上红柳、沙蒿、罗布麻越来越少，绿色尽处就是察尔汗了。奇怪，说是盐湖却滴水不见，一望无垠的土黄，地貌像拖拉机翻耕过的田野，遍地大坷垃，又落了一层白霜。正像民谣所传：地上不长草，天上无飞鸟。所见到的，只有干热风形成的顶天立地的旋风柱慢悠悠移动，以及远方蜃气飘忽，仿佛有个规模很大的海港，船只鱼贯，帆樯林立，给人以可望而不可即的诱惑。

盐湖无水，盐又在哪里？原来这“大坷垃”就是风化的盐壳。盐壳只有几十厘米厚，下面就是浩瀚的晶莹的卤水。察尔汗盐湖近6000平方千米，平均深度15米，可溶盐资源600亿吨，能在地球和月亮之间架设一条6米宽12米厚的银桥。好惊人的数字，我向空中投去神奇的想象。其实银桥眼前就有，脚下的公路就是就地取材，用结晶盐块浇上卤水修成的。亮晶晶的银桥横跨盐湖33千米，是举世闻名的万丈盐桥，是联结西北和西藏的敦格公路的一部分。盐湖的浮力超乎想象，与公路平行的还有一条铁路，西宁直达格尔木的，说话间一列快车呼啸而来，车轮的节奏引起我一阵怦怦心跳，生怕那浮在卤水上的铁路基会陷下去。

下了公路，走进一家原盐场。办公室和宿舍都用盐壳垒成，工人们自称为“水晶宫”。生产方式很简单，剥开盐壳挖一条壕沟，沟里的卤水呈白兰地样的金黄。工人们穿一身胶皮衣裤站在水里用漏铲捞盐，白花花的再生盐取之不尽，岸上盐坨如雪山逶迤。这样生产自然成本很低，加上运费销到河北、天津，价格也比海盐低得多。而且海盐生产周期长，整修盐田，提水灌池，七倒八倒，晒一池盐要个把月，还得赶上好天气。祖国地大物博不容置疑，这察尔汗不就是天然的事实吗。只是我们近代科学文明发展不快，让这样一个聚宝盆藏在深闺久未识，害得它这样板起面孔，把一腔热情埋在心里。

察尔汗卤水中，除了钠盐以外，还含有丰富的钾、镁、硼、溴、碘、铷、锂等重要元素。其中钾盐贮量占全国的97%，它是植物生长三大养料之一，主要功能是生长秸秆。我国土壤普遍缺钾，国家1986年在这里投资兴建年产20万吨的钾肥厂，已经试车投产。厂房和一切建筑都是绿色的，给这沉寂的土黄带来一派生机。

青海钾肥厂的采矿基地，是在盐壳上挖出的一个人工湖。面积比杭州西湖还大。10平方千米湖面分三个区域，钠盐池、调解池和光卤池，前者析出氯化钠，后者生成氧化钾，又叫光卤池。西湖有四时风光，这里同时有多种景色。钠盐池是麦绿色，如满地青苗迎风起浪；调解池如画家的调色盘，从岸边向湖心依次是乳白、鹅黄、浅黛、银白等色，云彩如花倒映水中，阳光似火浮在水面，一片花的海；光卤池溶金溢黄，如五月的麦浪向岸边涌来。仔细看去，水下光卤石晶体，似珊瑚、水晶，像玻璃、冰凌，一片海里的花，漂亮极了。

湖面还有两艘绿色的游艇缓缓移动，这可不是刚才海市蜃楼的诱惑，而是伸手可及的真实存在了。两艘现代化的采盐船，在世界排号第五第六。前四艘都在死海，自动化程度不如这两艘高。船头伸出的收割机，像几只绿色的长臂把成熟的光卤石翻搅起来，通过管道吸进船体，又通过长长的尾巴管道输送到车间里去，两艘船还代替了100台载重汽车。看那船上的小伙子，操纵按钮，洋洋自得，神仙般地遨游在神话世界里。

传说昆仑山上有瑶池，是人神交会的地方。《史记·大宛列传》称赞“其高二千五百余里，日月所相避隐为光明也，其上有醴泉、瑶池”。我在青海高原上看到了许多湖泊，觉着都不大像，唯有这里的境界与神话和史书上的瑶池的形象吻合。

亿万斯年，察尔汗这个美人隐藏在盐壳的面纱之下，人类的目光一直看不清它的真面目。如今揭开面纱，露出了绝世美貌，嫣然一笑，神州生辉。至于醴泉一说，卤水当然是绝对不能当酒喝的。但是这里的“陈酿”，可供全中国的绿色的生命开怀畅饮。喝了就会强健筋骨，挺起腰板，打了粮食再造酒供人喝。我这样诠释，倒也合乎情理，神仙的偈语从来都是拐弯抹角让人去猜的。

站在光卤池边，采盐船旁，我感觉白花花的钾流进了我的身体，渗入了我的骨骼，我的腰板也挺直了。回首浩瀚的察尔汗、辽阔的柴达木，再也不觉得它们寂寞荒凉了，比起东部地区，这里没有那种摆脱不了的拥挤，没有那种说不清楚的浮躁。在西部，在柴达木，在察尔汗，找到了宽绰，找到了庄重。我长出了一口气，大有心旷神怡之感。

察尔汗，美丽而神秘的湖。

1989 年 7 月

向 昆 仑

登昆仑之前一次体检大煞风景。由于高原缺氧，来格尔木后血压普遍升高，一向气壮如牛的王玉民达到 130—210 毫米汞柱。还有几位心脏有问题的，也被出示黄牌，一时会上乱了套。我自己还算正常，可也被一堆难题搞得头昏脑涨。昆仑是中国的象征，万山之祖。大家奔波数千里，扑向它来，如今来到山下不能登临一睹风采，岂不白来一趟青海！果然如此，后半截会简直开不下去了。青海作协主席朱奇老兄和我研究了半夜，还是决定别让同志们失望，做好应急准备，带了医生、药品和氧气，为了昆仑山冒一次险也值得。

第二天，8 月 18 日一大早，会议全体人员乘车出发，无一遗漏，几个重点人物都有专人保护。出格尔木市往南，汽车行驶在茫茫荒漠，四面枯黄，像一叶扁舟陷入黄色海洋。望巍巍昆仑，刀刻般的皱褶线条分明，整个山峰像一尊黄杨木雕，令人产生朝拜的虔诚。

抵达山麓，地势渐高，峰回路转，格尔木河像向导一样不离左右，有时爬坡拐弯，它在前边等着。走着走着，路与河分手了，公路伸向山坡，把河甩在了崖下。山坳里连一棵草都不见，离开河水四季都不好分辨。

忽然车停了，朱奇招呼大家下来看昆仑桥。我疑怪，平平山塬，不见河道，怎么会有一座小桥？走近一看，是一条裂谷，宽不过数米，似乎一步就能跨过。往下望去，深不可测，两壁怪岩嶙峋，锯齿獠牙。涧底涛声如雷，白雾蒸腾。从桥旁石阶绕到谷底，仰望一线青天，倒像一条小河，那桥正浮在河上。青海作家王立道兄告诉我，此地叫天涯涧，一步天险，是昆仑咽喉。桥是慕生忠将军建造的，后来由陈毅元帅命名为昆仑桥。

告别小桥不久，路旁有一冷泉，也以昆仑为名。青石砌成的多边形池口，泉水趵突，晶莹透亮，如蘑菇群聚，如银莲怒放。捧饮一口，甘洌清香，一股清爽之气顿时沁透心脾，传遍周身，似美酒落肚之微醉，有飘飘欲仙之感。当年各界神灵赴西王母之约喝下的瑶池琼浆，大概就是这样。

纳赤台过后，地势更高，阿克坦钦山雪峰绵延，好像一条银龙迎面飞来。山上积雪终年不化，形成的冰川沿主山脊梳状排列，成为玉龙鳞甲。河北的同志头一次看见雪山，惊叫起来，要求司机停车拍照。昆仑也为之动情，洒下漫天雪片。格尔木市诗人余焜脱口吟来：“漫道荒漠少奇葩，赏君昆仑六月花。”

雪线是海拔4000米。科学计算，海拔每增高1000米，空气含氧量减少10%，如今减少40%多了，吸两口气才顶上一口。医生神情紧张起来，目光在众人脸上扫视。不少人开始头疼恶心，嘴唇发紫。车厢里沉默起来，精神负担也压在汽车底盘上，发动机喘起了粗气。

朱奇老兄见势不妙，自告奋勇为大家表演节目，用湖南口音加上西北方言讲笑话，唱俄罗斯民歌。这位老实巴交的大哥并不精通此道，笑话讲得平平，倒是一副憨态让人忍俊不禁，歌喉也不优美，倒是一副火热心肠令人感动不已。大家在朱奇的独角戏里乐以忘忧，不知不觉到达昆仑山口。

下车后，山风很大，盛夏正午，仿佛走进隆冬，早起增加的毛衣、棉袄单薄如纸。大家不顾寒冷欢呼雀跃，拥向纪念碑前照相。天公作美，以雪花助兴，并抛来小粒冰雹，落地叮咚作响。花岗石纪念碑有七八尺高，上刻“昆仑山口”四个大字，标高海拔 4672 米。大概高山反应也被大家的兴致抑制住了，几个重点均无异常，王玉民还兴致勃勃，要爬那旁边的山头。精神力量难以想象，连医生也觉得奇怪。朱奇还说，前年陪 70 多岁的陈荒煤同志来到这里，老人下车以后，扑倒在地，他还以为出了意外，想不到陈老捧起一把昆仑土，老泪纵横，连连叫着:“祖国，母亲!”

站在昆仑山口，站在“亚洲脊柱”之上，脚下比三个泰山还高，自然“欲穷千里目”，仿佛看到，日月轮换两肩，江河出其左右，三山五岳，五湖四海，尽在眼底，大有超脱尘世之感，把人间沧桑、世态炎凉也全都看淡了。

脚下是昆仑山口，是经纬线交叉点，是时间和空间的坐标点。只见青藏公路蜿蜒北来，逶迤南去，“一条金色的飘带，把拉萨和北京连起来”。一条穿越“生物禁区”的生命线，一条世界屋脊上的苏伊士运河，一条通向西南边疆的大动脉，每天有上万辆汽车奔驰，每年有上百万吨物资进出。大小车辆像数不清的红细胞，源源不断的血液输送到西藏。我三鞠躬，向青藏线上的筑路战士、运输队员，正是他们忍受着高山反应、缺氧的痛苦，西藏才获得了充足的氧气、旺盛的生命。

田间同志临终时遗憾之一是没到过西藏，这个遗憾，几天之后河北作家刘小放、解俊山却替他完成。他们将从这里继续前进，经过五道梁、不冻泉，翻越 5000 多米的唐古拉山口，直抵拉萨。我因公务在身，必须尽快回省。昆仑山，留下我一个缺憾，也留下一个召唤。

1989 年 7 月

坎布拉

从西宁乘车，东南行100千米进入青沙山区，前面一条河明明灭灭，时隐时现，像一条亮闪闪的带子，飘扬在起伏的山间。朋友的一句话惊了我一跳，说这是黄河。怎么会呢？从小学课本上早就熟悉的这条母亲河，在这里改了姓氏，变得如此陌生。浅蓝，淡绿，清波碧浪，妩媚得像朱自清笔下的秦淮河，肖洛霍夫笔下静静的顿河。果真如此，那就颠覆了一句千年古话，跳进黄河洗得清了。真想叫停司机，跳进去，扎个猛子泡半天，洗褪往日的记忆。

化隆康扬大桥之后，美丽黄河的身影不见了，朋友指点，它已经深藏在峡谷的底部，需俯视才见。原来黄河从源头流经1800千米至此，从青藏高原一下子跌进黄土高原，落差3500米。这段黄河实际上已经是一条长长的瀑布，横冲直撞，在高山峻岭中冲杀出一条血路，变成一条桀骜不驯的巨龙，势不可挡。当地人民敬畏它，沿途修了许多寺庙。水利专家却看到了它的神力，在多级阶地上筹建了13处大中型水电站，可发电468亿千瓦时。龙头工程龙羊峡水电站发电、供电系统已于1989年全部竣工，这里的李家峡名列第二，也于1996年并网发电，黄河母亲的乳汁又变成另一种能量，加入我们的民族血液中。

眼前的李家峡水库，是一座面积31.58平方千米的人工湖。千顷一碧，绿得像一块玻璃，一尘不染，蓝得像一匹锦缎，闪闪发光。北面的拉脊山，南面的尖扎山，奇峰对峙，嶙峋突兀，垂直地浸入水中，耸立在湖上，美如画屏，恍惚是海上仙山。山后的峰峦，八月天残雪未化，闪着蓝幽幽的光，好像是仙女的珠冠。头上的天空，也像湖水一样湛蓝，水洗过一样洁净，真个是水天一色。几朵棉絮一样的白云飘过，渐渐地被风纺成缕缕的细纱。大块云彩遮住太阳时，周围便出现彩云，近处是红色的，艳如桃花，依次是粉莲、黄菊、白玉兰。它们的影儿映入水中，便成了红鲤、金鱼、白条儿。朋友们说这儿比西湖更美。我以为说错了，不可同日而语，一个是小家碧玉，一个是天上仙姬。真个是腹中惭愧，无以形容，不只是诗，不只是画，说是梦幻还贴近一些。

湖边的尖扎山，相对高度在2000米以上，植物的垂直带谱十分明显，花花绿绿，条格相间，该是仙女的长裙。欲穷千里目，更上一层楼，汽车带着我们盘旋拔高，真有乘电梯的感觉，一层一种景色。峡谷底部的青稞由绿转黄，正如湖水向坡地过渡。庄稼不及之处，野草芳菲，山花烂漫。草本的紫菀、柳兰、铁线莲，木本的海棠、杜鹃、忍冬、金露梅、银露梅，自由自在，寂寞开无主。往上的油松、青海云杉密密层层，冠盖如云，难得漏下一丝阳光，阴湿的地面寸草不生。再往上的白桦林，成年树修剪过一样整齐，亮亮的像一排排大理石柱。小白桦美丽得像一群窈窕少女，亭亭玉立，身披轻纱，在风中翩翩起舞，从根到梢带着音乐感。树木的枝丫本能地伸向天空，推动着林涛绿浪，整个山地坡像李家峡湖水一样涌动着，而且站立起来了。

林海还是鸟儿和动物的天堂，鹰在天空自由自在翱翔，松鼠在地上跳来跳去，锦鸡拖着华丽的长尾，百灵鸟卖弄婉转的花腔。远远地看到游人的车队，花喜鹊就站在枝头报喜，梅花鹿也更不怕人了，常常在公路上徜徉。偶尔看到护林人的木屋，精美得像个鸟巢。花香鸟语，森林的鸟叫比什么音乐都动听。

公路的尽头，是尖扎坎布拉国家地质公园机关所在地。这里是一处山洼，三面靠山一面临水。所有的山都是红色的，地质上叫丹霞地貌。阳光之下，宛若朝霞。山体形状，如塔如柱如城堡，平地拔起，陡然屹立。更有许多小尺度造塑，千姿百态，有的像人，有的像兽，有的像物，被命名为“神龟爬山”“佛手指天”“老翁拜佛”“倚天抽剑”，无不惟妙惟肖，栩栩如生。最为惊奇的是德杰峰，藏语是“天龙八部”的意思，方形山体，巍峨壮观，犹如一座布达拉宫，门框、窗棂、帷幕、窗帘，依稀可见，地质上属蜂窝状地貌。小瑶池景区，像一座宫苑，四周圆锥状山峰如仙女起舞，中心台地上奇花异草，似王母瑶池，令人叹为观止。山、水、林、田，奇、险、幽、美，是人与自然、自然与文化和谐共存的典范。

坎布拉，美丽神奇的坎布拉，三生有幸到此一游，使我过了一天退出现代生活、回归自然的日子，不仅感官上精神上受到一次启示，而且焕发了思维的活力。大自然创造了如此独一无二的美景，交通闭塞，经济滞后，原始生活状态把它完美地保存下来。我想，人类本来是大自然的一部分，大自然食物链的一环，与自然环境本是和谐存在的一体。仅仅因发明了钻木取火、蒸汽机，就不可一世，相信自己优于自然，凌驾于它之上，肆意掠夺，任意破坏，终于遭到报复，大祸临头，濒临灭顶之灾。我害怕美丽的坎布拉也逃不过这种厄运，写下这篇文章，留给后代子孙看吧。

2006 年 7 月

胡 杨 林

正在沙漠里玩得高兴，忽然司机小苇脸色骤变。远方扬起一股黄尘，那是沙暴的旗帜。说话间浓浓风尘像一堵高墙般重重地压过来，我们赶紧爬进吉普车里，风头已经呼啸而至，车窗立时暗下来，岂止是天昏地黑，给我的感觉是沉在黄河或者渤海泥滩里，任污泥浊浪戏弄拍打，车像一叶小舟飘摇跌撞。

好在时间不长，风停沙住，混沌世界慢慢澄清下来。天空水洗过一样晴朗，沙碛更加耀眼。只是吉普车经过风沙打磨，褪去一层绿皮，露出一色白铁，车窗都变成了磨砂玻璃，再不透明了。

这时一个令人震惊的奇迹出现了。不知是风暴把我们刮得很远，还是把这景观刮到我们眼前。眼前像变戏法一样出现一片森林。我掐掐手，揉揉眼，不是梦境也不是蜃景。这是一片真的森林，伸手触摸到了一棵棵真实的树。

小苇说这就是胡杨，有沙漠的活化石之称，还神秘地说：胡杨寿命三千年，生长一千年，死了不倒一千年，倒了不烂一千年。小苇扬眉眯眼，喜形于色，显然有一种老沙漠的骄傲。

看这些胡杨，不像一般青杨、白杨、加拿大杨，不是青白色，也没有一只只“眼睛”，它们被遗弃在沙漠很久，泪水都哭干了。胡杨的皮肤是黑灰色，纹理细致，像高原的土著，是长期风吹日晒形成的。活着的，高高的枝丫上挑几根细细的“三毛”，似乎是一种浪漫；死了的，华表般挺立着，显出一种深沉；倒下的，有的直直地躺在地上表现出一种悲壮，有的斜依同伴不肯屈服显示出一种执拗，有的化为一块块牛肉干般碎尸万段，仍以不烂的木丝保存着一种骨气。

小苇经常接送客人进沙漠，见多识广，他说近年发现的汉唐古国遗址，多有少量活着的胡杨，专家们据此推断，这些古国及其 30 座重要城镇和它们的居民多数消亡于晚唐时期，不会再早。此后到克里雅河人类聚落发现之前，这一地区进入人类的空白期。可是对我来说，眼前这些活生生的形象远比史学家的论文更加感人。它们在我眼前跳跃，在我脑海里旋转，这些不屈的沙漠之魂，仿佛一种信念就这么尘封在死亡之海，仿佛一种信念就这么走过了千百年，又仿佛一个生死搏斗的宏大场面被那漫长的人类活动期保存。那种场面，那种空旷，那种死静，使人总有一种时空错乱感，一种不真实感。一会儿感觉自己跟着它们的行列走入汉唐古国繁华的街市，一会儿仿佛进入晚唐时期看到许多生命生死交替的那一瞬。更浪漫一点，会觉得这是外星人留下的一个战场，尸体纵横，剑戟狼藉。

小苇按了按喇叭，开始鼓捣他的车。我也从幻想中回来，仔细观察这些树。发现这些胡杨形状奇特，树干粗粗而枝丫细细，好像不成比例。而且枝条遒劲，有角有棱，比国画大师笔下的线条更出人意料，好像一组生命的雕塑。每棵树都有明显的弯曲，而且弯曲的部位、形状大体相似。小苇说这都是风的杰作，我点头同意。是啊，像我们刚刚遇上的风暴，在它们则是家常便饭，如果一天一次，恐怕有几十万次了，几十万次地与风暴抗争着。试想，每次风暴来时逆来顺受，倾斜扭曲，风停了扬起不屈的头，挺起坚强的信念，时间久了便形成了这种作战的姿态。这些屡受挫折、伤痕累累的站立者，那弯曲的虬枝是一种仰天长叹或者低头思考，那寂静中凝聚着的一种动感，显示出一种感动人心的力量。

胡杨的叶子更为奇特，一棵树上竟有四种叶子，引起人种种联想。底部的细长如柳叶，是少年时期飞扬的眉；再往上椭圆如槐叶，是青年时期火热的唇；边缘的有角有齿像棉花叶，是中年寂寞孤独中向往的温馨；还有一种叶面较宽，厚实又柔韧，是老年漫漫岁月中渴望拥有的绿色泉眼。这些不同形状的叶子又都像张开的耳朵，千百年来认真地谛听着，谛听着那千百年来也听不到的信息。尽管它们怀疑自己的耳朵，年年都更换一次，期待的心却永远不曾变。

在这样的旷野与寂寞里，它们曾经有过多少向往与梦幻，可它们得到的是什么呢？只有将根须更深地扎入泥土，将身子扭曲转动与风暴对峙，将憧憬与希望化为叶子，化为它们特殊的语言，以自己伤痕累累的身体，顽强地向恶劣的环境气候示威。每一次搏斗，都使它们的根向深处探进，使它们的干向粗里发展，使它们的枝凝聚起力量。久而久之，便这样完成了它们的形象，塑造了它们的灵魂。

乍看胡杨林，好像原始次生林，杂乱无章，歪歪斜斜，脚步蹒跚，疲惫不堪，仿佛一支溃败的队伍。到了现在，再看它们，变成另一种景象。株行似乎有大致尺寸，横竖似乎有一定规矩。长途跋涉，一路从汉唐走来，弯腰弓脊，背负着长期的希望。枝丫如枪，狂风吹来，还会林涛似鼓，战斗过去，继续默默向前。千百年来前仆后继，脚步不乱，维持自己的部队不被消亡。啊，这样一支令人敬仰、可歌可泣的队伍！

时间很久了，我们依然流连忘返。小苇说，地质职工最喜欢胡杨林，喜欢在胡杨林照相，放大了挂在床头，细细领悟大自然坐标上人的价值。我也很兴奋，几天几夜闭不上眼睛。那铺天盖地的风沙可以淡忘，那天昏地暗的混沌可以褪色，而这一片胡杨林在我眼前却越来越清晰，像睫毛一样贴在我的眼睑上。那不屈不挠的队伍，一直连绵不断地走进我的眼里，走进我的脑里，推动我的思维不由自主地跟着它们行进在茫茫沙海里。

1990 年 3 月

铁 门 关

丝绸之路自西安起始，至敦煌分为两支，北线经吐鲁番，南线过罗布泊，在焉耆铁门关合二而一。这里自然成为丝绸路上的一个咽喉要隘。

出南疆重镇库尔勒，北行8里，进入一条幽深峡谷，一边库鲁克塔山，一边霍拉山，两峰夹峙，壁立千仞，一水中流，侧临深涧，真个“一夫当关，万夫莫开”的天险。1500多年前，郦道元《水经注》称之“铁谷”，天下二十六名关之一。《巴州史志》记载，公元238年的关楼“上下两层，下层为楼基门洞，顶部弓形，楼关四周有十二根明柱，每边四根，柱高一丈二尺”。当代依此在原址重建，门额“铁门关”系1986年王震将军手书。峡谷东西向，从王震题字的东楼，到岑参写诗的西馆，长150米，是一条罕见的历史文化长廊，有历代文臣武将的遗迹和塑像。

公元前139年，西汉张骞从这里出关，凿空西域，看到一个另外的世界。公元前60年，第一任西域都护郑吉带兵屯田，在这里迎接匈奴日逐王降汉。公元94年，东汉班超在这里筑路修关，是铁门关第一任守将，留下“不入虎穴，焉得虎子”的名言。629年，唐僧玄奘出关西天取经，曾在关外七星寺借宿几日。1771年，蒙古土尔扈特部从伏尔加河万里东归，进铁门关就回到了祖国母亲的怀抱。1841年林则徐到达新疆后，前往各地勘察农田水利，日记里留下当时铁门关的景物。1877年，左宗棠率军攻克铁门关，在这里扫除入侵新疆的阿古柏侵略者。1951年，王震将军在关前山神庙住了三天，拍板建起新疆第一座水电站。

倍感亲切的是唐朝诗人岑参，749年赴安西都护府掌书记任上，途经铁门关，诗兴大发，留下三首绝唱。其一《题铁门关楼》：“铁门天西涯，极目少行客。关门一小吏，终日对石壁。桥跨千仞危，路盘两崖窄。试登西楼望，一望头欲白。”其二《银山碛西馆》：“银山碛口风似箭，铁门关西月如练。双双愁泪沾马毛，飒飒胡沙迸人面。丈夫三十未富贵，安能终日守笔砚。”其三《宿铁关西馆》：“马汗踏成泥，朝驰几万蹄。雪中行地角，火处宿天倪。塞迥心常怯，乡遥梦亦迷。哪知故园月，也到铁关西。”描绘天地艰险，慷慨感怀，雄浑悲壮，瑰丽峭拔，奇情异形，与高适一起创边塞诗派，开一代诗风。

当年岑参胸怀报国志，31 岁从军出塞，戎马风尘，火山沙海，冰天雪地，用热血写下了生命体验。不像现在的诗人，包括我自己，乘飞机汽车，带阳伞墨镜，游山逛景，走马观花。连汗水都不肯抛洒一滴，哪里能产生这样的文字。站在铁门关前，只觉得矮小、气短、惭愧。

峡谷中的溪水，有个美丽的名字：孔雀河。它发源于天山，流入博斯腾湖，自湖溢出西流入关，转了个大弯，消逝于罗布泊，轮廓像一只昂首的孔雀，这峡谷正是它的颈部。两岸树木繁茂，绿得耀眼，松柏、杨柳、刺槐、馒头榆，还有许多叫不出名字的树种，混交成林，亲密无间，是一个时间和力量的结合体，像历代的战士们，从汉军唐卒，到清代的绿营兵、当代的兵团战士，其中也有燕赵儿女的身影，巴州是河北省援疆对口单位。它们坚守着一个信念，保持着一个姿态，枝丫如枪，林涛似鼓，奔腾不息的河水是它们的脚步，去占领荒山，去涌向戈壁，去浇灌沙漠绿洲，终于在南疆建成了一个绿色的花园式的水城库尔勒。孔雀开屏了！

2016 年 9 月

天南海北

地坛之晨

多年养成早起的习惯，出门在外也改不了。住在安定门内河北饭店，溜溜达达就到了地坛公园，门票只需两角钱。

地坛与天坛真有天壤之别。没有崇高雄浑的祈年殿，没有曲径通幽的七十二长廊，没有朱墙金瓦的巍巍殿阁，没有成方连片的森森松柏，而多是绵绵草地、矮矮幼柏。牡丹园、月季园也是寻常花草，边缘地带还有不少海棠、樱桃、山楂、杜梨之类山野农家之物。自从 1928 年改名为市民公园，几十年风格依旧。

天坛面向浩瀚宇宙，面积广阔，约占北京外城十分之一。地坛位于有限人境，珍惜土地，只有天坛的五分之一。它是长方形，四面开门，我感觉像个鸟笼子，大大的鸟笼子，因为一大早来这里遛鸟的人很多很多。花园林间、墙根道旁，特别是东北角那片海棠、樱桃林里，枝头树杈挂满了鸟笼，一排排一簇簇，状如春节大街小巷的灯市，形成地坛一道特别的风景线。

养鸟人慢慢掀开蓝布笼套，喜眉笑眼地看那宠物们亮相，画眉、百灵、靛颏、翠鸟、八哥，一个个衣着俏丽的歌手们引颈高歌，婉转入云，百鸟争鸣，比赛着花腔。公园里鸟多势众，都不怕人，你越凑近它，它越扯开嗓子叫，尽情地发挥天才。鸟友们一个个眯缝着眼睛侧耳细听，像听关牧村、韦唯、李娜、宋祖英歌唱，如醉如痴，甚至随着鸟鸣声摇头晃脑，像他们自己都变成了那鸟儿，尽兴地唱着。

不带鸟笼的人们也像鸟儿们，进门就想唱。你正走着，冷不丁身后就有一声呼喊，不是演员歌手吊嗓子那种咿咿啊啊，而是喊山喊海一样，通常只是“嗨嗨——嗨嗨——”一种撕腔裂肺的音调，高8度高16度地往云彩眼里钻，有男有女有老有少，此起彼伏，你呼我应。喊着喊着，那呼喊声就连成一线，连成一片，变成了无序的大合唱。再喊再喊，无序就变成了有序，有人出来喊口号:“一——！二——！三——！四——！一二三——四！”千军万马，吼声震天。这是地坛之晨的第二道风景。

还有第三道风景，那就是三五成群、一团一伙地集体锻炼，打太极的、推八卦的、练气功的，五花八门的气功辅导站各有旗帜，香功、菩提功、回春功、智能功、益智功、仙祖慧元功、芳香智悟功……像一场不散的武术大会演。扬眉吐气，伸手踢腿，前仰后合，左滚右翻，种种形体动作也像是一种无声的呼喊歌唱，一种有形的抑扬顿挫。于是，整个地坛就形成了一个大气场，置身其中就身不由己地舞动起来，浑身气血就进入了一种巨大的循环流程。

8时左右，一部分人渐渐收功整理，经过一两小时晨练，像加了油充了电，精神抖擞地上班去了。稍后，离退休的人们陆续离开，说说笑笑，心满意足。快到9时，偌大的公园，只剩下我一人，恋恋不舍地最后走出大门。我甜丝丝的，很得意“鸟笼”这个比喻。鸟儿在笼里找到了有限的自由，笼子为鸟儿提供了欢乐的氛围。否则，离开这个环境，鸟儿飞进车流滚滚、红尘滚滚的闹市，它就没心思唱了。人要是在马路边上扯着嗓子喊，在商场门前指手画脚，大家会以为他是精神病呢。

公园看门人说，这两年来这儿晨练的人越来越多。不是有地坛庙会一说吗，这里天天早起有庙会。为什么呢？他分析说，市场经济冲击铁饭碗，有兴旺的就有衰落的，报药费成了不大不小的问题。所以人们更加看重自己的健康，多锻炼，身体好了就少花钱看病。从这个意义上讲，锻炼也就是一种变相的创收，因而地坛公园不仅仅是娱乐场所，还创造着经济价值呢。所以每天两角钱的门票绝不白花。

1988年7月

雨游黄龙

九寨沟之前先去黄龙。前者早已闻名于世，后者知之甚少，大家表现不够热情，向导面带诡谲，也许跟着他走没错儿。

从松潘到黄龙要翻过一座海拔四五千米的藏龙山。五月中旬，山下晴天丽日，山腰云雾缭绕，到了山顶雪花飘飘，两个钟头穿过了四季。汽车在云雾里蠕动，在雪地上爬行，一边是悬崖峭壁，一边是万丈深渊，司机稍有闪失，全车人都报销了。大家屏住呼吸，手心捏出了汗。也有几个少男少女兴致勃勃地在那儿拱猪，不知此时处境危险。藏龙山的龙藏在哪里，可别惊动了它。

翻过山去，汽车开进一条葱茏山沟。下车后，天气依然阴沉，细雨霏霏，颇有几分寒意。在向导带领下，跨过涪江木桥，穿过一个木门，进入原始森林。出林后首先看到一片黄山坡，向导面现异色，三步两步跑了上去。我们也尾随其后，看到许多没水的池子，像农民淋过石灰的那种干池子，大家大失所望。再看向导，目瞪口呆，脸色比天气还要阴沉。一向笑语连篇的他，嘴里嗫嚅着："怎么没水，没水还有什么黄龙？"不好意思地宣布："可能是季节不对，夏天雨多那是相当壮观的。"是呵，从池边那些名字看，"迎宾彩池""飞瀑流泻""金瀑泻银"，是可以想象它们是多么美丽。可是现在大家情绪受到传染，那几个少男少女犹豫是否还有必要继续看下去。我们几个北方人兴致不减，权当一次爬山运动吧，而且单就眼前景色看也够新鲜的，有的漫坡如黄金铺地，有的断崖如黄云堆积。

踏着池边树丛中的木板栈桥上行不远，渐渐听到汩汩水声，我们不由加快脚步，有谁惊叫起来。眼前出现一个水池，浅蓝色的，清澈见底，中间几株小树，取名盆景池，倒也贴切。盆景池以上一面黄色山坡，跌宕着层层叠叠千百台阶，白花花泉水漫坡流泻，给人黄河西来之感。

过了迎仙桥，山势平缓，有几个较大的池子，水是蓝色的，好像阴云的天空开放了一片片晴天。“明镜倒悬池”云影徘徊，“梭罗映彩池”异彩纷呈，“琪树流芳池”树影婆娑。最大的一个“争艳池”有半亩大，池中有池，池沿曲折蜿蜒，连环相套。池中水位有高有低，颜色有深有浅。黄色池沿如同泥捏一般，有的竟似纸一样薄。这种奇观，不身临其境，是很难以想象的。我们好笑向导是那样沉不住气。步云桥后，没了池子。溪水源头有二，我们在两溪中间的山坡上攀登。沟口海拔 3100 米，这里大概 4000 米了。有人开始出现高山反应，胸闷，头疼，腿软，而我尚能健步如飞。别人羡慕我体质好，我说家住六楼，一上一下 180 磴台阶，天天爬山不止练出来的。顾及同伴的体力，我也放慢脚步，开始注意两边的林木随着山势增加，高大的落叶松、冷杉、鳞皮云杉渐渐稀少，代之以各种杜鹃、山柳之类灌木。树枝上挂满黄色的菟丝子，丝丝缕缕，随风飘摇。路边紫色的枝叶上凝聚着细小的水珠，看上去好像银色小花。再往上走，小树刚刚泛青，鹅黄色的小苞伸出嫩绿针叶，叶反而像花。还有一种高山柏匍匐地下，高不过膝，是松柏中的侏儒，不留神是看不到的。我后悔以往旅游行色匆匆，只抬头盯着高山飞瀑，忽视了多少细微景致，丢掉了多少知识。

走出灌木林，眼前悬挂一道银瀑，可是听不见涛声。走近是一挂冰川，冰层很薄，下面是深深积雪。那冰雪似化非化，我们小心翼翼地爬上去拍了照，心里说不出的痛快。这一景观叫簸箕海，其后是藏龙洞。相传大禹治水，黄龙负舟导江，溯茂州而上，始有岷江。此洞是黄龙化身修炼成道之所。一株雪松后面，娑罗花掩映洞口。我大胆下去，洞顶挂着许多乳帘，微风吹过似有声响。十余米处有三尊佛像和石床石桌，头上吊盏白色的“宝莲灯”。四壁各式花纹，有的如行云流水，有的像海底水族。这一切都非人工雕成，而是岩溶风化，鬼斧神工。加上洞里暗河水声哗哗，更增加了几分神秘气氛。

黄龙洞过去，就是被称作“人间瑶池”的五彩池了。从下往上看，是梯堰垒成的山，水银四溢。从上往下看，是湖水铺成的田，镶满玻璃。大池一亩大水面，水色潋滟，中有玉树，倩影离离。池水似蓝似白，绿中带紫，紫中泛青。周围小池，错落相连。活水同源而色彩各异。下池淡黄，注入小池则色如柠檬。左池淡青，流入右池则成橄榄绿。正惊诧间，太阳从云缝中间露出脸来，一下子出现了奇迹，整个水域骤然闪亮起来，池水变成了画家的调色盘，上下池水虹霓连环。这儿荡红漾紫，那儿泼墨濡黄，再那边摇蓝堆雪。加上池沿串连，幻若一顶珠冠，镶满了琥珀、玛瑙，缀满了珍珠、翡翠，各种颜色，光怪陆离。身居池上，仰望南山，宝鼎雪峰，云山雾罩。回首下看，十里山谷，流鋈飞泉，3400 个彩池，片片鳞甲，真像从雪山飞下一条龙来。这等奇观，正如一副对联所概括：玉障参天，一径苍松迎白雪；金沙铺地，千层碧水走黄龙。

正当我们洋洋得意时，太阳又忽然缩回云层，只给了我们几分钟的机会。我们暗自庆幸，心诚则灵，饱尝眼福，不虚此行。这时向导带着少男少女们刚刚上来，然而留给他们的却是一种遗憾。

下山路上，雨丝更密，山色变暗。两种山色在我眼前交替出现。一种是初见的干坡，一种是后来的水池。渐渐地，两种山色又变成两条龙，一条卧于浅滩，一条行于云间，两种命运都维系于雨水。树是山的衣服，水是山的灵魂，雨水越多，山越精神。那龙不愿困卧浅滩，也不愿受四季限制，它渴望腾飞，渴望自由，渴望着雨水。

1989 年 6 月

九寨阴晴

那雨从黄龙一直跟到九寨。开始还很亲切，给我们洗去了风尘，净化了空气。但是见好不收，淅淅沥沥，没完没了，纠缠起来，就让人生厌了。昨天下午游则查洼沟，蒙蒙细雨给美人蒙上了一层面纱，看不到长海之长，也看不清五彩池之彩，照相机打不开镜头，写生的展不开画板，好像有意与人为难。有谁咒骂天不作美，人不走运。导游无可奈何，提醒大家忍着点，老天惹翻了脸更要报复，说不定路上有人朝着太阳撒尿来着。大家对他的幽默反应淡然，也不过一丝苦笑。

今天早起，那讨厌的雨照样不紧不慢、不慌不忙地下着，敲打着人们的耐心。旅行社的日程不能改变，只剩一天机会了，只得冒雨出发。今天游览日则沟，根据导游的经验，先把车子开到沟的尽头，然后折回来一个个景点仔细观看。

走出几里远，雨渐渐小了，地面铺上一层薄薄的霜，及至沟端就变成一层厚厚的雪了。远望群山，银装素裹，雪峰像古代将军的银盔。眼前的原始森林，白雪盖头，都像是白眉白须的寿星佬儿。路旁的芦苇和杜鹃，枝条都被雪团压弯，鸟雀跳来跳去。弹得雪花纷纷落地。时令正是五月下旬，成都街上早已穿起了单衣，而眼前分明是严冬景象。无论是北方来的南方来的，见过雪的没见过雪的，都惊喜不已，捧起来舔，团在手上玩，还有的追逐着打雪仗，像鸟雀一样嬉闹着。在年迈的大自然面前，人人都变成了孩子。回望日则山林，烟雾缭绕，分不清哪是雪哪是云，好一个人间仙境，自己也飘飘欲仙了。

从原始森林下来，右边有一孤峰冲霄，如利剑直指蓝天，从断壁顶部飞出几股泉水，一落千丈，似白练悬空，这就是有名的剑眼悬泉。泉水注入山下的天鹅海，藏民习惯把湖称作海。水面上长满湖草和野花，宛如巨幅天鹅绒地毯。

翻过一段高坡，到了熊猫海。海边那块浑圆的白色巨石上，天然生着几圈黑色斑纹，很像那憨态可掬的吉祥物。岸上的箭竹前几年干死了，如今正纷纷吐出新芽。这里常有熊猫出没，据说一位重庆来的画家正在海边作画，一只大熊猫悄悄来到画板前，东瞧瞧西看看，还用鼻子嗅嗅，认真地欣赏，把那画家吓了一跳。这些宝贝夏天常常跑到海边喝水，看到水里自己的倒影，以为是同类争水，拼命地抢着喝，直到肚圆如鼓，走不动了，倒卧路边，当地人叫作熊猫醉水。

再往前走到了五花海，远远望见就叫人眼惊心动。蓝蓝的湖水，蓝得出奇，既非海水的蓝，也非湖水的蓝，蓝得深湛，蓝得纯净，蓝得透亮，我想用任何人工颜料都无法比拟的。走近一看，那湖水七彩斑斓，呈现鹅黄、墨绿、橄榄、翡翠等色，加上蓝天、白云、远山、近树倒映水中，更是一幅天然的图画。那边水面上漂浮一根长长的朽木，上面滋生着丝丝红苔，一端生出一篷绿叶红花，大概是鸟儿把花籽衔落其上长出来的。再仔细看，湖水清澈见底，横七竖八倒伏着一些树木枝干，波影闪动，若隐若现，就像游龙戏水，珊瑚摇头。微风起处，水上水下彩影晃动，形色交错，恍若置身于一个离奇的童话世界。

低头看水入迷，不知何时，久违的太阳悄悄出来，金色的阳光倾泻下来，山光水色骤然闪亮起来，让人的瞳孔来不及调整，一阵眩晕。阳光照耀下，水面涟漪闪烁层层光环，好像孔雀的羽毛。站在高处，美丽的五花海就像孔雀开屏。海子狭窄处有一道板桥，河湾就像孔雀的头颈，岸上几株古松恰似头上的花翎。

五花海以下，地势骤低，形成一处20度的斜坡，三五十米宽，北来的溪水漫坡倾泻，银花飞溅，水下丛生红绿苔藓。大家花5角钱租一双水靴。我顾不上租靴，赤脚涉水而上，忘记溪水冰凉，尽情地捧珠捞玉，顿时变成了百万富翁。

从珍珠滩旁边树荫下的山径绕下，见一瀑布从褐色山崖上跌落下来。想起电视剧《西游记》主题歌“你挑着担，我牵着马，迎来日出和晚霞”，那个镜头就是从这儿拍摄的。再往下行，就到了著名的诺日朗瀑布。

九寨沟全景包括三条沟，树正沟短粗如树干，分出两枝，西边的叫则查洼沟，东边的叫日则沟，诺日朗瀑布就挂在树杈上。被誉为九寨沟风景象征的诺日朗瀑布，像茫茫林海鼓满风的白帆，响声如海啸震耳。走近看，又可以分出几条瀑布，形状各异。有的垂直而下，如银河天落；有的曲折跌宕，若银龙戏珠；有的撞上岩石，水花飞溅，腾起一片细雾，被阳光照成七色彩虹。闭目侧听，高低音部，大小声响，有的急促，有的婉转，有的高亢，有的细腻，有的刚劲，有的幽雅，组成一支自然风景的交响曲。

则查洼和日则二沟的溪水，通过诺日朗汇入树正沟。大小40个海子首尾相接，逶迤数里，海与海之间有乳黄色的钙质堤埂相隔。海水由高而低，层层翻滚下来，形成一组梯形瀑布系列。海子中间一丛丛红柳、杜鹃，婆娑婀娜，袅袅婷婷，静如典雅盆景，动若仙子沐浴。瀑在林中流，树在瀑中生。那粉红、乳白色的主根和根须漂游水中，不着泥土，根摇而树不动，令人百思不得其解。

九寨美，美在水。大自然的神功，把泉、溪、湖、瀑组成一体，相得益彰，世上独一无二的景观。从前说，黄山归来不看岳，现在还得再加上一句：九寨归来不看水。

我忘情在九寨山水间，深深地为这人间的童话世界所陶醉。真想告诉所有的人，大声呼唤，九寨沟真美！但是又害怕惊动这幽雅的宁静。真想多看几眼，好好欣赏，把这无与伦比的美深深地印在心上。看得久了，又觉着自己感受这美，不能只是用眼，更多的是用心。那湛湛清水，飞瀑流泉，冲去心中的杂乱和烦闷，一身清爽，两袖清风。这时太阳公公正笑红了脸，诡谲地望着我们，好像说这些多愁善感的家伙，真该跳进海子里洗洗。感谢板着面孔又热心肠的老人，善良的恶作剧，使我们一天看到了四季风景，看到了一个完美的九寨沟。

返程路上，我琢磨着人与自然的关系，人力不及的地方保持着自然的美。导游笑笑说，十几年以前这里是伐木场，十几个森林工作者再三呼吁，才从刀斧之下把美的摇篮抢救出来，人也能保护自然。一路上我默念着，上帝保佑，但愿现代文明不要染指这圣洁的山水。

人们都说天池洗手的人勤快，喝了天池的水明白。我反复洗了又洗，喝了又喝，临走还满满灌了一行军壶天池水。

1989 年 6 月

德阳石刻艺术墙

每当在电视屏幕上，看到由于偷工减料、粗制滥造，一个个豆腐渣工程路陷桥坍时，义愤之余不禁想到，在中国的大地上，还有特别美好的一段路一座桥，让人骄傲，发人深思。这便是被誉为天下奇观的德阳石刻艺术墙。

这座让人念念不忘的艺术墙，又确实是一段路、一座桥。它是 108 国道穿过德阳市区的一段，叫泰山路。过去曾称作川陕通衢，改革开放以后车辆猛增，窄小的路面成为瓶颈，必须拓宽。可是东临一片低洼的河滩地，需要筑起 8 米高的土墙。聪明的德阳人异想天开，把工程与艺术结合起来，把 1000 多米的空白交给艺术家，借天府灵秀、蜀地精英，建成这石刻艺术墙，使工程获得了双重生命。

看见 40 多米宽的泰山路，就看到了当代德阳人的胸襟。走在车水马龙的路面上有强烈动感，好像脚下是一条现代化的传送带。路东的石牛公园，大门呈牛头状，两只牛角环抱一颗金球，像闪闪发光的太阳。

从牛门后面的石阶走下，回头一望，惊得你目瞪口呆，那长长的赭红、乳白色带状石刻，像一匹蜀锦，阳光下紫气腾腾，有一种幻境般的神秘感。一眼望不到头的龙柱、拱门连起的石刻长廊，仿佛是许多龙门、云冈石窟，许多摩崖石刻、九龙壁集中排列在一起，组成一个集大成的中国石雕艺术馆。

北端一组群雕叫《生命之光》，长 38 米，由“四季”“马跳飞瀑”“人与自然”三个内容组成。先民们春种夏耕，秋收冬藏，雄健的男人，美丽的女人，天真的儿童栩栩如生。其他各个静物之间以真实的溪水、瀑布串连起来，表现了人在与自然的和谐之中，生命的不断延续。

南端的一组叫《智慧之光》，长 53 米，是近年出土的广汉三星堆文明的石刻化。幼时读李白的《蜀道难》，“蚕丛与鱼凫，开国何茫然”，在这里终于看到了他们，大耳隆准，长须阔口，尤其大眼凸出眶外，应了《山海经》上“蚕丛纵目”之说。图案中心设计了“智慧之门”，两旁是智慧老人与智慧少女。这一切都表现了这块土地上几千年文明的灿烂神奇。

两者之间，有 32 根龙柱，35 孔拱洞，刻画了从女娲补天到柳毅传书 38 个神话故事。浏览其间，如脚踩祥云，两肋生风，漫游在梦幻般的仙境。公园中心有十二生肖柱，按地支排列。内侧 10 根喷水柱，按天干布阵，再现了运动变化的中国古老宇宙观。

德阳艺术墙，从整体设计到局部制作精益求精。圆雕、半圆雕、深浮雕、浅浮雕、镂空、剪底、线刻等，各种手法应有尽有。精细时，人的胡须，马的鬃毛，树的枝叶，水的波纹，密不透风；粗犷时，人物变形，五官夸张，肌肉突出，疏能跑马。32 根龙柱变化无穷，或吞云吐雾，或翻海倒江，或张牙戏珠，或舞爪纳宝，神态各异，活灵活现。让你感到凸凹艺术及起伏线条，能产生多么丰富多彩的诗的语言，让你相信这座结晶的殿宇，会和赵州桥、卢沟桥一样成为艺术瑰宝，永远流传下去。不管时间如何变化，它会征服任何时尚中的任何人。

由于强烈的艺术效果和轰动效应，德阳石刻艺术墙成为四川的旅游热线，众多的艺术爱好者和游客蜂拥而至，每天都有可观的门票收入。一个建筑工程带来了丰厚的经济效益，这也是德阳人始料未及的。

让中国的建筑工作者都来德阳，见识一下这面艺术墙吧。

1989 年 6 月

景洪花树

冯牧称云南为彩云之南，西双版纳更在云南之南端，州府驻景洪，离省会昆明 800 千米，机翼下的横断山脉连绵起伏，莽莽苍苍。整个地球的北回归线是沙漠地带，唯独这里是一片热带雨林。飞机着陆，好像一头扎进绿色海洋。

景洪在傣语中是黎明之城的意思，城市不大，没有公共汽车，出租车也很少，交通工具主要是人力车。车费出奇地便宜，只收一两元钱。黄包车穿行在绿色的街道，不紧不慢，两旁的景物看得清清楚楚。

用绿树成荫形容景洪街景，显得很不贴切，因为那些树是分层次的。上层南洋杉、海红树、竹柏、刺桐一类乔木，笔直挺拔，亭亭玉立；中间槟榔、贝叶棕、鱼尾葵、椰子树等属棕榈科，树冠蓬松，雍容华贵；下部火烧花、火焰树、凤凰木、山扁豆一类观赏植物婀娜多姿，艳丽妖娆。层次之间上挂下连的还有黄蝉、红背桂、吊灯花、炮仗花、长蕊合欢、硬骨凌霄一类藤灌植物，攀龙附凤，争宠献媚。

昆明四季如春，这里常年是夏。“花谢花开无日了，春来春去不相关”，景洪的花自由到了神秘程度。同是一种羊蹄甲，可以开出红、黄、紫、白几种颜色。同是一株嘉兰，第一天花瓣吐绿，第二天花心变黄，瓣尖鲜红，第三天周身金黄、橙红，犹如一团燃烧的烈焰，这叫“变色花”。还有一种“风雨花”，叫大树鱼藤，受气候的影响，突然白色花朵缀满枝，两三天似大雪纷纷扬扬。白花落尽之后，突然翠绿满枝。骤然开花，则预示着风雨来临。真是见所未见，闻所未闻，内地人来到这里，一个个都变成了树盲、花盲。

景洪观花，不可不去曼听。曼听，傣语是“花园的村寨”之意。从市中心东南行 2 千米，远远望见两株古老的荔枝树，据说已有 500 年历史，仍旧枝叶茂盛，繁花似锦。仿佛两位长寿老者，饱经沧桑，依然精神矍铄。其周围子孙满堂，除荔枝外，还有像小伙儿一样人高马大的贝叶树，像姑娘一样身材窈窕的槟榔，像少妇一样体态丰满的椰子树。树影掩映下一座座傣家竹楼，大都是篱笆隔开。一座小院一处花园。除了普通的果木花卉，各家有自己独特的家花家树，诸如桂仲布、菠萝蜜、三丫果、四棱果、金凤花、缅桂花、珊瑚花、夜香木兰等，几十种花木高低错落，相映成趣。

曼听花果何以如此丰富？原来这个寨子从前是一个“松翁然”，相当于御花园。最早来到这里的是傣族统治者召片领的两个专事养花种树的奴隶，一男一女。召片领在澜沧江与流沙河之间划出一块地方，让这两个奴隶世世代代为他种植花木，并生儿育女，逐渐形成了村落。解放前，每当荔枝成熟季节，召片领便骑着白象打着金伞，来这里尽兴游玩。寨南的曼听公园优雅宁静，大佛寺坐落在铁力木和贝叶棕林中，奇花异草，古寺名刹，一幅绚丽神奇的傣乡风俗画。一年一度的泼水节常在这里举行。1961年4月，周恩来总理与缅甸总理吴努在景洪会谈，身穿傣族服装，在这里观看赛龙舟，同群众一起载歌载舞，端着水盆互相泼水，幸福得淋漓尽致。

傍晚，走进曼听一家临街的傣家酒楼，冷不防被夹道迎接的姑娘们泼了水，不过不是那种倾盆泼倒，而是手执树叶沾了水轻轻滴，滴得十分温柔，滴得十分诗意。酒楼毛经理原是一名四川籍边防战士，转业时留在这里，娶了一个傣家姑娘。改革之风吹到西双版纳时，他凭着川人的敏感，首先在这曼听街上开了一座傣家酒楼，把傣味菜肴推向市场。摆在我们面前的烤竹鼠、刺猬酸肉、知了背肉馅、煎荷包蛋蛹、赶摆黄焖鸡、江鳅煮酸笋，一道比一道怪异，让人饱尝猎奇味道。蒸青苔蛋，用采自澜沧江鹅卵石上苔衣，烘干揉碎，和香茅草一起放在蛋清里蒸成，呈草绿色，质地松软，吃起来海味浓郁。傣菜制作分烤、蒸、剁、腌、煮、炸六大类，风味可以概括为酸、辣、香、脆四个字。

酒过三巡，一队傣家舞女飘然而出。她们的服饰是边疆少数民族中最简洁优美的，浅绯色紧身小背心，外着短上衣，圆领窄袖，大襟或对襟，颜色有淡红、浅绿、天蓝、绛紫的，长筒裙长齐脚背，腰系一根银带，越发显得身材苗条修长。油光发髻上斜插一把发梳，扎一圈浓香玉兰花，妩媚动人。

姑娘们能跳好多舞，最动人的是孔雀舞。轻盈出巢，探视四周，在草坪上翩翩起舞，拨开水草觅食，水边顾影自怜，展开彩屏与万物比美。演员们腰肢柔韧，眼睛传神，一系列舞蹈语汇，把孔雀的美丽、善良、婀娜多姿活灵活现地表现出来。让人们想起刀美兰、杨丽萍，她们都是景洪人，西双版纳的金孔雀。

美丽多情的傣家酒楼，白天看到的一切花木、一切色彩、一切风韵都集中展现在这里，花似人，人似花，秀色可餐。

1987 年 9 月

天涯何处

朋友在海南搞画展，邀我陪同，有幸来到三亚。

亚龙湾的形势与北戴河相似，十五里长，月牙状，碧波环抱。不同的是，背后的松山换成椰树，一派旖旎的热带风光。面前的大海不似毛主席诗里的白浪滔天，而是波澜不惊，静若处子。海水清澈透明，像一块巨大的玻璃，底下的水草游鱼清晰可见。海水的颜色由近而远，呈银白，浅蓝、湖蓝，宝石蓝，最后海天一色，分不清哪是云朵，哪是白帆。不时有帆板来去，给人的感觉不是戏水而是滑水。岸边沙质细腻，洁白如雪，好像细箩筛下的精粉，踩上去光滑柔软如绸缎。头上太阳直射时也不太热，因为有习习海风，花花绿绿的阳伞投下圆圆的阴凉，横七竖八躺着沉醉于椰风海韵的游人，其中也不乏碧眼金发的老外。一个大胡子用半生不熟的汉语朝我说，这儿顶好，胜过夏威夷。

我奇怪历代孤陋寡闻的皇帝老儿，竟然把这样的人间仙境当作流放罪臣之地，让他们饱餐秀色，真是福兮祸兮。其中就有河北老乡，赞皇县的李德裕。这位唐朝名相失宠后被贬做崖州司户，崖州就是现在的三亚市，其后还有宋朝名相赵鼎，名臣胡铨和卢多逊等。那时交通闭塞，“鸟飞犹是半年程”的琼岛，人烟稀少。唐代杨炎《流崖州至鬼门关》一诗中充满恐惧：“一去一万里，千知千不还。崖州何处在，生度鬼门关。”胡铨也哀叹：“区区万里天涯路，野草荒烟正断魂。”到了这里，便以为到了天之边缘，海之尽头，不禁望洋兴叹。亚龙湾旁边马岭山下，海滩之上，有两块巨岩，一刻“天涯”，一刻“海角”，“天涯”二字是清朝雍正年间崖州知府程哲手笔。

古崖州城海边有个水南村，是李德裕、赵鼎、胡铨、卢多逊等人谪居之地，称作“幽人处士家”。卢多逊住久了，便产生了感情，赋诗赞美：“珠崖风景水南村，山下人家林下门。鹦鹉巢时椰结子，鹧鸪啼处竹生孙。鱼盐家给无墟市，禾黍年登有酒樽。远客杖藜来往熟，却疑身世在桃源。”清末崖州知州范云梯在海边一块巨石上刻“南天一柱”，这个形象被印制在第四套人民币 2 元券上，达到家喻户晓的程度。如今的天涯海角已经被人们当作忠贞不渝的爱情的象征。每年 11 月 18 日至 21 日，在这里举办国际婚礼节，成千上万对新婚夫妇和庆祝金婚银婚的老人，天涯相聚，海角结缘，在椰风海韵中留下最美好的回忆。

统计资料表明，全中国以海南人平均寿命最长，海南又以三亚寿星最多。所以来到这里都要体会一下“福如东海，寿比南山”的滋味。

大东海旅游区在海角之东，风和水暖，浪静沙平，是不可多得的海上乐园。同行的年轻人，有的乘摩托艇，海上风驰电掣；有的背拖曳伞，空中徐徐降落。我壮了壮胆子，买了潜水票，经过半小时培训，穿戴上潜水衣和供气防压头罩，跟在教练身后，来到一只船上，顺水梯走下十几米的海底，哆哆嗦嗦摸进了“龙宫”。只见五颜六色的水草，奇形怪状的珊瑚，组成了一个巨大的五彩缤纷的万花筒。五彩斑斓的鱼类在眼前忽忽闪闪，在腋下穿来穿去，伸手可捉。金字塔状的马蹄螺，莹光闪闪的夜光螺，一身翠衣的珊瑚鱼，披着花衣的蝴蝶鱼，周身孔雀斑的颈鳍鱼，大朵大朵的梅花参，成群结队的海星、海胆……我被这光怪陆离的海底景色惊呆了，置身这五光十色的水族中，好像自己手脚变成了鳍，身上放着光，不是教练的提醒，我真的忘记离开了。不情愿地钻出水面，心还久久地留在海底，做着神奇美妙的梦。

南山在天涯之西，是一处佛教圣地，唐代高僧鉴真和尚曾率弟子和日本留学僧等一行五人，于天宝七年（748 年）第五次东渡日本，遭遇台风漂流万里至此上岸，设坛讲佛。山海之间有一组岩石雕像，风卷僧衫波浪叠起，前襟起伏，怀揣一颗颗跳动的心。他们目不转睛地眺望大海，期盼着，站成了一排礁石。大殿里一尊金石观音，全身佛光，千叶宝座，紫檀木须弥底座，高 3.5 米，用黄金 200 多斤，钻石 120 克拉，宝石数千粒，采用“宫廷金细工”工艺制造。观音满脸慈祥，面向大海，关注着一方平安。南山有一种不老松，松叶扁平，长约半尺，簇簇缕缕，树干并不伟岸，弯腰弓背，随便一棵都大把年纪，少说也有十个八个耄耋之年了。相比之下，自己还不过是个翩翩少年。认识世界风光，这天涯海角是起点而不是终点。

2000 年 5 月

淮阳太昊陵

半生喜好山水，游过不少名胜，也逛过不少园林，唯独淮阳小县的公园给我留下特殊的印象。它没有奇花异草，也没有怪石名泉，一切景物都是多年生的松柏修剪成形的。不久前，有幸参观哈尔滨冰雕盛会，曾为那银色的杰作叹为观止。相比之下，这绿色的艺术更富于生命，而且不受时令限制，四季常存。

从迎客松起步，钻进几十米长的柏洞，密不透风，一条绿色的隧道。出洞口，见一座高大的龙头牌坊，飞檐起脊，连大理石的花纹都被疏密相间的柏枝剪出来了。牌坊后面一座凉亭，有棱有角，6 根柱子是 6 株等距离的树干，松枝结成顶盖，下设桌凳棋盘，供人乘凉对弈，亭旁柏树剪成的一对华表，浑圆如柱，两个烛台，绿烟袅袅。那边绿色的蒙古包前，树一座 15 层的松树蓬塔，像举一串绿的糖葫芦，像一位修长的姑娘穿着 15 层超短裙。

这边是绿色的动物园，松柏支撑的生命千姿百态。蝴蝶迎春，触须长长；松鼠爬树，尾巴茸茸；蛟龙腾空，张牙舞爪；孔雀开屏，团圞如扇。南国大象，长鼻圆耳，一副憨态；北来明驼，昂首阔步，四肢矫健。那个长颈鹿，高挑着小脑袋，柏球间穿个洞，恰似目光炯炯。今年是蛇年，那神物摇头摆尾，如弓似弩，憋足劲要大显身手。几条金鱼戏水，尾巴搅起绿色的浪花，好像还带着水声。一尾蝎子发怒，针尖上凝聚毒汁，小孩子都躲得远远。

那边有绿色的迪士尼，特别吸引儿童们的目光。扬旗升起，信号灯绿，火车隆隆开来。车轮滚滚，喇叭长鸣，警车呼啸而去。铁牛和坦克，一样敦实的个子，哥俩性格不同，一个炮管朝天，一个铁铧入地。飞机和潜艇，一样苗条的身材，姐妹志趣各异，一个愿向空中飞，一个爱在水中游。正在“动工”的宇宙飞船，发射架已经搭好，火箭已现雏形，几个小孩咬着指头不肯走，巴望着载人上天的时刻到来。

我们边走边议，赞不绝口，想不到淮阳有此绝技。县文化局的同志说，风靡全国的松柏造型，盖出于此。首创者王殿乙，城南王化园村人，生于晚清，从小心灵手巧，见人做柳编苇编，想用柔软的幼松嫩柏取代。家中有地三亩，全部种上松柏，潜心钻研。开始编织戏文，如水漫金山、武松打虎、三盗九龙杯，直到孙中山演讲革命。他的作品惟妙惟肖，栩栩如生，逢年过节夺了社火大戏，轰动一方。军阀吴佩孚把他请到武汉当园工，后来邱清泉又拉他到南京美化总统府。解放后人民政府请他出来开辟公园，又有诸多新的创造。王殿乙死后，他的许多子侄徒弟经营此道。

回到接待室，大家兴致不减，说上了一堂精彩的艺术课，有的说是生命的诗，有的说是绿色的雕塑，画画的说受到启发，写字的说得到了灵感，散文家梅洁激动不已，题词时把自称龙的六千年传人写成“六千代佳人”，因而获得了一个“千代佳人”的雅号。

梅洁何以称自己为六千年龙的传人？原来淮阳是伏羲圣地。史书上说，伏羲姓风，生于成纪都于宛丘，就是现在的淮阳，是距今6000年前原始社会末期部落联盟的领袖。他特别聪明，教民结网、渔猎、驯养牲口，制定婚姻，固定配偶，被尊称为斯文鼻祖。伏羲帝号太昊，又号龙师，以龙记官，把部下分封为土龙、白龙、黄龙等，本人活了194岁，葬于此，因而淮阳有“龙师长眠地”之称。

伏羲还在结绳记数的基础上发明了八卦，18世纪德国人莱布尼茨到中国，研究八卦以后发明了数学上的二进位制，这就是计算机的基本原理，他还制造了一架手摇计算机献给康熙皇帝。八卦之说奥妙无穷，至今世界上还有一股长盛不衰的八卦热。

松柏造型公园对面就是太昊陵，坐北朝南，按天圆地方设计。现在的规模始于东汉，传说刘秀被王莽追赶，走投无路时见一小庙，推门进去躲藏起来。一群蜘蛛迅速在门上结网，追兵断定不会有人进去，舍此而去。刘秀因而幸免于难，登基后命令大臣修起工程浩大的太昊陵。

进门一看大殿，伏羲塑像安坐正中，神态安详，充满睿智。绕过大殿，一座高高的土丘，正面石牌刻有“太昊陵”，字迹清秀，传说是苏轼家小妹所题。陵上墓草青青，还有几棵榆树。陵后有蓍草园，草叶如艾，面绿背白，古为占卜之用。过去皇帝每年派员祭陵，必须拿此蓍草作为尽职的凭证。

太昊陵内，到处是善男信女，多数手持龙旗。有的磕头烧香，有的坐而论道，还有的吟着歌谣。文化局的同志说，每年阴历二月二到三月三，每天有一二十万人朝香祭祖。太昊陵还是中原瞎子云集的地方，他们说这里是八卦发源地，说话做事非常气粗。今年庙会期间，从外边来了个明眼人，用计算机算命，生意兴隆。瞎子们听说了，几百个没眼的硬是把有眼的打跑了。

中国人喜欢自称龙的传人。我想龙的传人应该是继承和发扬斯文鼻祖的聪明智慧，而不是盲目地愚昧迷信，八卦算命大概是一种误传、假传。伏羲老祖在天之灵如果看到他的子孙科学技术大大落后于世界水平，还打着黄旗祭祖，招摇过市，一定羞愧难当，哭笑不得的。也许他宁愿承认二进位的发明者莱布尼茨是自己精神的传人，而鄙视自家门前那些瞎子算命和计算机算命者。

1993 年 5 月

邂逅宋陵

自洛阳奔登封，走一条乡间公路。行至巩义芝田村路段。看见一块不起眼的路牌，上写两个不起眼的字：宋陵。四处张望，不见什么宏伟古建，犹豫了一下，还是停下车来。不仅因为赵匡胤出生涿州，是河北老乡，还由于那个北宋王朝虽然军事软弱，但是经济文化在中国历史上堪称辉煌，打心里有几分敬意。

想不到堂堂北宋帝陵会遗落在这偏远荒郊，没有什么知名度，更没有像明陵清陵那样成为旅游观光的热点。放眼一望，风水还算可以，北依邙山，南向嵩山，两边有伊洛河、石子河。唐人王建有诗："北邙山头少闲土，尽是洛阳人旧墓。"据说当年赵匡胤有意迁都洛阳，因为朝臣反对，只把陵寝安在这嵩山河洛之间。如果移都洛阳，北有太行邙山屏障，也不至于让金人马队长驱直入了。

宋陵兆域占地 30 平方千米，除徽、钦二帝被掳死于吉林五国城外，北宋其余七帝皆葬于此。分别为太祖赵匡胤永昌陵，太宗赵炅永熙陵，真宗赵恒永定陵，仁宗赵祯永昭陵，英宗赵曙永厚陵，神宗赵顼永裕陵，哲宗赵煦永泰陵，加上赵匡胤父亲赵弘殷的永安陵，统称"七帝八陵"。还有后妃、功臣如包拯、寇准墓，共 300 多座，应该是一个巨大的陵墓群。

历经千百年沧桑，宋陵几乎夷为平地，只有路旁的永定陵还可以看出一点眉目。它像一座破落的庄稼大院。第一道门阙台早已无影无踪，二道门代之以两棵塔松。神道上荒草没膝，但两边石像颇为别致，不似明清帝陵的 18 尊，而是 58 尊，长长的仪仗队。望柱莲座龙纹，八角大理石柱，荷苞尖顶，远远望去像两盏白蜡烛。第四尊尤为特殊，马头龙身凤翅鹰爪孔雀尾，展翅欲飞的样子。白象有驯象人，仗马有控马官，3 名进贡使者，分别是越南、印度、波斯人装束。羊与虎共处，文臣在前，武将靠后。大概与赵匡胤陈桥兵变，害怕后人效尤有关。石刻刀法洗练，线条简朴，在汉唐技法上有所创新，形成一种注重写实的风格。

宫城地上建筑荡然无存，仅剩一座墓冢。地宫被盗，青砖砌成，顶部有天象图，周围绘宫殿楼阁，色彩至今仍然鲜艳。墓冢状如覆斗，底边各 60 米。上面没有一株可以栖鸟之树，幼柏不过手腕粗细，肯定是解放以后所植。仅有两块薄薄石碑，一块是

1943 年巩县县长所立，横卧在后，另一块是一位台湾同胞新立，直立在前。登上宝顶四望，其余帝陵断断续续淹没在庄稼地里，倒是包拯、寇准二墓土堆比帝王还大，大概不曾被人盗过。可见清廉之人，不仅生前活得坦然，死后也落得安生。

面对宋陵遭受的冷落，心里颇为不平。国人好脸面，向来以强盛的汉唐为荣，厚今薄古者和厚古薄今者，都不把中间的宋朝当回事儿。况且巩义远离后来的政治文化中心，缺少可利用价值。还由于作为九朝帝都的洛阳早被刮薄了地皮，不少人人穷志短，以盗墓为业，先吃窝边草，把这些祖宗的体面剥光盗空。我想随着时代的发展，人们会对毛泽东唐宗宋祖并称的提法加深认识，届时宋陵一定会风光起来。

1993 年 5 月

花径寻觅

去游览白司马花径必过如琴湖，湖因水面酷似一把提琴而名，湖边还有一块刻石，“水声如琴”。琴声、琵琶声声在耳，白居易的知音很多，进门前先把身影留在湖面上，好像是一种签到。

自幼我就是白居易的崇拜者，《秦中吟》《卖炭翁》一类诗词作品，颇合我这穷苦农民出身人的口味，朴实无华，老妪能解，1000 多年前就高举反贵族化的旗帜，对我影响深远。

花径大门是一座石坊，门额刻有“花径”二字，两边对联“花开山寺，咏留诗人”，内含着一则典故。一次白居易登庐山，已是暮春时节还见桃花烂漫，兴之所到挥毫作诗：“人间四月芳菲尽，山寺桃花始盛开。长恨春归无觅处，不知转入此中来。”这首

《大林寺桃花》成为千古绝唱。此地遂被誉为花径，南山也称作掷笔峰。

门额和对联出自张之洞的得意门生李凤高手笔。1930 年他路过此地，见石工们的工地旁边一块条石，上有尺许大“花径”二字，旁边小字漫漶不清。李凤高猜度正是 1000 多年前白居易作桃花诗处，仰慕不已，募捐营造了大门旁边的景白亭，并推断条石上“花径”二字是大诗人手迹，盖小亭安放。我对书法外行，俯瞰那横卧二字倒像诗人自己，眉开眼笑，手舞足蹈，沉醉于桃花芬芳之中。当然周围桃花已非千年旧物，而是 19 世纪 30 年代信徒李凤高所植。

坡下山洼里，一眼就认出那似曾相识的“五架三间新草堂，石阶桂柱竹编墙”，不知多少次从白居易《庐山草堂记》和许多诗里再三看到过的。蹑手蹑脚走进草堂，生怕惊破诗人的宁静。纸糊窗户，竹编门帘，木床麻幔，木制屏风，一张漆琴，几卷古书。一切都不用修饰，朴素简洁，如同白居易的文风诗句。

诗人出门去了，房前山溪小桥，平台方池，古松婆娑，白莲朵朵。四望奇峰古寺，佛殿云海，不由你不赞叹诗人的眼光，“春有锦绣谷花，夏有石门涧云，秋有虎溪月，冬有炉峰雪”，借助自然，升华自然，情景交融，和谐完美。一幅水墨画，一首山水诗。构思布局建筑风格体现了白居易一贯的美学思想。

白居易半生坎坷，宦海浮沉，远谪江州时结庐半隐，回归自然，乐天安命。“庐山以灵胜待我，是天与我时，地与我所，卒获所好，又何以求焉！”草堂给他带来新的生活乐趣，给他的诗歌注入生命的活力。在草堂诞生了他数以百计的山水诗和《与元九书》那些著名的诗论。

结庐在江边山洼的草堂，白居易在这里卜居近一年之久，流连山水，其乐无穷。直到调任忠州时还依依不舍，期望“山色泉声莫惆怅，三年官满却归来”。果然后来赴杭州任途中，又再上庐山重温旧梦。直到古稀之年还念念不忘:“三十年前草堂主，而今虽在鬓如丝。登山寻水应无力，不似江州司马时。”

有人责难白居易，仕途与草堂还是选择前者。离开江州时自责“独有不才者，山中寻泉石”。对此我倒有不同看法，当官与写诗非但不矛盾，反而相辅相成。中国历史不乏官吏兼诗人者，且在大诗人名单中占据多数。白居易之前的屈原、李白、杜甫，之后苏轼、陆游、辛弃疾，比比皆是。儒家讲入世，有良知的官吏，因使命和责任忧国忧民，体察人民疾苦，可以站得高看得远。作诗的功夫又使他思路开阔，认识、分析生活深刻，多有建树。互为因果，相得益彰。只是到了近代，普希金、拜伦、雪莱传入中国，专业诗人才渐渐出现。文学与做官分离乃至对立，常有当官的不知诗为何物，写诗的鄙薄政治与功利，不食人间烟火，追求一种“纯诗”。他们心目中的诗不是鲁迅所说的血或者奶，而一种蒸馏水。中国近代以来特别是眼下大诗人越来越少了，这也许是原因之一。

“文章合为时而著，歌诗合为事而作。”白居易的现实主义创作原则，与老妪解诗的语言风格是一脉相承的。不像现在有些人把质朴明朗的诗视作“非诗”，一味追求晦涩古怪，当作谜语象辞，等待后代破译。

我眼前的花径荒芜了，迷离了，哪里去找白居易的影子？哪里寻觅他的脚印？

1990 年 8 月

醉石解醉

半生饮酒，积累总量也当数以吨计了，也许是因为神经迟钝，或者汗腺发达，小酌如喝白开水，豪饮伤胃而不上头，从未尝过醉的滋味儿，未免是个缺憾。所以此次去看陶渊明的醉石，腿脚比谁都快。

在众多与庐山结缘的诗人中，只有陶渊明是土生土长的九江人。车到星子县温泉疗养院，由当地陶渊明诗社的胡兆祥同志领我们步行到栗里村。陶渊明归隐故乡上京村，48 岁时一场火灾后移居栗里。栗里至今还有不少陶姓，但东晋以来火灾不知发生过多少次，村子早已面目全非，哪里去找诗人的故居？在一座不大的柴桑桥边，听胡兆祥讲陶渊明，绘声绘色，如同戏文。

醉石在北山脚下，不过三四里，可是一场大雨过后，田埂泥泞难走，显得路很长。小路蜿蜒，丘陵渐高，过一小村，鸡鸣犬吠有先古遗风。突然一座名叫虎爪崖的山峰拔地而起，黑色山体像一只蹲着的老虎，从趾缝里溢出一股清泉，聚水为池。相传陶渊明收工之后，常在这里涮帽洗锄。当年池边还有五株柳树，引发了《五柳先生传》。而今几经沧桑，濯缨池还在，五柳不见了，只能从禾浪中闪现的石头瓦砾想象风光一时的五柳馆的影子。

溪左崖畔，一方巨石横出，高七八尺，踩石窝而上，顶部是一丈见方斜面，平滑如席，可坐二三十人。石上小字漫漶，大字《归去来馆》是朱熹手书，胡兆祥说《星子县志》有朱熹为颜真卿《醉石诗》写的跋："栗里在今南康军治西北五十里，谷中有巨石，相传是陶公醉眠处，予尝往游而悲之，为作《归去来馆》于其侧。”

我脱下汗衫，轻拭石面，仔细辨认传说诗人留下来的耳迹酒痕。一个小小凹陷倒也相似，有耳轮耳垂，耳窝处好像还有酒香散发。再扩大看，似乎有几条石头纹理如形体线条，勾勒出一个瘦骨嶙峋的诗人醉卧图，正如陶诗所说：“虽留身后名，一生亦枯槁。”一千多年了，诗人还长醉未醒。

几位陶渊明的崇拜者，坐在醉石上，摇头摆尾，一递一句地背诵起陶诗来。“春秋多佳日，登高赋新诗。过门更相呼，有酒斟酌之。”“故人赏我趣，挈壶相与至。班荆坐松下，数斟已复醉。”……梁昭明太子萧统早就说过“渊明之诗，篇篇有酒”，念着念着嘴里就有了酒味。索性学着诗人的样子，仰面朝天，四肢伸展写出一个大字，头也渐渐大起来，心跳加速，血流增快，神经上弹起轻音乐，晕晕乎，飘飘然。我忽然悟到，这就叫微醺、醉意。我真的醉了，在醉石之上醉了。

良久，爬起来，站在醉石上，打量周围环境。背靠庐山，面向平畴，一边鄱阳湖碧波荡漾，一边不知名丘陵逶迤，“暧暧远人村，依依墟里烟”，“山气日夕佳，飞鸟相与还”。多么美啊！穷困潦倒的陶渊明想必每日以此秀色做下酒的菜肴，对山水频频举杯。这和平、淡雅的环境陶冶了诗人的性格，也与他淡泊、静穆的心境和谐一致，融为一体，于是就产生了心醉的效果。不像一般酒场，吆五喝六，杯盘狼藉，开始甜言蜜语，中间胡言乱语，最后不言不语，放倒几个才算喝好了，不过是身醉而已。

陶渊明退隐嗜酒也与他信奉玄学有关。东晋时庐山是道教、佛教、经学、玄学各种思潮斗争中心。同称“浔阳三隐”的周续之与刘遗民信佛，周续之的老师慧远和尚著有《形尽神不灭论》，陶渊明信玄学，主张“形尽神灭”，写了哲理诗《形影神》，具有朴素的唯物主义色彩，比范缜的《神灭论》早一二百年，是中国诗史上一个亮点。《归去来兮辞》说：“富贵非吾愿，帝乡不可期。……聊乘化以归尽，乐夫天命复奚疑。”他服膺自然，希望在自然无为中做到心远意静，从“自然”中追求“得意”与“得生”，也就是追求精神上的乐趣与慰藉，直到《桃花源记》那想入非非的乌托邦。

我也诗酒几十年，但在陶老先生面前还是小巫一个，远达不到他老人家的境界。恕我酒后妄言，如果我和他喝酒，也得劝上几句：何必呢！想开点。陶渊明是个有政治抱负和远大理想的大诗人，不过借酒浇愁，忘却眼前，逃避斗争，利用自我麻醉来填补灵魂的空虚。或者借酒撒疯骂骂人，一吐胸中块垒，而不必负责任，“君当恕醉人”嘛。这一点萧统早就看破：“吾观其意不在酒，亦寄酒为迹焉。”不是偶有不慎，于《读山海经》第九首也泄露出“精卫衔微木，将以填沧海，刑天舞干戚，猛志固长在”的天机，一改浑身静穆，露出金刚怒目的一面吗？

所以对于陶渊明不能如白居易所说：“篇篇劝我饮，此外无所云。”“其他不可及，且效醉昏昏。”陶诗是醒中有醉，醉中有醒。这个醉石也是以清白之身，蒙受千古醉名。醉石，实则醒石，是陶渊明的化身，陶渊明的纪念碑。

告别醉石，依依不舍，它教我懂得了酒，懂得了醉。

1990 年 8 月

难得一见三叠泉

来庐山开旅游文学研讨会，主要是学术活动，游览只放在最后两天。昨天是一线景点，如诗如画的白司马花径、花团锦簇的锦绣谷，福天洞地的仙人洞，临龙首崖之惊险，观石门涧云涛，看三宝树神韵，奔波一天毫不觉累，直到梦中还在神游，竟连一夜大雨全无知觉。

今日二线风物更为诱人，偏偏天不作美，含鄱口塞满大雾，五老峰深裹云中。行至植物园传来更坏消息，前方公路三处塌方，去三叠泉的希望几乎断绝了。顿时人人都变成了一座庐山，脸上浓云密布。九江的袁小姐先自落下“雨”来，“不到三叠泉，不算庐山客”，作为东道主，她为客人丧失机会，明天必须离去而伤心落泪。难道这些文人应了古人的说法：咫尺愁风雨，匡庐不可登？

有谁冒出一句：我们步行去，不就几十里山路！呼啦一下子站出来三十人，剩下的老弱病残也为之鼓掌。一路塌方果然厉害，泥石流把山表土层连同植被一起推下坡来，大树横七竖八盘根错节成为路障，有的还直挺挺立在那里，好像还没有从灾难中惊醒。不断有人摔跤，摔出来一阵阵笑声。路过五老峰下，李白说“青天削出金芙蓉”，范仲淹说“五老闲游依舳舻”，我们什么也看不到，五个老顽童躲在浓雾里捉迷藏。

再西北行十里到了李白的青莲寺，这儿是开往三叠泉电动机车的始发站。大家不想省一点脚力而牺牲沿路景点，依然选择了步行。山间小路也被暴涨的青莲涧水冲断，涧谷幽奥深邃，河床陡峭险峻。大雨之后，涧水咆哮，漩涡张开大嘴，石头锯齿獠牙。前面的人赤脚探险，后面的人手牵手前进。遇到宽大的激流，有人跳进齐腰深的水中，把女同志一个个传递过去。四川的曹蓉小姐不小心手提包被水冲去，广东的周彦文骑士般一把抓住，小曹破涕为笑，包里有她准备结婚的礼品。

好不容易爬到豁口，下去一里山路就是观瀑亭了。没等大家喘一口气，大雨瓢泼而下，多数人没带雨具，躲在山崖或大树下避雨。看从坡下回来的游客个个浇成落汤鸡，哀叹下边雨雾弥漫什么也没看到。正说着滑竿抬上来一位滚坡的游客，腿摔伤了，血里糊拉，一路呻吟，更增加了几分恐怖。有人犹豫起来，奔波一天看不到三叠泉认倒霉，眼看天黑下来，大雨连天，人地两生，回不了宾馆可就更惨了。这话反倒提醒了大家，需要抓紧时间，一个个奋身投入雨中。

豁口以下，七八十度陡坡，几乎后边人踩在前边人头上，上边人汗水落在下边人身上。一股人流前不见头后不见尾，五颜六色的服装，花花绿绿的雨伞，连成了一条瀑布，有形象有色彩有声音。滂沱大雨中看不见那个三叠泉，倒是看到了人类自己的力与美。

跳下最后一级石阶，坠入更浓的雨雾之中，潭水模模糊糊，观瀑亭倒成了听瀑亭。只听见面前轰轰隆隆，如霹雳落地，火箭升空，百列火车开来，千台机器轰鸣。不歇的声浪里地动山摇，人好像也站不住脚。我半生游览过不少天下名瀑，黄河的壶口、九寨沟的诺日朗、美洲的尼亚加拉大瀑布，都不曾有这样的声威，这样震撼人心。越是看不见，越是舍不得走，久久地呆立着，任雨水冲刷去体温，站成一块冰凉的石头。

也许是如我们一样众多大自然崇拜者的朝圣般的虔诚感动了上天，那雨雾渐渐淡了，铁壁峰终于撩开了面纱，三叠泉奇迹般地显圣了。好像银汉决堤，天河从崖口破门而出，直下深谷。150米高的银瀑分为三叠，一叠较短，雪练冰绡，随风飘逸，线条分明；二叠长些，烟雾茫茫，飞珠溅玉，絮飞蝶舞；三叠最长，洪流滚滚，沸沸扬扬，挟雷带电。三叠相连，一条立起来的江，一条飞起来的河，何其壮丽！那巨大的生命力给灰色的铁壁峰带来光明，给寂静的群山带来激情，给山脚下的潭水和人海带来一片欢腾。

观瀑亭照相馆的师傅说我们有眼福，百年不遇的大雨才有百年不遇的景象，雨水大流量大，瀑布才跳得最远，像一架被大风鼓满的白帆。他的话说得我们美滋滋的，一整天长途跋涉，蹚河跳涧，风吹雨淋，积累起来的辛苦疲劳，一下子烟消云散了。我们路过的青莲涧正是这三叠泉的上源，那涧水里，我们的一把把汗水一次次心跳，都汇聚其中，增大了今日瀑布的声势。

我们用手拧着湿透的衣服，人人手里拧出了一条三叠泉。我们骄傲，久居青莲涧边，上游屏风叠的李白，下游白鹿洞的朱熹，近在咫尺都没有发现三叠泉，风和日丽下成千上万的游客，也不会看到真正的三叠泉。天公作美，好事多磨，把最佳景象赐予我们。大自然与我们开了一次别开生面的研讨会。我顿悟：游记文学应该是怎样写成的。

1990 年 8 月

朱自清故居

在南京开会，同室的张老师是扬州中学退休语文教师，言谈话语中听出我对朱自清先生的崇敬，遂引为知音，诚恳地邀请我到扬州，瞻仰先生的故居。

解放前，上海人瞧不起扬州人，讥之为江北佬。而大作家朱自清虽祖籍绍兴，却理直气壮地声明：我是扬州人，够得上“生于斯，死于斯，歌哭于斯”。张老师声音里满载着骄傲，为朱自清，也为扬州。

南京到扬州，大巴只用 1 个小时。下车时秋雨绵绵，扬州依然是王昌龄的“秋色明海县，寒烟生里闾”，依然是杜牧的“街垂千步柳，霞映两重城”。顾不上瘦西湖，顾不上平山堂，好像游子归家一样，我急切地要去朱自清故居，张老师是个扬州通，肚腹里也装着一部朱自清传记，先生的每个脚印他都可以找到。

朱自清祖籍绍兴，祖父和父亲分别做过县里的承审、盐务小吏。6 岁时举家迁居“淮左名都”扬州，从 1903 年定居到 1946 年迁出，几近半个世纪，先后租赁的住宅有七处之多，遍及一城四关，我俩打着伞步行，一一拜访，也就走遍了扬州的大街小巷。

天宁门街，城楼门边，是先生儿童时期住所，在这里读《三字经》《百家姓》，受到良好的教育。弥陀巷城墙根，他跟一位老先生读夜塾，做文言文，考入淮扬中学。皮市街一座小楼，藏书甚多，先生得意扬扬地钻进了古籍的海洋。琼花观东头大院，先生获品学兼优奖状，考入北京大学预科，寒假中与扬州名医之女武仲谦完婚。著名散文《背影》就是写父子浦口车站分别时的情景。毕业后回淮扬中学，先生满怀激情为母校写了校歌：“浩浩乎长江之涛，蜀岗之云，佳气蔚八中。人格齐全，学术健全，相期自治与自动。欲求身手试豪雄，体育需兼重。人才教育今发煌，努力我八中。”老宅倾注了先生青年时代的悲欢歌哭，是他一生最为怀念的地方。南门禾稼巷，家道中衰，房舍简陋，先生在浙江教书，不曾住过。东关城根仁丰里，与一户庄姓人家共租，就是后来世界乒坛名将庄则栋的祖父。夫人武仲谦于此病逝，先生在《给亡妇》一文中，寄托了无限的怀念之情。

以上六处因为时间久远，或不复存在，或面目全非，至今保存完整的只有安乐巷 27 号一处了。巷窄而长，仅能容一辆三轮车单行，27 号是左手黑漆小门。我们收了伞，把一天秋雨留在门外，又把脚下泥巴蹭了又蹭，朝圣般低头而进。这是一所传统的扬州四合院，三间两厢一对照。步入天井，左有柴屋，右有厨房，门边还有一口腌菜缸。正室三间，一明两暗，中堂挂有一副对联：“开张天高马，奇逸人中龙。”当年余冠英先生常来登门做客，说诗论文，其乐融融。然而这所居住 16 年的小院，也留下先生许多悲恸，父母相继去世，朱自清是个孝子，每次奔丧都是守灵七日，亲自送到念四桥安葬。

天井向北开一八角小门，有两间小客座，先生假期回扬州，都是住在这里。条几、书桌、太师椅，中堂一幅秋山行旅图。内室雕花木床、印花被。书桌上笔架、墨盒、烟斗。还有先生为学生季镇淮批改的作业，以及季镇淮怀念先生的一首诗：“舒愤娱忧一卷诗，陈言务去把新词。从来唐宋难分界，赏析精严忆佩师。”夫人去世后，经叶公超介绍，先生认识了齐白石的女弟子陈竹隐。旅欧回来，在上海结婚，携新妇归来，就住在这里。

其实朱自清在扬州还有一处住地，就是梅花岭下的史公祠。辛亥前夕，其父病返扬州，借住祠中修养，少年朱自清相随年余。耳濡目染，对史可法《复摄政王书》等五通遗书和《扬州十日记》耳熟能详，对其诗句“忠孝立身真富贵，文章行世大神仙”，“自学古贤修静节，唯应野鹤识高情”，“千里过师从枕席，一生报国托文章”，以及祠中楹联“生有自来文信国，死而后已武乡侯”，“数点梅花亡国泪，二分明月故臣心”，“时局类残棋，扬柳城边悬落日；衣冠复古处，梅花冷艳伴孤忠”铭记于心。如此大忠大勇、高风亮节，对朱自清世界观和文学观的形成产生了巨大的影响，史公祠也成为他毕生依恋的精神家园。

朱自清幼名自华，取自苏东坡“腹有诗书气自华”，号实秋，一者补命中缺火，二者期望春华秋实。考北大时，经济困难，为了勉励自己不随流合污，改名自清，字佩弦，借用韩非子“性缓，故佩弦以自急”，意在发愤图强。1937年7月7日夜，他挥笔疾书“壮志饥餐胡虏肉，笑谈渴饮匈奴血”，署名右边加了一句“时远处有炮声”。之后，跋山涉水，步行入滇，到西南联大任教。穷困潦倒、疾病缠身时，以心爱的砚台、碑帖换钱，有诗曰：“执手相看太瘦生，少年意气比烟轻。教鞭画笔为糊口，能值几钱世上名。”得知闻一多被害，义愤填膺，写诗“你是一团火”，“烧毁了自己，遗烬里爆出个新中国”。回到北平，在抗议当局任意逮捕人民的宣言上签名，名列十三教授之首。宁愿挨饿，拒绝低价购买美援面粉，直到1948年8月12日，弥留之际留给妻子一句话是“有件事要记住，我是在拒绝美援面粉的文件上签过名的，我们家以后不买国民党的美国面粉”，让人想起史可法的遗笔。

张老师说，是扬州的秀山丽水和文化土壤孕育了朱自清。朱自清文学成就和高风亮节，又给历史名城增光添彩。扬州市政府把安乐巷27号朱自清故居列为文物保护单位，在全市掀起一个“学朱自清文，做朱自清人，献出爱国情，铸就民族魂”的活动热潮。不虚此行，在扬州找到了做人为文的榜样。

2004年5月

艾青故居

艾青诗歌节与金华茶花会一起召开，大会组织者只安排参观茶花而不去瞻仰诗人故居，我想不通，联合几位诗人提出强烈要求，在艾青夫人高瑛支持下得以成行。而这一天恰好是3月27日，艾青94岁诞辰。

出金华市东北行，路旁油菜正是花期，满眼金黄。艾青自己说出生在山区，“亲爱的双尖山，你是我的摇篮——早晨，你看着我起身，晚上，你看着我睡眠；你显得多么高，显得多么庄严”（《双尖山》）。其实这里山坡低平，只能算作丘陵。“显得多么高”，是诗人童年眼里的故乡。诗人热爱这片土地，“为什么我的眼里常含泪水，因为我对这土地爱得深沉”（《我爱这土地》）。

车过付村，镇政府所在地，当年曾是浙南革命中心，被称作“小延安”。这个小镇出了三个名人，艾青、吴晗、施复亮。吴晗和艾青还是亲戚，儿时常在一起玩耍。施复亮是中共最早的党员之一，曾任团中央书记，他的儿子就是著名的音乐家施光南。

艾青的故乡畈田蒋就在公路旁边，顺着曲里拐弯的小巷，来到村落中心的一个长方形小广场。北面是艾青故居，南头是村委会，中间两排江南罕见的法国梧桐，浓郁的绿荫给小村添了好大的生气。梧桐是几十年前乡亲们特意栽种的，他们知道诗人曾经留学法国三年，过着“精神上自由，物质上贫困”的生活，让他回家时找到青年时期的浪漫。

故居坐北朝南，两层小楼，好像诗人国字形的脸庞。上面的窗户是明亮的眼睛，下面的门是笑开的嘴巴。1979 年我参加他领导的诗人访问团，第一次见面就是这般模样。唯一不像的是脑门上缺少那个闪亮的鼓包，在一起开玩笑时，我说那是诗包，他说是头上长角，所以当了 22 年“右派”。

进门是浙南流行的“三间二排楼”格局。穿过堂屋就是天井，而且真的有一口水井，四周还有水沟。迎面墙上一块“天伦叙乐”匾，诗人儿时就有。不过现在换成了文怀沙的书法，四个大字古朴苍劲。环顾三面，都是“青砖黑瓦马头墙，肥梁胖柱小灰房”。堂屋两面是厢房，右为卧室，左是书房。艾青 1910 年 3 月 27 日生于西厢房，据说因为难产，一个算卦的人说他“命克父母”，早早就成为一个不受欢迎的人，甚至不准叫“爸爸妈妈”，只许叫“叔叔婶婶”，交给邻村一贫妇人抚养。妇人没有名字，大家叫她大叶荷（乡音读作大堰河）。5 岁才回到家中，成为父母家里的新客，忸怩不安。书房书桌上的一盏油灯，象征着诗人童年孤独的灵魂。

只有 190 平方米的艾青故居，与乌镇上茅盾之家、沙湾的郭沫若之家不能相比，充其量只能算作一个小地主。而且艾青的祖父并不保守，还订了付村镇上唯一一份《申报》。只不过在大堰河家粗茶淡饭里长起来的艾青，回到这里，摸着红漆雕花的家具，吃着碾了三番的白米饭，感觉很不自在。他从小就反感父母，反对迷信，成了无神论者。9 岁时赶上五四运动，从小学课本受到启蒙。中学时到了金华省立二中，这是一个革命的摇篮，同学有千家驹、冯雪峰、吴晗、曹聚仁、陈望道等一批革命青年。少年艾青也参与其中，上街游行，摇旗呐喊，学习《唯物论浅谈》，奠定了他人生的基础。

可是在艾青心里，畈田蒋并不是他真正的家。真正的家在大堰河的西周村。我们来到这里，两株千年古樟特别显眼，樟树娘矮胖丰满，樟树爹高大挺拔。树荫覆盖了半个村子，晴天遮阳，阴天避雨，当年曾是幼年艾青的乐园。大堰河在搭好了灶火，拍去围裙上的炭灰，补好了儿子们被荆棘扯破的衣服，掐死孩儿们身上的虱子之后，常常抱着艾青来到这里，用粗大的手抚摩着他，讲天上的牛郎织女，讲人间的辛酸故事，潜移默化中赋予他人格气质，形成他的美学核心。大堰河成为他感情的母亲，成为他人生的第一名教师。

走 5 分钟来到大堰河的墓地。这里已经不是诗人最早看到的那座“被雪压着的草盖的坟墓”，已经被乡亲们重新修葺一新。我站在墓前默哀，献上一名艾青弟子的敬意。据说艾青一生四次回金华，每次都要来这里祭奠他的乳母，那个奉献给他无限的爱，并成就他诗名的大堰河。有三次还是带着夫人高瑛回来的，圆了大堰河“做了一个不能对人说的梦”:“在梦里，她吃着她乳儿的婚酒，坐在辉煌的结彩的堂上，而她的娇美的媳妇亲切地叫她婆婆……”据说高瑛每次都大声地亲切地叫了。看，大堰河好开心呀，眼前的油菜花正是她灿烂的笑容。

1996 年 5 月 5 日诗人因病逝世，中国作家协会和当地政府在金华建立了以艾青命名的纪念馆和文化公园。诗人魂归故里，自由的灵魂在诗意的土地上徜徉。我想，令他驻足最多的不是畈田蒋的故居，而是西周村的大堰河墓。

2004 年 3 月

洛阳桥

洛阳桥，最早接触的是剧目。豫剧《洛阳桥》，是发生在山西梵王官附近的故事，先不去说它。京剧、蒲剧、川剧、河北梆子也都有《洛阳桥》，又名《四美计》，歌颂了一个为民除害修桥的清官蔡襄的美政。桥在哪里？不得而知，此次泉州之行不期而遇，想不到它偏安这东海之滨。泉州有一条洛阳江，江上真有一座洛阳桥。

桥在泉州城东 20 里处，一里半长的跨海梁式浅灰色花岗岩桥体在阳光下闪着银光，远望如一条银龙横卧碧波，如一条银练飘向大海。宋元时期兴起的海上丝绸之路，它就是起点，就是一段引桥。我仿佛看到桥上走过许多古人身影，走出去的三宝太监郑和，走进来的威尼斯的马可·波罗，阿拉伯的三贤、四贤……旁边的古泉州“商贸辐辏，舟楫云集”。

主持修建洛阳桥的泉州太守蔡襄（1012—1067），字君谟，福建仙游人，与蔡京是兄弟，也是著名书法家。当地羞于说蔡京，避讳不谈，而崇拜蔡襄，家喻户晓。桥头建了蔡襄祠，改朝换代，历经战乱。土改、“文革”都没人触动，保存完好如初。祠柱上有楹联一副：“架桥天地老，留笔鬼神惊。”称赞这洛阳桥是惊天动地的大手笔。桥头还有蔡襄亲自撰书的《万安桥记》，刻在两方石碑上，每方高约 3 米，宽 1.5 米，文字精美，笔体苍劲。书法艺术和桥的建筑风格相得益彰，互作注释。

世界著名桥梁专家茅以升曾说过，我国的古桥，他最欣赏者有二，一是北方的赵州桥，一是南方的洛阳桥，“闽中多名桥，洛阳是状元”。他的着眼点是建筑学上的价值。我故乡的赵州桥建于隋代，大单拱上加上两个肩拱，分散了压力。洛阳桥建于北宋。洛阳江“水阔五里”“深不可址”，自古以来多次建桥都被狂潮急流卷去，是蔡襄创造了流线型舟筏式桥墩，共45个，解决了老大难。之后他又发明了“种蛎固基法”，在桥墩和基石上大量养殖牡蛎，让其分泌物把石块粘连在一起。牡蛎外壳形成一层坚硬的甲胄，耐得风吹浪打和海水腐蚀。从此洛阳桥变成了一座牢不可破的长城，任多少次台风、海啸岿然不动。1604年泉州发生了8级地震，山崩城坍，一片瓦砾，而洛阳桥安然无恙，仅损坏一些表面的栏杆之类。洛阳桥成为世界建桥史上一块重要的里程碑。

泉州人把蔡襄奉为神明，有许多传奇故事。比如说，当初蔡襄建桥屡遭失败后，决定向海神下战书，问帐前官吏谁下得海。偏巧一名衙役就叫夏得海，以为点自己的名，随口应了一声。夏得海明知是送死，也得硬着头皮去，多喝了几杯，醉卧海滩。醒来握着的战书不见了，手心里出现一个醋字，惊喜之后，赶忙回去交差。蔡襄反复琢磨，悟出是二十一日酉时动工，大张旗鼓干了6年8个月，洛阳桥胜利竣工。

洛阳桥建成后，泉州成为“梯航万国”的东南巨镇，马可·波罗描绘这座“宏伟秀丽的刺桐城”时，还特别提到这座“车桥头”“风樯林立”“舶货山积”的繁荣景象。

洛阳桥又名为“万安桥”，后来真和万姓发生了关系，纪念抗倭名将万民英。万民英是保定易州人，海防守将，组织人民抵御日本海盗，屡建奇功，保卫了洛阳桥，保卫了泉州。人们在蔡公祠后又建了万公祠，祠碑曰：“亘海长虹，万古安澜。”

1999年9月

开 元 寺

来江浙沿海旅游，同伴埋怨：怎么天天看大庙？我说到了欧洲，是天天看教堂。西方，艺术在教堂里；东方，艺术在寺庙里。别看山门、戒坛、大雄宝殿，天王、菩萨、十八罗汉，千篇一律，仔细看时大同小异，艺术价值往往就表现在差别上。比如眼前这泉州开元寺。

进山门，不是通常的松柏，而是榕树。这些榕树都有了一大把年纪，胡须飘飘，弯腰驼背，七扭八歪，憨态可掬，比那傲岸的松柏显得亲切、热情。浓浓绿荫中拥出一对白塔，相隔200米，遥遥相对。那塔平面八角，五层五檐，每层四门四龛。两塔建于残唐五代，本是木结构楼阁式建筑，南宋时改为仿木石塔，全部由白色花岗岩砌成。时间久了，风雨留下岁月痕迹，状如烟云，更为上面的浮雕佛教故事增加了神秘气氛。西塔四层有个带尾巴猴子，头束金箍，颈挂念珠，腰系葫芦，足蹬皂靴，说它是孙悟空，可是分明建塔要比《西游记》成书早300多年。原来是印度长诗《罗摩衍那》的神猴哈奴曼，二塔修建的主持者之一是印度僧人天锡。

开元寺的大雄宝殿更是与众不同。一字九间排开，大有皇宫气派，殿内86根方形石柱，号称“百柱殿”。莲座上不是一般的三世佛，而是五尊，代表东、南、西、北、中，称“五方佛”。顶部斗拱上伸出24尊“飞天乐使”，人面兽身，半裸胸臂，头戴花冠，手捧乐器，称作“妙音鸟”。她们在雕梁画栋间似乎飞来飞去，身上的飘带是款款扇动的翅羽。她们的嘴也似乎微微张合，手上的管弦也轻轻颤动，发出美妙的音乐来，让我们如置身仙境。大殿后廊上围着许多人，听一位老者眉飞色舞地讲两根石柱，它们是罕见的婆罗门教的文物，十六棱形青石柱子，上中下各有一段是四方形，雕有圆形的四扇屏，图案花卉也是异国情调。

甘露坊旁边一棵古桑。先有古桑树，后有开元寺。据说这里原是一处桑园，园主黄守恭。一天此人梦见和尚上门化缘，出言借地修庙。他不情愿，推托需等到桑树开出莲花方可。想不到三天后桑树果然开花，和尚如约索地。园主问所需几何，僧人笑笑，说不过袈裟大小。只见那和尚脱下袈裟，向头顶太阳抛去，停在空中，一片阴影投在地上，正好 52 亩。至今大雄宝殿高悬一匾，上书“桑莲法界”，就是这般来历。古桑仍在一个小院内，没有了主干，斜生三股，横卧在一个圆池上。老皮疙瘩溜秋，状如云团。树冠茂盛，青枝绿叶，现出无限生机。

泉州是文化名城。当年海上丝绸之路，是商贸重镇，今日改革开放，也领风气之先。随着经济的繁荣，寺院和僧人也先富起来，殿宇彩绘一新，菩萨重镀金身，小和尚们喜气洋洋，连身上的衣服也都改善了，不似北方那种粗布，而一色的绸缎的确良。善男信女手里的香火质量也高，有不少进口的。蜡烛的火焰熊熊燃烧，眼前一片光明。

1999 年 9 月

亚圣庙记

尼丘祷圣，凫峄毓贤。说的是孔子生于尼山，孟子生于凫山。鲁中南一片低矮丘陵，竟然诞生了两个历史的巨人。

今年是孔子2550年诞辰，有关方面正在筹备大规模的纪念活动，朝圣的人流横溢曲阜。可是当我南行20千米到邹城，穿旧街过陋巷来到孟庙时，眼前一片冷冷清清，破败景象与繁华的孔庙不可同日而语。这大概就是冠亚军待遇的差别。

孟子是孔子的孙子子思的学生，得儒家真传。初为儒学八派之一，到唐代《孟子》才列为经典，后经韩愈、王安石、朱熹等推崇宣扬，地位越来越高。宋仁宗景祐四年（1037年）孔子四十五代孙孔道辅在孟子墓地四基山修建了第一座孟庙，到元代至顺元年（1330年）加封孟子为“邹国亚圣公”，才奠定儒家二号人物的地位。

孟庙坐北朝南，五进院落，占地65亩3分。第一座棂星门，左右各一高大木坊，东名“继往圣”，西曰“开来学”，赞誉孟子对儒学承前启后、继往开来的功绩。第二座亚圣庙石坊，三门四柱，柱顶宝瓶，类似华表。坊心精线细刻云中蛟龙、海水蛟龙，极为精美。中间两柱上有人发挥了一下，用高级油漆写上“四海翻腾云水怒，五洲震荡风雷激”，擦不掉盖不住，为千年古庙留下一个特定年代的记忆。

入泰山气象门。有“御制孟子庙碑”一座，碑文是康熙工楷手书，碑额浮雕极为精细。主体建筑亚圣殿在四进院高台上，朱墙碧瓦，重檐飞角，气势雄伟。门额“道阐尼山”和抱柱对联“尊王言必称尧舜，忧世心同切禹颜”，都是喜欢卖弄风骚的乾隆皇帝手迹。

孟庙的地上建筑不能与孔庙相比，但是也有它独到之处。首先是碑碣，280块，从秦汉到明清，隶篆行楷应有尽有。100多块汉画像刻石，有伏羲、女娲等神话传说，有“胡汉战争”“捕捞狩猎”等社会生活，均为不可多得的珍贵历史文物。特别《莱子侯刻石》、《秦峄山刻石》、元文宗八思巴文《封赠孟子为邹国亚圣公》圣旨碑，更是价值连城的稀世之宝。

特别值得一提的是孟庙的古树，古木苍苍，翳天蔽日，多为柏、桧，也有古槐、银杏，都是宋元时期所植，历尽沧桑、依然参天拢地，森然茂盛。邹城人民一向爱树如命，清朝一位官员见一株柏树叶子略显枯黄，害怕日后老朽，请来一名石匠把树貌刻在石碑上，名叫《古柏图》，成为柏树林中一株石质的树，至今还可以看出当年的绰约风姿。还有一株罕见的荼靡花，春夏之交满树白色碎花，如雪似霞，发出阵阵清香。古树中有令人称道的四大奇观："古柏抱槐""桧寓枸杞""藤系银杏""洞槐望月"，说的是柏树分娩出槐树，桧树上结出枸杞，银杏树上紫藤缠绕，老槐树干洞开满月。惹得明代书法家董其昌浮想联翩，吟诗一首："爱此孟祠树，森然见典型。沃根洙水润，含气峄山灵。阅世磨秦籀，参天结鲁青。方知樗散寿，只入列仙经。"

孟府在孟庙西侧，大门三楹。尽管大堂门楣上有雍正御书"七篇贻矩"，但规模威仪远逊孔府，大堂后内更是一个典型的四合院。这也许因为孟子终生为民，不像孔子还当过鲁国的大夫。花园很小，大部分解放后被一家政府机关占去，至今还没有落实政策。儒学的发展衍生了官本位，连亚圣也深受其害，要是孔府的事大概早就解决了。

正忿忿不平地要走出大门，见门旁一块石碑，是民国年间乡绅王登俊、王登志兄弟的悔过书。碑文坦陈自己借钱不还、霸占油坊七年、强奸妇女等十八条罪状。言之凿凿，刻碑示众，不怕家丑外扬、遗臭万年。不知此碑当时反响，至今看了莫不交口称赞。时下正在"三讲"，不少同志"内部控查"尚且吞吞吐吐，遮遮掩掩，群众如何谅解？如果有王氏兄弟这等改正错误的决心，群众自然放心了。

不知文物部门如何想起把这块石碑陈列孟府。孟子主张仁政，以德服人。是否世风日下，群众降格以求，即使缺德少才，能知错改错，也便算为仁了。果然如此，我觉得这块碑的重量可与

《秦峄山刻石》等量齐观了。

1999 年 5 月

君山品茗

壮年以后，忌了酒喝起茶，由于工夫尚浅，对茶的理解还处于初级阶段，不过是猎奇或者美感收藏而已。这几年遍尝名茶，大范围的红、绿、花，细分目的雀舌、蝉羽、片甲，奇峰、毛尖、紫毫，碧螺春、铁观音、黄金桂，西湖龙井、巴山银芽、凤凰单枞，不下二三百种，唯独君山毛尖还不曾尝到。这次去娄底开会，特意中途下车来到岳阳，填补一项空白。

经人指点，从岳阳楼上公交，经万米长江大桥，20 分钟到了洞庭湖边。弃车登船，远远望见一座小岛浮于水上，就是刘禹锡“遥望洞庭山水翠，白银盘里一青螺”的君山了。上得岸来，一行杜英树（叶面红色背面绿色）像一队盛装的礼仪小姐躬身相迎。君山岛很小，不足 1 平方千米，却布满大小 72 座山头，如同一个大盆景。湖上有山，山中有湖，山山有庙，步步有景。湘妃祠、柳毅井、朗吟亭、杨幺寨，美不胜数。君山还是一个奇竹的世界，斑竹、方竹、连理竹，名目繁多。只是我心在茶上，无暇分心去欣赏罢了。

一条蜿蜒小径，引上山顶试茗阁，曾是清朝诗人吴梅村隐居的地方。塔式建筑，上下五层，坐在里面可以纵览洞庭湖全景，是君山品茗最好的去处。阁上一副楹联：“天池峰上拥洞庭，洞庭好风月；试茗阁里品香茗，香茗有文章。”传说是乾隆皇帝和纪晓岚所作。这并非空穴来风，乾隆确实登过君山，《巴陵县志》载

“乾隆四十六年始，岁贡十八斤”。乾隆嗜茶，早午晚都要喝一杯君山毛尖，以每天5钱计算，正好1年18斤。即将退位时，一大臣惋惜：“国不可一日无君。”乾隆手捋银须说：“君不可一日无茶。”《红楼梦》里贾母不喜“六安瓜片”，妙玉用梅花上的积雪化成水来烹“老君眉”，所指也是此物。

茶艺师邓小姐人长得漂亮，茶艺也很出色，取上等君山茶来展示，叶片淡黄，裹一身白色茸毛，所谓金镶玉者也。叶片形如雀舌、鹤羽。茶具并非陶壶、盖碗，而是透明的玻璃杯。用的是岛上龙涎井中水，清人万年淳曾有诗：“试挹龙涎烹雀舌，烹来长似君山色。”先用开水把杯涮热，放入茶叶，再以滚开水冲之，壶嘴从杯口迅速上提二尺，杯中开水正满。然后很快把水杯盖严，捂上三分钟，再猛地揭开杯盖。这时奇迹发生了，随着缕缕白烟缓缓升起，立时茶香四溢。

邓小姐却让暂停鼻、舌，只用眼看。但见一根根芽头水中悬立，每个芽头上顶一个小水泡，称为“雀舌含珠”。少顷芽头徐徐下沉，晃晃悠悠，如雪片坠落、鱼翔浅底。接触杯底后又挺直起来，如春笋出土、刀枪林立，而且反复浮上沉下，三起三落。茶艺师小姐像魔术师一样，指挥她杯中的小精灵们，如凌波仙子，亭亭玉立，翩翩起舞。饱尝眼福之后，按照邓小姐的教练，眯起眼睛，轻闻一下，香气扑面而来，如春草、幽兰，清芬绵绵。再睁开眼，轻呷一口，润润舌头，继而吸一口气，漱一下口。再小饮三口，三口为品，真如啜饮春水甘露，润喉清腑，齿颐留香，产生唐人卢仝那种骨轻神爽的感受，“唯觉两腋习习清风生”。

问君山茶何以如此神奇，邓小姐说有特殊的自然条件，也有科学的采制工艺。君山小岛，四面环山，日照长，云雾缭绕，湿度大，沙质土壤，鸟粪丰富，还有各种害虫的天敌金龟，一只金龟一天能消灭数千条害虫。每年清明前后7天内，村姑用手指将芽头轻轻采下，不能用指甲。还有露水芽、雨水芽、空心芽、开口芽等“九不采”。每个芽头长25—30毫米，宽3—4毫米，必须带上2—3毫米茶柄。1斤银针限制在5000—6000个芽头。然后经过12道严格的工序，制成长短一致、粗细均匀、白毫完整、成色金黄，如绣花针一样的茶叶珍品。

至于三起三落的原因，邓小姐说秘密就在那两三毫米的茶柄上。茶柄毛细孔大，吸水力强，水浸后重量增加，便带动银针下沉。又因为每个芽头由5至7片叶子抱在一起，如同包菜。沉底后芽头还留存空气，排出时芽尖形成气泡，带动芽头慢慢浮起来。第一批气泡露出水面破裂，浮力消失，芽头便再次下沉。如此上下两三次，芽头空气排尽，沉到杯底再不动了。因为茶柄比重大，茶叶头重脚轻，一根根倒立起来，成刀枪林立状。

好个试茗阁，窗含洞庭八百里，俯瞰君山七十二峰，美女香茗，让人醺醺然、飘飘然，原来好茶也能醉人。苏东坡说“从来佳茗似佳人”，而这君山的美女算得上“倾国倾城”了，让人产生“君山归去不论茶”的想法。但是出得门来，一阵湖风又把人吹醒了些。识得君山真面目，“只缘身在此山中”。殊不知山外还有山呢，中国茶文化博大精深，如何能浅尝辄止，下一个目标还在等着我呢。

2003年5月

又见泉城

河之阳，岱之阴，阴阳相生，孕育了济南这座历史文化名城。历下又是闻名的药都，道光年间，北京同仁堂乐敬年，仿大栅栏老店格局，在济南开设宏济堂，电视剧《大宅门》白景琦济南创业，好像就是演绎的这段故事。宏济堂现在改做国药博物馆，传播中医中药知识，济南人都能说几句“医之始，本岐黄”。从中医眼光看，济南的风水在大明湖和趵突泉。大明湖是济南的肾，七十二泉是膀胱经。肾是先天之本，济南肾水充盈，南是千佛山石灰岩含水层，北是华鹊二山火成岩阻水层，湖底火成岩防渗，大量山水由高而低露头成泉。肾主水，藏精纳气，肾主骨髓，其华在发，历下便有了“家家泉水，户户垂杨”，便有了“四面荷花三面柳，一城山色半城湖”。肾经与膀胱经相表里，足少阴肾经与足太阳膀胱经共有七十一个穴位，济南有七十二名泉。肾经上的涌泉穴称作肾根，最为敏感，济南有趵突泉，名字与功能都有相似之处。

对泉城向往已久，直到 1980 年才有了机会，应济南诗人塞风之邀，流沙河和我结伴而来。住下后，海吃黄河鲤鱼，而不提游湖观泉，推托再三才得一见，原来二者都在病中。趵突泉仅剩半池水，半天才冒出一两个水泡，少气无力，哪里谈得上“三窟并发”“势如鼎沸”。名声很大的大明湖，比记载中的九顷十八亩大大缩水，变成一片沼泽地。历城八景中的“明湖泛舟”“历下秋风”“汇波晚照”也已残缺不全。哪里还有“群鸭戏水”，原先的水鸡子、红冠子也早择良而栖，投奔他乡去了。想象中的泉城明珠黯然失色，塞风先生也觉失了面子，脸上也和残荷衰柳一样一层锈色。

不仅塞风难堪，济南归来我自己也落下一块心病。要说河北山东两省，八竿子打不着，哪轮着我多愁善感？只因一辈古人，“后七子”领袖李攀龙，济南名士，曾在大明湖修了历下亭，建了白雪楼。偏偏这李学士后来做了一任顺德府知府，顺德就是邢台，我的故乡。邢台也有泉城之名，西有达活泉，东有百泉。李攀龙吏治有方，兴修水利，建清风楼，青史留名。如今邢台正与济南同病相怜，河断泉枯。从此这便成了我与塞风先生书信的必谈内容，他告诉我，第二年趵突泉停喷9个月18天，第三年停喷12个月，那年我去临朐开诗会，路过济南也不忍再去看了。几年后塞风信中火气降下来，说济南人终于形成共识，泉城之灾正如医圣张仲景所说："非天降之，人自为之。"为了搞工业，"有水快流"，打深井、挖煤窑，超量开采地下水，釜底抽薪，GDP上去了，水位下来了。找到原因，病就好了一半，历下不乏名医。

山不在高，有水则灵。趵突泉是济南的灵魂，一旦停喷全城人都像丢了魂，坐立不安。这次重访济南，顾不上看市容，直奔趵突泉。泺源堂前很多人，多半是老人，他们说天天睁眼三件事，量血压、测血糖、看趵突泉水位，泉涌心花放，心就放在肚子里了。趵突泉花开三朵，呈鼎足之势，虽不如刘鹗所说"冒起有五六尺高"，也不如王渔洋所说"溅珠喷雪，仰出二尺许"，咕突突跳起一尺高，也足以"天下第一"了。古人形容它为"玉壶""雪莲""银烛"，我倒觉得它是三朵山东白牡丹，洁面粉腮，霜魂雪魄，一身清白水中生，疑是嫦娥月下栽。那泉声也不像"四时常吼半天雷"，是泉城人心声倾诉，侃侃而谈，哗哗若笑。可惜塞风先生不在了，那泉声中也有他九泉之下了却心愿后长出的一口气。

趵突泉是济南名士，谈吐不凡，口若悬河，而老城中的珍珠泉则是芸芸众生。一块方池，清澈见底，大大小小的水泡从沙地慢慢腾腾、悠悠闲闲地升起，银灿灿，亮晶晶，串串簇簇，纷纷扬扬，不声不响。它们积少成多，汇入一条玉带河，曲曲弯弯，如丝如带，千枝百蔓地伸到古街旧巷，家家户户，人在泉上过，水在脚边流。揭开石板，泉水深深，浇花沏茶，淘米洗菜，生豆芽。还真有个豆芽泉，用它生出的豆芽，鲜嫩脆生。老城的居民与泉为邻，白天与泉对话，夜晚枕泉而眠，把鱼水关系表现得淋漓尽致。

大明湖恢复盛时景象，吐纳有序，不满不澜，46公顷，83万立方米湖水，每10天更新一次，人体的水分18天更新一次，所以它充满活力。经过这几年封井拆迁，疏浚清淤，湖面扩大了一倍，浩瀚壮阔，水澈清明。阳光下流金点点，风起时波光粼粼，风平浪静时沉默不语，更增加几分神秘色彩，让你猜不透水下深埋多少文明宝藏，名士风流。小船轻轻前进，涟漪缓缓散开，像一枚唱针划在古老的唱片上，慢慢释放出从郦道元、杜甫、曾巩、张养浩、李攀龙到顾随、老舍、臧克家的篇篇诗文。荷柳争辉，画舫往来，大明湖优雅如一幅水墨丹青。驶入护城河，更感觉是一副精致的画框，环绕老城，四四方方，全长近7千米，汇入了四大泉群的水，清风碧水，烟雨蒙蒙，两岸一会儿古木参天、柳丝拂地，一会儿奇石斑驳、陡崖耸立，也是一道天然画廊，一步一景，美不胜收。

观景最佳处在湖东超然楼，仿古新建，高17丈，朱楼金瓦，凌虚临风，泉城历历在目。真个是湖在城中，城溶湖色，水天共浮。环湖皆柳，柳外新楼，楼外蓝天。让我想起宋人赵孟頫的一副《鹊华秋色图》，现在珍藏于台北故宫博物院，我见过仿品。不过画面大明湖的背景鹊华二山已不再是济南独有的标志，如今又增加了现代化的泉城广场和奥体中心，谁来再画一幅明湖春景呢？

2013年6月

天坑地缝记

仙女山，一个看似通俗的名字却概括着一个极其独异的个性。长久不为人知，除了身居深山，还因为隐身地下。郦道元足力不及，徐霞客擦肩而过，连流云和季风也不曾送出一点消息。直到前不久，现代交通和通信技术才撩开它神秘的面纱，露出一位绝世佳人的特别风采，一鸣惊人，惊艳世界。推迟出场也并非全是坏事，使它躲过了饕餮般的山水消费者。

武隆仙女山，地表为国家级森林公园，满眼青翠，郁郁葱葱，清风吹拂一头青丝和飘飘裙裾，充满了少女的青春魅力。从林区腹地明景村入口，不是爬山而是入地。小心翼翼踩着近乎垂直的石阶，树荫极浓，如同黑暗的隧道。中途改乘电梯，深 80 米，好像坠落竖井，这场景如儿时听评书《无盐娘娘下地穴》。

走出电梯，一面巍巍绝壁通天彻地，如同一扇大屏风，平整如纸，长长短短的节理，星星点点的草束，大大小小山水浸染的痕迹，像一幅朦朦胧胧的印象派招贴画，挂在景区门口。向前走去，眼前闪出一条垂直白线，越来越亮，最后豁然开朗，展开一座高大门洞，如放大的北京前门。前门楼子九丈九，它有 8 个前门高，235 米，拱高 96 米，跨度 34 米，这便是天生三桥之一的天龙桥，半圆单拱，横卧天空，山为骨骼，云为霓裳。门楣犬牙交错如同雕刻，两旁凸凸凹凹好似浮雕，如龙如象，美轮美奂，形态如同苏州枫桥、浙江南浔桥。若论高大雄浑，更像河北赵州桥。再走几步回过头来，左边又出现一桥洞，大小相似，中间的山体便成了桥墩，一桥两拱，双月比肩。惊叹！震撼！如庄子所说“独与天地精神往来”，好一座连接浩渺时空的桥梁！审之赏之，品之悟之，简直是一部天书，一幅美术经典。“赵州桥，鲁班修，玉石栏杆圣人留。”我敢说这座桥鲁班修不了，应是他的师傅大自然的杰作。天怜见蜀道之难难于上青天，造一座天桥给巴人，指一条道：人往高处走。鬼斧神工，力与美的象征，看朵朵云彩桥上悠闲散步，我也想上去走走，体会一下神仙的滋味。

天龙桥以下，四面环山，都在 300 米以上，中间一块袖珍盆地，绿草如茵，像塌陷下来的一片青天，人称天坑，天坑不是天瓮，透水透风，还伸进来一条老官道，涪州通黔州，始于唐初，还留下一座青砖灰瓦的四合院——“天福古驿”。明《一统志》上载:“龙桥山逶迤如龙，下有空洞，即五龙山。”后来长江、涪江水运发达，这里成为交通盲点，官道逐渐废弃，一度沦为土匪巢穴，更加路断人稀，连石达开兵败入川也摸不着它。直到近人张艺谋溜进来，以它为外景地拍了《满城尽带黄金甲》，马蹄踏破了千年寂静，武隆之野也变成了金山银山，站在驿道上看天桥，顿生天上人间之叹。

天龙坑另一出口，便是天生三桥之二青龙桥，这青龙比天龙更高更大，高 281 米，拱高 103 米，跨度 31 米。洞口狭长，从这边看是一把明晃晃大砍刀，穿过洞去回头看，是一条银鱼，正跳龙门。桥头悬崖像一个鹰首，左右岩壁雄鹰展翅。雄鹰俯瞰下的小盆地称神鹰天坑，四四方方，像一个大大的天井。再走下去就是天生三桥最后一个黑龙桥，山体灰黑，拱洞幽深，壁上多窝穴、溶孔、流痕，自拱顶飘下一连串的雾泉、珍珠泉、一线泉、三叠泉，一条烟雨茫茫的水帘洞，给每位过往的游客以淋漓尽致地洗礼。泉水蒙蒙而并未聚而成潭，据说都流入后山地缝里去了。

地缝入口在白果村，一条长长斜洞，石头多见螺纹，可惜这一把把螺号吹了多年，没人听得见。再进入一个大大的溶洞，曾经是村里生产鞭炮的作坊，可惜鞭炮响了多年，也无反应。直到公元 2000 年，重庆大兴旅游，有人冒险深入地穴，才探得这一人间秘境。

电梯落地，就是龙水河峡谷，两山对峙，高三四百米，山间空谷，宽不过 10 米，放眼望去，一条特大胡同，冷风飕飕，寒气逼人。胡同起点是一座石窟，光线阴暗，裂隙纵横，最大一条伸入山腹，宽不盈尺，深不可测，有汩汩水声自地下传来，这便是黑龙桥流过来的暗河。暗河流出百米成为明溪，随坡就势，在乱石间闪转腾挪，像一只活蹦乱跳的野兔。

溪水湍急，又不知深浅，移步观景只能借助栈道。栈道嵌在山腰，曲折蜿蜒像一条银蛇。战战兢兢行走栈道，鸟在头上飞，水在脚下流。山壁自上而下分布着云杉、藤萝、苔藓，是仙女的一条美丽的百褶裙。印象最深的是一种灯台树，枝叶对生，层次分明，像成都三星堆出土的金灯盏，照亮了时空。湿漉漉山壁上，多有亮晶晶的水珠滑落，小者滴答，大者叮咚，擦石如琴，过穴如笛，汇成一组动人的乐曲。泉水密集处，烟雾蒸腾，飞沫如雪，形成了诸如“仙鹤沐浴”“孔雀开屏”等景观。最大的一条瀑布天外飞来，落差百米，随风飘荡，栈道穿过其后，如渡银河。

“银河飞瀑”以下，峡谷更窄，看天一条线，看地一道沟，称地缝实为妙喻。两厢青山默默相对，一对情人矜持相守，保持一定距离，倘若一时冲动，越雷池一步，我们大家就被挤扁了。峡谷越窄溪流越急，激流把山壁冲出两个涡穴。最窄处仅有 1 米，一步可以跨过，但是没人敢试，谷深 20 米，下面激流漩涡张着血盆大口。更有甚者，不知何时落下一块巨石，正卡在河床，需侧身贴壁而过，或以手爬行。此刻谷深已逾 400 米，刹那间感觉摸到了地脉，触到了地心，我心与地心一起咚咚地跳。地脉地心强劲有力，节奏鲜明，我们的仙女已经摆脱了自闭和忧郁，加入大江大河的循环中去了。也庆幸自己这次地心之旅，在自我征服和满足中，感受到生命与自然的契合，体验了一次生命的互证，心灵得到了一次空前的充实和抚慰。

头上一线天，脚下一条溪，一明一暗，一阳一阴，形状相似，形影相随。你曲我曲，你直我直，你忧郁我也忧郁，你欢跳我也欢跳。“玉兔出关”以后，又一齐舒展开来，放缓脚步。走到“小小天生桥”，简直就是青龙桥的浓缩版，仿佛回到今日山水之游的原点。钻出地缝，走出如梦如幻的龙水峡，又见久违的阳光。太阳是这次旅游一个圆圆的句号，用自己的金线给仙女山镶了个金边儿。我不舍离去，一步三回首，回味这一视觉盛宴，又跑回

“龙潭映月”，掬一捧水慢慢咽下，永远留在心里。

2015 年 7 月

在劝业场的日子

十年没见，天津巨变，大了，高了，楼群崛起，层峦叠嶂，把昔日建筑比得矮小简陋、灰头土脸。但是就像一切会议合影，要拍今日天津全家福，这些时尚后生、俊男美女，都得乖乖地后排站着，众星捧月一样，把一些老面孔旧衣衫让到前排中间，比如劝业场、金融街、五大道，它们是城市的长辈，天津的品牌和衣钵。

我大概是最早写劝业场史的人。1958 年写“五史”：村史、家史、厂史、公社史、连队史，我们河北大学中文系几名学生，奉命来到劝业场，一住仨月。从八里台穿过五大道，满眼小洋楼，疑似出了国。踏上和平路，商铺鳞次栉比，灯箱光怪陆离，有轨电车叮叮当当开过，好像儿时庙会上看到拉洋片的西洋景。和平路与滨江道交叉口的劝业场，在周围建筑中鹤立鸡群，六角塔楼，七层高，八面威风。内部中空回廊，过桥相连，四角有电梯，乘上有腾云驾雾的感觉。一二三层是商铺，原有 300 家，已经公私合营。四五六楼包括天华景戏院、天宫影院、天露茶社、天纬保龄球社等 8 个天字头的娱乐场所，天津“八大天”可与上海大世界媲美，亦有“不到劝业场，枉来天津卫”一说，是北中国的商业旗舰。

劝业场还与石家庄有历史渊源，业主高星桥是井陉煤矿津保销售处处长，煤矿是德国人开的，一战德国战败，接收巨额资产，兴建了劝业场，地属法租界，初名法国商场。在天津做寓公的庆亲王载振是股东，题词："劝吾同胞，业精于勤，商务发达，场益增新。"高星桥中意，各取一字，请沽上名流华世奎为"天津劝业场"书匾，每字三尺见方。华世奎乘酒兴挥毫，一气呵成，颜鲁公体，苍劲雄浑，气吞山河，衬以金地朱印，灿然生辉，如今成了国家级文物。当初5个字500大洋，能买250袋面粉。

当时写史要用阶级斗争观点，资本家的剥削史，劳动者的斗争史。城市商业于我很新鲜，写作很用心，写一篇展示一篇。有位女职工看上我的文采，托调干生张大姐牵线。张大姐问我后回话："那傻小子情窦未开呢。"其实是情有别恋，天天晚上天华景看京戏入了迷。自幼农村看土台子，中学登台6年，学梅派青衣。1957年出版的《京剧剧目初探》，1383出戏，我青少年时期绝大部分都看过。在邢台认识了齐啸云，天津人，下放劳动，组建山区慰问团，我跟着跑台口。她说天津是京剧的三关口，闯不过天津成不了角儿，天津戏迷是把关的，最有学问。果然，天华景的戏迷给我上了一课又一课，每次叫好起哄都在艺术的节点上。在这里完成了我由看戏到听戏的转变，懂得了角要看熟，戏要听旧。

那一阶段我正迷上奚啸伯。天津也是奚先生的福地，19岁在中和戏院下海，与陶默厂唱《武家坡》，还一度定居天津，这里有他许多朋友和粉丝。后来到石家庄地区京剧团，常来天津演出，不在天华景，就在中和大戏院、新华礼堂。来津必唱《杨家将》，一赶三，前令公、中寇准、后六郎。先生先天不足，音窄量小，就扬长避短，绝处逢生，创造一种独异嗓音，浑厚柔婉，清澈圆润，人称洞箫之美。尤长一七辙，因为难唱，别人绕道走，先生也轻易不唱。我跟天华景一位老经理说了，他常带我出去看戏，莫非传言过去，先生演了一出《焚绵山》，"春草青青隐翠溪，老母叮咛结草衣"，二十句一韵到底，果然名不虚传，鼻腔共鸣，膛音充沛，低回凝重。这是一出马派剧目，比较起来，马连良美声在空中飘荡，奚啸伯是在地上行吟。听得我如醉如痴，过足了瘾。

另一个常串门的地方，是天祥商场一楼古旧书店，与劝业场相邻。午睡起、晚饭后、星期天的时光大部分打发在那儿。那时实行粮食定量，吃不饱，一进天祥就兴奋起来，书能充饥。旧书架像黄土地的田畦，放手刨，尽情翻，像在老家溜山药、拾花生。逮住本好书，有钱就买，没钱可以赊。旧书便宜，角儿八分的，得一次稿费就抱回来一摞。只要沉下心来，还真能淘到宝贝捡到漏儿，庆幸到手的有一本董西厢，一部乐律全书，一套1928年创刊、刘豁公编的《戏曲月刊》，还凑齐了全部河北梆子演出剧本及曲谱，至今还供在我书房的重要位置，常常伸手翻看一下，找回劝业场那段美好的日子。我的艺术修养最初来自舞台，戏曲把历史和书籍筛选浓缩，典型化了，是一部彩色和立体的书。后来不唱戏了，也不写戏了，但是一些戏的元素，比如简洁、朴素、幽默、雅俗共赏，都融进诗歌、散文创作里。

2015年6月

盘锦漫游

应邀来盘锦参加诗会。盘锦是什么样子？一无所知。只是从一些文学作品上了解到，它被称为东北的南大荒，是张志新烈士受难的地方，是曲啸同志劳改的地方，一种灰冷的调子笼罩着想象。到了盘锦，却完全出乎预料，原来这是个美丽的地方，让人爱恋的地方。

也许我是从河北来的缘故，这些年对干旱之苦深有体会，因而对这里的水田非常眼馋，甚至有几分嫉妒。从沟帮子换车以后，遍地是水，是甩袖无边的稻田。正值秋天，稻谷飘舞，微风吹过，金波荡漾，真让人心旷神怡，连空气都新鲜、湿润，呼吸也格外畅快。洪水刚刚退去。这里的洪水不是猛兽，有点儿像绵羊，卧地留下一层肥料，这辽河三角洲，有上百万亩稻田，亩产都在千斤左右。盘锦稻米洁白如玉，米质不比天津小站米差，做出饭来色香味俱佳，在国内享有盛名。

盘山以下，是一眼望不到边的芦苇荡，也被金风浸染，渐渐泛黄。盘锦苇地近百万亩，是世界第二大苇场。同纬度的多瑙河三角洲，有一片更大的苇田。盘锦，战国时属燕，唐归蓟，原来是退海之地，一片盐碱滩，仅有稀疏的碱蓬，百姓以熬盐为生。20 世纪 20 年代，一场洪水加速了沿海滩涂的形成。不知河水从哪儿挟带来的种子，芦苇群落开始生长，并且像墨汁洒进水中一样蔓延开来。30 年代，芦苇群落开始衰退，芦苇的自然演替，是随着年降雨量和土壤盐分含量多少而变化的。60 年代，芦苇被人们认识，开始走上人工管理阶段。近来除人工灌溉以外，还实行改良土壤、施肥、灭草、防治病虫害等综合治理，科学育苇取得成功。第六个五年计划期间，单产由每亩 240 公斤增至 400 公斤，总产由 10 万吨提高到 20 万吨。到 20 世纪末可以达到单产 600 公斤、总产 42 万吨，将成为名副其实的世界第一大苇田。

芦苇是造纸工业的主要原料之一。一亩苇田生产的芦苇纤维含量，相当于 4 亩针叶林所产的纤维量，两吨芦苇可以造一吨纸。现在，不仅木材蓄积量少的我国，就连一些森林资源丰富的国家，也正在提倡以草代木，认为芦苇造纸在经济上合算。盘锦芦苇主要供给丹东、锦州纸厂。盘锦大苇株高 4 米，茎粗 1 厘米，壮实皮厚，呈黄白色，是优质造纸原料，据说印《毛泽东选集》所用的纸，就是用它做原料的。除此之外，芦苇还广泛用于编织席、筐、篓、苫、帘、箔等。

苇田公路是一条长长的胡同，两旁是芦苇的高墙。汽车如同鱼儿在海底潜游，这时我们又看到苇海是一个多么丰富多彩的世界！白鹭、江鸥、丹顶鹤，还有许多叫不出名字的鸟儿自由自在，无忧无虑，见我们来了，探头张望。还有的在公路上信步徜徉，旁若无人，不知让路。虾戏水面，鱼翔浅底。特别是一种紫色的河蟹，十分名贵，它一年中脱 24 层皮，换 24 次装，长成丰盈的体态。

多么美好的水乡景色！多么像我们河北的白洋淀，而且有十几个白洋淀大呢！可是，在我国北方远比盘锦名声大的白洋淀，那颗华北明珠已经光彩泯灭了。前不久我曾去过一次安新，那里水干了，苇枯了，木船搁浅在村头，而拖拉机在淀底纵横驰骋。随着淀水的消失，白洋淀男子汉那种高超的捕鱼技术，女人们那种无与伦比的织席手艺，都无用武之地了。我在报纸上看过一篇文章，说河北干旱的原因主要是大气变化，北边的大陆风姗姗来迟，南来的海洋风操之过急，它们把经常幽会的地点，绕过河北而移至东北，造成一方受旱一方受涝，老天太不公平了。另外，也不能排除人为的因素。据说，要恢复到原来的生态平衡还得几十年的努力。

汽车向苇海深处驶去，芦荡上的钻塔和高压线越来越多，像是漂在大海上的桅杆和缆绳。远远地出现了一群白色的楼房，似仙山琼岛，被万顷碧波簇拥着。司机说，那是辽河油田的曙光采油公司，地名叫欢喜岭。呵，欢喜岭，多么动人的名字。因为它地势高，从前农民打鱼、赶海，性命在浪尖上漂着，回到这里才脚踏实地，欢喜起来。到了公司，我迫不及待地登上楼顶，望茫茫苇海，钻塔林立，旗帜招展，大有千帆竞发之势。辽河油田蕴藏着丰富的石油和天然气，1976 年上马，1979 年投入开发建设，近 10 年来已产油 2 亿吨。他们后来居上，特别是稠油开采技术居全国领先地位。

在一个诗会上，我听到盘锦又一个美丽的名字——十三妹。

它在辽宁是新建市，排行十三。然而，对这娇美的小妹，谁也不敢轻视，因为它拥有石油、稻米、芦苇几大优势，别致的风采令人刮目相看。

1987 年 9 月

鸭 绿 江

应邀参加东北地区诗歌座谈会，8 月 24 日晚 9 点到达丹东，第二天一早我就跑去看望鸭绿江。

鸭绿江，果然烟波浩渺，气魄雄伟，坦坦荡荡，西流入海。对岸的新义州尚在朝雾之中，电灯明灭，弧光闪闪，朝鲜工人夜班工作尚未结束。忽然，火车长鸣，呼啸南去，鸭绿江大桥横空出现，飞架南北。仔细看去，大桥从江心处分为两段，南北建筑造型风格各异，是由中朝两国分别建造，在江心接轨。不禁使人想起田间的诗句：一双大手紧紧相握，好像是一座桥梁，它搭在鸭绿江上，也搭在人民心上。

初见鸭绿江印象还好，遗憾的是江水污染严重。由于工业废水侵入，“鸭绿”变成了“鹅黄”，江风挟一股腥臭扑鼻而来，令人作呕。可以想见江里的鱼儿如何生活的了。身旁一位老人摇头叹息，说过去丹东特产一种名贵的银条鱼，如今已经绝迹了。我悻悻而归，好像对鸭绿江的热情也被污染了。回到招待所，大概同来的诗友与我同感，饭桌上议论纷纷。这可能促使东道主老诗人方冰同志成全了我们一次真正的鸭绿江之游。

27 日早 7 点，座谈会一行 30 人乘汽船溯江而上，开始了一次意味无穷的畅游。乘坐的是丹东市航运局的航班汽船，除我们之外，还有不少沿途旅客。开船了，伙伴们都不待在舱里，无一例外地跑到甲板上领略大江风光。

开始一段，按照规定的航线，船在朝鲜一侧行驶。对岸的公园、码头、工厂历历在目，连大标语都看得一清二楚。那边的工人也多穿汉族服装，偶尔也有妇女穿裙子，看我们船来，频频招手。不断有朝鲜的汽艇、木舟与我们擦肩而过，互相挥手致意。船上的诗人们更是多情，特别是延边朝鲜族诗人金成辉，老早就选好了一个最好的位置，一手扶着船舷，一手挥着帽子，不断用朝鲜语向对方问候。他说他的一个亲戚在对岸的新义州市工作。鸭绿江水，一衣带水，连接着中朝人民的兄弟之情。

船渐渐离开了新义州市郊，对岸人烟也少了。当我们从高度的热情中冷静下来的时候，忽然发现江水不知从哪开始已经变绿了，船过旧义州，进入山区，两岸山岭相对，树木葱茏。特别是南岸山阴处，苍松翠柏，异常茂盛。船穿行在绿色的峡谷中，说不清是山染绿了水，还是水染绿了山，山水一色，浑然深绿。这种景色，连江南也不曾多见。年过花甲的老诗人方冰同志，在船头迎风顶浪，一站就是几个钟头，心旷神怡。他已经不是头一次游江了，可鸭绿江还是那样吸引着他。鸭绿江啊，名副其实的鸭绿江。

我们的目的是参观鸭绿江上的水丰发电站。因为航班到河口码头终止，我们须从河口下船，再乘汽车，绕到拉古哨。听旅客说前面断桥处，就是河口码头。船上工作人员站在船头，手持竹竿，竹竿头上有个纱布小网，一左一右地打捞漂在江面上的银条鱼，他捞的都是从前边水库大坝流下摔死的小鱼，江里的活鱼则碰也不碰。忽然，刮过一阵凉风，飘来一片云彩，噼里啪啦下起雨来。船靠码头，雨点渐密，幸好接站的汽车早已等在那里。大家上去以后，汽车冒雨行进。雨越下越大，雨帘挡住了司机的视线，又怕路滑，汽车被迫抛锚。司机开玩笑：“咱这小山沟，一下子来了这么多诗人，还不下大雨？明年春旱的时候，欢迎你们再来。”不大工夫，雨点渐稀，汽车继续前进，又靠近了江边。风把空中的浓云吹开一道口子，露出一线蓝天，空中也出现了一条鸭绿江。忽然有谁发现，对岸山上有雪，苍翠的松枝上压着片片残雪。司机笑说那是群栖的江鸥，言犹未了，一片“雪”飞起来了，接着风卷一片大“雪块”，全飞起来了。江鸥飞落下来，在水面飞上飞下地戏耍，像一江浪花跳跃。有几只好事的江鸥还飞来追逐汽车，使我们有机会看清它们的模样，比海鸥略小，浑身雪白，眼睛微红，性情温和，好似故乡鸽子一样，是一种吉祥之鸟。

汽车在拉古哨停下，这个边境小镇只有一条街，街两厢排着整齐的瓦房，家家院中种树养花。出村不远就到江边，抬头看见一座伟岸的大坝，势如悬崖，江水似瀑布倒垂，吼声如雷。穿过两个相连接的泄洪洞，爬完石阶，攀到坝头，四方景物尽收眼底。巍巍大坝横截大江，上面形成一个水库。大坝落差很大，江流落下去，又跳起来，波翻浪滚，奔腾而去。机组在对岸，据说是亚洲第二大水力发电站。这个电站是日本帝国主义利用中朝两国人力物力，花了10年工夫修建起来的。建成不久，日本投降，水丰电站收回人民手里，由中朝共管。大坝的那端就是朝鲜动力工业重镇水丰市。

朝鲜族诗人站在坝头，无限深情地望着鸭绿江的上游。他说那边有个白头山天池，是鸭绿江的源头，河水很窄，可以隔岸问答。同时发源的还有一条图们江，图们，朝鲜语是姊妹的意思。在那里鸭绿江是个涓涓细流，一路下来，汇集了百条小溪，形成浩浩大江。中朝人民的兄弟友谊，也像这鸭绿江一样，源远流长。

从大坝回来，在河口住了一夜，又乘航班回来。鸭绿江两岸美丽的风光，又像彩色的画廊，倒看了一遍，加深了印象。

碧绿碧绿的鸭绿江呵，至今还在我心里流淌，飞溅着浪花。

1980年8月

风雨白头山

夏天，中国的太阳是从长白山林海里跳出来的。早起4时，这里已是朝霞满天了。我们从露水河林业局出发，汽车像船一样，颠簸在茫茫林海。

太阳渐渐升起来了。这是长白山之夏难得的晴天。都说林区是云的故乡，天无隔日晴。那闻名中外的白头山天池，常常像睡美人裹在云雾之中。

从二道白河折向南行，一路上坡，路越走越窄，天越走越小，树林越来越密，密到几米之外便不透光线了。密密的大森林是一个多么奥妙的世界呵，叫不出名字的珍禽怪兽，想象不到的奇花异草，像人类社会自然而复杂的群落，也许只有高高的森警小楼才有那种眼福，也许只有森林科学工作者才去探险，这一切又是多么令人神往呵！

白头山遥遥在望了，阳光照耀下的一个金灿灿的梯形，轮廓分明，好像林海里升起的一挂紫帆，鼓风前进。忽然，有人发现，那紫帆上烟雾缭绕，惊呼一声要变天。话音刚落，山头出现炕席大一块乌云，像一滴墨汁落进如水的天空，迅速地扩散、扩散，整个天宇都变成了灰色，而且颜色越来越浓。突然，雨点噼里啪啦敲起了窗子。这时车厢里一张张脸，也都像天气一样阴沉下来，呆呆地望着被烟雨吞没的白头山，失望，叹息……

车到山麓的停车场，已经是大雨滂沱了。什么天池、瀑布，统统都被烟雨遮住，只能看见顺坡流下的山水，仓皇下山的被浇成落汤鸡的游客。

我们在风雨里攀登，单衣湿透了，雨水顺着袖口裤腿流，一阵风吹得透心凉。山势渐高，留神山上的树木也在变化，阔叶的杨、槐不见了，针叶的松、柏也不见了，渐渐地只有一种岳桦了。岳桦，这是一种高寒树种，色如白桦，形同灌木，随风倾倒，它是被高寒山风扭曲变形的，然而枝干遒劲，疏叶迎风，书写着它倔强的性格。再往上走，植物只有虎皮杜鹃和苔藓了。

踩着大大小小的黑色河卵石向上攀登，经过温泉浴池。这里温泉的水热到 80℃，有的人特意带来些生鸡蛋放在涌出地面的泉水里，一会儿便煮热了。因为地下泉水太烫，还要引来天池的水加以调解，天水地泉交融一起洗浴，堪称一绝。走过温泉，遥遥望见著名的长白山瀑布，分三股，像三匹白练自天上飘下来。我们不顾雨大路滑，奋力向瀑布爬去。新修的石阶山路盘旋而上，不比泰山十八盘省力。前几年，我登过泰山、崂山、五台山，因为身强力壮，都是捷足先登的。这一次不知是因为山路更陡峭，还是因为年过四十发福了，增加了负担，刚爬过半山腰，已经气喘吁吁，胸部发憋了。我们在山拐处稍做停留，瀑布近在眼前，吼声如雷，飞溅的水珠越过头顶，据说晴天的彩虹最好看。

我咬着牙一步一步艰难地攀登着，雨水汗水交流在一起。心里想，如果能平安回去，一定要加紧锻炼，把脂肪变成肌肉，祖国还有许多高大山岭等着我爬呢。好容易爬到山头，看看表，足足爬了一个半小时。我松了口气，回头一望，长白瀑布已在脚下。它的上游，原来只是一条涓涓细流。我们溯流而上，远远看见一片湖水，我高兴地喊道："到了，天池。"同伴笑笑说："那还不是天池，是天池湾，还要走二三里路才能到天池。"

来到天池边上，呵，这就是三江之源的天池！一望烟波浩渺，不见边际，岸上隐隐约约，看不清楚，只见一片浓云覆盖池上。近处雨脚如线，水面层层涟漪；远处白雾蒸腾，缭绕向上。分不清是雨落水中还是云出水上。莫怪乎叫作天池，真有身临世外之感。

也不知过了多久，先是湖心渐渐平静下来，相应地上空浓雾变淡，很快露出一片蓝天，阳光照射下来，出现一个光柱。这个光柱又像孙悟空的金箍棒一样，迅速扩大开来，很快天空云消雾散，玉宇澄清万里埃了。阳光下的天池平静下来，中心是宝石蓝，外镶淡淡白边，绚丽异常。这时，湖畔十六峰一一现形。雨后群山如洗，千姿百态，争奇斗艳。下部是层次分明的绿色林带，上部是色彩艳丽的淡白色岩石，美如一群出浴的少女。唯独将军峰，威武雄壮，巍然屹立，雨后彩虹像挂在身上的一条绶带。

1979 年 8 月